VISTA
PUBLISH

VISTA
PUBLISH

中年維特之煩惱

沐林

THE SORROWS OF MIDDLE-AGED WERTHER

另一種維特

推薦序

英國詩人雪萊說：「和哲學家一樣，詩人，在某種意義上是創作者；但在另一個意義上，則是時代的產物。即使是最出類拔萃的人，也不能逃脫此一主從關係。」此說法細膩地指出時代背景對創作者個人的型塑——創作者的確很難突破所處情境所加諸的限制，難怪臺灣當代老一輩詩人洛夫在其《石室之死亡》之詩集的自序中喟嘆：「攬鏡自照，我們（其實是洛夫自己）所見到的不是現代人的影像，而是現代人殘酷的命運，寫詩即是對付這殘酷命運的一種報復手段。」洛夫生長在顛沛流離的時代，轉戰大江南北，最後亡命於田橫之島，晚年更移居新大陸，他的詩見證了被迫移民者的無奈與吶喊，也如實地反映了其所處時代的亂象。

由於時代背景的阻隔，所以處於某一時代的讀者往往很難理解時空迥異之作者字裡行間所想要傳達的旨意，遑論作者的書寫動機。舉例來說，當我於一九七一年進入臺大就讀時，幾乎每位大學新鮮人人手一本吳訥孫（鹿橋）所著的《未央歌》。《未央歌》描寫的是中日戰爭時大陸人民的顛沛流離，流亡學生與老師千里行軍，由華北遷校到雲南昆明，在沙坪壩建立了西南聯大校區，並在那裡發生了種種的年輕學子之愛恨情仇的故事。在貧苦交加、朝不保夕的狀況下，仍能維持著絃歌不輟，上演著齣齣美麗浪漫的戲碼，的確是令人神往。許多同學因為父母有類似經驗，往往心有戚戚焉，受到其中的情結感動不已。可是對我這種紮根於海島一嶼，在日出而作、日沒而息的農村長大的人，卻常常掩書而嘆，既不易理解其中情節的緣由，也很難想像書中人物的興致。為了拉近與同學的感動落差，並解決心中的一些謎團，九〇年代我甚至親自造訪了西南聯大的舊址，結果更是大失所望，實在是無法體會這些美麗動人的故事為何能夠發生。

相形之下，林清富教授的《中年維特之煩惱》就容易瞭解得多。和《未央歌》一樣，這也是描寫校園中所發生的同學間種種的情愛故事，不過由於他所處的時代環境與我的成長背景有種種相似之處，而有一種書寫自己個人故事的感覺，很容易捕捉住作者想要傳達的微言旨意。故事的主軸是描寫一位中年科技教授（匡復）的心靈成長經驗，由於年少，他錯過了一次刻骨銘心的戀愛初體驗；隨著年齡的增長與閱歷的增加，他越發著迷於那一段未能完成的感情，並產生種種的想像與補償作用。不幸的是，女主角曉軒已經莫名輕生，離開人世，無法再續前緣。在理想與現實的諸多矛盾之下，男主角最後選擇了信仰，透過宗教來療癒過去的傷痛，並圓滿殘缺的心靈。

乍看之下，男主角的煩惱與少年維特的煩惱多所不同：少年維特是因為愛錯了對象，而導致情愛難圓；而匡復則是在學業與愛情難以兩全的狀況下，錯失了愛情；少年維特最終選擇了自殺，而中年匡復則皈依了天主。然而，他們的煩惱卻又是如此類似，都因情愛引起，跳脫不了一個癡字。另外，《少年維特之煩惱》與其說是虛構的小說，不如說是哥德自身經驗的昇華。就我心理分析式的觀察——可能是錯的，《中年維特之煩惱》也許也是林教授的自我追尋與心靈成長的投射。不管是或不是，像小說中的匡復一樣，作為一位傑出的工程師與學術殿堂的頂尖工作者，竟然無法逃脫年輕歲月時的一項錯過，實在是不可思議——也許這才是一位追求完美者的重大缺憾。對許多市井小民而言，人生本來就非完美，此種錯過又豈是只有一樁，所以也許更能坦然面對人生。行文至此，也就更能理解「第一名」（《中年維特之煩惱》的原來書名是《臺大第一名的失落與重生》）的悲哀，只有看到自己巨大的身影，而未能察覺芸芸眾生的渺小存在；雖然聰明絕頂，但卻相對缺乏智慧。除非他們能夠自我反省、自我提升，超脫自我中心的束縛，否則，更大的成長應該是不易發生的。

記得研究所碩士班一年級（一九七五年）時閱讀小山勝清的《巖流島後的宮本武藏》，曾為其中一段文字動容不已——宮本武藏為了追求世界第一，到處找人比武：在他打敗佐佐木小次郎躍升為當時第一的年輕兵法家之後，他還不滿足，想更上層樓成為世界第一（其實是日本第一）的兵法家，於是尋找前輩的著名兵法家比武，期待成為真正的世界第一。最後他找上了已成農夫的徹齋居士。「徹齋，看劍！」大喝一聲，武藏撲向前去。同一瞬間，徹齋也一聲短喝，把手中鋤頭拍的一聲頓在地上。隨著這一頓，武藏的腦門像受了重重一擊……眼前金星亂飛，一陣眩暈：「**何必分你我，乾坤一握中。**」武藏好不容易立定腳跟，茫然望著徹齋。烈陽當空，鋤頭鋤地的聲音清脆悅耳，泥塊與石子，隨著鋤頭的落下四處飛濺……站在那裡的，只是一個無邪的農夫罷了。

透過此一點化，宮本武藏方纔覺悟自己所追求的世界第一是多麼的膚淺，而自己過去所走的路又是多麼的短促，從此開始胸懷蒼生，而有更開闊的視野。如果我猜得不錯，清富多少也有這種反思吧，所以在年屆半百，功成名就之際，竟然走向心理學，成為臺灣大學心理學研究所碩士班的研究生。也許，他是洞察終究人還是比科技重要，希望能在人性探索上有一番作為。在科技宰制人、科學凌駕一切的時代，能有此類反思，的確是極為難能可貴的。莊子說得好：「**有機械者，必有機事，有機事者必有機心。機心存於胸中，則純白不備；純白不備，則神生不定；神生不定者，道之所不載也。**」當機心取代人心，人類將是沒有未來的。衷心祝福他能夠深入、遠行、攀高，並以天下蒼生為己任，鑿出一畝經世濟民的心田——但願《中年維特之煩惱》就是他自我成長旅途中最重要的人生里程碑！

國立臺灣大學
心理學研究所
特聘教授

鄭伯壎

走出電機系的小說家
推薦序

隨著年歲的增長，生活也日趨平淡。但偶爾從天外飛來的驚喜，也會在我們靜如秋水的心靈裡激起陣陣漣漪。不久前收到的臺大電機系林清富教授的電子郵件，就是一個這樣的驚喜。他是我在康乃爾大學時結識的好友。畢業後我到了加州大學擔任美國歷史的教授，他回到臺灣工作。天長日久，聯繫慢慢就少了。打開他的郵件一看，原來竟是他新近創作的長篇小說。一讀起來，就難以放下，用了一個通宵把整部書從頭讀到尾。好像又回到了當年那青澀卻又充滿激情的時光。從他的字裡行間，我又看到了當年的清富，而且對當年的清富又有了更深一步的了解。

在康乃爾讀書時，清富在工學院，是臺灣來的，而我是從大陸來，學的是歷史。但相同的成長歷史背景，使得我們成為朋友。我們認識不久就發生了爭執。我們這些大陸來的同學說，臺灣人民都生活在水深火熱之中，靠吃香蕉皮度日；而清富這些臺灣同學則說，他們早就聽說，大陸很多人餓死，沒餓死的，以吃樹皮維生。雖然上個世紀八〇年代的臺灣和大陸間相互的了解還很少，但我們發現，原來兩岸的政治宣傳竟然是如此相似。讀了清富的小說後，我才進一步發現，原來我們成長的背景中有很多相同的地方：大學在我們生活中的分量；對留學美國的嚮往；同窗的友情；男女同學間純潔、但又令人難以忘懷的情愫；還有那不懈的對人生的探索……這部小說用很大篇幅描寫主人翁匡復在臺灣的大學生活。清富用細膩的筆觸，再現了當年臺灣的校園生活。

在康乃爾讀書時，清富給我留下的最深刻的印象是他的純真和執著。這也成爲他這部小說的一個重要特點。匡復對曉軒的情感，可以說是剪不斷理還亂。這段情之所以變得複雜，也是因爲匡復的純情和對美好愛情的憧憬。在匡復身上，我看到了清富和一些朋友的影子。我想，讀者也會從中看到自己或是熟悉的朋友，重新找到那因為與時俱增的赤裸欲望而淡化了的純淨。

清富當年的寢室裡放滿了各種中外哲學和文學作品。我曾戲言問他，難道你讀電機系得的高分，都是從這些書裡讀來的嗎？清富從來不滿足於只做一個電機領域的優秀學生和學者；他一生都在執著探索人生。他不懈的努力，也給他日後文學創作奠立了深厚的基礎。在這部小說中，我們可以清晰地看到諸多東西方文學傳統對作者的影響。熟讀英國文學的人，在讀這本書時，會想到莎士比亞的《哈姆雷特》。跟哈姆雷特一樣，本書的主人翁匡復時常在思考著生與死這兩個生命中最基本的問題。同樣，匡復也是一個十足的哲學家，對匡復而言，連是否要接吻或牽手的生理衝動，也可以轉化為心靈探索的思考。

作者對書中人物的情感及其間錯綜複雜關係的工筆畫般細膩的描述，讓人想起《紅樓夢》。但是清富小說中人物的舞臺，卻比《紅樓夢》要廣大得多。清富筆下的人物，從在臺大的校園又走到文化多元的美國校園。匡復也曾去過宜蘭鄉村。讓我們來看一段他回到宜蘭後的感受：「那時暑假已快要結束，夏末秋初，二期稻作剛插秧完不久，整片稻田還是淺嫩綠的顏色，配著山上深綠濃鬱的樹林，以及清綠的湖水，微風吹來，波光粼粼，似乎綠色也會舞動。置身此境，不知不覺就跟著融入這一片深淺萬端的綠色原野。從她的表情，看得出她也深深被這裡的景色吸引，再加上今天她令人迷惑的特別神情，使匡復陶醉，分不清是人或景叫他沉迷其中，而在這樣的旖旎風光中，理性或感性的分際也變得模糊不清。」在此，作者將匡復對人的感覺和對宜蘭家鄉的愛巧妙地融在一起。也足見同時是宜蘭人的作者對鄉土的深情和深刻了解。

作者對中外歷史、文學掌故軼聞信手拈來。有的令人感慨，有的令人忍俊不止。他提到的傅斯年讓人們每日深思三小時的名言，更是令人深思。現代人，都在不停地忙忙碌碌。我們很少有靜下心來，去思考人生了。這就是清富過人之處。他總是能在喧囂俗世，找到一片淨土。

很多朋友跟我說起過要寫小說。其實每個人的生命歷程本身都是一部小說。但真正坐下來寫出小說的人卻寥寥無幾。世上令我們分心的事也實在太多了。清富從來沒說過他要寫小說。但是從康乃爾的電機系裡卻走出來了這位文學作家。這是我意想不到的一個驚喜。

陳　勇

於美國爾灣
加州大學

浪漫依舊
自序

孩子上小學了，和太太討論到底什麼是他最需要培養的，討論來討論去，覺得就四樣——語言寫作、數學邏輯、藝術、運動。可是才小一，怎麼練習寫作？還好學校老師要求學生要畫或寫日記，我覺得這樣很好。

小孩要交日記了，問我怎麼寫，於是就把以前讀過的寫作方式告訴他了。其實我自己以前也不見得真的按照所讀的寫，不過剛上小一的孩子倒真實地採用了我告訴他的方式。

之後，每天都讀小孩的日記，然後簽名，卻不知不覺地讀得津津有味，一年很快過去了。而沒想到，我自己跟著迷上了寫作，所以也動手寫了起來。於是開始構思一些故事，一段時間後，寫成了這本書。有些意外，有些不意外。意外的是，真的寫了；不意外的是，如果我真的認為語言寫作很重要，我自己也應該寫一些吧！

開始寫了以後，我竟然發現心裡想的東西還真不少。雖然我從事科技許多年了，但心裡還有另一個幻想的世界，我所幻想的竟然不比讀過或做過的科技研究少。而這給了我另一個自由，在幻想的世界中，不需要實驗證實，不需曠日費時的實驗步驟，無論何時何刻，立即可以跟隨想像馳騁。在處處都充斥著科技產品的年代，似乎很難想像現實的生活中，若是沒有科技會是如何。但在我的幻想世界裡，卻發現，即使沒有科技，生活還是多采多姿。把科技抽離科技人以後，人還是人，浪漫依舊。這是我的感受，可能是多年來的感受，只是在書未完成前，沒有明顯地浮現。希望這本小說可以呈現這個部分，至於是否真的呈現，就請讀者發掘或評判了。

出版這本小說，有個小小的盼望，希望科技人可以偶而抽離科技。因為沒有科技，依然可以體會到，真實的生活中蘊涵著美麗，雖然美麗有時也難免伴隨著淚水。

我有某種直覺性地認為，因為臺灣人不常思考生命的意義，所以不太理解可以感動人心的內涵，以至於在品牌和產出的東西上，不容易讓人願意不計代價得到，因此附加價值不高，這樣的思考其實還是太利益取向。當臺灣人更多感受到生命本質中有許多超越利益得失的內涵時，或許臺灣人所做出來的東西或內容，自然會有叫人愛不釋手之處。以電腦做為比喻，現代人的大腦像是被植入許多外來的程式，於是運作的模式是外來的程式所設定。但人到底不是電腦，人性的本質是什麼？如何在許多外來觀念影響中，尋得「真我」？

教學多年後，覺得愈來愈多的學生只追求短暫的利益，不去思考更長時間的生命意義。不知道這是臺灣特有的情形，或是二十一世紀中世界上普遍的現象，或者只是我的錯覺？另一方面，社會上的認知是不是也過於簡化了大學生的樣貌，沒有好好認識這些未來的社會棟樑？如果社會上能多瞭解大學生豐富的生活面貌和思想，能否因此更勇敢地賦予他們任務和承擔，並更願意投注給他們資源，讓他們更早就能貢獻於社會？又或者是，思考更深層的生命或生活意義真的已成往日情懷？

偶然的一個旅程去了印度的克拉拉省（Kerala），這是過去沒有去過的地方。在印度，我想起了毛姆的小說《剃刀邊緣》，小說中的男主角到各地旅遊，為要尋找他心中說不出來的東西或盼望，之後在印度悟了道。當我置身在印度時，突然理解了為何毛姆小說中的男主角會在這裡悟道。臺灣受到了中國、日本和美國的影響極大，這三個國度看來不同，但都有個本質上的類似，就是邁力前進，尤其是和印度對比之後，更為明顯。從外表上，臺灣和印度也有某種類似——亂成一團，但多思考雜亂的背後，卻發現兩者非常不同。臺灣是不滿現狀，到處追尋，在匆忙中呈現出紊亂；印度則是安於現狀，不急不忙，像是無所求，但卻變成是亂象難除。而臺灣人在匆匆忙忙地尋找當中，可曾停下來思考，到底自己在找什麼？到底生命的意義或本質是什麼？到底自己在忙些什麼？

能不能讓這本小小說成為臺灣人思考自己在忙些什麼的小小媒介之一？有沒有可能讓更多人思考，到底活著是為了什麼？什麼是人心裡的渴慕？活著就只是為了能夠活著？或是為了其他目的？是為了出人頭地？為了金錢、權力、成功或成就？有沒有比金錢、權力、成功或成就更重要的部分？如何藉由生命的探索或是偶遇，在撲朔迷離的人生旅程中，領悟人生意義？這些是我想藉由此書抒發的感受。只是如何讓這本小說可以呈現出來，是我需要努力之處，還盼讀者多予指教和鼓勵。

寫完此書，要感謝家人和親友的鼓勵，他們說是重現了當年的成長經驗；也特別要謝謝內人，她不僅幫忙照顧家庭，還讀了小說，而且真情不惜流露，為故事情節而感動落淚，真是令我動容。同樣地，要感謝岳父在百忙中也幫忙看了初稿和修正稿，他讀得興味盎然，並率真地給予不少鼓勵和建議；我的小孩也同樣令我感激，他雖然只是小學，卻不僅不吵我寫小說，還很有興致地和我討論小說的情節。看到從六十多歲的大人到不滿十歲的小孩都對這本小說感到興趣，對我而言，實在是莫大的鼓勵。

沐　林

二〇一〇年
十一月一日

中年維特之煩惱

目錄

THE SORROWS OF MIDDLE-AGED WERTHER **CONTENTS**

楔子 重聚

我們這至暫至輕的苦楚，
要為我們成就
極重無比永遠的榮耀。

林前 4:17

「嘿，老骨頭們，這個週末聚一聚如何？」增良在 Facebook 上留言提議。
隔沒多久，有人回道：「很好，給個時間地點？」
「星期六吃晚餐，在臺大附近如何？」增良立刻回覆。
「唉呀！太不巧，我星期六晚上有事，換星期天如何？」另一位也到 Facebook 上留言。
「那星期天傍晚五點半，在大學口附近的重順餐廳聚餐，之後移師到得記樓上的星巴克，品咖續攤。」增良又提議。
「我沒問題，舉滑鼠贊成。」有人回覆道，並附上他舉起滑鼠的相片。
「我也可以，舉鍵盤贊成。1234……，qwertyu……，asdfghj，……」又有人也回覆道，並把鍵盤上的按鍵符號打了出來。
「咦！三人成行了，匡復，致珩，緯恆，……，可不可以參加？請快回覆。」增良在 Facebook 上發給了大家通知。
隔了兩天，增良又發給大家通知：「就這麼定了，星期天傍晚五點半，在重順餐廳，晚飯後看大家興致，目前有我、加裕、擎疆、匡復、致珩、天欣，……，如果其他人可以，歡迎隨時加入。」
過了一會兒，增良又在 Facebook 上寫道：「忘了告訴大家，太高興了，將近三十年了，終於在同一餐廳，同一批人，又相聚了，覺得好像又回到了年輕的歲月。Yeah～！」
「真是沒錯，讓我們經歷時光倒流吧！」某人也回覆道。
星期天，大家依約在重順餐廳。雖然多年不見，還是一見如故，聊了許多共同的往事，互相打屁，雖然年事已高，但童心未泯，而且又增加了許多見聞，往事近況互相穿插，更是興味盎然。晚餐結束，當然談興未了，於是就近到得記麵包旁邊的星巴克咖啡，就如增良提議的，品咖續攤，在那裡繼續聊了起來。

在星巴克咖啡，大家聊起，從現在回想，還讓大家記憶深刻的往事。漸漸地話題轉到了信仰，或許是因為我們已年近半百，對於生命中許多不可捉摸之處，有些感慨。大家問匡復為什麼會變成基督徒，匡復本來想呼攏過去，但這天莫名其妙地，難得彼此坦誠交心，氣氛比大學時的打屁聊天還好，於是就娓娓道來。

我沒有預期會聽到匡復談起這樣的往事，有些後悔來參加這個聚餐，但又覺得如果沒有聽到，更是遺憾。令我驚訝的是，過去印象中的匡復，開朗滿懷，笑聲盈盈，但卻藏著這麼撼人心弦的往事。而聽完他說的故事後，本來以為熟悉的他，現在卻變得陌生起來。我突然不知道該如何待他，好像用過去和他一貫瀟灑互動的方式不對勁，但是用新的模式待他更是奇怪，害我怔怔看他好一陣子，半晌不知該怎麼辦？我望望其他人，他們全都進入沉思……

非常奇特的氣氛僵持在那裡，我嘗試打破，問道：「匡復，你有沒有想到再去找她或她家人，確定最後的結局？」

匡復回答道：「我想過，但我不敢面對，如果結局不是如我所知道的，我不知如何面對；而若是再次確認我所聽到的是事實，恐怕更難接受……」

氣氛依舊，我們不知如何打破，我希望匡復突然冒出這樣的話：「哈！哈！哈！這些故事是我編的，要誑你們的眼淚，你知道，到了我們這樣的年紀，要掉眼淚是多麼難的事。醫生說，流一流眼淚，對眼睛是好的，特別是老花眼越來越嚴重的年齡……」真希望此刻的他恢復談笑風生的本性。

增良突然說：「我能理解你的感受，告訴我們她的真名，我們幫你查，看結果如何，然後你再決定要面對或繼續留在記憶裡。」

「不，對匡復而言，這還是太殘酷了……」有個同學說道。

「有時，尷尬的氣氛也不見得需要打破，就讓它停留一些時間，然後或許大家再想個笑話，做為今天聚餐的完結篇。」匡復自己出來善後，談笑風生的模樣呼之欲出，但還沒有完全顯露。

良久，沒有人開始第一個笑話。

「各位貴賓，不好意思，我們要打烊了。」倒是星巴克咖啡的服務生過來幫我們收拾殘局。

離開後，我的腦海還是停留在匡復說的往事……

隔了一段時間，另一位老同學邀了幾個朋友到宜蘭，住在幽靜的民宿，匡復也到了。在恬適的田園風光中，匡復恢復了談笑風生的本色。我想，在星巴克咖啡所談的故事，果然是編出來的。

「匡復，你還真會編故事，那天晚上，我的眼淚差點飆出來了。」

「哦！看來我編的功力不夠，你的眼淚還是沒有出來。」

「什麼意思？我非得掉眼淚不可嗎？」

「也不見得。不過，我再告訴你更多細節，特別是在這裡，我們有兩天的時間，我想可以談完整個故事。」

和匡復談著往事，兩天不知不覺中過去了，匡復仍然沒有談完。後來在另外的機會中，終於聽了整個故事。匡復說，故事中的主要人物都沒有用真實的名字，以免大家和他們碰面時會尷尬。後來，我把故事寫了下來，人物的名字就和匡復說的一模一樣。寫完匡復的故事以後，我發現比剛聽完時感受更……。不管是在星巴克咖啡聽的簡短版，或是之後的完整版，我還是盼望匡復會告訴我，這並不是真的。

自從聽了匡復的故事以後，我對生命的感受似乎更敏銳了，強烈的生命經歷和震撼，讓我的內心低迴不已。後來我把這個故事寫了下來，但因為是透過我的角度，難免不全是原來的面貌，特別提出這點，盼望讀者瞭解和諒解。

第一部 驀然回首

栽種的和澆灌的都是一樣，
但將來各人要照自己的功夫，
得自己的賞賜。

林前 3:8

中年維特之煩惱。

第一章 憶起未央歌。

我們把時間拉回到三十年前。對臺灣而言，那是個劇烈變化的年代。一九七八年年底，美國的花生農總統卡特決定和中華人民共和國建交，在臺灣的中華民國政府於是宣布與美國斷絕外交關係。新聞媒體說是美國背叛中華民國，這讓臺灣人民一方面憤怒，另一方面驚恐。對花生農總統竟然背叛忠實的朋友臺灣，感到無以名狀的憤怒，於是花生成為洩恨的出氣筒；而滅國的莫名恐懼，則是讓赴美的機票一位難求。

在混雜著憤怒和驚慌當中，蔣經國總統宣布停止增額中央民意代表選舉；接著「黨外人士」隋即發表「國是聲明」，要求政府全面改選國會、解除戒嚴，當時民進黨尚未成立，「黨外人士」相當於是最大的反對陣營；之後的一九七九年，「黨外人士」與國民黨政府的對抗逐漸加劇，年底的冬天，終於爆發嚴重衝突，也就是臺灣民主運動史上著名的美麗島事件。

美麗島事件的衝突發生在高雄，因為資訊並不發達，所以北部地區沒有感受到太大的肅殺氣氛。當時，電腦才剛發明不久，只有大型電腦，而且一部電腦就占滿整個房間，當然沒有現在可隨身攜帶的個人電腦，更沒有網際網路；甚至於鄉下的大多數人家都還沒有電話，有些地方，一整個村子才裝設一部公用電話，就更談不上像現在這樣，幾乎人手一支或多支手機了。而且電視只有三個無線臺，且不是全天候都有電視節目，什麼是有線電視？聽都沒聽過；報紙也是只有少數幾家，每份報紙限定不能超過三張，而其實大部分的新聞媒體都由政府掌控，包括收音機廣播。

因為資訊不普及，還有長年制式教育的結果，對於一個十八、九歲且生長在宜蘭鄉間的少年來說，生活還是在現實的聯考制度與浪漫的《未央歌》憧憬裡一天天度過。畢竟，不論是國際政治的現實還是國內民主的血淚訴求，全都是太遙遠的虛幻，對還在求學的學生而言，他們生命中最最唯一的現實就是要考上大學，在全國不到三成錄取率的陰影下，能擠進大學的「窄門」已經是祖宗積德或是神明保佑了。當然，假如考上了臺大，那可是不得了的大事，而若是考上第一志願，更是不得了中的不得了。

在搶進大學「窄門」的苦悶當中，瓊瑤小說、三廳電影、民歌和《未央歌》為那個時代提供了逃避現實的夢幻天堂。青春是不變的基調，理想是生活的動力，而愛情永遠是心中最令人生死相許的幻想。

瓊瑤小說和電影讓許多人對大學生活充滿想像，特別是大多數人並沒有機會念大學，更是對大學生既崇拜又嚮往。當時的電影明星如甄珍、林青霞、秦漢、秦祥林等，個個是美女俊男；躲在黑壓壓的電影院，眼睛盯在螢幕上，那唯一綻放的光芒，映照著金童玉女般的男女主角，拿著外文原文書，瀟灑地走在大學的校園中，不知羨煞多少高中生，覺得自己一旦考上了大學，立刻就會變成電影中的男女主角。

而《未央歌》更是一九七〇年代到一九八〇年之間年輕學生的共同烏托邦，小說描寫抗戰時期雲南昆明西南聯合大學中的一群大學生，他們並沒有受到戰亂波及，甚至於有許多浪漫的愛情故事；似乎上了大學，一切的戰爭和政治紛擾就可以免疫，他們既可以高談闊論愛國思想，又可以有珍貴的友情和愛情，好像人生只要上了大學，自然就變得美好、豐富、精采。

話說在宜蘭鄉下長大的少年匡復，在三十年前的那個夏天，也和大家一樣，參加大學聯考。聯考放榜後，匡復考上了第一志願，照理講應該很快樂，但匡復心裡卻覺得有些遺憾。後來他自己分析了原因，可能是多年以來，習慣拿第一名，但聯考卻沒有拿第一名，所以有些失落。

這樣的失落感是在開學之前，進了臺大之後，校園的美景，就把匡復的失落感沖淡了，而且還開始莫名其妙地興奮了起來。與其說是校園的美景，不如說是關於校園美景的傳說。雖然匡復念的是理工類科系，但是或許他更適合念文學類，他的內在總被浪漫的故事吸引。只是聯考制度或社會結構的因素，讓許多男生進了理工類科系，而他們或許和匡復類似，應該更適合念文法商的科系。

這年從宜蘭來的臺大新生破了往年的紀錄，單單電機系就有七位，對於增加許多宜蘭來的臺大人，蘭陽校友會很高興，覺得宜蘭人要出頭天了。開學後的第一個週末，蘭陽校友會辦了迎新會，傍晚時分，在醉月湖畔。傍晚的醉月湖非常迷人，那天雷陣雨剛過，藍藍的天空，還有幾朵橙紅的晚霞，映照在醉月湖面；涼風吹來，白鷺鷥的羽毛被輕輕撩起，充滿詩意。

三十年前的醉月湖

三十年前匡復剛上大學的第一個週末，蘭陽校友會辦了迎新會，傍晚時分，在醉月湖畔。

校友會會長是造船系二年級，他看來充滿自信，大小事分派得有條不紊，辦起事興致高昂，而且很健談，當大家還在烤肉時，他問了這些剛從宜蘭到臺北來的學弟妹們：

「你們注意看，醉月湖的中心有一座涼亭，可是沒有橋可以通到那座涼亭，你們知道為什麼嗎？」

「為什麼？」這群學弟妹們都是訓練有素的好學生，幾乎每個都不約而同地問道。

會長似乎預料到他們必定會問為什麼，可能去年他當新生時，也是和現在這些新生一樣的反應。他說：

「這是有原因的，原先是有一座橋，從靠體育館那邊的湖畔連到湖心亭，後來被打掉了。不信的話，你們可以到那裡的湖邊去看一看，在湖面下還可以看到橋墩。」

新生中的一位果真跑去看，然後回來向大家回報，說是真的，可以看到好幾個橋墩，一路往湖心亭排列過去。這群學弟妹又有好幾個跑去看，果然沒錯。

會長繼續烤肉，等大家看完回來，他有些得意地說：

「沒錯吧！為什麼把通往湖心亭的橋打掉呢？」

「為什麼？」這群訓練有素的學弟妹們又眾口同聲地問。

「少賣關子了，要說就趕快說吧！」副會長有些不耐煩，幾乎有點是對著會長吼叫一般。

副會長是商學系二年級的學姊，她的氣勢讓匡復嚇了一跳，因為見識到臺大女生果然名不虛傳，而且還是副會長對著會長大小聲。雖然副會長個子有點嬌小，但氣宇看來就是不讓眉鬚。

會長似乎習慣了她的語氣，也不以為忤，於是又繼續說：「把通往湖心亭的橋打掉，原因是關於一個悽美愛情故事的傳說。」

聽到悽美的愛情故事，這群新生都豎起了耳朵。

他繼續說道：「有一對戀愛的同學，女生念中文系，男生念化工系，有一天他們約在湖心亭碰面，也是傍晚時分，到了約會的時間，男生沒有出現。女生等了一些時間，一直沒看到男朋友過來。

「後來下起了大雨，那位女生想，會不會因為下雨，所以男朋友不能過來，於是就去宿舍找他，到了宿舍，請人上去找他下來，那個人幫忙找了以後，下來告訴這位女生，說他從傍晚出去以後，到現在還沒有回到宿舍。於是她又回到湖心亭等男朋友，怕他剛好這時去湖心亭會找不到她。

「回到湖心亭，沒看到男朋友，還是繼續癡癡地等，一直到半夜，她遠遠看著宿舍的燈都熄了，男朋友還是沒有過來，然後就噗通跳到醉月湖自殺了。

「後來學校怕又有同學跑到湖心亭跳湖自殺，就把橋打掉了。」

「聽說那位化工系的男生滿花心的，那天晚上好像和另一個女生去逛士林夜市。」另一位學長補充道，且言之鑿鑿。

聽完這個故事，大伙兒不約而同地看著一位念化工二年級的學長和剛上化工一年級的一位同學，好像暗示化工系該為這個不幸負責。化工系的學長連忙說：「我也是今天才第一次聽到這個故事。」

剛上化工系的新同學也趕緊說：「我更是今天才知道這個故事。」

另一位新生插進話來說：「你有潛力成為下一個故事的主角哦！」

「你先幫我介紹女朋友，看我有沒有機會。」化工系的這位新生立刻回起嘴來。

就在他們鬥嘴當中，一對學長和學姊翩翩來到，這時天色尚早，這群新生看到他們，眼睛都睜大了，幾乎每個同學都目不轉睛，因為學長的英俊和學姊的美麗，若非目睹，簡直難以置信。他們雖然大多看過不少瓊瑤電影，但是沒有想到，螢幕中的俊男美女竟然真實地在校園中出現，而且就在臺大校園裡，當然學姐不是甄珍，也不是林青霞，但美貌比起這兩位明星，可說是有過之而無不及；而學長比起秦祥林或秦漢，也毫不遜色。

「我們宜蘭和臺大的金童玉女來了！」副會長像廣告般地向大家宣布。

這位英俊的學長也是造船系二年級，學姊是圖館系二年級。他們異口同聲很有默契地說道：「對不起，我們來晚了。」

「沒有關係，」會長說道：「看到你們過來，我們就很開心了。」

此情此景，真是令人陶醉，在醉月湖畔，卻好像置身電影當中，讓人覺得似乎自己就在螢幕裡看著英俊的男主角和漂亮的女主角，以及大學生的真實生活。美麗的校園，高大的相思樹，蟬聲蛙鳴，寬闊的青草地，伴著醉月湖，湖上蓮花盈盈，還有家鄉常見的白鷺鷥，在湖邊漫步，而倒影隨著湖波盪漾，襯著晚霞映天……。這樣的景像讓匡復想起聯考完，讀了鹿橋寫的小說《未央歌》，似乎小說中的校園就在這裡，小說中的故事就從大學一片青草坪中央的池塘開始，而臺大校園的這個池塘更是令人陶醉的醉月湖。

匡復想從學長學姊中去找《未央歌》裡的第一男主角大余、第一女主角伍寶笙、第二男主角小童、和第二女主角藺燕梅，但似乎兜不起來，因為這對學長姊比《未央歌》中的人物更脫凡超俗。他們似乎更像瓊瑤小說的主角，只是場景像是在《未央歌》當中。

「我們從宜蘭來念臺大的同學，每一屆都會有一對金童玉女般的情侶。」副會長說道，她像是在預告，今年來的新生也必定會有像學長姊這般的一對情侶，翩翩然參加明年的迎新會，似乎他們今年所做的就是去年所看到的。匡復似乎還滿相信的，因為看他們辦理迎新會的樣子，那麼駕輕就熟，應該就是仿照去年的樣子。於是匡復的想像出現了，想扮起王子，而公主是誰呢?後來他瞭解，其實自己沒有好好照照鏡子，一隻井底的青蛙竟也想扮起王子。

烤肉完，校友會繼續安排其他活動，會長請另一個學長英正幫忙，英正是數學系二年級。

「各位從宜蘭來的臺大新鮮人，」英正說：「非常歡迎各位來到臺灣的最高學府。」這句話讓大家覺得好熟悉，因為三年前剛考上宜蘭的高中和女中時，他們也聽到師長們說，非常歡迎各位來到宜蘭的最高學府。

英正繼續說道：「我先自我介紹，我姓傅，傅斯年的傅，大家應該都知道傅斯年是臺灣大學光復後的第一任校長。名字叫英正，英是英雄豪傑的英，正是正正當當的正；不過這樣介紹，過兩天，你們就會忘了我的名字。所以我改用另一個方式介紹，英是英雄氣短的英，正是不務正業的正。」介紹完，果然大家都哈哈大笑，而他的名字也真的讓大家記了很久。

「再來，我要帶各位從數學系這邊的小路，走到小椰林大道，然後延著小椰林大道，再走到椰林大道；之後，我們會從椰林大道一路逛到校門口的傅園。各位不用擔心會走丟了，因為我們會走得很慢，我會一路為各位介紹經過的系館，以及有關的傳說。」英正簡要地介紹了行程。「反正今天是星期六，女生宿舍比較晚關門，時間多的是，不急。」

於是英正就從他的系介紹起，說到有位教授留著長長的鬍子，常穿短褲，用臺語教學生數學課云云。然後漸漸逛到椰林大道，傅鐘當然也是必定要佇足的地方，傅鐘敲了幾響，也必然是要他們留意的，以及為什麼不敲二十四響等等。最後到了傅園，傅園內的傳奇故事也是自然地會叫人豎耳恭聽。

傅鐘為什麼不敲二十四響？

英正說：「傅鐘只敲二十一響，是當年傅斯年校長訂的，希望學生們能在一天二十四小時當中，撥出三個小時的時間，安靜思考。」

「哇！每天要安靜思考三個小時，有那些東西可以思考這麼久？」匡復心中充滿了好奇。本來以為會長就已經很健談了，沒想到英正的口才更好，這群新生心裡想：「明年這個時候，我們向下一屆學弟妹介紹時，會有這樣的口才嗎？在臺大一年，真的可以讓我們這群宜蘭來的土包子像學長姊般，變得精明幹練，口才便給嗎？」這個迎新晚會，讓新生們對臺大充滿了尊敬，也慶幸考上了臺大。

隔週之後，開始忙著上課，迎新晚會像是驚鴻一瞥。就在忙著從這個教室趕到另一個教室當中，幾個星期就過去了，匡復基本上還是維持和高中時類似的作息，除了上課讀書吃飯睡覺以外，沒有其他特別的活動。城市中多采的生活，遠超過從鄉下來的大一新生所能想像。對此時的匡復而言，讀書是他生命中唯一的任務，他和系上同學的互動，不管是從那裡來的，最多的話題就是討論課業，那個老師教的好，有沒有作業，習題簡不簡單；還有高中的模擬考，以及誰是那個高中的高手，誰聯考失常而沒有進入心目中的志願，或是誰失常而進了未曾幻想過的理想志願。考試、讀書就是他的全部，好像不僅匡復，許多同學也是如此。

但另一方面，似乎生命中還有另一個隱而未覺的層面也逐漸浮現，但這不是課本上，也不是家人曾經談過的，這個層面不知不覺地滲入了匡復的心裡，或是本就在他心裡，只是他從未清楚地意識到。

話說副會長在迎新會上提到的每一屆都會有一對金童玉女情侶的事，似乎二年級的學長姊有點認真，這些新生當中的一部分人也當一回事，他們似乎有些默契般地推舉匡復和另一位今年進來的女生一晴，預備成為今年的金童玉女。原因可能就是他們是宜蘭最高學府的高中和女中應屆畢業的第一名，當時是男女分校。

會長以及這對金童玉女學長姊都有意無意地暗示匡復要採取行動，甚至於幾個今年一起進來的同學也告訴他，要快，因為肥水不落外人田，他們擔心聰明優秀的一晴會被其他地方的男生追走了。於是匡復就開始寫信給一晴，寫了幾封她都沒回信。其實寫信可能不是好的方式，因為匡復住在男十二宿舍，一晴住在女八宿舍，走路過去，五分鐘就到了，騎腳踏車只要兩分鐘。匡復在猜，可能她覺得這麼近，不用寫信吧！可是，匡復也不知道其他方式。

有一天傍晚，匡復在小椰林大道碰到東琴，東琴和一晴是小學同學，但是高中時跑來臺北念北一女，因此她常以老大姊的身分，看待這些初次來臺北的土包子同學，其實她也是今年的新生。她看到匡復，一副大姊頭的口吻：

「匡復，你和一晴到底進展到什麼地步？」

「就寫信啊！可是她都不回信。」匡復回答道。不知為什麼，看到她一副大姊頭的樣子，覺得很不舒服，可是卻又莫名其妙地，匡復自動地用一種好像是她弟弟的方式回應。

「你有沒有去找她？」東琴問。

「沒有。」匡復簡單地回答。

「你真是傻不隆咚，這樣不行的，你要去找她。」剛好東琴要回女生宿舍，就半逼著匡復到宿舍，然後用命令的口吻，「你在外面等著，我去找她出來。」

匡復就乖乖地在女生宿舍外面等。傍晚時間，女生宿舍的門口非常熱鬧，許多男生在門口「站崗」。因為手機尚未發明，電話也不普及，甚至於每棟宿舍幾十間房間住了兩三百人，只共用一支電話，要透過電話找人，可說難上加難；而女生宿舍又不准男生進去，所以找人的唯一方法是，到女生宿舍門口等，看到要進去宿舍的女生時，請她幫忙帶訊息給他要找的對象，說是有人在外面等她。因此一旦有男生要到女生宿舍找女生，就說是到女生宿舍「站崗」，因為一定得站在宿舍門口等一段時間。

匡復在「站崗」時，不小心也看到了三、四個電機系大一的同學，有從中一中畢業的，南一中畢業的，也有雄中畢業的。他們互相對看了一下，彼此心照不宣地各等各的。

過一會兒，一晴從宿舍出來了，東琴遠遠地向匡復揮揮手，擠一擠雙睛，扮個鬼臉，然後往她的寢室方向走去。

看著一晴走出來，匡復特意擠個微笑，算是迎接一晴。

「找我有什麼事嗎？」一晴算是平和地問。

「沒有什麼事，就只是來找妳。」匡復說道。然後他們就在宿舍門口的椰子樹下坐著，彼此都很沉默，匡復不知道要說什麼好。後來終於想到了要問她寫信的事。「妳有收到我的信嗎？」

「有啊！」一晴回答。

「那為什麼沒有回信？」

「想回的時候就會回。」她簡單地回答，語氣一樣是平和，匡復實在聽不出她到底心裡在想什麼，或覺得如何。然後，匡復又不知道該如何接下去了。

彼此又沉默了好一段時間以後，一晴說：「我得進去了，不然待會兒宿舍餐廳就沒菜了。」

匡復想：「一晴說的沒錯，晚一點回去的話，連男生宿舍的餐廳也沒菜了。」於是就和她道別，匡復回宿舍去了，繼續和高中時類似的作息。

傻不嚨咚的匡復沒想到要找一晴到外面餐廳吃飯，不過即使想到的話，也不敢去，因為身上帶的錢，只夠學生宿舍餐廳的晚餐，要是到外面餐廳吃飯，錢就不夠了。

在女生宿舍前站崗，需要頗大的勇氣，門口有那麼多人，眾目睽睽看著你等的女生出來，或許大部分的人並沒有注意著你，但是心裡的壓力還是相當大。有時會有認識的同學中較調皮的，騎著腳踏車從女生宿舍門口經過時，看到匡復在站崗，就邊騎著呼嘯而過，邊大聲呼喊著：「匡復又在站崗了！」

匡復當時覺得真想找個地洞鑽進去。後來他學得機靈了，站崗的時候，特別留意那類的同學是否從遠方過來，看到時，趕緊把頭別到其他方向，避免讓同學看到。

之後匡復再去找一晴幾次，學會吃過晚餐再去找她，可以有較長的時間。然而話不投機半句多，她總是很沉默。匡復有時背一些故事給一晴聽，以避免長時間的沉默，但一晴聽完故事，也只有簡單地回應。

有次站崗時剛好碰到學姊，就是被稱為金童玉女中的那位。看到她，匡復覺得很高興，學姊也大方地停下腳踏車和匡復打招呼，並親切地問道：「匡復，來這裡之後適應得怎麼樣？」

匡復回答說：「還不錯，功課不算太難。」

之後他們就聊了起來，匡復覺得和學姊聊很自然，不需要用腦筋想著要講什麼，自然而然就可以對話，心情輕鬆許多。聊了一會兒，學姊說：「我幫你找一晴出來。」然後進去宿舍。

過了一些時間，一晴出來了。然而他們照樣是沉默地度過時間。

「或許她就是話不多。」匡復如是想。

雖然一晴都不回信，匡復還是繼續寫給她，心想或許那一天她會回。因為匡復的兩個姊姊都說，她們的男朋友常寫信給她們，兩個姊姊也就因此和各自的對象成為男女朋友了，所以匡復就不間斷地寫信給一晴，況且寫信較能和自己的作息配合。

匡復心裡對功課還是相當在乎，聯考後的失落感沒有完全消失，他希望能補回那個失落感。他似乎把追女生看得太過簡單，不曉得其實交女朋友，比微積分拿高分要難上許多。

第一章　第一名後的空虛和新的探索旅程。

然後第一學期結束，匡復拿了臺大電機系第一名，這個成績大概是他夢寐以求的，因為臺大電機系第一名就相當於狀元。他小時候常看歌仔戲或野臺戲，戲中的主角常是貧苦出身，如何努力，然後考上狀元的情節。大概受這些戲的影響，所以匡復不知不覺中把考狀元當做是目標。

拿了臺大電機系第一名，他的家人很高興，宜蘭的母校包括國小、國中、高中的老師們也都很高興，這大概是宜蘭人的第一次。照理說，匡復也應該是很高興，可是不但沒有，他的內心卻感到很空虛，他很清楚的記得，覺得很空虛，一種莫名其妙的空虛。然後他就開始探索人生其他層面，他無法理解，為什麼達成了多年來的夢想後，竟然不是高興，而是空虛？他不曉得要找誰談他的心情，家人都在為他高興，但他卻不快樂，匡復不知如何告訴家人他的心境。也沒有想到找一晴談，大概認為和她在一起大多是沉默以對，所以不覺得她是可以訴說心情的人。

後來匡復似乎覺悟了，他想，人生不應該只是為了拿第一名，可是應該為什麼而活？

不知是什麼原因，他開始對自己的生命有了深層的反省。某一天，在日記上寫著，他對著自己如此說：「你是個膽小的人，為什麼你會如此膽小，只因你不敢在自己面前揭露瘡疤，你在為自個掩飾你自己，你不能向自己坦露你的缺點。勇敢吧！告訴你自己，你的缺點極多，你極為懦弱……」

匡復好像靈光乍現，突然意識到，他的世界除了讀書考試以外，就沒有其他了，所以覺得需要看看外面的世界。後來去參加了社團，整個大學四年，參加了十多個社團，其中影響他最深的是臺大青年社。臺大青年社也是他參加的第一個社團，大一下參加時，他們分成幾個讀書小組，有歷史、文學、社會、經濟、政治、新聞、哲學等等，主要是社會科學或人文類，這其實不錯，因為對念電機的人而言，自然科學的內容在正式的課程中就可以學到，能夠在社團多接觸自然科學以外的知識，也滿吻合他當初要探索外面世界的目的。這些讀書小組他都很喜歡，但只能選其中之一，他選擇了哲學組。因為參加這個讀書小組，讀了一些哲學方面的書，也對哲學產生了興趣，後來即使讀書小組結束了，他自己還繼續讀了不少哲學的書籍。

參加了臺大青年社，覺得眼界突然打開了。大一上學期的世界不是電機系，就是蘭陽校友會。到了臺大青年社，突然間看到了許多不同科系的人，以及許多建中或北一女畢業的學長姊和大一的同學，覺得世界大了許多倍，好像人生到這個時候才得到啟蒙。

似乎參加臺大青年社的同學都讀過《未央歌》，也都對《未央歌》的情節相當熟悉，於是社長被封為《未央歌》當中的第一男主角大余，中文系三年級的一位學姊被封為書中的第一女主角伍寶笙，醫學系的某位一年級新生被封為第二男主角小童，而書中的第二女主角藺燕梅呢？還無法確定，因為同時來了幾位氣質出眾的一年級女生。有商學系國貿組的桐齡，曾是北一女樂隊指揮，臉型和身材都令人讚歎，有著一雙骨碌碌的大眼睛，談吐優雅，能夠擔任北一女樂隊指揮，當然是氣質不凡。還有外文系的百荷，她在前不久的大一盃演講比賽時，竟然擊敗健言社的眾多高手，拿了第一名，她談起話來不慍不火，條理中帶著溫柔。而中文系的芮玟，一看就像是念中文的樣子，溫柔婉約，有著令人無法形容的魅力，遠看近看，或是和她講話，都叫人回味無窮。以及醫學系的如鈴，健康活潑，大方且健談，像是電視廣告上的明星，但又比她們有智慧的多。他們不知該如何選擇，所以就暫且擱著。而匡復來的時候，所有重要的男生角色都已封完，他就沒有角色可以扮演。因此當他們討論《未央歌》時，匡復落個像是局外人看他們在演戲一般。對了，他就是觀眾或讀者，純粹欣賞，沒有參與的機會。但即使是純粹欣賞，看著他們的互動，匡復也覺得不錯。

臺大青年社和蘭陽校友會不一樣，而和《未央歌》較類似，這裡的同學常常談論國家大事，被封為小童的那位新生，雖然只是一年級，卻天文地理歷史，無所不談。社長更是令人敬佩，對每個人的個性似乎瞭若指掌，對事情的調度條理分明，做起判斷明快果決。上學期看到蘭陽校友會的學長姊，已經覺得他們很棒了，沒想到，臺大青年社的學長姊更是厲害，甚至於連一年級的同學都才氣出眾，匡復感到羨慕極了，覺得上學期就該來參加這個社團。

經常地，他們談的觀點，有許多是高中課本中沒有提過的，匡復有時覺得他們怎麼如此放肆，對過去課本中稱頌的人物也膽敢臧否，但聽他們的論述，又是很有道理，所以他感到困惑了，到底以前高中課本讀的內容對呢？還是臺大青年社的這些同學說的才是正確呢？不過，這些讓匡復大開眼界的觀點，讓他覺得來參加臺大青年社確實值得，雖然他們談話時，他似乎像個局外人。只有桐齡聽說他拿了電機系第一名，會和他說一些話，但她總是把匡復當成是建中畢業。他更正了幾次，但似乎效果不大，因為過了一陣子，她又問他說：「聽說你們建中……」後來匡復也就懶得更正了。從另一個方面而言，發現她總是把自己當成是建中畢業，匡復也覺得有些高興，因為表示他不再像東琴眼中認為的那麼傻裡傻氣或土裡土氣，況且被擔任過北一女樂隊指揮的桐齡當做是建中人，似乎也算有些光榮。

臺大青年社的辦公室在活動中心，在臺大青年社久了以後，也對活動中心的眾多社團有不少認識。參加臺大青年社的同學，大多是建中或北一女，還有和臺大青年社關係密切的社團也有一大票是建中或北一女的同學，這時才真實地感受到，在臺大當中，建中和北一女勢力之龐大。後來發現，中一中、南一中、雄中的勢力也不容小覷。之後又進一步發現，臺大的不少社團都被某些地區或學系的同學「霸占」，如建中和北一女、中一中、南一中、雄中等，他們除了校友會以外，不少社團都被他們把持。再更多接觸以後，發現要進入建中和北一女的團體圈，比中一中、南一中和雄中等外縣市來的要難得多，或許是外縣市的同學，大多離鄉背井，大家的心理感受較接近吧，所以較容易打成一片！

參加臺大青年社真的讓匡復覺得收穫很多，雖然有時會因為看到他們如此博學多聞，而有些自卑。但自從加入了讀書小組的哲學組以後，也就慢慢覺得可以透過讀更多課外的書，特別是哲學的書，而增加許多知識和邏輯判斷的能力。在哲學組中，大家輪流報告所讀的一些內容，在匡復實際輪到幾次報告以後，再看到臺大青年社的同學，漸漸覺得他們不再是仰之彌高，鑽之彌堅了。而高中時，對建中和北一女的崇拜之情，也因拿了電機系第一名，以及逐漸發現了如何增加課外知識的途徑，漸漸地有了自信，不覺得低他們一等。

這個學期臺大也辦了第一屆臺大文學獎徵文比賽。結果出乎眾人意料之外，顛覆了大家原先的預期。大家最為矚目的小說類組，第一名從缺；第二名是機械系三年級的學長；剛好他也住男十二舍，並且參加臺大青年社讀書小組的哲學組，所以常看到他。他平常話不多，不像社長那樣可以侃侃而談且鏗鏘有力，也不善和人搭訕，臺大青年社的人不常提到他，若不是他參加讀書小組的哲學組，可能不會知道他是臺大青年社的成員。知道他拿了文學獎小說類組的最佳名次，匡復覺得頗為驚訝，俗話說人不可貌相，真是沒錯。他得了這個獎，好像也沒有特別感到興奮的樣子，問他得獎的感想，他只淡淡地說沒什麼。

第三名是哲學系一年級的女生，後來知道她也是宜蘭人，但在臺北念高中，蘭陽校友會迎新時，她沒參加，所以當時不認識。許多人都頗意外，怎麼機械系和大一新生擊敗了文學院的眾多高手，而臺大青年社中，大家原先看好被封為伍寶笙的學姊，得到佳作。這個世界超過了匡復的認知太多，大家傳說及團體中營造的氣氛是一回事，而實際上卻是另一回事。

匡復逐漸意識到，高中時代的自己對臺北人有著莫名的崇拜。他記得高中聯考時，化學老師給他們一份考卷練習，說是建中的模擬考題目。這份考卷，他只拿了五十多分，雖然這已經是班上的最高分，但他心裡卻覺得自己和自己的高中都遠遠比不上建中。現在有機會和這些他崇拜的建中同學在一起，他覺得很榮幸。卻沒想到，他竟然可以在成績上超過他們。而在聊天中，他也發現那份讓他只得五十多分的化學考卷，在建中同學當中，最高分的也只是五十多分，他有點懊惱當初不該花那麼多時間準備聯考，因為其實自己的實力不差。而物理和化學參考書反復做了四、五遍，似乎太浪費時間了，若懂得多讀些課外書該多好。只是宜蘭的高中在前一年沒有人考上第一志願，他如何知道自己真正的情況？他覺得自己好像會不知不覺地崇拜別人，他想改變，但是如何知道那些人並不值得崇拜，而那些人是他真正值得崇拜的？

疑惑歸疑惑，匡復在接觸學校社團以後，覺得放開拿第一名的枷鎖，勇敢探索人生的其他層面真是太棒了，他覺得以前像是井底之蛙，現在跳出井底，看到了外面繽紛的世界，像是脫胎換骨了一般。

在這個時期，匡復的課外生活主要在臺大青年社，偶而還是會參加蘭陽校友會的活動。碰巧高中的同學有幾個分配在男十二宿舍，如電機系的連祥是高中同班同學，他們住同一間寢室，機械系的勤殷也是高中同班同學，住在樓下的寢室，所以不缺知道校友會狀況的管道。現在既可以和同鄉的同學聯絡，又能和社團中的人交往，匡復覺得他的世界擴大了許多，日子算滿愜意的。

雖然一晴還是沒有回信給他，匡復照樣三不五時就寫封信給她，以前讀參考書時，書中會有插畫，以及一些類似座右銘的簡單標語，如「精誠所至，金石為開」等，他沒有多深思這樣的「座右銘」是否真是如此，就當做是理所當然，所以心裡認為一晴有一天會被他感動。

有時匡復也會去勤殷那裡串串門子，聊聊天。勤殷也在追女生，就是東琴，不過他的狀況與匡復不同，勤殷和東琴是國中同班同學，雖然東琴後來念北一女，他們還是一直有在連絡，現在同時考上臺大，可說是青梅竹馬。然而即使他們的關係頗有淵源，卻進展得也不很順利。

「難道追女朋友真的這麼難嗎？」匡復心裡也不免狐疑，但「精誠所至，金石為開」的座右銘卻又不知不覺地進入他的腦海。

有一天，匡復回到寢室，在連祥的書桌上看到一封信，信封上寫著寄件人是一晴，他以為信放錯了，應該是一晴回他的信，因為他的書桌和連祥的相連，而連祥的書桌是靠近寢室的門，所以有人拿進來時順手丟在他的書桌上。但再仔細一看，收信人的名字卻是連祥。匡復愣住了，一種挫敗的感覺，交混著被背叛的感覺，不知是友情或愛情的背叛。正好，連祥也回來了，他們目光相對，連祥發現匡復看到了他書桌上的信。其實連祥已經看過了這封信，他心裡也有所準備，沒有太多思索，直接告訴匡復：「匡復，追女朋友沒有人像你那樣敲鑼打鼓的，好像要全世界都知道似的，必須要默默行善才行。」

匡復聽了覺得很不舒服，因為他們是高中同班同學，匡復才一五一十告訴他，沒想到，他反而如此譏諷。因為還有其他室友在，匡復按捺住情緒，冷冷地回答：「你說的是，我瞭解了。」

其實匡復的真意是：「我終於瞭解了你的為人。」

從此以後，匡復不再和連祥談任何個人的事情。而知道一晴並非不寫信，只是不想寫信給他，而且她知道他和連祥是住在同一間寢室，卻還如此，匡復做了另一個決定，不再寫信給一晴了。他心裡起了一些震盪，「精誠所至，金石為開」是真的嗎？或是他還不夠真誠，所以一晴不寫信給他？可是若他和連祥都很真誠，那一晴如何同時答應和兩個男生在一起？

還好，現在課餘的時間大多在臺大青年社，大概注意力轉移了，情緒沒多久就平復了。

隔沒多久，有天踏進宿舍大門，看到勤殷擦身而過，氣沖沖地快步走到他的寢室，匡復從後面喊著：「勤殷，發生什麼事了？」他沒有回答，似乎沒有看到匡復，匡復跟著到他寢室。

勤殷放下包包，氣憤地說：「太過分了，竟然瞞著我這麼久。」

「發生了什麼事？」匡復問道。

「東琴已經有男朋友了，竟然今天才告訴我。」勤殷回答：「我不懂，那個男生有什麼好，只因為他念的是師大附中，我雖然念的是宜蘭的高中，還不是考上了臺大。」

匡復拍拍他的肩膀，他突然意識到，匡復在他旁邊。勤殷接著說：「還是在宜蘭念書的人比較單純，雖然東琴和一晴是國小同學，但東琴在臺北念高中，就變得狡猾了，一晴繼續在宜蘭念高中，就單純多了，結果大家還不都是考上了臺大？」

「是嗎？在宜蘭念高中就比較單純嗎？」匡復回答：「我看只有我們兩個單純的笨蛋罷了！」

接著，匡復把一晴寫信給連祥的事講了一遍，也把連祥說的話覆述了一遍。

勤殷還在火氣上，說道：「連祥這個王八蛋，虧我們和他還是高中三年都在同一個班上，真是見色忘義的傢伙。」說完，他突然像洩了氣的氣球，攤在床上。

感情實在太難掌握了！上學期的電機系迎新時，學長教了三草哲學——「好兔不吃窩邊草，好馬不吃回頭草，天涯何處無芳草」，他們沒有聽，只聽了蘭陽校友會的觀點——「肥水不落外人田」，現在落得如此下場，也是自己活該。但電機系學長的三草哲學該如何運用？

而讓匡復難過和困惑的，不僅是感情的失落，還有和室友之間的適應。連祥和他是高中的同班同學，現在和他更是異鄉作客的室友，但面對要追求的女生，這些同學室友的情誼卻都不見了。

此外，他現在的一位二年級室友把他的玻璃杯拿去用，不僅沒事先向他借，還髒兮兮地擺在室友的書桌上好幾天，不還給他，害他不能泡牛奶，幾天來都沒吃早餐。怎麼辦？二年級室友長得比他高大，他可以向他要回來嗎？而自己是否太小氣了，玻璃杯讓室友用幾天又怎樣？如果連祥不是和他同時追同一個女生而有嫌隙，或許可以找他商量，可是在這當下，他會幫忙嗎？

還有，匡復得面對自己個性上的另一個大困擾，他發現自己到了晚上就有莫名的恐懼，半夜起來想上廁所，得穿過長而昏暗的走廊，走到另一頭，他一方面害怕，另一方面卻也不滿自己一個大男生，卻對黑暗感到恐懼。他不敢告訴室友，更不敢找人幫忙，因為覺得很丟臉。對於需要獨自在外生活的男生而言，非常的困擾，怎麼辦？他設法分析讓自己恐懼的心理因素，後來逐漸理解了是因為在傳統信仰中，充斥著一些穿鑿附會的傳說，從小時候就聽來的，不知不覺地形塑了腦海中的印象，他覺得要把這些莫名其妙的印象驅除出他的腦海，但可以怎麼做？

人生好像不是只有讀書考試，還有許多其他的層面，但他卻不知道如何應付。日復一日，都得面對室友，以及每個晚上都會出現的恐懼，他該怎麼辦？高中時盼望早日脫離聯考，現在沒有了聯考的羈絆，卻陷入了更多的困擾，真是始料未及。

第二章 柏拉圖式的戀愛。

聯考把人框在一個架構裡，叫人想要逃離；但是脫離聯考以後，生命卻變得撲朔迷離。從大一下意識到需要看看外面的世界以後，匡復的人生開始被一連串的意外事件引導，許多事情都在他的意料之外，講得詩意一些，生命像是一連串的偶然所編織出來的故事，講通俗一些，人生是被命運所安排的。

大一和匡復住同一個寢室的，除了連祥外，還有另一個臺大電機系的同學，他是別的高中畢業，他們在高二暑假的一個研習營就已認識。一天晚上他們在聊天，這是很普通的聊，大多言不及義，就像很多人高中時聊國中，大學時聊高中，研究所時聊大學。他們也就聊一些高中的事，女生自然也是重要的話題，尤其是高中時，大多是男女不同校。

聊來聊去，匡復突然想起一個女生，和這位同學應是同一縣市，就問他：「有沒有聽過某某女中的夏曉軒？」

「當然聽過了！」他說：「她很有名，現在在某個學校的醫學系，長得很漂亮，身材又好，聽說很多人在追。」

「這個可以想像得到，我在高三寒假的一個活動看到她時，就有很多男生找她簽名。」匡復說。

「想不想追她呢？」他開玩笑地問，然後接著說：「我幫你打聽她的地址。」

聊完以後，匡復沒放在心上，卻沒想到，隔了幾天，他竟然真的打聽到消息給匡復，他說：「夏曉軒放話說，她不給你地址，如果你有膽，就直接寫信到她的系上給她。」

這其實聽起來像是拒絕，只是匡復的個性有些好強，對他而言，更像是反向的激將法，因此說：「那有什麼不敢？」

於是匡復就寫了，抱著好玩的心情，並不期待她會回信。一方面，可能是一晴讓匡復覺得，女生是不輕易回信的；二方面，從同學傳來的信息，她不給地址，也像是不太願意和不認識的人寫信。

隔了幾天，沒想到在他的書桌上竟然有夏曉軒寄來的信。匡復認得她的筆跡，因為在高三寒假活動結束前，他有請她在一個小旗子上簽名，那個簽名讓他印象深刻。高三寒假的研習營是全國許多高中派一名代表參加，大多是學校的第一名。以前聽說漂亮的女孩不會讀書，會讀書的女生一定不漂亮，但是在寒假的活動看到她，發現竟然會讀書的女生也很漂亮，而她簽名的字更是漂亮。因為這個活動是和自然科學方面有關，所以參加的同學大多是男生，女生不多，她自然成為矚目的焦點，許多男生都找她簽名。她也很大方，一一為大家簽名，讓匡復印象深刻，其實也令他有些怦然心動。

看到她的信，真是喜出望外，覺得很高興，沒想到讓他心動的女生竟然真的回信。她的字很漂亮，不是秀氣型的美麗，而是自然地流露出瀟灑，結構完美卻不僵硬，有種灑脫，但不粗獷，不管是個別的字或全部整體看起來，都是活潑有力，令人忍不住想多看幾眼，和印象中的長相頗相似，單單看信封就讓人心曠神怡。

接著匡復打開信，讀了起來。

不知道我們在高三時就已碰過面，以及放話要你直接寫信到我的系上，想對你說抱歉。也謝謝你沒有計較，真的寫信給我。

……

看到你對大學生活的描述，讓我感到羨慕。來這個學校半年多了，覺得大學生活和從前所期待的落差頗大。老實說，我覺得這裡有些封閉，這裡的風景滿漂亮的，但看久了以後，對風景的感受就慢慢地淡了。生活中，除了上課之外，不算多采多姿。羨慕你在臺大可以有機會接觸到許多人，探索許多人生的層面。

……

希望能再多知道你的大學生活感想。……

曉軒上

看完她的信，匡復深深地感受到夏曉軒的內在心靈。他回想起高三時看到的她，充滿活力和朝氣，但是此刻，腦海中似乎浮現出她沮喪、失落的神情。這是生平第一次，匡復覺得深刻地瞭解、領受或體會另一個人的內心。原先從同學那裡聽來的，以為她會是傲氣凌人，即使收到信，也沒有預期她會是如此坦誠，將失落的心情告訴他這麼一位，甚至都還沒有印象的男生，這使得匡復覺得當時以一種好玩的心情寫信，似乎對不起她。

曉軒：

收到妳的信，我喜出望外。原先不敢期待妳會回信，更沒有預期妳會如此真誠地告訴我妳的心情。

其實，才幾個月前，我還是個少不更事的小男孩。但突然間，在幾個月內，覺得經歷了許多事，好像比高中整整三年累積的還多，也經歷了沮喪、失望的心情，經過這樣一段低潮後，現在走出來，覺得自己好像是脫胎換骨一般，我也感到很幸運，走了過來。

另一方面，我也慶幸自己經過了那一段低潮的時期，讓我因此有了成長，此刻能領受到生命的另一個層面。我也相信妳不會一直在目前的情況中，有一天，妳也會進入到另一個層次，讓妳重新感受到生命的喜悅。

我必須坦誠地告訴妳，當初因為沒有預期妳會回信，甚至於以為妳根本不會看我寫的信，所以只是抱著好玩的心情寫信，希望妳能諒解。

看到妳真誠的回信，對我真是很大的鼓勵。其實，就在這幾個月的經歷中，我深刻體會到，要能真摯地談自己內心的感受，並不容易，我也盼望能繼續收到妳的信，可以知道妳的感受，不管失落或快樂，我都覺得彌足珍貴。

……

匡復上

隔了幾天，又收到了她的信，匡復覺得很快樂，從此他們就開始互相寫信。

和曉軒寫了幾次信以後，他們約在曉軒的學校碰面。因為曉軒對匡復並沒有印象，碰面前，彼此在電話中互相向對方說明穿著。

曉軒的學校在山上，下了公車，要走一小段山坡路上去。這是晚春時節，但天氣還不熱，有點涼風，匡復心情愉快地走，想像高中時看到曉軒的樣子。碰面後，發現和以前印象中的曉軒不太一樣。高三時，她頭髮不長，因為是冬天，她穿著黑色長褲和外套，都是學校的制服。現在，她留了長髮，穿著花色上衣，和輕鬆的裙子，沒有像高中時看來的意氣風揚，但更像鄰家女孩般地平易近人。匡復現在也和高中大為不同，高中時只能留小平頭，現在頭髮長到可以分邊，而且發現，頭髮留長以後，微微捲起像波浪般，有時他自己攬鏡自照，甩一甩如波浪般的頭髮，竟也自己陶醉起來，現在的他看起來也和高中大不相同。

匡復覺得彼此對話是那麼輕鬆，在他們確認對方真的是所約之人後，就很自然地談了起來。剛開始見面時，雖不是一見如故，卻也沒有陌生矜持，與和一晴碰面的沉默尷尬相比，真是非常不同。這對匡復而言是第一次，和同年紀的女生，輕鬆地談，不需把她當成姊姊，也不需把她看成是妹妹。他們一邊聊天，一邊在校園中隨意地逛，然後再從校園逛到附近的一所大醫院，匡復沒有特別留意景色，因為心思都在和曉軒對話。更確切地說，心思也不在和她講話的內容，而是享受和她談話的氣氛。

他們散步穿過一個隧道，到一個地方，有點像花園。他們坐在樹下的一顆大石頭上面，隨便地聊，有時還輕鬆地躺在這顆大石頭上，看陽光從樹葉中灑落下來，再旁邊一些是藍色的天空，點綴著幾朵像棉絮的白雲。他們躺在石頭上，邊看天上的景色，邊聽對方說話，此時覺得彼此像是認識很久了一般，似乎任何話都可以談，不必刻意去想什麼話題，而對方所說的內容，也自然地覺得很有意思，不需假裝是很有興趣，他們的相處真是恬適自在。就這樣聊聊天，散散步，大約幾個小時之後，各自回去了。

他們約會以後還是繼續寫信，有時打電話到宿舍，她打給他，或他打給她。匡復覺得很喜歡收到她的信，也很喜歡聽她的聲音。她的聲音很特別，既非撒嬌，也不是犀利的語氣，而是一種極為自然的聲調，配合著她的談話內容，讓匡復覺得他的靈魂像是和她合而為一，叫人全心沉醉。就這樣寫信、打電話，有一段時間，也沒說是男女朋友，覺得就是互相比較瞭解的朋友，有點像是柏拉圖式的戀愛，看到她的信或接到她的電話，心裡總是覺得溫馨又甜蜜。

有一次，她的信中寫道：

匡復：

看了你上一封信，覺得你對生命的感受是如此地敏銳。雖然我們才認識沒多久，但你信中的筆觸，對我而言，卻是那麼熟悉；你的想法，也正巧反映了我的感受，讀你的信，像是在讀自己的心聲。有時我會懷疑，真是收到了你的信，或是收到了自己給自己寫的信？

其實我知道是收到了你的信，只是自己有時會莫名其妙地幻想。我想像，我們是否幾輩子以前曾經是雙胞胎，不管那時我們是姊妹或是兄弟，或是龍鳳胎，總之，我覺得我們可能真的是曾經有過相同的成長經歷，所以才會有這樣多心意相通的感受。

你說你在家裡是老么，我也是，而我們血型一樣，生日又是如此接近，或許因此我們有這麼多的共同點。好像我們之間，性別雖然不同，但特質卻類似，不知是我像男生，或是你像女生？希望你不要介意我把你說成像女生。即使你像女生，也是瀟灑型的，可能我也喜歡自己是個瀟灑的人吧！總之，很高興和你有較多的認識。

這個學期，我們開始上一些醫學相關的課。期末考快要到了，但我還是忍不住想寫信給你，我有好多的想法，可能是幻想，但要準備功課，真希望可以放下課業……

曉軒上

她說的沒錯，他們太相像了，都是老么，都有哥哥姊姊們的呵護。匡復上面是姊姊，因為小時候模仿姊姊而有些女性的特質；而曉軒上面是哥哥，因為模仿哥哥而有些男性的特質，而這正巧讓他們本來是異性，卻趨向男女混合的類似特質。匡復感到何其有幸，認識了曉軒！

讀完曉軒的信以後，匡復心裡想著：「她寫的沒錯，我們幾輩子以前真是雙胞胎，也許更是生死相許的知己。」

不知不覺中，匡復變得經常盼望曉軒的信或接到她的電話。雖然隔沒幾天就會收到她的信，但還是天天盼望，原因不知道是因為她寫的字很漂亮，或是她寫信的內容充滿自然流暢的文筆，抑或是感受到她真心相待的坦誠和信任，或可能是他們在信中討論的感受，觸動了心靈深處的某個部分。不曉得她是否也有類似的感受？就算只是互相寫信的朋友，他也覺得非常珍貴，因為信中能夠同時文筆自然流暢、字跡俊美、坦誠抒發心情、而且能互相回應對方內心感受的對象，應該不容易才對。匡復猜想，她應該也是這樣的感受吧！

好像和曉軒寫信以後，匡復的困擾不見了，室友羨慕他，他也不必為一晴和連祥鬧彆扭，而事實上連祥和一晴之間也沒有更多進展。還有每個晚上都會出現的恐懼，好像也不見了。因為收到了曉軒的信以後，他就想著要如何回信給她，於是小時候聽來的那些鬼怪印象不知不覺地消失了，但匡復卻沒有意識到，這可能就是戀愛的魅力。

匡復還繼續參加臺大青年社的活動，只是大夥相邀要去看電影時，匡復有些猶豫，因為他身上沒多少錢。社友的舞會也讓他不太愉快，因為他不會跳舞，也沒膽量邀女生跳舞；有一次好不容易鼓起勇氣邀一位中文系女生，也是一年級，卻遭了白眼，他隱隱覺得是因為他缺乏城市人的優雅，但他如何去培養出那份優雅？從此他更對舞會沒有好感。他不瞭解到底如何做，才能在舞會中受歡迎。不過，他也好像不真的在乎，因為似乎社團中會跳舞的男生，成績都不太好，離開舞會的會場，他們好像就變得沉默了。「舞會只是那些平常失意的同學逃避現實的場所。」他自我安慰道。

匡復的功課也還不錯，物理、化學、微積分、中國通史、計算機程式等都不錯，他就是習慣性地讀這些科目，寫作業，不討厭，但也沒有特別的感覺。課堂中偶而出現一些小插曲，但上課的小小狀況外，本就會發生。不過他發現自己特別喜歡國文，不知道是因為國文老師特別介紹莊子思想，讓他嚮往；還是臺大青年社的哲學小組也剛好討論到莊子，所以印象特別深刻；又或者是，他發現莊子的人生哲學和自己的爸爸有某種契合，淡然面對外在世界的期待，不忮不求。過去媽媽常嫌棄爸爸不夠努力積極，才讓家裡的經濟常陷入困頓。他一方面認同媽媽，但卻也隱隱覺得失落，為什麼爸爸不能「有出息一點」？現在卻發現，原來自己的爸爸不見得一無是處，至少莊子就肯定了爸爸的人生態度，被莊子肯定耶！莊子可是偉大的哲學家呢！但卻也進一步困惑，為什麼要在乎自己的爸爸是否有出息、被肯定？他覺得自己的血液裡混雜著矛盾，既然喜歡莊子淡然面對外在世界的期待，卻又為什麼在乎爸爸的人生態度獲得肯定？他似乎不知不覺地把這些感受寫到信中，寄給了曉軒。

學期結束，匡復將要上成功嶺了，這時收到曉軒來信，邀匡復一起到淡水。她說是應該趁著考完期末考，還沒去成功嶺當兵之前，享受一些閒情，匡復當然很高興地答應了，因為他也正想邀曉軒出去。電話中約好在臺北火車站碰面，然後搭火車去淡水。

這天曉軒穿著黃色帶有花樣的上衣，配上牛仔褲，頭髮有著瀏海，看來美麗動人；匡復也碰巧穿著黃色襯衫，也是牛仔褲。因為已經互相認得，所以沒有事先講好穿著，沒想到穿得竟然幾乎一樣。

看到彼此的穿著，他們都感到驚訝，接著幾乎同時間說道：「怎麼你（妳）也穿黃色上衣和藍色牛仔褲？」講完，彼此雙眼對看了一下，高興地笑了，因為兩個人竟然連講的話也一模一樣，還同時說出來。

笑了一會兒以後，匡復說道：「妳先說。」

於是曉軒說道：「我一直覺得我們很有默契，沒想到竟然連穿著都一致。」

「真是沒錯，妳看我現在頭髮留長了，而且頭髮有些捲，形成波浪狀，看來像不像燙過頭髮的女生？」

「不可以取笑我，我信中說你像女生，不是指外型，而是覺得你的心思細膩敏銳。其實你看起來就是男生，事實上，我也不希望你像女生。」

「嗯！我開玩笑的，有妳當女生就足夠了，我還是當男生較好。」匡復接著說道：「我們就直接搭火車到淡水好不好？」

「好啊！」她說道。

於是買了車票，搭上火車。她坐在靠窗的位置，火車往前開動時，風從窗邊吹來，看著她的秀髮被風拂起，匡復覺得就像是在看瓊瑤電影中的女主角，而且是近距離地看，而旁邊應該要有個男主角，卻不見了。匡復沒有進一步意識到自己會是男主角，而是覺得電影的虛擬和目前的現實之間，一種說不出的接近，但又像是夢境般地不真實。

匡復看得出神，她轉頭過來，輕輕撥起她的頭髮，不經意地姹然一笑，看到他發呆的樣子，問道：「怎麼了？」

被她一問，他覺得不好意思，因為似乎被她迷得忘了自己，趕緊說道：「沒有，沒有怎樣。我覺得淡水線的火車很棒。」再來幾乎要接著說：「和妳一起搭火車的感覺更棒。」但話到喉頭，又吞了回去，怕她認為太輕佻了。

「嗯！搭火車真的很棒，可以看風景，又可以聊天。」她說道：「我覺得如果我們能夠念同樣的科系一定更棒，我們就可以談更多相同課程的東西。」

「我也覺得很難得和妳的想法那麼接近，雖然我們過去沒有在一起。另一方面，我覺得沒有念同樣的科系也不錯，我們可以互相告訴對方所念的東西，這樣可以增加彼此的見聞。」

「這樣想也對，那你先告訴我你大一接觸的課程。」

於是他告訴她一些課程的東西，她也告訴他上過的課。然後匡復說：「其實，讓我感受最深的是國文課，老師特別談到莊子，我也總覺得被莊子的想法吸引，在臺大青年社時，我參加了哲學小組，也有討論莊子的思想。」因為學期剛結束，匡復剛上完國文以及參加過臺青社的哲學討論，印象深刻，所以就談了起來，不知不覺，一個小時過去了，他們到了淡水。

下火車後，過馬路要到淡水河邊的老街。匡復看著沒有車子，就過了馬路，到了馬路另一邊，發現曉軒還在對面。等了一會兒，她過來了，然後她立刻抱怨道：「你過馬路時，怎麼不牽人家的手，自己就過來了？你不知道我是老么嗎？我和哥哥在一起時，他們都會牽著我的手過馬路。」

「我也是老么，以前也是我姊姊牽著我的手過馬路，但我覺得現在已經長大了，所以就自行過馬路了。」講完，本來想接著說：「妳也應該要學習自行過馬路。」但看她兩隻眼睛睜得大大地瞪著，於是匡復把話頓住，然後伸手牽她，她高興地笑了。

他們手牽著手，沿著淡水河邊走著。淡水河的河面在這裡相當寬廣，河口迎著海風，波光粼粼，對面觀音山倒映在水裡，也隨著微小的波浪，輕輕搖晃。他們輕鬆地走著，曉軒臉上一抹閒情，匡復也感受到閒散的氣氛，就如她信上寫的。雖然初夏的太陽有些豔烈，但河畔有涼風吹來，閒情中混合著涼熱不同的感受。

第一次手牽著不是自己姊姊的異性，匡復心裡有點搞不清楚是那種情懷，但確定不是對姊姊的情懷。是妹妹嗎？他不希望她是妹妹，也不想把她當成妹妹。是愛情嗎？他盼望，但不敢多想，怕過於躁進反而破壞了彼此心靈間的默契，他覺得和她之間，不管是什麼，都彌足珍貴。然而是友情嗎？或許該如此定位，可能應該先成為好朋友一段時間後，再轉變成男女朋友。到底他們相識還不到三個月，而且都還未滿二十歲，現在談戀愛似乎太早了。只是匡復不瞭解，當愛情來臨時，何必在乎是否已經二十歲？

匡復刻意想成和她是兩小無猜的小朋友，手牽著手在郊遊。還是和上次碰面時一樣，輕鬆自在地聊，然而心裡頭卻燃著愛情的火，只是不敢讓它顯露。但還是忍不住要看對方的雙眼，覺得讀對方的眼神是一種享受，聽對方講話的聲調也是享受，談話的內容更像是在反映內在的心聲，讓靈魂深處得到滿足。說實在的，匡復不曉得愛情的互動是否會比和曉軒之間的互動更美，因為過去從未有過戀愛的經驗。如果他們之間只算是好朋友的互動，匡復覺得這其實已經足夠了。

他們聊著聊著，接近了黃昏，聽同學說過，淡水夕照是臺北的美景之一。於是他們走到一個小舢舨船的碼頭，坐在碼頭邊的石礅上，準備看夕陽。他們肩併著肩，繼續不著邊際地談天，什麼都談，似乎不管話題是深是淺，彼此都能回應。匡復邊談邊把玩曉軒的手指頭，一根一根地數著。

「你在做什麼？」曉軒問道，但沒有收回她的手。

「玩妳的手指頭。」

「好玩嗎？」

「嗯！」

匡復一邊回答，一邊繼續輕輕捏著她纖細的手指頭，也摸著指頭間的關節，好像觸摸她的手指頭也可以讀出她的心聲。突然間，他領悟了一件事，覺得她的字會那麼美，是有原因的，一定是和她的手指頭構造有關，也和她指頭關節的特質有關，於是說道：

「我覺得妳有著某種調和，某種一致性的和諧，從妳的字、文筆、對生命的感受，以及妳的手指頭、眼睛、鼻子、五官、外型、身材、甚至於關節，一切都那麼調和，全身上下，不管內在和外在，都散發著叫人著迷的美。有時甚至於找不到合適的形容詞來描述這種全然調和的美。」

匡復講完後，曉軒轉頭看他，說道：「真的嗎？為什麼我哥哥們從來沒有這樣說過我？」

「也許他們太常看到妳了，所謂久入芝蘭之室，不聞其香。」匡復接著說道：「妳看，太陽已經變成紅色了。」

「嗯！好美！」她回應道。

他們看著紅色的夕陽，遠遠地掛在淡水河出海口的海平面上，周圍有幾朵橙紅色的雲，而西方的天空全都被染成橙黃色，整個天色映入波浪晃動的水面，於是天空、海面、河面，全都是由紅黃橙的顏色柔和地交織而成，水波的跳動，讓這些暖色系也跟著湧躍變化，叫人陶醉。而此時此刻，還有佳人陪伴，一切的美好環繞在四周，不僅是外在的景色，內在的心靈也都美不勝收。

匡復不禁脫口而出：「古人說，夕陽無限好，只是……」

話還沒說完，曉軒已經伸出她的手指頭，放在匡復的雙唇之間，說道：「不准說出後半句。我們都還年輕，還可以經歷許多次的美景。」似乎她也想到了這句話。

「嗯！還好妳及時擋住我的嘴巴。」說完，匡復心裡不知為什麼，升起某種莫名的不祥預感，雖然後半句話「只是近黃昏」沒有真的說出口。匡復趕緊把這個感覺壓下，接著說：「在宜蘭，太陽都是從山邊落下，現在第一次看到夕陽落入海裡，真是特別。」

此時，夕陽已經落入海裡，天色漸暗，河邊老街的路燈亮了起來，他們繼續坐在小舢舨船的碼頭，她頭靠在他的肩膀上，昏黃的晚霞依然迷人，四周看來是那麼浪漫，匡復心裡似乎出現某種欲望，他的手還繼續輕柔地捏著曉軒的手，覺得想轉頭吻她，但不敢造次，因為彼此沒有說好已經是男女朋友，而他也沒有預備好進入這樣的關係。他的心一邊掙扎著抵抗生理的欲望，一邊繼續享受著和曉軒間的靈犀相通。

星星出現了，對面觀音山下的燈光映照在淡水河面，光影隨著波浪，左右搖晃，曼妙舞動，婆娑生姿，他們也有默契地，肩併著肩同時輕輕擺動。

曉軒說道：「過幾天就要去成功嶺了，你知道在那裡的情形嗎？」

「沒有特別去想成功嶺當兵的狀況。以前大哥是職業軍人，小時候常聽他談起在軍隊中的狀況，特別是他談到在接受蛙人訓的情形。我想再辛苦應該也不會比他辛苦吧！他都能經得起蛙人訓的考驗，我想我應該也沒有問題才對。」

曉軒繼續問道：「蛙人訓是怎樣的情形？」於是匡復把從大哥那裡聽來的告訴她了。

「哇！很不簡單。你似乎滿崇拜你大哥的。」

「嗯！我希望自己也能有他那樣的英雄氣概。」

「我就知道你不像女生，除了心思細緻以外。」她接著說道：「聽說成功嶺在就寢前都會放一首很溫柔的歌，叫做今宵多珍重。」

「哦！我還不知道，妳會唱嗎？」

「嗯！」她說完，輕輕哼唱了起來。「南風吻臉輕輕，飄過來花香濃；南風吻臉輕輕，星已稀月迷朦。我倆緊偎親親，說不完情意濃；我倆緊偎親親，句句話都由衷。不管明天，到明天要相送，戀著今宵，把今宵多珍重。我倆臨別依依，怨太陽快昇東，我倆臨別依依，要相見在夢中。」

唱完，在路燈的映照下，曉軒的眼眶閃著淚光，不知為什麼，匡復也淚水濕了雙眼，他們彼此安靜地坐著，似乎期待就這樣，互相挨著肩膀，一直到天荒地老。

第四章 成功嶺上 今宵多珍重。

之後，匡復上成功嶺受訓六週，以往都是聯考完，還沒上大學就先到成功嶺受訓，這一屆較特別，是先讀完一年大學後才到成功嶺受訓。在成功嶺受訓期間，雖然肉體上受了一些折磨，但內心卻很滿足，因為曉軒常寫信給匡復。當班長在發信，念到匡復的名字時，看到班長和別人羨慕的眼神，那種感覺真好。尤其是看到曉軒的筆跡時，總讓他心裡感受到一股溫馨甜蜜的暖流。

曉軒寄來的其中一封信寫道：

……暑假已經一段時間，和老同學該碰面的都碰過面了，不知為什麼，心裡總感到空虛，或許是生活太過無聊。不知道如何讓日子更為有趣和精采？

看你對成功嶺受訓的描述，雖然辛苦，但總是讓生活填滿事情。雖然不能盡如人意，但還是有可以抓住內心的東西，可惜女生不能上成功嶺，無法體會在受訓中，可能得面對的掙扎和試煉……

匡復回給她的信中寫道：

……我其實不知道該喜歡或討厭成功嶺的受訓日子。嚴格說來，這裡的受訓不算太辛苦，和大哥告訴我的蛙人訓練相比，真的是差遠了；甚至於和以前在鄉下種田時，長時間在太陽底下曝曬，還有要用力拖著板車的情形相比，這裡的訓練都不算什麼。班長們有時開玩笑地說，這裡的訓練就像是戰鬥營，離真正的部隊訓練差多了。我想班長們說的應該沒錯。

然而，讓我感到難過的是人性的部分。在這個連隊中有不少大學的同學，大家在過去一年中相處，彼此的感情不錯。然而，有一次在休息時間很短時，大家爭奪飲水的情況，似乎同學的情誼瞬間消失無蹤。我心裡有很深的感觸……

然後又收到她的來信，信中寫著：

匡復：

我能理解你的感受，讀你的信，有時覺得你分析事情，條理清楚，充滿著理性。有時又覺得你多愁善感，情感豐富。面對同學間爭奪喝水的情形，其實我也不知自己若是在現場，是否也同樣感傷？希望你能快快讓這些感觸過去，不要記在心裡。

……

最近讀了《基度山恩仇記》，看到愛德蒙．丹蒂斯在感情上面的執著，頗令我感動。而他的情人梅絲黛，在以為愛德蒙已經不能回來之下，改嫁他人，也令我感慨萬千。似乎女性在人生或感情的路途當中，常身不由己，沒有太多選擇。我覺得生命好脆弱，雖然愛德蒙・丹蒂斯在二十年的牢獄之後，逃出來了，但一切已經變了，梅絲黛已經嫁了別人，愛德蒙再堅強，還是無法挽回過去的愛情。而梅絲黛更是無奈，雖然她還是愛著愛德蒙，卻不能和他在一起。而在愛德蒙回來以後，她更痛苦了，因為面對他時，似乎還要承受內心的某種控訴，控訴她為什麼背叛了和愛德蒙的愛情？為什麼不能等候？可是她怎麼知道愛德蒙還活著，而且還會回來與她相遇？

匡復，我真的覺得人生好無助，許多事都難以掌握。我不曉得，假如我是梅絲黛，我是否還有勇氣在這世上苟活多年？

曉軒上

……

看了她的回信，雖然人在軍營，心卻在曉軒。晚點名後，匡復趕快寫信給她。到了就寢時間，「今宵多珍重」的歌聲響起，他想起淡水河之夜，曉軒唱完歌之後，含著淚水的雙眼。「其實何止我多愁善感，妳不也是如此？」匡復一邊寫信，一邊想著，好像曉軒此刻就在他面前。

曉軒：

我也同樣能理解妳的感受，讀妳的信，我也覺得妳分析事情，條理清楚，充滿理性，但也同樣是多愁善感，極為感性。我何其有幸，遇到妳這樣兼具理性和感性的異性！妳以前說的沒錯，或許我們曾經是幾世以前就曾深刻相識。

……

國中時，美術老師在上課時講一個故事給我們聽，她講得很棒，但沒有講完。後來知道她講的就是《基度山恩仇記》，我跑去問她故事後來的情形，她就把小說借給我看了。記得那是國一結束的暑假，我在宜蘭鄉下的竹林裡看《基度山恩仇記》，我現在還記憶深刻，很被小說的情節吸引，所以一直到看完才把書放下。

或許那時候年紀太小了，不知道小說情節和真實的生活可能會有的密切關聯，所以沒有強烈的情緒感受，雖然對小說情節一直記憶深刻。那時可能把這樣的小說當做是卡通影片般的情境。然而，美術老師卻一直讓我印象深刻，比任何其它科目老師的印象還深。

她有些跛腳，但不知為什麼，我覺得她走路的姿勢比正常人還優雅。她臉上的神情總是從容，笑容可掬。我覺得我如果是她，我一定會有許多埋怨，但她不僅不會如此，甚至於讓我感到，她的跛腳就像是手掌中的掌紋，只是自然界中各種現象之一而已，似有若無，在她心裡沒有產生任何疙瘩。看不出來她特意顯出逆來順受的堅強，但她從容不迫的面對生命，卻令我動容。

而我印象最深刻的是，她帶著我和幾個同學到處寫生。國一的寒假，幾乎每天都到她家報到。她帶我們去公園、到鄉野去寫生，之後的假日她還繼續帶我們到處寫生；而其實，整個寒假下來，我們卻一幅畫也沒畫出來。但我卻從這個過程當中，學會了用心靈去欣賞和感受大自然的美麗。

聯考的過程讓我們變成一味追求目標，反而忽略了過程當中的美麗。我也不曉得自己是否也變成了追求目標的機器，但我很懷念國中時，享受寫生，卻不在乎寫生結果的那段日子。然而現在的我，是否能夠回到那個時候的情形，我也無法確定。

……

不曉得女性是否一定較為無奈？我想在漫無目標或是無法掌握未來時，男性也可能會感到無奈。

談這些，不知道能否幫妳什麼？只是希望妳再度走出低潮。

匡復上

然後又收到她的信，她的心情變好了，匡復也放心了。

在六週的受訓期間，幾乎每週都收到她的信，只要時間允許，匡復就拿她的信出來看，不然就在心裡默念信的內容。六週雖長，但因為常收到曉軒的信，似乎成功嶺的阿兵哥生活也令他甘之如飴。而每天就寢前播放的歌曲「今宵多珍重」，總讓他想起，來成功嶺之前，和曉軒在淡水河畔看夕陽和夜景時，她唱的曲調，覺得似乎曉軒每個晚上都用「今宵多珍重」的歌聲伴他入眠，那種溫馨，更是非言語所能形容。

然而他是七月半鴨子不知死活，成功嶺受訓結束回到臺大宿舍，從此辛苦的日子才正要開始，而沒有意識到，真實生活的困難沒有那麼容易克服，只是他還活在想像的快樂日子裡。

在成功嶺時，有吃有住，受訓雖然辛苦，但不至於需要為三餐煩惱。回到宿舍，開始要精算三餐花費，他算一算，扣掉開學要繳的學費，身上剩下沒多少錢。原先還想說媽媽會寄錢給他，沒想到在大二之後就不再寄錢。匡復也沒向媽媽要，因為不確定能不能要得到。從他童年的經驗，若媽媽沒有主動給他，無論如何是要不到任何東西的。匡復的媽媽算是嚴母型，不是慈母型的媽媽，她有她既定的想法，沒有進入她心裡的東西，很難向她拿得到。從小時候起累積的經驗，匡復覺得自己設法解決比找媽媽要容易些。而家人中除了大哥念過軍校以外，還沒有人念過大學，或許因此匡復的媽媽以為念臺大和軍校差不多，不需要從家裡拿錢。總之，從成功嶺回到宿舍後，算一算身上的錢，必須去找家教。就在這個時候左右，匡復收到曉軒的一封信：

……我們來往已經一段時間了，而我們也到了交男女朋友的年紀，同學問起我們的關係，我覺得很難向他們解釋。不知道你如何看待我們的來往，我覺得我們很難以目前的關係繼續交往。

……

最近讀了《梵谷傳》，覺得梵谷的生命給我很大的震撼。

……

曉軒上

看完曉軒的信，匡復的直覺是她希望他們可以正式成為男女朋友，但不確定曉軒是否真是這個意思，剛好暑假搬到新的宿舍，有位新室友力立也是電機系同學，他有女朋友，匡復想他應該有較多和女生交往的經驗，應該是較瞭解女生，所以就請他幫忙看看，他看了以後說：

「她可能有了男朋友，不想和你繼續交往，如果你想挽回的話，現在就去找她。」

匡復算一算身上剩下的錢，發現若去了臺中，回來以後就要餓肚子了，那該怎麼辦？但也不希望就此結束關係，希望能繼續互相寫信。曉軒信中也另外提到她讀了《梵谷傳》，覺得對她的生命有很大的震撼，匡復沒讀過《梵谷傳》，所以不能體會到底是怎樣的震撼，於是回了一封不痛不癢的信給曉軒。

隔天去家教中心，碰巧那天颱風快來了，冒著風雨過去，但家教中心沒開，匡復悵然而歸。騎著單車在路上，曉軒的信還一直盤旋在心中，使他對外在事物反應遲鈍，整個人魂不守舍，恍恍惚惚。自個兒騎著單車，在忽風忽雨當中，到處亂逛，不知不覺中，騎回去一年級時住的宿舍，發現回到了錯的地方，於是再騎到新的宿舍。再隔了一天還是不懂她真正的意思，力立的分析似乎有道理，就相信他的話，讓心情平靜下來。其實匡復原先的直覺是正確的，而力立的判斷錯誤。到底他和曉軒已交往了一段時間，彼此的靈犀已經相通。力立雖然有女朋友，並不比匡復瞭解女生，後來力立的女朋友也和他分手。

匡復回了不痛不癢的信給曉軒以後，就沒再收到她的信，匡復心裡忐忑不安，不知是他的信傷了她的心，或是如力立所說，她要結束他們之間的關係。

幾天後，有同學到宿舍來，說是建中的老學長有女兒要找家教，於是匡復家教順利有了著落，錢不多，但省吃儉用，仔細盤算每餐可以花的錢，剛好夠每個月的花費。匡復感到一些懊惱，假如知道會有家教，當初就應該勇敢地去找曉軒。

再隔一段時間後，匡復剛好要參加在溪頭的一個活動，去的時候經過臺中。在臺中的時候，他打公用電話給曉軒。

「曉軒，是我匡復。我要參加在溪頭的一個活動，現在路過臺中。」

「哦！在臺中的那裡？」她問。

「剛和幾個同學吃過午餐，現在一個市場裡面，我也不知道是在那裡。」

「要不要來我家坐一下？」她又問。

「可是我對臺中不熟，不知道怎麼去？」匡復確實對臺中不熟，但另外的考慮是，從成功嶺下來還沒多久，現在的頭髮還很短，和之前她看到的樣子差異很多，不希望破壞了她心中的印象，匡復想的太多了。

「我家不難找，騎樓上有欣欣文具行招牌的地方就是了。」曉軒繼續邀他。

「我看還是算了好了，我現在和幾個同學一起，不好意思向他們說……」匡復覺得有其他同學看著他和曉軒講電話，有些難為情。

「好吧！那下次再來好了。」她就不再堅持了。

於是匡復和另外四個同學繼續在這個迷宮般的傳統市場裡逛。因為離去溪頭的班車還有幾個小時，有人提議去看電影，但也是路不熟，於是就提議搭計程車，他們從市場裡的一條小巷子走出來，要招攬計程車，因為總共有五個人，需要兩輛計程車，正在討論誰和誰同車，剛好匡復抬頭一看，欣欣文具行的招牌就在馬路斜對面，他覺得既然到了曉軒家前面，不去找她，將來信中該如何告訴她，過她家門而不入，於是就和其他人說：

「你們四個人剛好一輛計程車，我就不跟你們去了，我去找夏曉軒。」

他們也就起鬨說：「對對對，你去找你的阿娜達，我們就不跟你了。」匡復沒理他們說什麼，望著欣文具行的招牌，過馬路去了。

到了曉軒家，坐著聊了一會兒，匡復問了曉軒信裡的意思，她有些不好意思地說，就是匡復收到信時的直覺看法。但是匡復太幼稚了，不懂得立刻給她正面的回應，於是反而二次傷害她，但他並不明白自己的愚鈍。之後他去溪頭參加活動，回到宿舍後，還是沒有收到她的信，匡復又寫信給她，但從此沒有她的回信。

再來二年級的新學期就開始了，這是匡復適應上最辛苦的一年。因為確定沒有收到家裡寄錢來，雖然這學期的學費已繳，但目前家教的收入只大約夠每個月的開銷，下個學期的學費怎麼辦？幸好成績還不錯，可以申請獎學金，只是每份獎學金只有兩至三千元，所以就到處找公告，看有沒有可以申請的獎學金。開學後就忙著上課，看獎學金的消息，準備申請的資料，所幸拿到幾個獎學金，湊合起來剛好夠下個學期學費。在忙碌中，匡復也就更無法去仔細思考，到底曉軒希望他怎麼做？也無法瞭解，為什麼曉軒突然不再回信？很多年後，匡復知道了，只是青澀少年時，失落難追。

中年維特之煩惱。

第五章 深層失落。

暑假期間，匡復可說是七月半鴨子不知死活，或許是因為大一的功課不錯，而大一下花不少時間參加社團後，應付功課仍然游刃有餘，於是覺得可以更進一步拓展他的視野。離開學前幾天，和另一位新室友童輝，在校園騎車經過海報區，他也是電機系同學，他們碰巧同時看到一則海報，街頭張老師在招募新血，要幫助街頭青少年走上正途，他們想，應該為社會貢獻一點心力，所以就相約一起去報名參加街頭張老師的訓練。

訓練就在開學後開始，每個週日上午要去聽專家講課，週間還要兩個晚上參加小組討論和訓練，匡復剛開始覺得很高興可以學到心理輔導、同理心之類的訓練。然而隨著訓練內容的深化，開始探討為什麼街頭青少年會流落街頭，為什麼他們會發展街頭的次文化，如何瞭解他們內心世界，以及他們會變成這樣的家庭因素，如何和他們接觸，如何在和他們接觸時，避免被他們帶入次文化的認同……，許多問題都不是標準國中、高中課程所接觸過，即使上完了臺大一年級，這些問題仍是那個年紀未曾碰觸過。照講，這樣新鮮的訓練應該讓匡復很興奮，因為可以學到新的領域。剛開始確實如此，但幾週的訓練之後，上課的內容就對他的內在產生了衝擊。

在他接受的街頭張老師訓練期間，課程內容花了不少時間在探討原生家庭的影響，意思是指成長過程中，家庭中成員的互動模式、習慣做法和思考方式，不知不覺地形塑了我們的人格特質。原先是希望透過這些內容，可以幫助學員們瞭解街頭青少年所以會有那些行為的背後因素。然而可能匡復的心靈較敏感，他發現那些原生家庭問題也大多發生在他的家庭中，於是每次的上課，都像是在解剖他的背景，重新檢視他的家庭背景。然後發現，他以前所認定的父母形象、家庭氣氛，幾乎都是自己的幻想。根據探討原生家庭的內容，他的家庭很有問題，他應該和流落街頭的青少年差不了多少。

匡復反復地想著原生家庭的問題，譬如說，家裡的媽媽可能用眼淚來操縱父親，以不想活了來逼使父親按照她的意思。匡復發現，自己的媽媽確實會以眼淚來控訴爸爸，還常說是不如去死好了，害他小時候回家時，第一件事就是找媽媽，確定她還活著，找不到時就哭紅了眼睛，被媽媽發現了，卻被數落一頓，說是男生為什麼那麼愛哭？以前準備聯考時沒有留意這些部分，現在張老師的訓練課程把藏在他腦海的記憶掀了起來。

而父親對家庭不夠有責任感，是否因為匡復的祖父很早就過世？因為爸爸在未成年時就失去了父親，於是沒有模仿的對象，所以不知道應該如何當個好爸爸。爸爸的不夠積極努力，並非是真的領悟了莊子的人生哲學因此淡然面對外在世界的期待，而是因為他根本不知道如何達到外在世界的期待？甚至於他根本就沒想過要為孩子付出什麼？他回想小時候和爸爸一起到田裡工作，還沒做完，爸爸就自己離開到店裡和人聊天，留下匡復在田裡把雜草清理乾淨。

還有對老么而言，因為在家裡沒有決定權，害怕得不到注意，所以特別想出頭，因此日後在人際關係上，會在意別人是否尊重他的意見。不知自己是否是因為老么的關係，所以特別在乎別人對他的觀點？

而且這些兒時的影像彷彿又會重演，潛意識裡會不知不覺地複製原生家庭模式。生活中有很多情況是因為過去和現在混淆在心裡，好像過去的事情再度發生了，但其實只是旁邊的人在當下的時刻碰巧觸發了當事人的心理按鈕，因而激起強烈的情緒反應。原生家庭就像一張大網把人罩住，叫人難以逃脫。

匡復也曾懷疑，是否其他受訓的同學也有同樣的感受，但是每週兩個晚上的小組討論當中，他們從未談過。而且大家全都看來輕鬆愉快，室友童輝還經常高興地告訴匡復小組討論的內容，以及組員熱烈互動的情況。於是匡復深深自我懷疑，他的家庭真的有問題，所以這些課程才會讓他感受到深刻的衝擊。再加上這段期間，哥哥姊姊和爸爸媽媽都對他不聞不問，讓他覺得就像是天涯淪落人。其實匡復懷疑，就算他們關心，恐怕也沒有辦法瞭解他當時的心情，更不要說實質的安慰了。

到底這些張老師訓練課程所談的論點是否真實？他無所適從！

而這時，曉軒也不再寫信給他。匡復寫信告訴過她在張老師受訓的感受，但完全沒有她的回應。

此外，原先他以為看開了考試成績名次的虛無意義，但現在卻發現成績是申請獎學金的重要依據，而在這個階段，對他而言，獎學金卻是真真實實的需要，沒有的話，連繳學費和每天的三餐都會有問題，因此念書已經不再是興趣。而且現在的課程和大一也大不相同，有很多是電機的專業科目，是過去沒有接觸過的，他似乎要花額外的心力應付功課，但他無法多思考自己喜不喜歡這些課程，只能設法把功課讀好。這種為了生活被逼得必須讀書的情況，令匡復感到窒息，卻不知如何逃避。而對於曉軒，也是不知如何是好，希望恢復幾個月前寫信打電話，無所不談，那時覺得彼此相知相惜，尤其現在更希望能有瞭解的人，可以談談心情感受，但她卻不理會匡復。

原先抱著滿腔熱血參加張老師的訓練，希望能幫助街頭青少年，但是沒想到，幾個星期的訓練下來，卻發現其實自己像是街頭青少年，徬徨無助。而更不幸地，原生家庭的探討像是打開潘朵拉的盒子，讓他有很長的時間，心裡不由自己地回顧整個家庭的過去，檢視自己的父母在教養孩子上面所犯過的錯誤，以及發現他的個性因此而被塑造出的許多缺憾。他想否認張老師那裡所談的論點，然而這些論點所說的因果關係，在他的個性、生命卻又那麼真實地驗證。可是錯誤已經造成，個性已經養成，生命也已經走到這個地步，他能怎麼辦？

他想起曉軒在最後那封信中提到，她讀了《梵谷傳》以後，覺得對她的生命有很大的震撼，他後悔沒有讀《梵谷傳》就回信給她，於是也去買了《梵谷傳》，不讀還好，讀了以後，真的感受到生命被強烈地震撼。梵谷的畫那麼有名，但他在二十七歲以後的生命卻是那麼悽慘，為什麼？梵谷那麼認真地面對生命，但卻潦倒一生。以前不是說「吃得苦中苦，方為人上人」嗎？但是梵谷吃了許多苦，終其一生卻還是被冷落相待？他死了以後，畫作才受到重視，但他自己已無緣享受這樣的稱讚和榮耀。自己的生命會不會也將如此？想梵谷年輕時，不也是滿腔熱血，要到礦區去幫助那些礦工，對照自己想要幫助街頭青少年，不也差不多？梵谷後來發現，他其實幫不了礦工，而且自己的生活陷於比礦工還慘的情況。而匡復自己呢？他的生長背景比街頭青少年好到那裡呢？他自己其實是泥菩薩過河，自身難保。

梵谷最後選擇自殺，匡復是否最後也是注定要走上這個選擇？而曉軒呢？她說《梵谷傳》對她的生命有很大的震撼，以他們靈犀相通的情況，她是否也是這樣的感受？自殺是否也是最後曉軒注定要走的選擇？

匡復覺得必須要去找曉軒，告訴她，他知道了她讀《梵谷傳》的感受。於是匡復打了幾次電話給她，總是不在，不知道是真的不在，還是她在躲匡復；因此匡復直接到她的宿舍找她，找了幾次她都不在，後來找到了一次，在傍晚，天已經很黑了，她穿著睡衣下來，臉色看起來憔悴，不像之前看到她的精神奕奕。

她問匡復：「到底我們之間是不是男女朋友的關係？」

匡復還是沒有準備好進入這個狀況，那時他只希望曉軒能聽聽他這個時候內心的困惑。他不瞭解，到底講好是男女朋友的關係有什麼重要，他也不懂得如何安慰女生，更不懂得從談話中聽出她的心聲；那時匡復希望的是，再像之前經常互相寫信的狀況。

於是匡復回答：「我們就保持互相寫信的朋友好不好？」這樣的回答，對曉軒而言，其實像是婉轉的拒絕，雖然匡復不是那個意思。

曉軒聽了匡復的回答以後，沒有說什麼，就回宿舍了。這是秋天時節，風很大，不算冷，但吹來卻給匡復虛無襲人的感受，他襯衫口袋的筆被風吹落在幾公尺外，聽到匡隆一聲，他驚覺似乎唯一可以記錄的筆，也被風吹走，在暮色中不知去向，好像一切都已成空。匡復深深覺得失落、虛無、茫然。他不知如何收場，只能眼睜睜看著曉軒離開，完全不是他希望的情形。

這個時候，曉軒因為和匡復之間的曖昧關係，也在同學之間承受了不小的壓力，她期待匡復給她肯定正面的答覆；另一方面，曉軒也還在豆蔻年華，恐怕也無法瞭解匡復要面對功課、家教和重新認識自己出身背景的多重壓力。而匡復卻是另外的情況，他正困擾於原生家庭的不好影響，以及必須精算日常三餐花費的經濟壓力，也沒有瞭解異性的能力和經驗，更不明白對女生而言，甜言蜜語非常重要。

總之這次的碰面，不但沒有澄清什麼，反而又再次傷了曉軒的心，而匡復自己也是滿懷傷心。後來匡復後悔，想：「為什麼不告訴她，我們就是男女朋友的關係？」但為時已晚。

之後，匡復再去找曉軒，找了幾次，都沒找到，他直覺認為曉軒故意不理他，再加上張老師的訓練讓他不斷回顧自己的原生家庭背景，每次都在打擊他過去對家庭的印象，他變得愈來愈自卑，也愈來愈憤世嫉俗，而她不理不睬的態度，終於讓匡復壓抑不住內心的氣憤。

有一天，匡復再去曉軒的宿舍找她，她不在，但似乎看到一個背影像曉軒，自顧自地上樓去，匡復非常生氣，回到自己的宿舍，把曉軒過去寫給他的信全都包起來，第二天拿到郵局寄還給曉軒。

郵局櫃臺的小姐很敏感地看出包裹的內容，特別問：「真的要寄嗎？」

匡復說：「是的。」於是寄出去了。

匡復看出櫃臺小姐的眼神在問他，「你不會後悔嗎？」

他不敢面對這個眼神，怕會立刻後悔，把頭偏向一邊。然而第二天，他還是後悔。然後收到曉軒的回信了，上面寫著：

收到了你退回的信，知道你在生氣當中。但我還是要說，我們認識的這幾個月，對我來說是彌足珍貴，因為如你以前所說，要能真摯地談自己內心的感受，並不容易。而你是這些時間以來，唯一能讓我盡興地談心裡感受的對象，但如今卻讓你這麼生氣，我真的感到很抱歉。

然而這種好的感受或許是因為距離的美感所造成的，當彼此更為熟識之後，看到的可能就不僅僅是優點，一些讓對方不舒服的部分恐怕就會不知不覺地呈現，或許我的某些部分讓你不再喜歡，我也為不能讓你感到喜歡的部分向你致歉。

你來找過我幾次，但沒有事先告訴我，我真的不知道你來找我，而這學期的功課很重，我大多在圖書館，所以你來宿舍找不到我。

雖然我對我們過去的交往有很好的感受，但現在覺得，我們之間應該告一段落了，因為美好的感受可能無法再持續了。過去我們因誤解而在一起，現在因瞭解而分開。從我們的來往當中，以及最近的一些經歷，讓我深深體會，付出不見得一定有回報，希望你也能理解……

曉軒上

匡復知道不是因誤解而在一起，因瞭解而分開，但已經後悔莫及了，也沒機會再澄清什麼。「曉軒說付出不見得一定有回報，是說她付出沒有得到我回報？或是告訴我，感情當中，常是付出不見得一定有回報？希望我能接受，她不能繼續回應我所付出的情況？就算我不能接受，又能如何？」匡復想著，但也只剩無奈的感慨。

寄出去的信，就如潑出去的水，再也收不回。匡復後悔自己的衝動，這是很長時間的後悔，也是不知道如何彌補的後悔，更是深層的失落。在往後的數年中，這就深藏在他心裡。內心深處，他告訴自己：「我要讓她知道，我真的是最瞭解她的人。」但現實世界中，他們就像斷線的風箏，再也找不到連繫的管道，就這樣經過了很多年的時間。

張老師的訓練繼續進行。有次，他們要讀一本書和寫心得報告，書名是《為什麼不敢告訴你我是誰？》，書中主要是鼓勵大家要能坦誠告訴別人自己的內在。對匡復而言，寫心得報告不是難事，他就當做是以前那般的心得報告，順著書本的旨意，寫告訴別人真面目可以有那些好處，交了上去。負責街頭張老師訓練的總輔導很認真地看心得報告，他回給匡復的評語是：「假如你告訴別人你的真面目，你因此而被拒絕，那要怎麼辦？」這句話剛好打中匡復的內心，他覺得在臺大的生活，不就是告訴別人自己的真面目，卻被傷害嗎？他不知道該怎麼辦，甚至於他自己後來都迷失了，他問著自己：「到底我的真面貌是什麼？」

這個學期就在痛苦中結束。匡復沒有再繼續張老師的訓練，他覺得自己都需要被輔導，沒有辦法去輔導街頭青少年。之後，爸爸和媽媽的過去和出身背景，經常在匡復的腦海中迴盪。

媽媽出身於一個大家庭，外公在日據時代算是大地主，娶了三個老婆，媽媽是二老婆生的女兒。不幸地，在外公娶了第三個老婆後，二老婆失寵，於是二老婆，也就是匡復的外婆，帶了兩個兒子和女兒自謀生路。還好，匡復的外婆有一些田產，但捨不得讓兒子幹粗活，因此想找個長工，但又付不起長工的錢，於是念頭動到女兒身上，乾脆招贅，找個身強力壯的女婿來家裡幫忙幹活。在那個重男輕女的年代，女兒常被當做是利用的工具。

匡復的爸爸那時正在四處討活。爸爸在十五歲時，父親就過世，也沒田產，於是四處流浪，找些可以活命的粗活，當長工或臨時工，在外流浪了十多年，感到厭倦，於是回到家鄉。剛好看到有人在招贅，看來比在外面流浪的好。那個時代，能夠活命就已經是奢求。

匡復的爸爸還算是粗壯，因此被匡復的外婆相中了。入贅後，發現情形不是那麼好，所有的粗活都要他幹，而吃的食物竟然也差了一等，匡復的爸爸受不了被如此歧視地對待，一年後，告訴匡復的媽媽：「我受不了被這樣對待，我要走了，妳若願意，就和我一起走；若不願意和我走，我也不勉強妳。」

匡復的媽媽小時候也上過學，接受了一些三從四德的觀念，認定了嫁雞隨雞，嫁狗隨狗，於是和先生離開了匡復的外婆家，回到夫家。到了夫家，匡復的爸爸還有哥哥弟弟，也都結了婚，妯娌之間相處得不太順利，可能是出身背景差異太大，現在換匡復的媽媽被嘲笑，說是千金小姐，不會做事，吃不了苦。

門不當戶不對的婚姻，使得爸爸媽媽之間過去幾乎沒有間斷的爭吵。「怎麼以前從沒有清楚意識到，爸爸和媽媽過去的遭遇會影響到我的個性和未來？」匡復不斷地問著自己。

大二寒假過年時回家，這次過年的氣氛和童年已經截然不同，大哥和大嫂吵得不可開交，匡復和他們回臺北時，大哥開車在忠孝東路的快車道上，邊開車邊和大嫂吵架。
大嫂說：「你再說，我就跳車了。」
大哥立刻接著說：「要跳就跳，不要囉嗦。」
大嫂真的打開車門要跳下去，大哥右手伸過來把她拉住，車門在快車道上晃來晃去。
大哥當過蛙人隊連長，大概看多了驚險場面，抓住大嫂繼續開車，他不僅沒有被嚇到，還一邊開一邊繼續罵：「笨女人，你還真的跳，你自己要死無所謂，難道還要害死別人嗎？」
三哥和大姊也各自剛結婚成立家庭，無暇他顧；二姊早婚，先生在當兵，自己帶著小孩，更是自顧不暇。只有二哥狀況還不錯，他只有國小畢業，匡復的媽媽認為他最沒有出息，但是現在卻只有他的狀況還可以。這讓匡復更確定，過去媽媽告訴他的家庭關係並不真實，而張老師那裡所談的論點果然是真的，大哥大嫂常常吵架不就是爸爸媽媽原生家庭問題的延伸，而他未來能克服嗎？匡復覺得不可能。可是原生家庭就是如此，又不能改變，無奈，這是他此刻對生命的感受，很深的無力感。他想起曾讀過的宋詞：

少年不識愁滋味，愛上層樓。
愛上層樓，為賦新詞強說愁。
而今識盡愁滋味，欲語還休。
欲語還休……

辛棄疾詞〈醜奴兒〉

沒想到一年前還是不識愁滋味而強說愁，才一年，現在卻是心有千千結，不敢也不知如何告訴別人他是誰。其實，恐怕他自己也不知道真正的自己是什麼？他的內心一片混亂，不知道是否已經嘗盡愁滋味？但不僅欲語還休，連個欲語的對象都沒有。

未來似乎是沒有出路，人生已經被原生家庭決定了，能有什麼改變的機會？在這種景況中，更是反復想起拿了臺大電機系第一名後，跑進腦海的問題，為什麼而活？拿第一名不是目的，悽慘的生活也不是他所喜歡，他到底為什麼而活？或許是幸福的人生？但什麼是幸福？如何做才能獲得幸福？

該怎麼辦？梵谷的一生、梵谷的結局經常在腦海出現，他繼續不斷地問，他是否最後也是注定要和梵谷一樣？而曉軒呢？這是否也是她注定要走的選擇？他不曉得，為什麼在這樣紛亂的心情下，他還是想到曉軒？

匡復的內心感到深深的失落，但他無法釐清，他失落的到底是曉軒？或者是曾經以為出身自美滿家庭的印象？

第六章 兩個世界。

大二寒假結束，匡復覺得內心有很深的創傷。回想大一下時，認為需要看看外面的世界，不能只是讀書考試吃飯睡覺。然而經過一年到外面闖蕩，結果卻是傷痕累累，是心靈的傷痕，不是肉體的傷害，但是心靈的痛苦卻比肉體的傷害更為難受。匡復發現自己分裂成兩個部分，一個是和現實世界周旋的部分，另一個是和現實連結不起來的內心世界。這時，回想大一上學期時單純的生活，覺得何嘗不是好事。於是又退回到讀書考試吃飯睡覺，再加上家教。

然而曾經滄海難為水，心裡對這一年中的遭遇，不斷咀嚼。到底人生為了什麼？念好成績可以申請獎學金，但領了獎學金之後呢？不過就是花費在吃飯罷了，然後吃飽飯，繼續念書拿好成績，再申請獎學金……生活在這樣的循環中，為了什麼？

認識了曉軒，經歷了甜蜜的來往經驗，但結局還是分手，而且是痛苦的分手，情緒跟著劇烈地震盪起伏。與一晴比較，那種淡淡的來往，沒有情緒的波動，沒有興奮，也沒有沮喪。匡復迷糊了，到底那一種才是他要的？或許和一晴那樣的關係才是真實的生活？而別人的愛情呢？什麼才是真正的愛情？似乎狂風巨浪般和淡如水似的愛情都不是他希望的。但什麼是他想要的？而他和曉軒之間，或是他對一晴所做的，算是愛情嗎？他真的迷糊了。

而從張老師那裡瞭解的原生家庭觀念，讓他對家人有許多的不諒解，理性上他知道，在他們的處境中，他們也是無能為力，因為他們也不瞭解他們所做的。爸爸媽媽承襲了祖父母的原生家庭帶給他們的問題，哥哥姊姊承襲了爸爸媽媽的原生家庭帶給他們的問題，而匡復也同樣承襲了這些問題。這些就像緊箍咒一樣，叫人無法逃離。然後一代傳給一代，如此令人絕望，那何需再有下一代？甚至於他自己何需再繼續生存下去？人到底為什麼要活著？出路在那裡？課堂上的課程不能解決現在面臨的問題。二年級上學期期末考的時候，日記上寫著：

期末考啊！期末考！
何時能了？
愛因斯坦、薛丁格，
微分方程、線性代數。
前人的智慧，竟壓得後代喘不過氣。

匡復心裡想放開學校的功課和成績，但是現在知道成績對申請獎學金還是很重要，因為生活三餐還得靠這樣的收入，若是放開以後，下場可能不堪設想。他把感慨寫到日記上：

內心在吶喊，我要逃離這個世界，可是卻像被網在籠裡，只感覺到掙扎後的無力感，於是只得隨著學校的課程，隨波逐流，日復一日。於是心裡不禁嚮往莊子的逍遙遊：『北冥有魚，其名為鯤。鯤之大，不知其幾千里也；化而為鳥，其名為鵬。……背若泰山，翼若垂天之雲，摶扶搖羊角而上者九萬里，絕雲氣，負青天，然後圖南，且適南冥也。』

何以還要屈身在這狹小的天地，而不遨遊於四海八方。

但也只是吶喊，現實中，還是要念書。微分方程、線性代數、電子學、電路學、電磁學……，對目前而言，這些電機系課程的功用就是，拿個好成績，去申請吃不飽餓不死的獎學金，但就算考了九十多分，對於如何幫他整理壓抑糾結的情緒，沒有什麼幫助。線性代數的多維度空間觀念似乎對他有些啟發的幫助，這個宇宙或許不僅是視覺上的三度空間，還有其他的維度，是眼睛看不到的，需要用大腦去想像。然而應用到現實的生活中，那些眼睛看不到的維度又代表了什麼？他發覺數學的應用只是在物理層面，和日常生活差了十萬八千里。其他電子學、電路學和電磁學就更不用說了。而曉軒也不再和他寫信了，現在剩下唯一可以對話的人就是自己了，日記就變成了自己對自己講話的管道。他在日記中寫道：

一天比一天退步，
眉頭一天緊似一天，
心裡一天比一天煩悶，
胸口憋著一股
放不開的抑鬱。
腦中呆滯著
想不開的過節。

我對著自己吶喊：內心啊！振奮！振奮！
但沮喪依然，
日子一天比一天難過。

還有感慨道：「了解物理現象並不難，了解自己卻極難。人類的智慧可以探究自然，卻分析不了自己。」

因著參加臺大青年社讀書小組的經驗，於是他想藉由課外書籍尋求答案，從哲學書籍、心理書籍、小說……看看有沒有解答。因為還要把功課應付好，也要家教，所以每天睡幾個小時左右，其餘的時間，三分之一應付功課，三分之一家教，三分之一讀課外書籍。這時最安慰他的是高中讀的文章——《哲學家皇帝》以及《孟子》：

天將降大任於斯人也，必先苦其心志，勞其筋骨，餓其體膚，空乏其身，行拂亂其所為，所以動心忍性，增益其所不能。

然而他還是會懷疑，這些說法是真的？而生命的目的是什麼？動心忍性，增益其所不能的目的是什麼？天將降大任於斯人的大任是什麼？經歷過「行拂亂其所為」之後就真的會被賦予大任嗎？甚至於為什麼要做什麼大任？簡單地說，為什麼要活著？

再多一些思考，如果張老師那裡所談的論點果然是真，那麼為什麼他將近二十年的日子中，卻看不出來。而另一方面，在他過去接受自己的家庭是幸福的情形時，倒怡然自得地專注在功課上。現在的這些煩惱是真的嗎？他去找西方哲學的書，上面對人生的真相有很多討論，如柏拉圖的地窖之喻（The Cave Parable）；佛教也對此有很多討論，莊子也同樣有許多討論，莊周夢蝴蝶，或是蝴蝶夢莊周？

他想起小時候做的夢中夢，夢見去一個遠地方玩，之後醒來，發現是一場夢；醒來後在床上玩，突然媽媽叫他，他又醒來一次，發現自己並不是在床上玩，而是還躺著，在床上玩的情景其實還在夢中。他懷疑媽媽叫他那一次，其實還是沒醒，甚至於到目前都仍然在夢中？到底現在還在夢中，還是醒著？他盼望是在夢中！然後醒來時已經脫離了目前的傷痛。然而就算是夢境，卻也和命運一樣，不是人意所能控制。

他想的愈多，內心和外在世界愈疏離，於是開始懷疑所看到的一切是否真實。鹿橋的小說

《人子》也探討真假的分辨，結論是沒有所謂真或所謂假，就算他接受這樣的看法，仍然於事無補。因為不管外在的世界是否真實，他的內心被痛苦占據，這是真真實實的感受。如何結束這些痛苦的感受？

他的內在情緒就像拜妻寫的《擺盪的人》。有時盪到一邊，想結束生命，有時盪到另一邊，想像將來在某個地方過著簡單自在的生活，脫離臺北這種喧囂，令人迷失的世界。

他想起正流行的民歌「橄欖樹」的歌詞：

不要問我從那裡來，我的故鄉在遠方。
為什麼流浪，流浪遠方，流浪？
為了天空飛翔的小鳥，為了山間輕流的小溪，
為了寬闊的草原，流浪遠方，流浪！
還有，還有，為了夢中的橄欖樹，橄欖樹。
不要問我從那裡來，我的故鄉在遠方。
為了夢中的橄欖樹。

他原以為故鄉是在宜蘭，但街頭張老師的訓練把他那美好的童年記憶給打碎了，於是他搞不清楚到底那裡是他要懷念的故鄉。他的心靈在流浪，因為不知道何處是歸途，父母的原生家庭不再是庇護他的所在，反而是捆綁他的羅網，他想逃脫，但即使身體可以離開，心靈卻自動

地複製原生家庭的模式。他心中覺得似乎該去盼望那棵夢中的橄欖樹，但夢中的橄欖樹到底是什麼？

這些思考讓匡復的心靈和世界隔絕了。二年級下學期的某一天，他騎著單車，在運動場邊看一群人在打壘球，看到他們在傳完球之後，突然全都哈哈大笑，他心裡想，為什麼這樣就可以哈哈大笑？他設法去分析因果關係，但無法理解。這個世界與他已經沒有任何相干，世界上這些人的喜怒哀樂與他無關，他的喜怒哀樂也與他們無關。他像是另外一個星球上的人，和地球上的人是不同的物種，所以彼此的心靈沒有可以溝通的共同感受。

有時藉著所讀的課外書，從其中的片斷瑣碎，得到一些暫時的安慰。如柏格森《創化論》中談的觀點，我們從過去的經驗，判斷未來會發生的事，例如因為過去每天都看到太陽升起，所以我們認為明天太陽也會照樣升起，假如明天太陽沒有升起，我們就問為什麼太陽沒有升起，好像不能接受。然而，我們是否應該用一種開闊的心胸看待未來，因為未來不見得一定和過去一樣，行禮如儀。假如對於明天太陽沒有升起而問為什麼，我們是否也要對於明天太陽升起而問為什麼？假如明天太陽升起，我們自然的接受；對於明天太陽沒有升起，我們是否也能夠接受？匡復想，對於曉軒不再理他，他是否也應該接受？雖然他們曾經互相瞭解，接受過對方，但就一定要一直這樣嗎？而原生家庭方面，過去是幸福的印象是否也同樣是不見得要持續下去？他何不坦然接受新的改變？

除了困惑，他也驚訝自己的情緒也含有憤恨。一天日記上寫著：

前些日子，曾無緣無故地內心有仇恨的種子，燃起復仇的欲望。一天晚上，做了夢魘，到底敏感的心靈，禁不起仇恨的攻擊而自行脆弱了。……

他找各種書，希望能從書中尋得解脫，也重看了《基督山恩仇記》，內中有一段如此說：

……太陽給了我什麼好處呢？沒有，但是它的熱溫暖了我。它的光，使我能看見你，只是這樣而已。再譬如一種花香給了我什麼好處呢？沒有；它的香氣使我的嗅覺舒服，當你問我為什麼要讚美它的時候，我只能這樣說，我對它的友誼，正像它對我的友誼一樣奇怪，都是說不出所以然來。

他想像著自己和曉軒的情形，就如上面所描寫的，只是和大自然的友誼，實在不需要因此自作多情，就像不必特別覺得太陽對人們有很深的感情，才給人們熱和溫暖。他的理性盡量說服自己，不要落在負面的情緒，有短時間的效果。然而發現，情緒不是理性可以完全控制，特別是愛恨交織的感受。隔了許久的某一天，日記上又寫著：

到了這個時候，應該心平氣靜的。尤其秋高氣爽，涼風襲人。椰林道上枝葉扶疏，燈影搖曳。天上的白雲還透著星光，跟著風兒飄動。

可是心裡就是不甘心……誤解永遠是誤解。我不知道這股氣憤那日才能平息！從小以來，沒有憤恨一個人這麼久，沒有計算過要報復任何人！這股氣憤已經幾個月！算不算得恨？這顆心幾時才會甘願？

……

他重新認識了自己，看到了自己的新面貌，從天真到憤恨，不知道自己是成長，還是墮落了！

他的內在是如此激憤澎湃，但他的外在卻過著和大家類似的生活，上課、讀書、考試、家教、參加活動、和同學聊天、打屁……，和家人維持著表面上的關係，但心裡卻沒有感到需要這些關係；他覺得像是活在一個他並不認同，但又不得不和其打交道的世界。

外表上，他是那麼正常，和同學討論功課，參加寢室聯誼，聊一些有的沒的，他並不怎麼喜歡的話題，可是他喜歡的話題是什麼？哲學觀念嗎？內心對世界的疏離感受嗎？他試著談這些，但得不到同學的回應。另一方面，他害怕被同學看成是異類，他沒有勇氣特立獨行，於是只好偽裝成和大家一樣。但這樣的偽裝卻也讓他暫時忘卻紛亂的情緒，然而他又不喜歡自己不敢坦誠以對，他真是矛盾極了。

二年級以後搬到男十五舍，目前的室友全都是電機系，有幾個同屆的同學，也有剛進來的學弟。電機系的同學大多很忙，雖然彼此是室友和同學，但除了和女生宿舍寢室聯誼時，大家會聚在一起以外，其它時間幾乎都各忙各的，連睡覺時間都不一致，甚至於和女生宿舍寢室聯誼都不見得全員到齊。大家都有事在忙，但都沒想到，都有埋在心中沒有說出來的部分。在宿舍裡，讀書到半夜，聽收音機的李季準感性時間，失落的部分有時也被這個感性的內容輕輕地撩撥，浮現……。室友們這個時候，常放下書本，若有所思，只有在廣告時間，不約而同地學著李季準的臺詞：「夢絲絲褲襪……穿上它，你就忘不了她……」

大二那一年，很巧的，匡復、童輝和力立都是電機系二年級的班代，因為臺大電機系人很多，號稱八百壯士，每一年級約有二百人，所以分成三個班，因此有三個班代表。碰巧他們三個住在同一間寢室，所以這一年當中，他們的寢室相當熱鬧，同學常來找他們討論系上的活動。照講，他現在應該和大一下在臺大青年社時類似，精采而豐富，可是他內心卻常常有著不真實的感覺，原因是什麼？他越來越糊塗。

在和室友更多認識之後，匡復知道了童輝的爸爸是大陸來臺的軍人，已經退伍，沒有什麼收入，媽媽在當清潔工，收入不多，童輝是家裡的老大，下面還有幾個弟弟妹妹，所以童輝要兼不少家教，除了要供給自己學費、生活費以外，還要幫忙弟弟妹妹讀書所需的花費。而力立的爸爸媽媽在他國中時就離婚，他在念建中時就得自己養活自己。知道他們的狀況後，匡復對家人的不諒解似乎減緩了，原來不幸或比他更為不幸的，還所在多有，而且也是同樣在臺大電機系。知道了這些情況，他的憤慨減少了一些，但還是鬱鬱不樂，他覺得應該有誰來為這些不幸負責，但是誰呢？

有時其他室友也會分享所讀的小說，如以撒・艾西莫夫的《銀河帝國》三部曲，張系國的科幻小說，柏楊寫的故事，匡復也去買或借來看，覺得有趣。但不知為什麼，這些內容似乎沒有辦法進到他的內心深處，或是確切地說，沒有辦法觸動他的靈魂。

他覺得他已經分裂成兩個部分，一個是深層的內在，在那裡，他幻想著幾種可能，或許未來將和曉軒一起構築愛的天地，一起生活在靈犀相通的烏托邦世界；或許他突然悟道後羽化成仙，不再需要為生活三餐擔憂；或許他是小說中的人物，只是虛擬的，真正的自己並不存在；或許……。另一個是與外在互動的表層，在這表層活動的是一副行屍走肉，沒有靈魂的他，像是電腦程式般，控制著一個驅殼去應付外面的世界，看起來似乎功能正常。而在這個表層的世界中，還活著一群失去靈性的軀殼，和他進行著沒有內在的互動。他們是否也有不為人知的內在？還是只有匡復自己才會如此？若只有匡復是如此，原因是什麼？是因為他出身於窮鄉僻壤，所以腦海中的記憶和感覺與這些都市人大相逕庭？若真是如此，他到那裡去找和他感受類似的人？回到鄉下嗎？但那裡的人卻又羨慕他現在能夠到臺大來。他是否應該回去告訴他們，不該到臺大，也不該羨慕臺大，因為臺北不是叫人快樂的夢鄉？

他的內心世界和外在世界持續分離，兩個世界一直沒有交集。剛開始，他認為內心想像的部分才是真正的自己，但多年以後，既無法再和曉軒聯繫，而其他幻想也都沒有成真，於是漸漸懷疑，到底內心想像的部分是真實的自己，還是空虛不著邊際的自己？而另一個應付外面的世界，原先認為並不真實，帶著面具，然而卻是真正與世界有所連結的部分。長久以後，他迷惘了，到底那一部分才是真正的自己？還是兩者都是他的一部分？但這兩個世界卻完全沒有交集。是他自己太固執，其實早該放棄內心所感受和想像的世界？還是終有一天，內心想像的部分可以和現實世界連結？將來，他的內心世界和外在的世界將合而為一，他不再感受到被撕裂的自己？

準備功課似乎是他現在暫時逃離困惑和混亂心情的方式，有時他也想像自己並未曾和曉軒來往，也沒有想過要追一晴，就像高中時那麼單純地讀書，準備考試。但他回想高中時期，那時讀書考試的目的不就是為了上大學，然後像瓊瑤電影所演的，拿著外文原文書，瀟灑地走在大學的校園中，成為電影中的男女主角。難道電影所演的是個騙局，美好的大學生活只是謊言？這時，他好像又有衝動，想要回去高中母校，告訴學弟們，大學生活並不美好，不要再準備聯考了，別上當了。

但是他再回頭一想，自己的哥哥姊姊並沒有念大學，生活卻同樣不愜意，所以當初才會為他考上臺大而高興，沒有念大學也不比念大學好；而大哥念軍校，結局也不好。到底是怎麼了？沒有念大學，或是念大學，或者是念軍校，全都不如意，人生有那個選擇可以叫人如意？會不會和做那個選擇無關，原因就只是自己的家庭出身，因為在窮鄉僻壤長大的背景，父母們對這一切全都無能為力，既解決不了自己的捆鎖，也對孩子的遭遇及感受束手無策。而人的一生真的已經被原生家庭決定了？能怎麼辦？他想起了姑姑的一個女兒前不久自殺了，她是否看到了這個解不開的結，所以把自己的生命結束掉，免得一生悽苦。梵谷是否也是如此？儘管梵谷的畫是那麼出色，卻同樣無法幫助梵谷自己脫離悲慘的人生？

第七章 逃離？

發現了自己的內在，瞭解內在有著波濤洶湧，變動萬千的情緒，這不是匡復過去所曾經有過的經驗。而他似乎也不能接受自己有著這種劇烈起伏的情緒，匡復寧願回到還沒和曉軒寫信之前那樣，看來理性愉快。於是整理自己的思緒，把波動的情緒埋在心底，有時壓抑不住，就避開人群，自己單獨面對，把情緒訴諸日記。在人群面前，甚至於室友面前，表現成理性愉快的人，然而，卻覺得自己是戴著面具。心裡充滿著矛盾，既不能接受波濤洶湧的情緒，也不認同理性愉快的外貌，但也不曉得到底什麼才是他要的。

二下的生活再度回到以功課做為重心的生活，然而即使成績不錯，功課卻已經無法帶給心中喜悅的感受。似乎沒有了曉軒，心靈深處就感到空虛；其實他也不知道，是否即使沒有和曉軒分離，現在還是會感到空虛？而曉軒只是暫時填補了大一下的空虛感？他不知道真正的答案是什麼。

暑假到了，為了逃離空虛，匡復參加了許多救國團活動，像中橫健行、戰地政務研習會、電力建設研習會……等等。參加活動前，把自己重新定位好，似乎外在的世界較能接受理性愉快的外貌，對變動的情緒不能認同，好，那就表現得像個理性愉快的人。並且提醒自己，不要再陷入情感糾葛中，要逃離這澎湃的情緒。

中橫健行在臺中集合，想到臺中，就不免想起曉軒，但匡復決定把她埋藏在心靈深處，甚至於不讓她浮現到意識層面。他模擬自己像是要遠足的小學生，下了公車後，輕鬆地吹著口哨，沿著路邊走到集合地點。

「匡復，怎麼這麼高興？」同住在男十五舍的室友士恆問道。

「你怎麼也來了？」匡復很驚訝士恆也來了。他們是室友，也是臺大電機系同學，但對彼此安排參加的活動卻毫無所悉，在這裡看到他，確實驚訝。

「你可以來，我就不能來。怎麼參加健行可以讓你這麼快樂？」士恆繼續問匡復。

「當然快樂！」匡復回答道，順著邏輯思考的角度，認為參加健行當然是快樂的事。

「哦！我瞭解了。」士恆用某種口吻說道。

「難道你參加健行不覺得快樂？」匡復反問道。

「當然快樂，但不是你那種快樂。」士恆肯定地回答。匡復不知道士恆到底是那種快樂，但確定士恆不知道他是那一種快樂，但管它的。

匡復轉頭看到從別的學校來的兩個男生，拿著雨傘在玩鬥劍，一個拿起雨傘往前刺，另一個從左下揮向右上，化解對方的攻勢，兩人你一來我一往，玩得不亦樂乎。匡復納悶了，就像在運動場看到同學打壘球時一樣，這有那麼快樂嗎？他記得小時候和鄰居的小孩用竹竿當劍，互相砍過來殺過去，但那是國小的時候，砍的時候很快樂，不過有時不小心弄傷了，還彼此動怒了。他無法理解，大學生還玩這些遊戲，而且玩得不亦樂乎。圍觀的同學愈來愈多，好像大家都很喜歡。好吧！既然大家喜歡這類的作法，這不難。於是在整個健行的行程中，匡復設法讓自己看起來像是融入活動的氣氛。

中横的前半段沒有引起匡復太多注意，即使是有名的梨山，也似乎是眼見不如耳聞，或許因為他在宜蘭長大，小學遠足常到幾個瀑布郊遊，看多了崇山峻嶺和瀑布流水，也或許雖然形式上和大家融在一起，但真正的內心卻仍陷在那不願意浮現的意識層面。

幾天以後，一行走到天祥，許多人都走累了，到了天祥青年活動中心就癱在床上。匡復不知為什麼，心靈卻清澈起來，和幾個男生找到一池水潭。這天豔陽高照，因此當全身浸在冰冷的水潭中時，特別舒服。在水潭中，匡復突然感覺到，在過去一年當中分離的心靈和肉體，此時終於又合而為一。中横健行的沿路上，他覺得他的心一直都在驅殼之外，甚至於像個旁觀者，在觀看著自己和其他人，看著叫做匡復的自己和士恆在打屁，也看著匡復、士恆和其他人的嘻鬧。然而在這水潭中，他的心回到了肉體，好像這個瞬間，他回復到完整的人。他看著水從上面的小瀑布流下來，水花從身邊流過，他翻過身，臉朝上，仰看著藍天豔陽，本該要熱到揮汗如雨，但相反地，身體卻覺得冰涼透骨。這種鮮明的對比，使他突然清楚地意識到身體的疲憊，也清楚地感覺到潭水的冰冷。他期待一直浸泡在這當中，因為已經有很長的時間，沒有像現在這樣，對自己的身體有這麼清楚的感覺。其他男同學在互相潑水，他自顧自徜徉在水潭當中，一直到大家都離開了，匡復還捨不得離去，覺得離開這裡，他的心靈和肉體又要分離了。

過了天祥後，匡復的靈魂似乎甦醒了，不僅感到身心合一，對九曲洞、燕子口到太魯閣之間的景觀也有了感受。看到巨大的大理石聳立在天地之間，綿延不絕，一道白花花的溪澗，看似柔弱，卻隱隱然透著利刃般的鋒芒，切開千仞萬鈞的白色巨岩，從溪谷筆直離出，峭壁高聳，參入不知所終的藍天，氣勢磅礡，叫人為之震懾。而陽光從天際射入斷崖之間的深谷，因著白色的大理石、白色的溪流，更顯出陽光的力道，本該深不見底的深崖，此刻也一覽無遺。儘管一片白色，卻還是層次分明，躍動的溪水，蜿蜒的岩紋，在陽光刻劃下，更顯出它們各自的生命和特色。

匡復似乎看到了嚮往之境，想像自己如燕子一般，飛行在燕子口的峽谷之中，逍遙自在，遠離臺北那種喧囂，令人不知所以的世界。此時此刻，他沉醉在幻想之中，和她一起飛翔，他刻意不去分辨想像中的她是誰，雖然他其實知道……

中橫健行到太魯閣，已經接近最後一段，大部分的人似乎精疲力盡，領隊吆喝著大家，再撐一下，馬上就要到終點站了，匡復卻反而精神抖擻，捨不得快快走到終點。

士恆說：「匡復，你的體力真好。」

匡復說：「是啊！看到漂亮的風景，精神就來了。」沒想到，此時他可以不再言不由衷了。

中橫健行結束前，辦了個晚會，領隊似乎要營造出讓人懷念的氣氛，用感性的語氣和大家說話，也帶著大家唱一首歌：

為什麼？
美好的時光，總是那麼短暫。
為什麼？
親愛的朋友，總是要分手。
春去秋來，
花開花謝，
為什麼？為什麼？
好景不常在。

這首歌把匡復帶回了現實，讓他感到人生就是如此？無奈，美好的總是要過去！他不自覺眼眶泛著淚水，坐在旁邊的玉嵐看到，對他說：「匡復，看你活潑大方，樂觀瀟灑，怎麼也掉眼淚了。」匡復知道玉嵐誤解了，但也只能對她苦笑。而他真的活潑大方、樂觀瀟灑嗎？沒想到他裝得還真像，讓中橫健行的這群同學真的如此認為。

中橫健行之後，回宿舍沒幾天，又趕赴其他救國團活動去了。戰地政務研習會和電力建設研習會看似不同，但救國團自有一套可以通用的做法，就是將參加的同學分組，進行比賽，讓同學們因為競爭的緣故，賣力參與。戰地政務研習會舉辦辯論比賽，電力建設研習會則舉辦電路設計比賽。

電力建設研習會中，有好幾位臺大電機系同學參加，似乎大家都看穿了救國團的伎倆，對於比賽，故意應付了事。倒是臺電董事長還特別來演講，比參加的學員還認真，令人印象深刻。此外，還很特別的舉辦即席演講比賽，臨時抽出題目，以及臨時抽出演講同學，為了公平起見，每位演講的人和題目都是臨時抽出，有五分鐘的準備時間，之後就要上臺演講。因為在電力建設研習會中的同學不少，而要上臺即席演講比賽的名額並不多，大家都抱著僥倖的心態，以為不會被抽到，只是必定會有倒楣的人。在幾個同學演講以後，只剩最後一個人尚未抽出，匡復放心地和同學以及在此活動中實習的記者麗娜聊天，但不巧地，最後一個抽中的竟然是匡復。

抽中後，看了題目，在一瞬間，匡復腦海閃起在過去的活動中，聽過李鴻禧教授的演講，看到臺大青年社社長和臺大火箭社社長多次談話的丰采，也想起念過西洋哲學史的某些觀點，以及張老師受訓時學到的一些心理方面概念，加上剛好有幾句佛經也進入腦海，於是在五分鐘內簡要整理一下，寫個大綱，就硬著頭皮上去掰了起來。沒想到，竟然讓許多聊天中的同學轉頭過來，側耳而聽，匡復也湊巧在演講時間快結束前，內容轉到所想到之佛經的觀點，用佛經做為結語。

演講完後，回到座位，麗娜說他講得最好。演講比賽結束，評分結果，匡復果然拿了第一名，對他而言，有些意外。這時，他回憶起大一剛進臺大時，在蘭陽校友會的迎新會上，曾經對健談的學長充滿崇拜，那時想著能否像學長般，口才便給？現在看來似乎已是如此了，但是心裡卻沒有興奮，反倒感到虛無，他回想大一下時感到的空虛。此時此刻，似乎外在的成就和能力，都變得無足輕重。

回到學校，匡復繼續找一些課外書來念，希望知道有什麼途徑可以尋回失落的心靈？這些課外書也包括古龍和金庸的武俠小說。

還沒開學前，幾個同學找了一起去看「小電影」，匡復和士恆也跟著去。「小電影」是不准在正式的院線上映的電影，因為內容超過某些尺度的。那次看的小電影是「查泰萊夫人的情人」，電影中查泰萊身體癱瘓，他的太太，也就是查泰萊夫人，照顧他多年，他們經常討論文學，似乎心靈相通，彼此也互相認為深愛著對方。然而，某一天，查泰萊夫人無意間邂逅了一名獵場看守人，當獵場看守人把小雞放在查泰萊夫人手上時，不知有意或無意，他們彼此的手互相碰觸，查泰萊夫人似乎感到被電觸到一般，然後他們之間就開始了被視為禁忌的性愛關係，他們持續幽會做愛，在查泰萊家庭中引起了風暴，最後查泰萊夫人寧願放棄上流社會的頭銜和地位，和當時被視為下階層的獵場看守人遠走高飛。

匡復覺得從電影中，無法看出查泰萊夫人的內心，於是再去找小說來讀，小說描述得更為露骨。讀完，他似乎領悟了，就算心意相通，若沒有「性」，仍是空泛不著邊際。

原來「性」對女性而言是那麼重要，是否他和曉軒之間，也是因為少了這個部分？是否純粹心靈的感受對女性而言，比不上肉體的結合？可是，另一方面，黃春明在〈看海的日子〉這篇小說中，又把心靈的愛看得比性還重要，到底「性」的重要性如何？性與愛的關聯又是如何？何以查泰萊夫人需要「性」？內心的想法一致不就是合一了嗎？為何還需要肉體的結合？難道說：「性」不只是為了傳宗接代？

匡復想要逃離空虛的感受，卻不但驅離不了空虛，心裡還不知不覺想起她，或許是因為和她分手的時間還不夠長吧！而他自己也很矛盾，要把她忘記，或是期盼與她再次相聚？

第八章 承擔。

不久以後，大三這一年的生活開始了，室友們如力立、士恆、童輝……繼續各忙各的事情。匡復的日子同樣在功課、家教、讀課外書籍當中度過。覺得只有一個家教的收入太少，每次到餐廳都得精打細算，每一餐都必須控制在多少錢內，以免在之後的日子喝西北風，所以就多找了一些家教，因此時間安排也就更緊湊了。另一方面，進入大三，電機系同學也愈來愈多談到出國的問題，匡復也跟著思索到底未來何去何從，或許多一些家教，多少存一些將來出國的錢，但其實他對出國還搞不太清楚。

這是好勝好強的年代，大三以後，必修課已經變少了，但不少同學都還是盡量修各種課程。電機系畢業所需學分只要一百二十八學分，但匡復總共修了一百六十多個學分，還有其他同學修了一百七十多個學分。

除了必修的課程如電子學、電路學、電磁學等被稱為三電的課程和工程數學以外，大三這一年，匡復還選了幾門非必修的課，如資料結構、計算機結構、理論力學、熱力學、物理數學（一）、物理數學（二）、經濟學原理和德文。其中物理數學是研究所的課，據說很難，因為是要處理特別困難的物理問題所需的數學理論；匡復去上了，確實很花時間，幾乎每週都有作業，而且要花上超過兩個晚上的時間才能解得完作業題目；沒有期中考，但是期末考是一整天，從上午考到下午，幾乎沒有人提早交卷，因為題目又多又難。三年級上學期時有四、五十個人修，學期結束後有許多人被嚇壞了，下學期的物理數學（二）只剩不到十個人。好強的匡復不甘放棄，於是繼續修了物理數學（二）。而經濟學原理是農經系的課，王作榮教授開的，力立曾經修過，他告訴匡復說是很好的課，所以匡復也去修了。王作榮教授講課相當精采，偶而也會藉由上課內容批評時政，或是調侃他的對手蔣碩傑，匡復頗被經濟學吸引，所以又繼續上了第二個學期的經濟學原理。

匡復上過的課可說是五花八門，有基礎的物理如理論力學和熱力學、數學，以及和電腦相關的資料結構和計算機結構，還有經濟學原理，而修課的成績也都不錯，這讓匡復很混淆，不知道自己的興趣和性向是那個方面。唯一確定的是自己沒有語言的天分，因為他也修了德文，但某些德文的發音無論如何都念不出來，上了兩個學期的德文，還是無法突破，他有些不甘心。後來他去了美國，碰到有語言天分的人，可以在一分鐘內就念出一整句未曾聽過的新語言，甚至於連意義都還不懂就可以一字不差地念出來，發音也都準確異常，沒有怪腔怪調，這讓匡復終於瞭解，有天分和沒有天分的差異真是非常大。

大三這一年的開學後沒多久，匡復的媽媽希望他去和二姐住，因為二姐夫在當兵，二姐自己帶小孩，若他能去陪二姐，可以有照應，媽媽比較放心。匡復不太願意，因為現在時間真的很緊湊，而且住慣了宿舍，不想再配合二姐調整作息時間，和室友們雖然互動不多，但反而讓他可以自在地保有內心深處難以言喻的糾葛。然而，覺得很難拒絕，因為若拒絕，似乎對自己的姐姐太無情了。後來折衷，因為一週中有兩天的家教在二姐住的地方附近，匡復就在家教結束後，去二姐家。

到二姐家的時候，因為家教結束已經很晚，而第二天二姐還要上班，彼此沒有多少時間互動。經過大學兩年的經歷，匡復也多少體會了生活的真實面。二姐早婚生子，先生當兵，自己一邊工作，一邊帶小孩，雖然她只比匡復大三歲，已經飽歷滄桑。以前，二姐是他們兄弟姊妹中，最頑固叛逆的一個。三年前，匡復念高三那一年，二姐不顧爸爸媽媽反對，執意要和二姐夫結婚，還和媽媽鬥氣，兩人都幾天不吃飯。但是現在，她已經不再是當年少不更事的少女，而是帶著小孩的媽媽。她沒有埋怨，不像結婚前那麼多話，但仍看得出她頑固的本性，不願向命運低頭，只是較成熟，懂得沉默以對。理性上，匡復瞭解她的處境，但覺得幫不上什麼忙，他已自顧不暇。另一方面，也覺得二姐幫不了他什麼，因為二姐自己的煩惱也夠多了。

他們每週兩次的碰面，都只有簡單寒暄，好像是非常普通的朋友。而各自的辛酸，似乎彼此心照不宣，一切盡在不言中。匡復帶書過去，在家教結束後讀他的書，而二姐忙著哄小孩睡覺。就這樣過了幾個月，有一天，爸爸來二姐這裡。家教結束，匡復到二姐家。

二姐為爸爸準備了花生米和小魚乾，那是爸爸喜歡吃的小菜，似乎二姐還滿高興爸爸過來。爸爸坐在茶几前，夾著花生米和小魚乾，當點心吃。匡復到了以後，也坐在一起，夾著這些花生米和小魚乾，吃將起來，這是匡復和爸爸之間特有的共同語言，吃著小菜，東一句西一句，沒頭沒尾地聊。爸爸沒有念過書，沒有向孩子們談過什麼大道理，匡復也從小沒有留意過爸爸告訴了他那些道理，爸爸也從不在意匡復是否記得他說過那些話，只是也不能期待，爸爸會把孩子的話當真。與媽媽相比，覺得和爸爸在一起是比較自在的，因為不必特別留意那些話不該講，這是多年來的印象。

所以匡復也就和爸爸隨意地聊，聊著聊著，說道：「我想要出國念書。」很意外地，爸爸突然暴跳如雷，勃然大怒，幾乎是咆哮地說：「你要出國？我那些田賣了也不夠，你別妄想，就算夠，也不可能，我不能把田賣了給你出國，我還要留給你哥哥們。」

爸爸突然生氣，不僅出乎匡復意料之外，也在二姐意料之外，一時之間，二姐不知該如何是好，她一會兒看看匡復，一會兒看看爸爸，不曉得要幫誰講話，也不知該如何圓場，匡復看出她其實不知所措，但強裝鎮靜。

匡復這段期間運用理性面對事情的做法，似乎也在這個時候發揮了作用，他想，其實並沒有要爸爸賣田，於是他鎮定地說：「我不需要你賣田，出國的費用，我自己會想辦法。」

講完後，匡復想，此時爸爸正在氣頭上，空口白話，爸爸不見得立刻消氣，剛好那天領了家教的錢，三千五，於是從錢包中拿出來，告訴爸爸：「這是今天家教領的錢，給你兩千，我留著一千五，自己要用。」

爸爸拿了兩千元，氣果然立刻消了。二姐報給匡復感激的眼神，匡復明瞭，此時的她要拿出兩千元也是難的。

理性上，匡復能理解爸爸為什麼會有那樣的反應，他已六十六歲，那幾分田是他一輩子努力的結果，失去了那些田地，對爸爸而言，好像也就失去了這一生。但感覺裡，對爸爸收下他給的二千元，卻覺得有些失落，不是少了錢，而是感到親情不如預期。這段期間，匡復面對人生各種難解的問題，渴望有個強而有力的膀臂，幫他解決困難，但爸爸不能扮演這個角色，反而匡復成為爸爸的安慰者。其實，匡復應該習慣的，因為從小到大，匡復對爸爸的瞭解遠比爸爸對匡復的瞭解還多。哥哥姐姐們都認為爸爸很凶，但匡復卻認為爸爸較慈祥，大概因為匡復抓得到爸爸的脾氣，知道如何應付他。但是，此時此刻，匡復尚在感情的創傷和其他困惑當中，還要面對親情衝突的張力，覺得力有未逮。

整個晚上，匡復不禁回想起和爸爸過去的互動，其實大多是快樂的，記得國中二年級時的暑假，早上去學校上輔導課，中午回家後，吃過午飯，爸爸和二哥要去田裡工作，匡復說要複習功課，他們也就由著他，沒有強迫他下田。到下午兩點左右，匡復複習完功課，那天的功課比預期中的容易，所以較早讀完，之後就跑去放風箏。

玩膩了，回家喝水，剛好二哥回來，二哥說：「你不是要複習功課，怎麼沒在念書？」

匡復告訴二哥：「我去放風箏。」

二哥笑笑地說：「不要告訴爸爸，小心他會打你。」匡復和二哥年紀差了十五歲，二哥像是哄小孩般地對匡復說。

「應該沒關係吧。」匡復說：「我覺得告訴爸爸也無所謂。」

「好，那我就告訴爸爸，你跑去放風箏。」二哥開玩笑地恐嚇匡復。

剛好爸爸回來，問說：「什麼風箏？」

匡復說：「我做了一個五角形的風箏，我剛剛去放了，還飛得很高。」

爸爸說：「五角形的風箏能飛？我跟你去，你再放給我看。」

二哥聽了，目瞪口呆。

爸爸真的和匡復去放風箏，匡復向爸爸說明五角形的風箏如何做，以及其骨架與四邊形風箏的相似與差異之處，還有為何五角形的風箏也可以飛上去。之後，他們就一起放風箏，看著五角形的風箏升上天空，那時覺得和爸爸一起放風箏的感覺很溫馨。

匡復回想這些往事，再對照今天晚上發生的衝突，覺得不勝唏噓。這一天晚上也就沒有睡好。

隔天，一大早就起床了，因為爸爸平常住在鄉下，習慣早起。匡復也跟著早起，想回去宿舍再補個眠。拖著疲勞的身體，回到宿舍，正想往床上躺，卻看到力立躺在他床上，而且滿身酒味，匡復不禁氣從中來，打算把力立拉起來，或許還要揍他幾拳。於是匡復轉頭先把包包放到書桌，再來準備要找力立算帳，但這時看到書桌上擺著一瓶酒，上面有本日記。日記攤開著，上面是力立的筆跡，匡復無意間看到日記上簡短的一行字：

「**上帝，上帝，祢為什麼離棄我！**」

不知為什麼，匡復突然對力立有著很深的憐憫。他知道力立的處境更為艱辛，匡復到大學才發現爸爸不能幫他解決困難，而力立在高中時，爸爸媽媽就棄他而去，得自己面對生活。匡復昨晚的感受，與力立相比，實在算不得什麼。於是匡復放下包包，自己去逛校園。匡復繞了一大圈，希望繞得夠久，回來時，力立已經醒來。此刻匡復心裡已經夠煩了，只想讓這件事像是沒有發生過一樣。

匡復自己逛著校園，在這清晨時分，醉月湖、椰林大道相當安靜。他踽踽獨行，想著這一切，愛情，親情，一切都不可捉摸，讀了那些書，還是沒有找到答案，為什麼學校的課程沒有把這些列為必修？讀一堆中國通史、中國現代史，對解決切身的問題卻一點幫助也沒有，到底還有那些書會提供答案？再多想一些，或許自己算幸運了，大一時誤打誤撞參加了臺大青年社，讀了一些哲學方面的書，因此學會了理性控制自己的情緒，否則昨天晚上恐怕就和爸爸吵了一架，今天早上或許也和力立打起架來。想到這裡，匡復覺得還有許多哲學概念沒有讀清楚，新潮文庫有不少相關的書，應該去買些來看。而想到臺大青年社，有一段時間沒有去了，或許該再去看看，到底它是幫忙度過這段痛苦時期的關鍵。

隔天，匡復去臺大青年社，看到桐齡在社辦，她現在是社長。匡復在社辦門口，看到她坐在椅子上，光線從門口對面窗戶的霧化玻璃照射進來，柔和地映照出她的側面，她雙眼看著正前方，凝神，若有所思。匡復卻似乎看到她表情慈祥，但略顯歲月的風霜，彷彿過去某個時候看到的一幅慈母畫像。畫像中，眼光慈祥，但臉上卻難掩擔憂，一種經歷歲月，因艱難刻劃而成的面容。匡復感到奇怪，為何桐齡的側影讓他覺得像是看到慈母畫像？

此時，桐齡忽然轉身，看到匡復在門口，他們目光相對，桐齡的慈母面容瞬間轉換回年輕少女的臉龐，如大一時看到的模樣，但眼光中流露出對慈父的渴望。在他們目光相對後的一剎那，匡復幾乎要奪門而逃，他承受不起桐齡眼光投來的渴望，他自己都已心煩意亂，無力再幫桐齡承擔。桐齡也瞬間看出匡復眼神的閃躲，帶點失望地收起她的渴望，然後若無其事地轉頭和學妹討論事情。

然後匡復進去社辦，瞭解到此時臺大青年社已在風雨飄搖當中，因為學校對臺大青年社的補助經費大幅減少，使得要繼續出版《臺大青年》雜誌有很大的困難，財務上的難題使得大家士氣低落。有人想乾脆結束臺大青年社這個社團，有人覺得《臺大青年》這個雜誌提供了許多大學生珍貴的論點，報導大學生對國家社會的理想和憧憬，應該設法留存；有人就單純地不捨在這裡建立的情感。桐齡在多位社友的懇求下接下社長，但面臨財務困境，士氣低落，以及在此困境中的流言蜚語，有些心力交瘁，但又不捨棄之而去。

在困境中，或許當家的女性自然流露出母愛般的光輝，使得匡復看到她時，潛藏的戀母情結不自覺地浮現。而桐齡到底也只是和匡復一樣的年紀，匡復內心因困難而煩亂，桐齡又何嘗不是，所以在看到匡復的那一瞬間，對尋求如父愛般之有力依靠的渴望就不自覺地流露。為什麼？男性在困難時渴望母愛，而女性在困難時渴望父愛？是否人的內在本就潛藏著戀母情結或戀父情結？匡復不禁想起和曉軒碰面的最後一夜，曉軒對他的期待是否也是一樣？曉軒尋求的是男女朋友間的愛情，或是在困境中可以依靠的父愛？而匡復自己呢？他需要的是男女朋友間的愛情，或者也只是在困境中可以依靠的母愛？而到底男女之間的愛情應該是什麼樣子？是否其實也只是對母愛和父愛渴望的延續？所謂的靈犀相通，是否只是童稚時期，懵懂無知當中，對父母呵護的簡單期待？而當這樣的期待轉向其他人時，就得不到盼望中的回應？

或許，在社辦門口，當桐齡以渴望父愛的眼神看匡復時，匡復若不是逃避，而是給她正面的回應，他們會……。或是，在和曉軒碰面的最後一夜，匡復若給曉軒正面的回應，結果也會大不相同。他為什麼不敢正面回應？是否因為是老么，從小起就不必為別人承擔的習慣，叫匡復不敢幫別人承擔什麼？而這也是受到原生家庭所捆綁的形式之一？而另一方面，愛情是否就一定得為對方承擔？即使痛苦也得走下去？就像二姐一邊工作，又一邊自己默默帶著小孩？但看到二姐那樣的情況，匡復真的不敢進入這樣的愛情。

匡復似乎只盼望童話故事中，王子與公主幸福快樂的樣子，但在現實生活中，卻不可得。不然就得看破紅塵，不被情愛牽絆。但不幸地，他也似乎無法切斷對曉軒的思念。人生似乎要做個抉擇，不是得看破紅塵，就是要下定決心，為對方承擔。而如果要為對方承擔，匡復能嗎？他面對生活，面對原生家庭的捆綁，自己都已自顧不暇，心煩意亂，如何有餘力為另一方承擔？

匡復內心思潮洶湧起伏，許多想法盤旋在心中，人生難道就是如此？想要逃離承擔，就會陷入孤單，一種和其他人心靈隔離的孤單；而若要逃離孤單，就會陷入必須為他人承擔的苦痛，即使力不從心，也得咬緊牙關。佛教的出家，到底是看破紅塵，或是逃離負擔？小說中提到清朝順治皇帝把皇位放給尚未成年的康熙，落髮為僧，到底是看開權力的高尚情操，或是逃避家庭責任？而看破紅塵，就是接受並習慣於和其他人心靈隔離的情況嗎？人真能如此嗎？佇立山腳的岩石，不就已經看破紅塵？那何必有生命有感覺呢？像石頭不就好了？可是有感覺就有痛苦。能否存有愛而沒有痛苦？不必為金錢操煩，不必擔憂柴米油鹽，沒有流長蜚短，像童話故事中，王子與公主幸福快樂的愛情真的存在嗎？而他對童話故事中王子與公主的憧憬又從何而來？是因為看了迪士尼卡通或愛情神話而來，使得他不知不覺地要模仿迪士尼故事或神話，想把卡通或神話情節落實在生活中，以致於陷入這真假難辨的情況？或是人的內在本就存在對理想世界的期待?而真實和想像之間是否根本就沒有一道清楚的界線?

他內在的感受是如此複雜，但在社辦裡和桐齡以及其他同學談話時，匡復還是表現出理性的樣子，假裝是沒有煩惱的模樣。或許桐齡看到他逃避的眼光，只會認為他不想淌這趟渾水，根本就不知道他是無力多幫她承擔。不管他是有心無力，或是根本無心，對她而言，結果都一樣，就是她沒有得到想要的幫助。

他回想大一進入臺大青年社時，大家都天真無邪的模樣，當時在活動中玩遊戲，互相大眼瞪小眼，好不開心，那時對人生的未來充滿憧憬，想像中的世界幾乎都是美好的。沒想到，到了大三，卻發現原來人生有接連不斷的挑戰，而且未來依然有許多的挑戰，桐齡面對的困難，力立遭遇的苦楚，匡復心中的煩亂，大家都是天涯淪落人，雖然相逢又相識，可是相識又能奈何?匡復希望能滿懷信心地告訴自己:「我一定可以衝破困境!」然而這似乎只是沒有確據的吶喊!

匡復在困惑中，繼續從課外書籍找答案，在讀新潮文庫的一些書時，偶然看到了佛洛姆寫的《愛的藝術》，他想，或許，這本書提供了他想要的答案。

人們傾聽上千上百的愛情歌曲，然而幾乎沒有一個人想到愛情是需要學習的。

……大部分人把愛的問題認為主要是被愛的問題，而沒有想到去愛的問題，沒想到自己愛之能力的問題。因此，愛的問題在他們來說，是如何被愛，如何變得可愛。

——佛洛姆《愛的藝術》

「或許感情就是需要兩肋插刀，義無反顧，我既然做不到，那麼和別人疏離，內心孤單，不也是理所當然？」匡復心裡想著。

「曉軒呢？她也是在困境中嗎？」匡復又想起了曉軒。

大三暑假，匡復決定再去找曉軒，他覺得已經想通了，無論如何，他都答應要和曉軒在一起，為了尋回心靈合一的感受，不管再大的艱難，都要去克服，就像二姐那樣，感情就是要赴湯蹈火，在所不辭！

鑑於以前曉軒曾埋怨過，去找她時，沒有事先告訴她，所以匡復這次在幾天前就寫信給她，因為是暑假，所以就寄到她家裡。可是到了出發前一天，還是沒有收到她的回信，但匡復仍然到臺中去找她。

匡復早上八點多就到了臺中，怕太晚以後，曉軒跑出去了。因為沒有收到她的回信，不確定她是否願意碰面，早點到，至少較有機會，免得她有其他事情出門了，到時連和她談的機會都沒了。到了以後，打電話到她家裡，

「請問曉軒在嗎？」匡復問。

「她不在，請問你那裡找？」聽聲音像是她媽媽。

「我是匡復，我幾天前有寫信給她，信上有說我今天要來找她。」

她媽媽似乎記得匡復是誰，語氣還滿好的。「她可能還沒有看到你的信，她一個星期前就到臺北去了。」她回答。

怎麼這麼不巧，匡復心裡涼了半截。「哦！是這樣。」他失望地說。

她媽媽似乎聽出匡復失望的語調。「曉軒今天傍晚就會回來，你要不要先來家裡坐？」

匡復想不出到她家後，從早上待到傍晚，要和她家人談什麼，於是告訴她媽媽：「我傍晚再打電話來，麻煩妳告訴她。」

於是匡復跑去中興新村晃了一天，打發這天的時間，等到傍晚時再回臺中市。在中興新村時，預先想著要和曉軒談什麼。他回想最後一次和曉軒碰面時的情況，以為他們可以從那個時間點再重新出發，而沒有意識到，他們已經分離了一年多，彼此其實已經像是陌生人了。

傍晚回到臺中市，曉軒真的回來了，匡復覺得她似乎不願意在她家裡碰面，所以約在外面一家飲料店。曉軒穿著洋裝，看來有些高貴狀，和之前看到時很不一樣，模樣反倒有點像大在臺大青年社看到念醫學系的如鈴，但曉軒現在看起來比較嚴肅，到今天碰面前一刻，匡復對她的印象還停留在和她來往時的情形，一時之間還沒調整過來，看到她和以前不同，覺得又陌生又熟悉。

而曉軒從臺北回到家時，媽媽告訴她匡復今天來找她，還有匡復幾天前就寫信來了。曉軒把信拆開看了，匡復信上說他今天要來臺中找她，以及因為以前她埋怨說匡復去找她時，沒有事先講，所以特別先寫信來，告訴他今天要來臺中找她。

曉軒以為她自己已經把匡復忘了，但不知道為什麼，看到了匡復的信，現在心裡卻有些期待再和他碰面。她想，媽媽知道她現在的男朋友是系上的學長，她怕和匡復碰面時會有無法抑制的情緒，不敢在家裡和他碰面，因為不知如何向媽媽解釋，於是約他在一家飲料店碰面。

她想起大二上，匡復到宿舍找她時，她穿著睡衣下來和匡復碰面，也就是那個傍晚，她問匡復彼此是否就是男女朋友的關係，但卻被匡復否定。經過這些時間，她後悔那天傍晚沒有特別打扮。「男生還是重視外貌的。」她想；本來以為匡復比較重視內在，不會是那種男生，但那天傍晚，匡復卻……。所以她今天特別留意，穿上洋裝，要讓匡復知道她是有高貴的樣子。其實她更盼望的是，他們可以再像以前那樣的無所不談。

在飲料店，他們找了座位坐下，曉軒還沒忘記被匡復拒絕的傷痛，冷冷地問：「你來找我做什麼？」

匡復今天頗為緊張，但在中興新村走了一天，又覺得有些累，再聽到曉軒冷淡的口氣，心裡摻混著複雜的情緒，但還是按捺著，溫和地回答：「就只是想來找找妳。」

曉軒聽了，有些感動，先簡單地回應：「哦！」但匡復覺得她的口吻有些冷淡，但繼續按捺著，想等曉軒繼續說下去。

曉軒回應「哦」一聲後，在一瞬間回想起往事，以及匡復令她感到傷痛的部分，在複雜的心情下，曉軒不知要怎麼說才好，她好希望匡復就像第一次碰面時那樣，很自然地談一些事情，她其實更期待匡復會向她道歉。然而匡復也在等著曉軒繼續說，兩人都沉默了好一段時間，這讓曉軒覺得很難過，好像她和匡復之間已經真的不一樣了。她真的盼望匡復會向她道歉，但他卻什麼都不說，這讓曉軒有些生氣，說道：「你怎麼都不說話，再不說，我要回家了。」

匡復慌了，因為情況和他一整天在中興新村預想的完全不同。匡復支支吾吾地回答：「就是想來找妳。」

匡復從大二暑假以後這一年來，面對其他人的健談模樣，在這個時候完全消失了，他自己也很驚訝，怎麼在曉軒面前變成這個糗樣？

而曉軒聽了匡復的答覆以後，心裡想：「就只是這樣而已？」曉軒失望了，可是怎麼辦？她覺得不能繼續在情緒當中，於是設法找一些話題。「你知道基督教嗎？」

「我在哲學書上讀過一些。」匡復回答。

「那你有聽過基督教的教派，如長老會、浸信會、信義會嗎？」曉軒繼續問。

匡復在哲學書上沒看過，也不知道這些有的沒有的教派和基督教到底有什麼關係，於是回答道：「沒有。」

聽了匡復這麼簡單的答案，曉軒又不知為何，生氣了起來，說：「怎麼這些都不知道？」

匡復覺得曉軒語氣帶著不屑，這讓匡復覺得不舒服，但不敢表現在臉上，同時心裡想，「知道這些教派有這麼重要嗎？」不過也不敢直接講這個想法，以免把氣氛搞壞了，於是匡復沒有接下這個話題，但一時之間也不知要轉到那些話題，他們又沉默了一段時間。匡復看出曉軒愈來愈不高興，愈來愈不耐煩，他心裡更慌了。

因為匡復沒有接下這個話題，但也沒有談其他話題，只是一味沉默，於是曉軒越來越不高興，怎麼匡復來找她，卻不願意多講一些話？她希望可以再像以前那樣的無所不談，但一切都變了。

一股失望從心裡升起，曉軒說：「我要回家了。」

此時，匡復像隻被打敗的公雞，但勉強做個紳士，說道：「我送妳回家。」

聽匡復這麼說，曉軒更生氣了，覺得匡復怎麼一點都不懂她的心，連挽留都不做，於是曉軒說：「我自己會走，我臺中比你熟。」

匡復又是悵然看著曉軒離開。

這次的碰面讓匡復很懊惱，他以為佛洛姆寫的愛的藝術可以幫他找回愛情，但結局是如此慘不忍睹。

大部分人把愛的問題認為主要是被愛的問題，而沒有想到去愛的問題，沒想到自己愛之能力的問題。因此，愛的問題在他們來說，是如何被愛，如何變得可愛。

佛洛姆的觀點讓匡復矯枉過正了，忽略了調整自己，沒有讓自己在這次碰面時，可以令曉軒覺得他是具有魅力的人，能夠被她喜愛，其實，如何能夠被人喜愛還是很重要。而更關鍵的是，因為長時間沒有連絡，兩個人之間其實已經和陌生人沒什麼差異。

這次碰面，讓匡復非常沮喪。但潛藏在他內心深處的另一個層面，在極度沮喪之後，開始強力反彈，並主宰了他日後的生命，就是好強的本性使他不願意接受這個失敗，他決定進一步改變自己，好讓曉軒將來會打從心裡喜歡他，並盼望和他在一起，他相信她也渴望能再次和他心靈合一。

「等我改變好了以後，相信可以恢復以前那種相知、相惜、相愛的關係，我們將會再次靈犀相通；總有一天，屬於我倆的美好時光，將會再度到來……」匡復心裡想著。同時，他也意識到，當他聽到曉軒輕視的語氣時，心裡感到不舒服，因此他自己也混淆著，他想和曉軒再度恢復關係，到底是真的愛曉軒，或只是因為好強，不願意接受被曉軒輕視的感覺？

他隱隱覺得自己不甘被輕視和自己爸爸的出身有關，而原因可能是媽媽長期以來對爸爸的不滿和埋怨，因為爸爸沒有社會上的成就，匡復不願意重蹈爸爸的覆轍。原生家庭真的像是緊箍咒，把人牢牢地框住，連情緒和感覺都被它控制。

匡復說道：「多年後，我回想，何以那天晚上曉軒會如此待我？其實也有原因可循。她高中時第一名畢業，長得漂亮，文筆好，字又好看，『窈窕淑女，君子好逑』，不知有多少男生追她，我何其有幸，蒙她青睞。但在她三次向我表達情意時，竟然都被我拒絕。雖然我其實並沒有拒絕，但不願意給她明確的承諾，和拒絕何異？然後又把她的信全退還給她，對她而言是何等羞辱，而我又沒有正式向她道歉，累積了多時的委屈和憤怒，終於在那天晚上的碰面，讓她找到宣洩的機會。而我卻在她的忿怒中慌了，不懂得安撫她的情緒。如果我的勇氣再多一些，如果我之後再多找她幾次，讓她把怒氣委屈完全發洩；如果我那時讀了《鹿鼎記》，學會韋小寶的花言巧語來應對，結果應該會大不相同。但人生似乎就是如此，就如《紅樓夢》中：

賈寶玉對林黛玉說：『既有今日，何必當初？』

林黛玉回答：『今日又怎麼樣？當初又怎麼樣？』

多年以後才曉得當年若是如何如何，後來就不會怎樣怎樣，但卻已後悔難追。」

第九章 幻想的慰藉。

現實的生活既然不能如願，於是匡復訴諸幻想，其實他已無法分辨到底是幻想或是夢境，甚至於分不清是想像的情境或是真實的遭遇。

一天早上，他們約在臺大的校門口碰面。她穿著粉紅色上衣，配上牛仔褲，看起來很清爽。匡復在羅斯福路的路邊，遠遠看到她沿著傅園邊的人行道走來，拎著行李，背後襯著從樹葉間灑下的陽光，在她右邊是傅園蓊鬱的樹林，左邊是車流不息的羅斯福路，匡復覺得像是在看一齣正要上演的電影。

匡復迎上去，對她說：「妳今天看起來很漂亮。」

她稍微彎腰，作個揖，笑笑地說：「真的嗎？」

「當然是真的。」匡復也笑笑地說：「需要幫妳拿行李嗎？」

「不用啦！行李滿輕的。」

「好吧！那就不勉強了，我們可以搭○南或二五三公車去火車站。」

「好，就跟著你了。」她爽快地回答，聽起來有點像是雙關語。

到宜蘭的火車要搭兩個多小時，他們在火車上很自然地聊了起來。早上十一點多，他們到了鄉下家裡，剛好媽媽去菜園，二哥在家準備一些要帶去田裡的東西。匡復向二哥借了摩托車，二哥還考慮到夏天太陽很大，建議他們戴斗笠，那時還沒規定要用安全帽。看到她戴上斗笠，匡復覺得很有趣，因為她這個模樣，有點像是要下田的農婦，可是氣質卻還是城市姑娘，像是電視劇中飾演農婦的女主角，一種與現實不合的妝扮，匡復不禁看了好一會兒。

「我戴斗笠的樣子很奇怪嗎？」她留意到匡復不尋常地看著她。

「不會啊！很好看，像是世界上最美麗的農村婦女。」匡復答道：「走吧！我們先去看我念的國中。」於是催促她快坐上摩托車後座，和二哥說過再見後，就發動機車出發了。

到了國中，他們先在校園繞了一圈，校園有一面是對著馬路，一面靠著堤防，另兩面被稻田包圍著，視野相當遼闊，遠處隱約可看到雪山山脈。國中校歌的前半段對校園景色描寫得相當好：

遠山蒼蒼，大海茫茫
漁歌起，稻花香
豪氣干霄壤，書聲滿蘭陽
春風十里，化雨一堂……

匡復念的國中是男女分班，國小的同班同學幾乎全都升上這個國中，但男生和女生被分到不同的班級。匡復告訴她，上了國中之後特別懷念國小時班上的一位女同學，但升上國中後不同班，所以每次放學時常期待能再看到她。國中一年級時讀了《少年維特的煩惱》，不知道那是歌德的小說，只是覺得怎麼有人把他的心情描述得那麼貼切。

「你念錯科系了，我覺得你不該念電機系。」她說道。

「妳說的沒錯，從大一下學期到大二受過張老師訓練至今，我常想要轉念別的科系，但至今仍無法確定我適合那個科系。」匡復接著說：「妳說，我該轉到那一系？」

「我也不曉得。你那位國小同學現在那裡？」她似乎對匡復國小的女同學較有興趣。

「不知道，失去連絡了。」匡復回答道：「走，我們爬上堤防，然後到中央大橋下面，以前國中的美術老師常帶我們到橋下寫生。」

於是帶她到中央大橋下面，橋下是宜蘭河，那裡的風景很漂亮，他們找了靠岸邊的石墩坐下，從橋下面望著雪山以及遠處奔流過來的河水，像是別有洞天。

「景色美嗎？」匡復看著她，隨口問道。

她轉頭面向匡復，點點頭，若有所思，像是陶醉在這田園的恬靜。這裡其實並不真的安靜，因為還有流水淙淙，蟲鳴鳥叫，但對照城市車聲的喧囂，可說是天壤之別。

匡復的心靈也沉醉在美好童年的回憶當中，大學生活所受的創傷，此刻都離他遠去。或許田園的景色有療傷的作用；或許美好的童年也能撫慰成年後，面對社會困境時的難過；或許鄉下這裡的空氣特別清香；或許回憶中的校歌，像蝴蝶般飛翔；或許宜蘭、蘭陽，這樣的名字念起來或聽起來就叫人精神昂揚；或許人就該回歸自然，親聞泥土的芬芳。或許他的直覺告訴自己，回到快樂記憶的地方，疲憊的心靈將可以得到安慰。這裡不僅是故鄉，也是煩惱的沉澱處，心靈的避風港。
沉浸在這樣恬適的田園氣氛中，忘了在臺北經歷的煩惱，也忘了時間的流逝，直到肚子咕嚕作響，才想起還沒吃午餐，於是匡復轉頭問她：「妳肚子餓了嗎？」
她也轉頭看著匡復，問說：「你呢？」
被她問得有些不好意思，因為匡復只顧著回憶國中往事，忘了招待客人，但念頭一轉，覺得想調皮一番，說：「有美景當前，又有美女相伴，所以肚子忘了餓。」
她也調皮地回答：「那當然了，有美景當前，又有俊男相伴，所以忘了肚子餓。」然後斜歪著頭，用她的大眼睛瞪著匡復，眼神似乎在說：「沒想到你會油嘴滑舌。」
匡復也回報給她類似的眼神，嘴上帶著俏皮的微笑。她似乎意會到了，在一瞬間轉換了眼神，匡復覺得她想問：「在這荒郊野外，有什麼東西可以吃？」
匡復發現讀她的神情是滿有趣的事，正想確定是否從她的臉上可以猜到她心裡想的，沒想到她真的問：「這裡這麼偏僻，有什麼可以吃的東西嗎？」
「隨便吃吃可以嗎？」匡復問道。
「沒問題啊！那裡都可以，有得吃就好。」她回答道。
於是他們騎上摩托車，到一家小吃部，點了滷肉飯，滷蛋。過去從沒特別留意到，從表情和眼神可以猜到別人的心裡，匡復邊吃飯邊看著她。她似乎對這裡的滷肉飯和滷蛋頗滿意，然後抬起頭來。看到匡復在看她，問道：「你在看什麼？」
「看妳喜不喜歡這裡的東西？」匡復說。

她回答道：「哦！還滿好吃的。」似乎她沒有發覺匡復開始在讀她的表情。

「我想起還有一個地方，景色更漂亮，妳有沒有興趣去看看？」匡復接著說。

「好啊！你要去那裡，就跟你到那裡。既然和你來到這裡，當然就隨你安排了。」她回答道。對於她如此的信任，匡復心裡有些悸動，一種難以形容的悸動。

「我帶妳去看蘭陽溪的出海口，那裡可以看到溪水和海水匯流交溶的景象，而且溪面非常廣闊，從岸的一邊，看不到對邊的溪岸。」匡復說道。

「聽起來很棒，好啊！」她說。

蘭陽溪出海口離匡復家約三、四公里，到了附近，停好機車，他們就往堤防走去。這裡的堤防比宜蘭河的還高且寬，並且和海岸的防風沙丘連成一片，像個小山脈，上面還有不少灌木樹叢。山脈前有個與之相連的小臺地，上面種了好幾棵高大的榕樹，除了隱約可聽到海浪的聲音以外，看不出是已經靠近海邊，若非行家，外地來的人，很難發現如何去蘭陽溪的出海口。

匡復帶著她往海邊的路走去，經過小臺地。小臺地的四周種著榕樹，中間有個空地，但上面有蓊鬱的榕樹枝葉遮住，陽光幾乎曬不進來，加上地勢高，風吹得進來，所以頗為涼爽。附近的人家擺了一些椅子和小茶几在這上面，有幾個人坐著納涼。他們還用牽罟用的纜繩做了搖籃床，綁在小臺地旁邊的榕樹之間，總共有七、八個，像鞦韆般可以搖晃，有大人，也有小孩躺在上面，搖過來晃過去，涼風吹來，在夏天的午後，感覺很是舒服愜意。

她停下腳步，看著他們舒服享受的樣子。從她的表情，匡復覺得她也想躺上去，剛好還有幾個空著的搖籃床，所以問她：「妳想躺上去試試看嗎？」

她很高興地說：「是啊！我可以躺躺看嗎？」

於是匡復用臺語問坐在椅子上的人：「可以借用這些搖床，躺一下嗎？」其實他知道應該可以的，因為這是鄉下這裡的不成文約定，只要是長期放在公共場所的東西，基本上就是給大家用的，不過到底這裡離家還有一段距離，還是問問看較保險。

果然他們回答道：「可以啊！大家都嘛可以用。」

匡復向她點點頭，她就找個搖籃床，躺了上去，匡復幫她搖了幾下，然後自己也找了另一個搖籃床，先拉到一邊，躺上去，然後把撐在地上的那隻腳收起來，床就搖了起來，輕輕閉起眼睛，覺得很舒服，隱約聽到海浪的聲音，像是躺在船上，隨著波浪溫柔地擺動。她也閉著眼睛，頗為享受的樣子。

過了一些時候，匡復起來走到她旁邊，她還閉著眼睛。匡復發現她眼睛閉著的模樣滿好看的，他像欣賞一幅畫般地看了她一會兒，然後小聲喊著說：「天亮了，起床嘍！」

她輕輕張開眼睛，說：「好舒服，住在鄉下真好。」

「做了什麼夢？」匡復開玩笑地問。

「不告訴你。」她也調皮地回答。

坐在椅子上的人轉頭看著他們，似乎認為他們是情侶。對於那些人的誤解，匡復覺得有些不好意思，於是催促她：「我們快去蘭陽溪出海口。」

她下了搖籃床，匡復帶著她往出海口的小路走去，刻意走在她前面有一小段距離，似乎要向那些人表示，他們並非情侶，但匡復不知道為什麼如此在意他們的眼光，好像是作賊心虛一般。

這條小路的兩邊都是林投樹，頗長，走了一些時間後，發現她落後了一段不小的距離，匡復趕緊停下來等她。她氣喘噓噓地趕了上來，說：「你走那麼快幹嘛？」

本來還算伶牙俐齒的匡復竟一時語塞，於是搪塞個理由，說：「我一時忘了有跟妳在一起。」

「你騙我！」她很快地回答，氣喘未息。

匡復忽然意識到，讓她自己一個人走這段不算短的小路，而且兩邊都是有刺的林投樹，對她是有些殘忍。這時他回過神來，覺得因為那些人的眼光而不理她，不太應該，於是說道：「對不起，我現在不就停下來等妳了？」

她沒有再說什麼，雙眼看著匡復，一種緊張後得到舒緩的眼神，匡復的話似乎安撫了她的情緒。這條路很窄，不容兩人並行，匡復繼續在前面帶路，但放慢腳步，好讓她可以輕鬆跟上。越過堤防和防風沙丘以後，逐漸下坡，然後可以看到一片沙灘，右邊是蘭陽溪，前方是太平洋，但都還有不算短的距離。

下到沙灘以後，沙灘形成一塊一塊的小丘，約有膝蓋高，此起彼落，隨意分布，因為已經有鹽分，幾乎雜草不生，有點像是電影中的沙漠景象，一望無際。匡復停下來，她也跟著停下來，站在他右邊，他轉頭看她，正想問她：「妳覺得如何？」她已經哇一聲，驚嘆了起來。

他們散步似地走，不時東望望，西看看。蘭陽溪從遠處的蘭陽大橋流過來，匯集了宜蘭河和冬山河，到這裡，溪面已經非常寬廣，看不到對岸，應該有數公里寬。岸邊的溪水極清澈，緩緩流動，滑過河床的細沙，看似溫柔，卻又堅定。看到清澈的溪水溫柔但又堅定地流，不知為什麼，匡復覺得有些感動。

蘭陽溪出海口

蘭陽溪從遠處的蘭陽大橋流過來，匯集了宜蘭河和冬山河，到這裡，溪面已經非常寬廣。

匡復將視線從岸邊的溪水逐漸抬起，然後遠眺，溪面水氣濛濛，但可以看到西邊長長的蘭陽大橋，若隱若現，再將視線逐漸移到出海口，可以感覺到一大片溪水緩慢地向東流去，接著漸漸和海水溶合，因為距離海洋還有一段距離，看不出海浪的翻騰，於是難以分辨蘭陽溪和太平洋的分際，就像這一片沙灘，分不清是屬於蘭陽溪的河灘或是太平洋的海灘。再繼續向東遠望，不僅溪海難分，海天也連成一片，覺得浩瀚無垠。

但因為水面寬廣，或許水氣蒸發的原因，霧氣瀰漫，遠方的景象看來都迷迷濛濛，而這片沙灘又像不著邊際的荒漠，前不著村，後不著店，一種交織著遺世荒涼和徬徨無措的感覺，令人不禁想起崔顥在黃鶴樓中的詩句：「**日暮鄉關何處是？煙波江上使人愁。**」

匡復心中油然升起某種愁緒。這裡看不到海浪，但轟隆隆的浪聲遠遠傳到這裡，像是為這場景定調的背景音樂，更加添憂愁。

這時匡復離她有一段距離，看她穿著粉紅色上衣，配著合身的藍色牛仔褲，清秀的臉龐，卻在這一片煙霧迷濛的荒涼水邊，踽踽而行，像是淪落江湖的富家千金，他覺得有種強烈的對比，於是拿起相機拍下這一幕。

她聽到喀嚓一聲，知道匡復在拍照，但不知道他此刻的感受，報給匡復愉快的笑容，天真燦爛的笑容，完全和匡復所感覺的荒涼不相稱，就和剛開始看到她戴上斗笠時一般，完全超現實的感覺，而此時更不搭調，於是匡復告訴她：「妳笑得太快樂了，能否帶點憂愁？」

她似乎立刻會意，瞭解了匡復對這景色的感受，臉上即刻抹上一股憂愁的模樣，既不太多，也不太少的憂愁，恰好和他的感受完全吻合，匡復抓住那一剎那，再一次按下快門。就在這一瞬間，他覺得他們的心靈是如此契合，一種無法用言語形容的契合。

匡復繼續和她朝著出海口走去，浪濤聲愈來愈大，終於到了太平洋的海灘，到了這裡以後，感受完全不同，不像溪水只是靜靜地流動，澎湃的海水捲起比人還高的大浪，不斷地推向沙灘，然後撤退，又再推向沙灘，前仆後繼。前面溪水的煙霧濛濛，給人一種淡淡的憂愁，這裡的翻滾海浪，讓人覺得驚駭，無法抵擋。

他和她往後退到離波浪可及頗有一段距離之處，坐在海灘上，看著海浪撲向沙灘，撤退，再撲向沙灘……，看來似乎不斷反覆，但每次的浪花都不一樣，撲上沙灘的波紋也不同，所以即使看它千遍，也不覺得厭倦。這個時候，海灘上沒有其他人，只有他們兩個，除了浪濤，沒有其他聲音，他們也有默契地保持安靜，沒有交談，偶而互相對看，從眼神交會當中，似乎也瞭解了對方此刻的心境，海浪、海風、細緻的沙灘，好像都幫他們傳遞了所思所想，勝過言語千萬。匡復無法理解，何以心靈上的契合總是叫他著迷？

第二天他們戴著斗笠，也帶著相機，騎上摩托車，出發去大湖。

大湖的東側是綠意盎然的稻田，阡陌縱橫；另一側有樹林蓊鬱的山，山雖不高，但剛好可以完整映照在湖面，形成美麗的倒影。他們於早晨時分就來到這裡，沒有其他遊客，四周一片安靜，因為沒有人聲嘈雜，更對照出大自然本身的生趣盎然。湖面和四周有多種鳥禽，如白鷺鷥、綠頭鴨、小水鴨、翠鳥等，有些佇足於靠近稻田的水邊，有些悠悠哉哉地漂浮在湖面，還有些棲息在樹林間，或是飛翔在湖面上，也有跳躍在樹枝間，甚至有時也看到魚兒躍上水面。

那時暑假已快要結束，夏末秋初，二期稻作剛插秧完不久，整片稻田還是淺嫩綠的顏色，配著山上深綠濃鬱的樹林，以及清綠的湖水，微風吹來，波光粼粼，似乎綠色也會舞動。置身此境，不知不覺就跟著融入這一片深淺萬端的綠色原野。從她的表情，看得出她也深深被這裡的景色吸引，再加上今天她令人迷惑的特別神情，使匡復陶醉，分不清是人或景叫他沉迷其中，而在這樣的旖旎風光中，理性或感性的分際也變得模糊不清。

他們租了一艘雙槳的小船，她在船首，匡復在船尾，面對面坐下。匡復划槳，因為不趕時間，他慢慢地將小船划向湖心，也一邊看風景，一邊看她沉醉在此明媚風光的表情。美景佳人，相得益彰，她陶醉的模樣，叫匡復忍不住拿起相機，連續拍下她和這片風景。有時她背後襯著橫陳的樹枝，有時剛好捕捉到飛行的白鷺鷥；有時她靜靜等候身後的小水鴨，等牠們正要起飛時，擺出驚訝的表情，她與小水鴨，與湖山水色，似乎彼此心領神會。就在快門喀嚓一聲的瞬間，匡復把景象攝入鏡頭，也印上心頭。

傍晚回到家，才約下午五點左右。他們停了摩托車，帶著二哥的小孩，一起散步到海邊。走約二十分鐘的路程，就看到浩瀚無邊的太平洋。他們爬上海邊的防風沙丘，俯瞰太平洋，這裡離海水還有一段距離，每次站在這裡，都會有想要衝下去海灘的衝動。二哥的小孩很自然地就往下衝，但一會兒就哇哇叫地又跑回來，因為從這裡到海水有一大片的沙灘，在夏日豔陽一整天的照射下，非常燙，他們光著腳丫子，當然被燙到受不了。匡復從小在這裡長大，知道如何光著腳也不會被燙到的訣竅，於是教他們每走一步，趁著腳底還沒覺得燙，趕快用腳板將上層的乾沙撥掉，露出下面涼涼的濕沙，讓腳底冷卻一下，然後再用同樣的方式跨出下一步。

他們照做了，不禁說道：「叔叔你好厲害哦！」

她看了，也興致勃勃地想要試，脫下鞋子，用光腳試試看。

就在她脫下鞋子以後，匡復慫恿二哥的小兒子抓起她的鞋子，然後匡復把他抱起來，往海邊衝，一直到潮濕的海灘。然後回頭看她用腳板挖開乾沙，站一會兒，再跨出下一步，一步一步辛苦地前進。她知道被匡復耍弄了，裝出生氣的樣子，其實匡復也不知她是真生氣或假生氣，但看到她走了幾步以後已經香汗淋漓，額頭的汗珠不斷往下滴，覺得於心不忍，於是拿起鞋子，走回她那裡。她瞪著匡復，沒好氣地說：「你怎麼可以欺負我？」

匡復帶點嬉皮笑臉地回答道：「讓妳體會一下，誰知沙漠路，步步皆辛苦。」不過怕她真的生氣了，趕緊再說道：「瞧，我這不是給妳送鞋來了。」

她穿好鞋子，之後手插著腰，瞋著臉，眼睛睜得大大地看著匡復。「你這麼調皮！」匡復抓起二哥的另一個小孩，又往海邊跑，她也追了起來，一直到潮濕的海灘，氣喘噓噓。

「在沙灘上跑一跑，很過癮吧！」匡復說道。

她氣消了，綻出笑容，但氣喘未息，指著匡復說：「你，你……」因為上氣還接不了下氣，所以欲語又止。等她氣喘已定，匡復告訴她可以再把鞋子脫了，光著腳在這個潮濕沙灘上走很舒服。她照做了，踩上去，果然舒服，她臉上顯出一種特別的表情。他們幾個人在這濕濕軟軟的沙灘上走、追、跑、跳，看著海水撲上岸來，淹沒了足跡，等海水退去後，他們又再踩上去，一直玩到太陽快下山了，才穿上鞋子回家去。

回家盥洗過後，匡復搬了兩張長條式的椅子到前院的曬穀場。小時候夏天的晚上時分，家人常常這樣做，在房子外坐著或躺著，享受外面的涼風。今晚匡復找了她，一人一張長椅，躺著看天上的星星，鄉下沒有光害，星星又多又明亮，匡復想起「一閃一閃亮晶晶」這首歌。

匡復輕輕哼著這首歌，一邊想著當初還沒到臺北時，對臺北的憧憬，但現在卻是滿懷傷痛，以及回到宜蘭反而是這麼快樂……。心裡充滿矛盾，想要躲藏在宜蘭這裡，希望這樣的日子持續著，不要再到臺北，不想去面對那些剪不斷理還亂的糾糾結結，但心裡又知道這不是長久之計。

匡復轉頭看她，她也似乎在沉思，不知她在想些什麼。

看著星星，匡復開玩笑地問她：「我們在這裡多住幾天如何？」其實他心裡也真的希望如此。她也看著星星，若有所思地說：「嗯，好啊！」

匡復聽出她的語氣不全然是玩笑，但是不知道再多待幾天會是如何？看來似乎一時的快樂解決不了該面對的問題，匡復還沒有學會瀟灑地放開一切，沉浸在快樂之中；想不出未來該如何，匡復繼續看著星星，尋找最明亮的那顆，期盼它能指引迷津。

突然，她說：「看，流星。」

「那趕快許願。」匡復接著說道。

「來不及了。」她說。

「可惜。」匡復回應道。

接著又說：「再找找看有沒有第二顆流星。」

其實就算第二顆流星出現，匡復也不知道該許什麼願，更不知道她想許什麼願望。

第十章 大學之道的養成 失落的哲學家皇帝？

匡復不明瞭自己是否陷入了失戀的感覺，但他確定自己的感性層面更敏銳了。收音機李季準的感性時間似乎變成了他的安慰。「這應該也是室友們的喜愛吧！」他想。

雖然都是男生，但聽到李季準充滿磁性的男性聲音，還是被深深吸引。室友們各有自己的收音機，大家都很有默契地戴上耳機，以免干擾到別人，照講並不知道別人在聽什麼節目，但是在廣告時間，全都不約而同地學著李季準的臺詞：「**夢絲絲褲襪……穿上它，你就忘不了她……**」因此知道，幾乎每個人都在李季準的感性頻道。在聽李季準的感性時間當中，匡復發現他的感性特質更容易被節目內容撩撥。

另一方面，理性思考也隨著讀了更多的書籍，而有更多發展。然而感性世界和理性世界卻像是彼此正交，或是較一般的說法稱為「垂直」，匡復認為，這裡用數學名詞「正交」或「垂直」來形容最為貼切，因為他把物理數學上的觀念融到了感性的世界。「正交」的意思用在這裡表示兩個世界互不相屬，各自獨立，但卻不是河水不犯井水，毫無關係；有點像是座標軸上的橫軸和縱軸，兩個軸在原點交會，離開了原點，就互相分離。理性是匡復和同學互動的世界，包括和同學之間不著邊際地聊天打屁；而感性世界則是他默默幻想，將來可以不被現實困擾，有另一個讓他心靈舒暢之處，但什麼會讓他心靈舒暢？他也不知道。他多麼盼望一切都回到原點，那個沒有界限而互相交會的開端，就像童年時雖然懵懵無知，卻也總是沒來由地快樂，然而目前的現實當中，卻不能夠。

理性和感性同時在匡復的心裡激盪，讓他感到極為困擾，因為找不到調和這兩個層面的管道，就像武俠小說中寫的，兩種不同的內功在體內衝撞，叫人幾乎走火入魔。現在是理性和感性在匡復的內心裡拉扯，叫他痛苦難當。

感性成分和理性成分在持續擴張當中，匡復覺得內心被嚴重地拉扯，就像兩股強大的力量，一股把他扯向右，另一股把他拉向左，匡復幾乎要被撕裂了，希望放掉其中一個，卻無能為力，覺得非常難過。他越來越不知道理性的層面是自己，或是感性的層面才是自己？或是兩者都不是真正的自己，而真正的自己已消逝無蹤？匡復想放任著讓理性和感性隨意拉扯，但內在卻有著某種莫名的恐懼，覺得似乎他將走入梵谷的情境，而一想到梵谷，又讓他聯想起曉軒。「她是否也和我一樣的感受，也將走向梵谷的結局？」

匡復內心深處有些盼望，將來他們兩個都將度過這個拉扯的困境，最後因他們的相同經歷，而彼此惺惺相惜。「我不輕言放棄！」他心裡鼓勵自己，但卻毫無確據。

大四的新學期開學了，匡復的心靈並沒有因為即將念完大學而喜悅，不是成績不好畢不了業，而是因為理性和感性的拉扯而徬徨無措。他還繼續和幾個朋友以書信連絡，他不確定，持續寫信的原因是他還想要抓住那一點點像是和曉軒來往的感覺，或是因為大一時聽到傳鐘二十一響的傳說，他發現寫信和寫日記可以幫助他靜下心來沉思，特別是大四時的生活更為忙碌了，沉思可以幫助他釐清一些思緒，但他還是常常懷疑，到底是否真的釐清了什麼東西？因為思潮總是沒來由地盪來盪去，不知所終。而他自己也感到困擾，為什麼總是要去思考事情的因果關係和來龍去脈？是因為自然科學的訓練，使得他習慣性地會想要弄清楚原因和結果？

大四開學後不久，匡復收到室友童輝的妹妹如莜來信，她說是因為身體不好，所以休學了。如莜的病不是臨時發生的意外，而是高中就有的慢性病，沒想到現在會嚴重到必須休學。這讓他有些驚訝，因為童輝雖然愛好中國古籍，但看起來一點都不像是文弱書生，事實上頗為健碩，但沒有想到她妹妹的體質卻和他截然不同。

看了她的信後，更覺生命之無常。匡復知道童輝的家境狀況，童輝是他們家裡的老大，再來就是如莜，下面還有幾個弟弟妹妹，爸爸是大陸來臺的退伍軍人，已經一段時間沒有工作，媽媽在當清潔工，有時也拾撿一些東西，現在的稱呼是拾荒者，以前就直接稱為撿破爛的。因為家境不好，如莜不可能接受好的治療。如莜小他們兩屆，若不休學，現在應該是升上大二。

匡復想起一年多前的暑假，如莜剛考上臺大歷史系，她來到男十五舍外面，喊著：「哥哥，哥哥，你在那裡？」

在男生宿舍前面，竟然聽到甜美的女生聲音，許多男同學探出頭來，看到一位穿著北一女制服的女生，圓圓的臉，閃著一雙亮亮的大眼睛，向著宿舍的每個窗戶張望，有好幾個同學不約而同地說：「哦！我在這裡，找我什麼事？」

如莜說：「我不是找你們，我來找我哥哥。」她似乎聽不出來這些臭男生要占她便宜。

「妳的哥哥叫什麼名字？」終於有位較正經的同學拔刀相助。

「我哥哥叫做易童輝。」如莜回答道。

「他住一〇四，最靠近宿舍門口那間。」那位同學說道。

聽到了他們的對話，匡復也探出頭來，看到一位五官和童輝長得頗像的女生，應該是童輝的妹妹沒錯，只是臉較圓，看來秀氣，清新無邪的臉龐。

「童輝不在，有什麼事可以幫忙轉答的嗎？」匡復問道。因為男生宿舍規定女生止步，所以沒有邀她進來，直接在窗戶邊問她。

「你是我哥哥的室友嗎？我是我哥哥的妹妹。」她先自我介紹，接著問道：「可不可以請問你的名字？」

「妳當然是妳哥哥的妹妹，」匡復覺得她的自我介紹似乎太天真了些，也忍不住想調侃她，接著說道：「我是你哥哥的室友，大家都叫我匡復。」

「是匡大哥，抱歉忘了介紹我的名字，我叫易如莜，如果的如，莜是收到禮物的收，上面再加個草字頭，是詩經上面的字，一種花的名稱。」她補充說了自己的名字，還很有禮貌地稱呼他匡大哥，匡復覺得很特別，因為第一次被如此稱呼。

「其實我不是姓匡，不過妳叫我匡大哥，聽起來也不錯。」匡復回答道：「妳找妳哥哥什麼事？」

她回答說：「沒有特別的事，就麻煩你告訴我大哥，說是我來找過他。」

開學後又看過她幾次，她就像他們剛上臺大時那樣，天真可愛，帶著稚氣，笑起來像朵燦爛盛開的花朵，就如她的名字一般，一副少女少男不識愁滋味的模樣，即使家境不好，如莜也不改其樂。她那時天真快樂的印象，至今還歷歷在目，然而時隔一年，現在她信中卻充滿沮喪。心裡不勝唏噓感慨，難道升上大二，生命就得遭逢劫難？就像他和曉軒一般，形式或許不同，但……。

如莜的病讓匡復對生命的脆弱和無奈有更深的感受，以前覺得大家都還年輕，或許生命有挫折，但總沒有清楚意識到，必須因此終止原定的步驟。但是現在發現，即使年輕，生命不見得會照著既定的節奏奔放，也有可能會萎縮，就像花朵盛開還沒結束，就開始枯萎。收到如莜這封信時，碰巧也是秋天時節，匡復不禁感慨：「秋天，秋天，為什麼總是伴隨著憂愁的事件？」

這段期間剛好讀到小仲馬的《茶花女》。小說中的一段讓匡復的內心跟著顫慄，不是恐懼的顫慄，而是感受到情感仍然強烈相繫，但卻生死永別的悸慄。小說當中描述到，茶花女瑪格麗特死後葬在墳裡，她的男友亞蒙還對她思念不已，決定要再親眼看她的遺體。在挖開墳墓，撬開棺材，看到瑪格麗特的遺體時，亞蒙情緒非常激動，他的眼睛、臉頰、和雙唇掩不住內心澎湃的情緒而悸動顫抖。不知為什麼，這本小說也讓匡復聯想到曉軒，匡復覺得他似乎像是亞蒙，他想像著，若是他看到曉軒的遺體，他的情緒將不僅僅澎湃悸慄，甚至會當場崩潰……

然而，有什麼道理，他會看到曉軒的遺體？他想不出個所以然，或許只是如莜的因病休學，讓他覺得死亡似乎並不遙遠。他的腦海不由自主地想像，假如曉軒真的走上梵谷的選擇，他也將無法避免，他心中覺得他和曉軒之間有許多相似，特別是最終的人生方向。於是匡復開始思考自殺，探討有那些方式可以自殺，梵谷的舉槍自盡不是他能做的，因為他不知道那裡可以買得到槍。跳樓，不確定可以，萬一沒有成功，變成殘廢將更難再進行第二次。切腹，和跳樓類似，不確定可以，萬一沒有成功……後來看了一部電影「蘇菲亞的選擇」，發現與世界疏離，覺得痛苦以及想自殺的人不只是他，蘇菲亞和她男友的自殺方式不錯，似乎是死得沒有痛苦。匡復心裡想：「活著痛苦，死的方式就應該沒有痛苦。出生、原生家庭沒得選擇，但死亡的方式總可以自己選擇吧！但是到那裡買那種藥？」

他沒有到處找可以買那種藥的地方，因為不敢問其他人。若是讓別人知道他想自殺，只會招惹他們來相勸，或阻撓他這麼做，而他們並無法幫匡復解決內心的痛苦，結果是成事不足，敗事有餘。另一方面，匡復盼望曉軒並不會真的走上這一條路，只要她還活著，他就有希望和她復合，所以只要她還活著，他就跟著活著。或許他有一天可以為她和自己找到人生的出路，若是到頭來還是找不到出路，那時再和她一起走上蘇菲亞的選擇；匡復回想起電影中最後一幕，蘇菲亞和她的男友躺在一起，像睡著般，安祥地……，然後在腦海中把蘇菲亞和她的男友想成曉軒和他自己，覺得雖是悲傷的結局，卻似乎也有令人嚮往的美麗。

童輝知道如莜寫信給匡復，警告道：「如莜寫信給你對不對？我警告你，不可以動我妹妹歪腦筋。」

匡復聽了不禁心裡有氣，心裡想：「真是狗咬呂洞賓，不識好人心。你這個讀四書五經的傢伙，自比為聖賢，把別人看成非奸即盜，說什麼仁義道德，其實是不僅不懂得感激別人為你付出，還要對別人頤指氣使，難怪莊子對孔子之流，批評起來，毫不客氣。中國幾千年的敗壞歷史，你們這些儒家信徒，要負絕大部分的責任。」不過他想歸想，卻沒說什麼話，只是惡狠狠地瞪了童輝一眼。

如莜的信上說是要到南部外婆家養病，媽媽是出生在南部的鄉下人，南部的陽光較多，可以讓她的心情好一些。看了她的信，才知道童輝的媽媽是南部人，雖然已經和他住同一個寢室有兩年多了，而且共同參加了許多活動。他們同學之間很少談及自己的身世背景，大概受到「家醜不外揚」的觀念影響，所以都避免將尷尬的家庭狀況告訴別人。

童輝對他妹妹如莜的病情，並不憂慮，因為這是普遍鼓吹「忠黨愛國」的年代，為了黨國而犧牲家庭，應該是很平常的事。他今年擔任國民黨臺大學生黨部電機系區黨部的常委，他想要有一番做為，童輝對國民黨懷有期待和熱忱。匡復也當學生黨部電機系區黨部的區委，但他沒有像童輝那麼熱衷於黨部活動，可能是因為看了不少哲學和心理的書，認為政黨活動背後的真正動機是權力，而不是理想。然而基於同學的友情，他還是配合童輝辦一些黨部活動。但是對於童輝不太關心妹妹的身體，也有一些微詞，匡復覺得親情應該要比政黨重要。

看到童輝如此不近人情，匡復回想起剛搬進這間寢室時，童輝當室長。有一天，童輝從外面回來，看到匡復的書桌上擺了書架和書，對他說：

「請你把書架和上面的書都收起來。」

「為什麼？」匡復回答。

「因為我是室長，你是室友。」

「我不知道有這個規定。」匡復還是不想把書架和書收起來。

「你來之前，就已經這麼規定了，你看其他人都沒有將書架放在書桌上。」童輝回答。

匡復有些驚訝，在臺大青年社中有一堆建中和北一女畢業的同學，印象中，他們都是自由派的，怎麼這個建中畢業的同學這麼古板。

「這個規定不合理，書架放在書桌上很正常。」匡復繼續堅持。

「可是我們已經規定了，你就要遵守。」童輝也照樣堅持。

「這個規定真的很奇怪，書架放在書桌上天經地義，況且我放在自己的書桌上，又不妨礙到別人。」匡復繼續和他說理。

「有，你妨礙到我的視線。」童輝也找到他的理由。

匡復覺得他在硬拗，說道：「那你不要看這邊不就得了。」

說完，匡復準備著，若童輝動手要拿走書架，要和他……。但童輝沒有再做任何動作，反而讓匡復有些驚訝。匡復的書架就繼續擺在書桌上，書也放在書架上。

在這段期間，國民黨面臨極大的挑戰，蔣經國總統兼國民黨黨主席，除了拔擢外省權貴之第二代，使得如宋楚瑜和馬英九等嶄露頭角以外，他似乎預料到臺灣將面臨政權本土化的潮流，在多年前就開始重用臺籍人士，如林洋港、李登輝等，被稱為「催臺青」運動，但並未在國民黨內獲得完全的共識，甚至遭到外省權貴第二代之批判。而另一方面，黨外運動也風起雲湧，在臺灣省議會，有省議員蘇貞昌、游錫堃、和謝三升之「省議會三劍客」，挑戰國民黨統治的合理性；在臺北市的市議會，也同樣面臨市議員陳水扁、謝長廷和林正杰等被稱為「黨外三劍客」的嚴厲挑戰。外省權貴即使阻止了蔣經國總統的「催臺青」運動，似乎也必須面對非國民黨體系的強力挑戰。外省權貴第二代在政治上的權力機會似乎在迅速滑落中，讓他們感到恐慌，不知道童輝是否也感染了此危機感。

其實童輝並非是外省權貴的第二代，他應該是一半外省籍，一半是本省籍，所謂的芋仔番薯，但或許在華人社會的家長式父權結構下，他媽媽對他們家小孩影響力較小，所以童輝和如莜的臺語也跟著不太靈光，以至於匡復原先會以為他們的父母都是外省人。若不是如莜信中告訴匡復她媽媽是出生在南部的鄉下人，匡復可能一直都不知道。

就算童輝是外省第二代，也絕非權貴子弟，後來匡復去過他家，他家就如陶淵明在〈五柳先生傳〉上面說的，環堵蕭然。沒有去過，很難想像臺北市竟然還有這樣沒有牆壁的住家，漢朝司馬相如住處的家徒四壁都比童輝家好一些，沒有權貴第二代的住家會像童輝家這麼簡陋。

事實上，匡復和童輝的互動頗多的，他們一起參加張老師訓練，也一起參加大陸問題研究社的活動，其中一次在新店某個地方的警總總部，主題是討論共產主義和馬克斯主義，在風聲鶴唳的反共年代，這是相當瘋狂的行徑，大陸社的社員們說是最危險的地方就是最安全的地方。活動結束，他們也真的安然無恙，連被約談都沒有。

參加過討論共產主義和馬克斯主義這個活動之後，引起匡復對馬克斯主義和共產黨的興趣，去找了列寧傳來看，可能那本書把列寧寫得太神格化了，使他認為現代政治人物就應該像那樣，因此除了蔣經國和李登輝似乎稍有列寧的風範外，匡復覺得檯面上的政治人物都缺乏列寧、馬克斯那種關照弱勢的襟懷，甚至於覺得毛澤東其實不是在搞共產主義，而是在搞中國式的權力鬥爭，反而蔣經國才多少有把馬克斯的人文精神放在施政當中。

或許匡復的出身，讓他喜歡上列寧、馬克斯。匡復的爸爸十多歲喪父，從小顛沛流離，到處流浪，匡復覺得按照列寧、馬克斯鼓吹的無產階級革命，爸爸早就可以翻身。念了馬克斯談的階級鬥爭，現在他覺得並不是爸爸不願意積極努力，而是因為在爸爸生長的年代，土地是在地主手中，爸爸沒有生產工具，因此無能為力。而地主是誰？外公不就是地主了嗎？媽媽就是地主的女兒，但卻不站在爸爸這一邊，還數落爸爸，認為他不努力！媽媽也念過書，怎麼看不透這個道理？難道是因為媽媽出身於地主的家庭，所以無法理解無產階級的無奈？

然而童輝並非是外省政治權貴第二代，為什麼童輝跟著認同他們的意識型態？或許是因為他在臺北市長大，也或許是他爸爸的軍伍背景，或是他喜愛四書五經，自然而然對中國的未來有所憧憬。

匡復告訴童輝：「外省非權貴，還是沒機會。你就省點力氣吧！你缺乏良好的家世背景為你撐腰，上層對你的努力沒有什麼支持，連辦活動、整理報告的經費，都要你自己設法張羅。」

童輝則回答：「匡復，我倒想到了一個籌措經費的方法，你能不能用你的成績去申請獎學金，來幫助電機系學生區黨部的活動？」

匡復聽了，覺得童輝真是無可救藥，不過還是幫了這個忙。

然而即使童輝非常認真黨務，卻不幸地，他有些古板，或許是讀了太多古書，使得他沒有群眾魅力；但就算有群眾魅力，在臺大電機系這一群頗有主見的同學當中，恐怕也難以引起迴響。

他們可以感受到大部分的同學都對政治冷淡，可能是因為前不久發生在林義雄家裡的滅門血案，即使林義雄在美麗島事件後，已被判刑入獄，但是無辜的母親及一對雙胞胎女兒在家中仍慘遭殺害；再加上隔年又發生了陳文成命案，陳文成不明原因陳屍在臺大研究圖書館牆外草地，這個事件就發生在臺大校園裡，於是同學們被嚇住了，紛紛對政治敬而遠之，這使得童輝的熱心得不到什麼回應。一年後，他終於看透了，淡出國民黨的活動。

童輝其實有不少方面令人敬佩，譬如他為人真誠，沒有像許多黨棍般的嘴臉，他相當合乎哲學家皇帝的條件，如陳之藩所寫的。他也可說是實踐《論語》和《孟子》的楷模，從小至今，匡復沒有看過第二位像當年童輝的人，真的把《論語》、《孟子》的教導當一回事，而且在生活當中實踐。他家環堵蕭然，卻甘之如飴，就如孔子稱讚顏回的，人不堪其憂，回也不改其樂。

童輝當了一年的常委，做了許多吃力不討好的事，他也沒有埋怨。除了面對室友時，他偶而會自以為義以外，大體而言，人格是相當不錯的。匡復認為童輝比起權貴子弟第二代真是好得太多，那些權貴子弟不知道、更沒有嘗過民間疾苦，就直接成為黨國高層，令匡復覺得國民黨不是瞎了心眼，就是欺哄詐騙，說什麼宏揚中國文化，然而《孟子．告子下篇》說的：「**天將降大任於斯人也，必先苦其心志，勞其筋骨，餓其體膚，空乏其身，行拂亂其所為，所以動心忍性，增益其所不能。**」他們卻不實踐，對於童輝這樣真正出身寒微，熱心又負責認真，且忠於《論語》和《孟子》的君子，反而視若無睹。這讓匡復感慨萬千，覺得與其做權貴第二代的爪牙，不如好好研究自殺方法。

大四以後，更直接面對畢業後方向的抉擇。有許多人想要出國留學，大家說是「來來來，來臺大；去去去，去美國」，不出國得找出好理由，匡復還沒有尋得人生出路，因此也就跟著大多數同學一樣，準備出國。但另一方面，出國需要不少錢，到那裡去籌錢？於是就兼了更多家教；其實他也知道，靠家教的收入要存到足夠出國的錢，還差得遠，但可以讓他因為忙碌，而較少陷在感性和理性的拉扯當中。

家教像是出賣時間，但不見得全都只是辛勞的付出，也有令匡復感動的部分。現在教的學生當中有一個是國中女生，匡復教她數學，每次去她家，只看到她的祖母，沒有看過她的爸爸媽媽，匡復不知原因是什麼，但不好意思問。覺得她有些可憐，所以匡復待她多了些耐心，但她似乎沒有數學天分，成績總是不太好。有一次，匡復看到她的成績，也耐不住脾氣，數落她一陣子，沒想到在下一次家教時，她給匡復看了終於考一百分的數學考卷。她滿高興的，因為達到了匡復的期待，匡復很驚訝，說：「妳的頭腦不錯嘛！妳看，可以考到一百分。」

「我其實並不會算，我只是把題目和答案全都背了下來。」她輕聲地回答道，生怕匡復又生氣了。

匡復聽了，覺得又感動又好氣，但也不知道如何讓她可以真的理解如何算數學。

這段時間，匡復還修了不少課，因為同學間流行選修研究所的課。因此時間必須安排的很緊湊，常常下課後匆匆忙忙洗過澡，很快地在宿舍的自助餐廳吃晚餐，接著趕公車去家教。有一次傍晚，匡復考試後留在教室和同學討論考試題目，拖得有點晚了，回到宿舍趕緊去洗澡，然後急著要趕去吃晚餐，這時宿舍管理員看到匡復，告訴他說有限時掛號郵件。匡復心裡嘀咕：「怎麼這麼不巧，連要趕去家教，都已經沒有時間了，還要簽收掛號郵件，寄信就寄信，幹嘛又掛號又限時！」他心裡不禁有氣，到底誰如此不識相地寄掛號信？但因為管理員並不是可以常常碰到，現在不領的話，又要拖上好幾天。

到管理員那裡，一看，不是信，是包裹，麗娜寄來的。打開看，是日本月餅，裡面還有麗娜寫的短信，麗娜已經畢業，目前在高雄工作。她信中說是正在教一個日本人中文，這位日本學生送她的，她覺得很好吃，所以就寄給匡復一些。看到月餅，真是出乎意料之外，相當驚喜，更是感動，不自覺地，眼眶竟然泛著淚水，強忍住，以免被同學或室友看到。剛好還沒吃晚餐，於是帶著路上吃，本來幾乎來不及去家教的，現在可以有充裕的時間。

上了公車，匡復眼眶又滲出淚水，趕緊低下頭，偷偷擦拭，想一個大男生在公車上掉眼淚，未免太不好意思。麗娜的關心，令匡復非常感激，雖然從來沒有告訴過麗娜他心裡的難過，但從大二暑假以來，她在信中經常給他肯定和鼓勵，現在又正巧在他沒時間吃晚餐時，寄來月餅。即使是自己的親姐姐，在這段時間，也沒有給他心靈上這麼好的支持。其實不只心靈上，還有實質上，譬如像這些即時的月餅。匡復察覺到大四這一年，感性特質特別容易被撩撥，也進一步發現，感性還有不同層面，同樣的淚水，卻有不同的因素。

對照大一剛接觸哲學書籍時，覺得人就應該要有哲學家皇帝的抱負，但現在卻陷在籌措生活三餐，連曾經喜歡的功課，也變得是不得不應付的情況，讓他內心深深感到失落。已經是大四了，但匡復的內心還是揮不去失落的感覺，偶而會有類似麗娜的關心，為他的日子帶來一些色彩，讓他可以不會一直陷落在灰色的失落裡。

第十一章 大學之道的養成 自命不凡的唐吉訶德？

大四這一年，匡復的二姐夫已經退伍回來，匡復正想可以不用再去二姐那裡，沒想到媽媽告訴匡復，希望他去幫忙教表姐的女兒數學，表姐的女兒筠津現在讀國中二年級。表姐比大哥還大兩歲，媽媽說大哥、二哥、三哥、大姐以及二姐全都接受過表姐的提攜和幫忙，若不幫忙教她女兒就太過意不去了。但匡復因為功課以及其他家教，時間已經非常緊湊，心裡想要拒絕，況且哥哥姐姐們欠表姐的人情債，為什麼要他還？媽媽說是表姐可以付他家教的錢，但他覺得拿錢實在不好，媽媽也覺得不向表姐拿錢比較好。

媽媽說：「你都已經在教別人的小孩，何況是自己表姐的小孩？」

媽媽講的似乎有道理。匡復想：「就算不是還人情債，但不理會自己的表姐，也太不近人情。」於是就和去年到二姐家一樣，一週中有兩天的家教離表姐住家較近，他就在家教結束後，去表姐家教她女兒。

匡復到表姐家以後，通常都已將近晚上十點，然後就上課到將近十二點。對匡復這個住慣宿舍的大學生而言，常常是不超過十二點不睡覺的，所以並不覺得累，但表姐的女兒筠津是還在念國中的小女孩，對她而言，實在辛苦。不過，筠津說平常也是常念書到將近半夜，所以還頗習慣的，表姐的另外兩個兒子也是念書到滿晚才睡覺。

表姐的小孩們和匡復其實算是相當熟，因為以前表姐就常帶孩子們回宜蘭鄉下。而且表姐的孩子只比匡復小約六、七歲，這樣的年齡差距，比匡復和表姐、大哥的年齡差距還小得多。因此，雖然表姐的小孩們叫他舅舅，但他覺得和他們更像是同世代，而和表姐、大哥則像是差了一個世代。

教完筠津之後，已經很晚了，所以就在表姐家過夜，也因此一週當中有兩天晚上，可以清楚看到表姐他們一家五口互動的情形。以前就聽哥哥姐姐說過表姐很凶，現在果然親眼見識到了，其實表姐對匡復滿客氣的，匡復看到的是她對待表姐夫的脾氣，常聽到她對表姐夫大小聲。俗話說，一個銅板敲不響，兩個銅板才敲得響，但是表姐就是有本事，可以一個銅板就敲得叮噹響，有些只是雞毛蒜皮的小事，也能讓她大發脾氣，而表姐夫的脾氣真好，可說是逆來順受，讓他嘖嘖稱奇。和莎士比亞所寫《馴悍婦》中之悍妻相比，表姐可說是毫不遜色，可惜表姐夫沒有讀過《馴悍婦》，所以沒有學會馴服悍妻的技巧。

其實匡復能理解表姐所以有這些脾氣的原因，從小就從媽媽和哥哥姐姐那裡聽了許多表姐的往事，從她童年起到長大的過程。根據張老師訓練所得到的概念，發現成長時期的陰影仍然在表姐身上，似乎表姐夫只是她洩恨的對象，讓她發洩過去不平遭遇之憤恨。匡復心裡頗為表姐夫抱不平，覺得表姐夫何辜，為何要承受太太過去原生家庭所留傳下來的不幸？

而表姐的三個小孩，一個國三，一個國二、一個國一，也剛好在青少年的反叛時期，更是和媽媽的強硬主張鮮明地對立。大兒子翔津和媽媽的衝突更是明顯，冷戰、熱戰無一或缺。翔津要面對高中聯考的壓力，而他媽媽卻有望子成龍的期待，對於大兒子更是殷切，這更造成他們之間一團解不開的結。匡復直覺上有某種預感，認為表姐成長時期的傷害，未來也將傳承給她的小孩。但沒想到，才隔沒多久，他們之間的衝突，竟然演變到比他所預期的還嚴重且快速。

一天晚上，匡復到表姐家，他們全家有種異乎尋常的安靜，一種暴風雨來臨前的安靜。匡復耐著性子教完筠津今天的數學進度，終於在小孩子們都睡覺以後，表姐壓抑不住難過的情緒，眼淚漱漱地流了下來，即使她過去是那麼堅強凶悍。表姐夫也同樣紅著眼眶，他們說：「匡復，你說我們該怎麼辦？我們這麼努力栽培翔津，他卻想要自殺？」

匡復聽了之後，嚇了一跳，心裡想：「怎麼我到大學才想到自殺，翔津才國三就想要自殺？他也未免太厲害了吧！」但還是按捺住好奇，問他們：「是翔津告訴你們他想自殺？」

表姐回答說：「不是，是今天早上翔津上學以後，我拿他的日記來看，發現他在日記上面寫的。」

匡復根據自己想要自殺的經驗，判斷翔津應該有要自殺的原因，於是問道：「妳知道他為什麼要自殺嗎？」

於是表姐就根據她所知道的，談起翔津從國二下學期以後，開始認識結交後段班的同學，成績從班上前三名一直往下掉，還有他讀了許多莊子、哲學的書等等，以及後悔以前買給翔津許多課外書籍，原先是希望增加他的知識，但卻使得他思想太早熟，以至於想得太多，現在不能專心準備聯考等等。然後她問匡復：「你在張老師受過訓，能否幫忙勸勸翔津？」

匡復覺得有些荒謬，他自己現在三不五時都想要自殺，卻要去勸別人不要自殺。他想起以前看過一齣電視連續劇，劇中演著，有個收音機節目的主持人，因為生活中有許多解不開的結，正想在節目結束以後去自殺。碰巧在他主持節目的時段中，有一個人在西門町的天橋上要自殺，這個人發神經地跨坐在天橋的欄杆上，拿著手提式收音機，而收音機正播放著這個節目主持人的聲音，於是有人熱心地打電話到廣播室給節目主持人，請他幫忙勸天橋上的這個人。接到這個電話，主持人心裡非常掙扎，一方面，他自己認為，這個世界已經不值得留戀，但另一方面，卻要違背自己內心的想法，編造一些自己都不相信的理由，告訴天橋上的這個人，這個世界還值得活下去。

此刻的匡復，就像這個節目的主持人。他有點想直接告訴表姐，其實他自己也想要自殺，這樣表姐就不敢找他勸翔津，因為她會因此擔心匡復找翔津一起去自殺。但若告訴了表姐，她一定會再轉告媽媽，然後在他還沒自殺前，恐怕會整個家族就已鬧得天翻地覆，後果必然不堪想像……

於是他勉為其難地說：「好吧！我試試看。」接著再向他們確定一件事：「翔津知道你們看了他的日記嗎？」

「應該不知道，我看完後，就把日記放回原處。」表姐回答道。

既然瞭解了翔津並不知道表姐看了他的日記，就以不動聲色的方式進行。匡復告訴表姐，這個星期天想先找他出去聊一聊，之後再看怎麼辦；並告訴他們，稍等兩天以後再約他，也請他們要裝做不知道他想自殺的情形，這兩天也不要談起刺激他的事。

兩天過後，匡復再來表姐家。他向翔津問道：「這個星期天下午一起去碧潭划船怎麼樣？」

表姊聽了，立刻幫腔說：「和舅舅出去散散心不錯。」匡復向表姐使了個眼神，表姐雖然脾氣大，但很是機伶，立刻會過意，沒有再多說什麼，以免翔津在目前的反叛時期，刻意唱反調。

「你會擔心功課做不完嗎？」匡復再試探性地問。

「只有一個下午，我想應該沒什麼影響才對。」翔津回答。

「很好！那星期天下午我會過來帶你一起去。」匡復簡要地做個結論。

星期天，匡復帶翔津到碧潭，租了一條小船，划到碧潭的中央。碰巧天氣很好，初冬的陽光讓人感到暖烘烘，翔津的心情似乎不錯，不像表姐講的那麼嚴重。匡復和他隨意地聊，同時也用了一些同理心的技巧。

「你覺得在學校的生活如何？」匡復問道。

「還不錯啊！」他說。

「那些部分讓你覺得不錯？」匡復繼續問道。

於是翔津告訴匡復在學校的情形，特別是他交往的後段班同學，他喜歡和他們在一起，後段班同學並不會因他成績好而嫉妒他。翔津覺得和他們很談得來，而且那些同學知道了他不僅僅是功課好，還知道很多其他事，也很佩服他。而翔津從和他們的交往中，也多知道了許多層面，覺得自己增加了不少見聞。翔津也談到他媽媽常嘮嘮叨叨，使得他心煩氣躁，所以沒心情念書，因此成績變差，其實他也不希望這樣，但又無可奈何。

匡復沒有和翔津提及任何自殺的事，就只聽他講。之後告訴他，要根據自己的情況安排時間，準備高中聯考。翔津很高興地說：「其實我知道，我會在聯考前有充分的準備。」

事情確實沒那麼嚴重，匡復告訴表姐，不用擔心太多。而且翔津很聰明，不會輕易跟同學做一些後果不堪設想的事。並建議表姐，多聽他講，而不要講他，相信他就不會再想自殺的事情。其實天曉得！匡復只希望能因此在表姐家少碰到她引起的風暴。不過在往後的日子中，表姊確實收斂起她的脾氣，到底孩子的生命比成績重要。

在與翔津到碧潭划船後，接著冬天漸漸深了，一天比一天寒冷。匡復的唯一一件外套，大一穿到現在，已經破舊。現在有了家教賺來的一些積蓄，覺得應該再買件外套。匡復給自己設了花費的上限，也希望顏色和款式是自己所喜歡。發現自己還滿挑剔的，他逛遍了整個公館商圈的每一家商店，不是款式顏色不喜歡，就是價格太高，找了兩個星期，還是沒找到。天氣已經愈來愈冷，他心裡在猶豫，要繼續堅持，或是放棄喜歡的款式顏色？

這當中的某個星期二晚上，匡復照往常去表姐家教筠津。到了以後，表姐告訴他，媽媽交代她要給他一樣東西，是外套，匡復心裡愣了一下：「我並沒有告訴任何人，怎麼媽媽知道我想要買外套？」

教完筠津後，表姐拿外套給匡復穿，還滿合身的，顏色和款式也不錯。匡復穿上以後，突然百感交集，心裡覺得很激動，眼淚幾乎要奪眶而出，趕緊背對著表姐，很快地調整一下自己的情緒，轉過身，裝做一副輕鬆高興的樣子。接著告訴表姐：「顏色款式我都很喜歡，請妳幫忙轉告媽媽，說是很合身，買得很好。」然後與表姐和表姐夫道過晚安，上床睡覺。躺到床上時，他的眼淚就抑制不住了，趕緊用棉被蓋住整個臉，讓眼淚在被窩裡盡情地流。

為什麼情緒這麼激動？為什麼眼淚忍不住地流？

「外套」，讓他想起國小二年級發生的一件往事，他知道心中對這件事一直耿耿於懷。國小二年級，也是這個時節，冬天來了，一天比一天寒冷，班級老師鼓勵大家買新的制服外套。新的制服外套樣式和顏色都比舊的好看，已經有一半以上的同學穿了新的制服外套，他很羨慕，很希望也能穿著新外套。放學回家，告訴媽媽想要買新的制服外套，媽媽說她目前在忙，晚飯後再說。

晚飯後，匡復又向媽媽提起買新制服外套這件事，媽媽說繼續穿舊的就好；可是他不放棄，繼續向媽媽央求。匡復記得那個晚上，在昏黃的燈光下，媽媽在切餵豬的番薯藤，他坐在旁邊看，邊看邊說：「媽，我想要買新的制服外套。」

媽媽不是那麼容易讓步，還是那句話：「繼續穿舊的就好。」而匡復也不死心，反復告訴媽媽同樣的話，媽媽也是照樣重複相同的回答，就這樣，你來我往，雙方互相堅持，一直到過了匡復平常睡覺的時間。

終於媽媽讓步了，她說：「好啦！你先去睡覺，明天早上再給你錢。」匡復再次向她確認：「明天早上要給我買外套的錢哦！」然後很高興地去睡覺。

第二天早上要上學之前，匡復告訴媽媽：「媽，我要帶買外套的錢。」

媽媽說：「什麼外套的錢？」

匡復說：「昨天晚上妳答應給我外套的錢，所以我才去睡覺的。」

媽媽回答：「我什麼時候答應了？」

「妳明明答應了。」匡復說。

「我沒有答應，你去上學。」媽媽繼續堅持。

「妳明明答應了，妳不給我錢，我就不去上學。」匡復也同樣堅持。

「好，不去上學最好，讓你去幫別人家放牛。」媽媽嚴酷地回答，然後告訴二姐自己先去學校，不要等匡復。匡復的二姐那時一直站在門口等他，聽媽媽這麼說以後，只好自己先去上學。

看到二姐離開後，匡復開始哭鬧起來，嚷著：「我要買外套的錢。」媽媽不理他，去做她自己的事。匡復鬧到七點五十分，已經快要超過升旗的時間了，只好放棄哭鬧，自己把眼淚擦乾，悻悻然走去學校。一路上，感到非常孤單，去學校的途中，已經沒有其他同學，因為學校規定七點三十分就要進教室早自習，即使平常會遲到的同學，也沒有像他今天這麼晚到學校。

這個童年的經驗，讓匡復覺得，若媽媽沒有主動給他，無論如何是要不到任何東西的，與其向她央求，不如自己努力。這件事情以後，匡復就對媽媽築起一道無形的牆，直到現在。如今在棉被裡，他內心回憶著和媽媽互動的經驗，情緒澎湃激烈，雖然已經過了半夜，還是難以入眠。他心裡想，是不是媽媽還記得這件往事，所以今天買了這件外套做為補償？而現在的這件外套，能否彌補這麼多年來，已經深深烙印在心靈的創傷？

匡復的眼淚繼續地流，他的思緒也還在持續奔馳……。他發現，他一直被媽媽左右，雖然他和爸爸是相同血型，但個性卻像媽媽，堅忍剛毅，不願妥協，到底這樣的個性是天生，還是因為媽媽的嚴厲，使他不得不走入她的模式？而媽媽的風格像是唐吉訶德，一味地堅持自己的觀點，從不妥協，甚至到不自量力，與現實脫節。她當年第一名從學校畢業，被迫嫁給目不識丁的先生，以至於沒有機會一展長才，於是將希望全然寄託給孩子，從老大盼望到老么，六個孩子，再加上一個夭折。她從年輕少婦盼望到年近六十，歷經數十載，仍然沒有放棄，一直到匡復這個老么身上，終於進入第一志願……。透過匡復，似乎看到了她自己的化身，她那莫名其妙的想像，終於就要成真！

而大二以後，她能幫匡復的，幾乎什麼也沒有，只有她的盼望，就像唐吉訶德，不自量力，不顧現實。她只是灌輸給匡復，不管環境如何，努力再努力，咬緊牙關，繼續努力，而他也不自覺地承襲了她的生命，不只是肉體的生命，更是這種不願認輸的精神生命。為了自己其實並不確切明白的盼望，努力前進。然而，這樣的生命卻是過得如此的艱辛！而這樣的辛苦努力，真正是為了什麼？

他再多想，發現他過去似乎從未認真思考過爸爸的處世態度，爸爸隨遇而安，不忮不求，和媽媽的積極進取幾乎是完全相反，媽媽批評是不求上進，但這樣的態度真是一無可取嗎？他是否該換個人生態度，像爸爸般？就如修經濟學原理時，王作榮教授在課程中說的，如果邊際效益差不多，那麼到底要選蘋果或梨子，就不要計較太多。反正事情就是會發生，不這麼發生，也會那麼發生，沒有什麼好斤斤計較。或許這是他該採取的另一種心態？而這樣，是否可以減低他心裡的苦痛？

他決定多留意爸爸的處世態度。之後不久，學期結束，進入了寒假，這時爸爸媽媽住在左營三哥家。對匡復而言，從大二之後，家，變得愈來愈抽象，愈來愈像是一個還需探討的哲學概念。因為哥哥姐姐各自成家，全都住在不同的地方，而爸爸媽媽有不少時候不是待在宜蘭。於是他得重新思考，當寒假過年回家時，是回到宜蘭老家，或是去爸爸媽媽現在待的地方？而他應該歸屬於那個家？或許該把宿舍看成是自己的家？或是把自己看做是在流浪？不過今年他要多瞭解爸爸的人生觀，所以就決定去高雄左營，三哥住的地方，管它那裡才算是家！

這時三哥在當船員，隨著商船到世界各地，三嫂自己在家帶著小孩，女兒一歲多，另一個在肚子裡，將出生。匡復看三嫂並不擔憂，她的個性和二姐不同，雖然她也只是二十歲出頭，且先生長時間不在身邊，但她樂天知命，似乎有女萬事足。不過媽媽說是放心不下，要去幫三嫂照顧小孩，所以住在三哥那裡。爸爸這時年事已高，沒有什麼要忙的事，也就跟著去高雄左營。

在左營三哥家，匡復看到爸爸幾乎是整天坐在床頭聽收音機。匡復知道爸爸喜歡聽收音機的故事，像是廖添丁、白蛇傳、水滸傳、西遊記、封神榜、包公、三國演義、劉邦和項羽之楚漢相爭、薛仁貴與王寶釧、薛丁山征西、楊家將、七俠五義等等，他可以聽上一整天，其實不只一整天，連續好幾天。而且同一個故事，同樣的情節，以前聽過，現在照樣興趣盎然，百聽不厭，每次都聽得津津有味。

今天他還是在聽收音機所講的故事，媽媽在房子內外和房間之間，忙進忙出，忽前忽後，匡復不知道她在忙些什麼，但知道她一邊忙著，同時嘴巴也沒有閒著，不斷地碎碎念，數落爸爸以前的種種不是。就像爸爸可以聽上幾個鐘頭的收音機，不用休息，媽媽也照樣可以念上幾個鐘頭，沒有歇息。他看到媽媽對著爸爸數落不停的樣子，和表姐數落表姐夫的情況，還真不相上下，媽媽是表姐的親姑姑，果然她們是承襲自同一個家族，不需要驗 DNA！

讓匡復驚訝的是，媽媽這樣直接地數落爸爸，但爸爸卻不以為意。他想，或許是因為爸爸太專心聽收音機的故事，所以根本沒有聽到媽媽說了些什麼。直到某個時候，匡復好奇地坐到爸爸旁邊，也想仔細聽聽，到底收音機裡講的是什麼故事，可以讓爸爸喜歡到聽不見媽媽的抱怨。匡復才剛坐下，突然又聽到媽媽放大聲量，爸爸看著匡復，做了個苦笑。這時，匡復才知道，原來媽媽滿腹牢騷的嘮叨話，爸爸全都聽到了，只是他沒有回嘴，匡復不禁佩服爸爸，竟然可以有這樣的修養。

孔子稱讚顏回，一簞食，一瓢飲，人不堪其憂，回也不改其樂，這樣的境界其實比不上爸爸的涵養；匡復想，一個妻，滿腹牢騷，人不堪其憂，先生不改其樂，這才是人生更高的境界。他可以幾天忍饑受餓，但受不了連續幾個小時，滿屋子的嘮叨。

原先想，到左營來，離開了臺北的喧囂世界，可以得著一些安寧；卻沒想到，倦鳥歸巢，巢裡卻是嘮嘮叨叨，吵吵鬧鬧，他覺得不如去流浪的好。於是向三嫂借了摩托車，騎到西子灣。騎著摩托車，在路上，紅極一時的臺語歌，沈文程唱的「心事誰人知」，不知不覺地在耳邊響起，高亢的男性歌聲中帶著憤慨、悲哀，想要悔改，卻又無奈。匡復沒有踏入像沈文程那樣的江湖界，但卻同樣是滿腹的悲哀，到底有誰人會知？

到了西子灣，自己坐在海灘，望著霧濛濛的大海，夕陽逐漸籠罩在海平線上的雲霧裡；想著生活中的瑣事，就像海上這一片如織煙霧，釐不清頭緒。而太陽被煙霧遮住，只隱約可見，像是被迫與世界隔離，光彩不得揮灑，更顯得孤身零零，在冬天的寒風中，悽涼地對應著他現在的感受。匡復把他的感受寫了下來：

西子灣邊尋西施，
寒冬難覓浣紗情；
浪濤滾滾非同伴，
夕陽落寞向西行。

〈西子灣〉

一樣是水波蕩漾，一樣是沙灘，為何這裡給匡復的感受，和淡水河口或蘭陽溪口的感受，大不相同？因為這裡是陌生的地方？或是沒有佳人在旁？因為沒有知心的對象，因此心靈感到孤單？還是因為現在又目睹媽媽對爸爸的埋怨和嘮叨，再度讓他感到難以脫離原生家庭束縛的無奈。他的個性這麼像媽媽，未來是否會像她一樣嘮叨？或是他可能會像爸爸那樣，一輩子被太太歧視？兩者都不是他所喜歡，但他可能另起爐灶嗎？

第十二章 遊戲人間。

匡復的同學們，在大學幾年當中，像是一盤散沙，各忙各的，到了大四下學期，突然驚覺四年相處一場，卻還是陌生，因此趕緊把握這最後半年的時光。一天晚上，匡復和一群住宿舍的同學，吆喝著一起去傻瓜麵攤吃宵夜，力立、童輝、士恆、以及學弟室友也一起去。大家戲稱學弟叫博德，原因是他剛進來時，大家叫他菜鳥，後來大家就鳥來鳥去的互相叫著，學弟乾脆自稱博德，取鳥的英文字念音，bird，於是大家就叫他博德了。

傻瓜麵攤在舟山路的僑光堂旁，學校側門外面。不知道為什麼，傻瓜麵攤生意非常好，即使到了半夜，學校側門都關上了，還是高朋滿座。他們一群十多個，到傻瓜麵攤時已經快十二點了。到了麵攤，等一些客人離開後，大家把幾張小桌子拼在一起，浩浩蕩蕩坐下。

過去聽說，傻瓜麵攤負責幫客人點菜的小姐，記性很好，於是有位同學提議，試試看傳言是否為真，於是他們每個人都特別點幾樣小菜，而且每個人都點不同的組合，商議已定，就開始點菜。

說道。

「給我傻瓜麵，再切兩塊蘿蔔，加上一顆滷蛋，還有一小盤空心菜。」匡復左手邊的同學

才點完，坐在桌角的士恆馬上接著說：「我要牛肉湯麵，還有油豆腐，一碟豬頭皮，一小盤滷海帶。」

然後對面又有同學點了起來：「麻醬麵，一份滷豆干，一小盤A菜，兩隻滷雞翅膀，一碗蛋花湯。」

另一個桌角的同學馬上跟著說道：「麵，我不要，來一碗滷肉飯，切一顆皮蛋，還有一碟滷雞胗，一碗貢丸湯。」

再來力立和博德以及另外有三位同學特別跑到一大鍋滷味那裡，點了前面同學沒有提到的東西，像是牛肚、牛舌、雞腸子、雞肝、雞翅膀、豬肝、豬耳朵、豬尾巴、香腸、魚頭……等等。其他同學等也都一一點了，每個人都盡可能點不同的點心，只有好心的童輝單點傻瓜麵。

「童輝，你幹嘛只點傻瓜麵？」

「童輝可能對傻瓜麵小姐有意思，所以不為難她。」大家瞎起鬨，亂點鴛鴦譜。

「不可能，童輝就像是現代柳下惠，不可能對女生動心，他可是聖人，若他喜歡女生，太陽恐怕要從西邊升上來。」

「這也不是不可能，童輝有鴻鵠之志，或許他那天真當了皇帝，下令把東方改稱西方，西方改稱東方，那太陽就從西邊升上來了。」

大家胡說八道，但童輝卻正經八百地告訴傻瓜麵小姐：「不要在意他們說的，他們故意要

來考妳。」

傻瓜麵攤這位小姐卻有聽沒有到，不理會大家胡言亂語，也同樣像是沒聽到童輝的解釋。她眉頭不皺一個，不用筆，不用紙，把大家點的東西一一記在心裡。

大夥兒等著，看她是否真能給大家正確的東西，過了一會兒，她送來兩盤，童輝好心要告訴她是誰點的，然而匡復早看穿了童輝的意圖，用手摀住童輝的嘴巴，士恆也跑過來，用手遮住童輝的雙眼。不過，這位傻瓜麵小姐並不需要童輝幫忙，直接把這兩盤送到點那些東西的同學面前，大家面面相覷，覺得不可思議，然後她離開了，去端其他東西。有同學說：「或許只是前面一兩盤，所以她還記得清楚，等後面的東西送來時，她就得問我們了。」

接著，她又端來了第三、四盤，再來第五盤、第六盤……，他們故意不給她提示，但她似乎習以為常，一句話也不吭，當然更沒有問，每一盤都送到點那一盤東西的同學面前，沒有遲疑，也沒有失誤，叫他們看的是目瞪口呆，嘖嘖稱奇，每個人都油然升起讚佩。

力立說道：「假如她來考聯考，我們可能都考不過她。」

對面的同學說：「她的記性這麼好，最適合念歷史了。」

隔著座位的另一個同學說：「她幹嘛和我們一樣考聯考，我看她和家人開這個傻瓜麵攤比什麼都好賺。」

「說的也是。」另外幾個同學不約而同地贊成。

他們邊吃邊聊，已經過了十二點，學校側門已經關上了，於是一夥兒騎著腳踏車，繞到正門口，從椰林大道騎回宿舍。經過傅鐘時，有同學說道：「來臺大快四年了，還沒有敲過傅鐘，應該趁機敲一敲。」
看看校警沒在附近，於是大家商量，叫一個人去敲，其他人幫忙把風。
這位同學去到傅鐘底下，傅鐘的拉繩垂到一個盒子裡，鎖著。他說道：「唉呀！傅鐘的繩子被鎖著。」
其他幾個人繞過去看，有個鎖扣著，於是建議他，拿宿舍鑰匙開開看，沒想到，當宿舍鑰匙插進鎖裡，果然喀啦一聲，打開了，裡面有個開關，這位同學把開關扳上去，但是傅鐘還是沒有響。怎麼會這樣？乾脆一不做，二不休，這位同學直接爬上傅鐘的鐵架，大力地拉傅鐘的拉繩，於是噹噹噹……，在半夜十二點多，傅鐘悠揚地響起，大家又緊張，又興奮，一邊看著敲鐘的這個同學，一邊留意看校警有沒有過來。拉過傅鐘之後，這個同學趕快爬下來，跟著所有人立刻騎上腳踏車，飛速逃離現場。
騎了約一百公尺以後，大家互相對看，不禁哈哈大笑，覺得畢業前夕敲了傅鐘，似乎意義非凡，不過說實在的，也說不出實際上是什麼意義。
騎到工學院大樓前面，聽到鈴聲大作，大家都覺得奇怪，怎麼半夜了，工學院的上下課鈴聲還在響著？
有同學說：「大概工友忘了關掉下課鈴聲。」
「管它的，我們回宿舍去吧！」另一個同學說道。
「會不會和我們敲傅鐘有關？」再來有人問道。
「那我們要趕快離開，免得被校警捉到。」有同學立刻接著回答。

然後有一位同學對著敲鐘的同學說：「你不是有把傳鐘的開關扳上去？有沒有把它扳回來？」

「好像沒有，我太緊張了，忘了扳回來。」

「那個開關可能就是控制全校教室的上下課鈴聲。」

「哦！哦！你要去把它扳回來。」

敲鐘的同學面有難色，但還是鼓起勇氣騎回傳鐘那裡，幾個同學說道：「我們陪你一塊去。」

於是一夥兒又來到傳鐘底下。敲鐘的同學果然是匆匆忙忙逃開，不僅開關沒扳回來，連鎖也沒有扣回去。大家又屏息，幫忙把風，看他將開關和鎖復原，然後騎回到工學院大樓，果然鈴聲已經沒有了，大家鬆了一口氣。

雖然午夜時刻，傅鐘莫名其妙響起，且教室鈴聲大作，不過校警一直沒有出來查巡，讓大家躲過這一回。

回到宿舍，大家玩興猶在，又跑到另一間寢室玩起錢仙。這時已經過了十二點，應該是熄電了，總開關在教官室，鎖著。但男十五舍住的大多是電機系學生，大家都覺得念電機，如果連用電都無法突破限制，未免太丟臉了，於是每一間寢室都偷接了電，除了天花板的燈熄掉，每個人的書桌檯燈依然亮著，於是燈火持續通明。

到了隔壁寢室，大家玩起了錢仙，隨便拿張紙，寫幾個字攤在桌上。有人拿出一個銅板，放在紙的正中央，然後大家紛紛舉起食指，同時壓在銅板上，接著就問起錢仙問題，但銅板紋風不動。
「這樣不行，這張紙需要特製的。」有人說道。
「可能燈太亮了，要把檯燈關掉才行。」又有人說道。
於是大家把燈關了，一片烏漆抹黑。
「這樣怎麼知道銅板跑到那個字上面？」
「拿個手電筒照好了。」
準備就續，大家又把食指壓在銅板上，閉上眼睛。
「動了，動了！」一片歡聲雷動，許多人高興到把手舉起來。
「你們把手指頭舉起來，銅板怎麼會動？」
大家再把食指壓在銅板上，然後鴉雀無聲，只有一個人輕聲問著問題。
銅板真的動了起來，他們得到了幾個問題的答案。
結束後回到自己的寢室，士恆和匡復討論起了錢仙。
「沒想到錢幣真的會動？」士恆說道。
「大家手指頭的力道沒有完全抵消，錢幣當然就往某個方向移動。」匡復回答道。
「可是錢幣為什麼剛好停在格子內？」
「格子大一些就有比較大的機率停在格子內，小一些就可能壓到格線，但錢幣總會有大部分落在某個格子內。」
「為什麼那些問題剛好有答案？」

「答案是你們拼湊出來的，意義是你們自己賦予的。」

「那又為什麼最後錢幣會再回到中央？」

「這也是機率問題，剛剛不是搞了很久才讓錢幣回到中央，不是第一次想讓它回來就回來？」匡復再回答道。

「嗯！你說的好像很有道理。」士恆說道。

匡復從大一起，對黑暗感到恐懼的困擾，叫他設法要把穿鑿附會的傳說驅除出他的腦海，於是他用學來的物理和數學知識來理解這些傳說的背後機制，用科學解釋這些現象，也用哲學和心理學書籍上的概念幫自己重構一套想法，避免落在莫名其妙的恐懼中。這似乎奏效了，這天晚上，匡復沒有受到困擾，其實大三之後，他似乎就不再受到黑暗恐懼的困擾，也有可能現在的匡復更困惑於人生意義這樣的問題，於是黑夜就變得微不足道了。

玩錢仙的事，成為大家的話題只有一天的時間，大概匡復他們這些都是念電機的同學，對鬼怪這類的興趣不是太大，鬧鬧玩玩的成分居多。

大四就這樣的，同學間互相鬧一鬧，玩一玩，打打屁，開開玩笑。有同學看了金庸小說的《鹿鼎記》，學著書中主角韋小寶的口吻和大家打屁。韋小寶的風格和金庸其他武俠小說的主角，大為不同；其他小說多是主角正氣凜然，但不幸落難，被小人陷害，歷盡艱難，然後因緣際會，成為拯救武林的大英雄；但《鹿鼎記》中的主角卻是無賴小人韋小寶，經常使用下三濫的手法，不過他竟然小人得志，還封官進爵；卻也令人反思，到底人生中誰該是主角？大英雄或是小人物？匡復也看了《鹿鼎記》，看完後，覺得自己過去把人際關係看得太嚴肅了，或許該學學韋小寶的特性，遊戲人間……。

有一天，在小椰林大道遇到了桐齡，她已卸下了臺大青年社社長的職位，不再有大三時社務纏身的煩惱，現在看來頗為輕鬆愉快，她說想要出國，這對匡復而言，不太奇怪，因為出國留學正是時代的風潮，而女生不用當兵，所以當然要安排畢業後的道路。然後她說想加強電腦方面的知識，問匡復可不可以教她計算機概論，這當然沒有問題，況且匡復剛好看完《鹿鼎記》，想要試試看韋小寶對付異性的招式。於是他們約好，一週一次，在總圖書館碰面。

第一次碰面在總圖書館門口，那時的總圖書館就是現在的校史館，是一棟日式的老建築，總圖書館的閱覽室在二樓。從門口一進去，兩側就是通往二樓閱覽室的樓梯，木造的，踏將起來，不僅回音清楚，還會嘎吱作響。他們一起走上二樓閱覽室，尋找可以兩人並坐的位置。匡復發現與桐齡走在一起，引起許多同學側目。他知道自己沒有這個魅力，但桐齡曾是北一女樂隊指揮，臉型和身材都叫人驚歎，一看就覺得氣質不凡，而且現在已是大四，當過臺大青年社社長，有了更多歷練，風姿當然更為綽約。匡復發現大家看的不僅是桐齡，在看過她之後，也自然會看看他，然後他們的眼神似乎是在問：「這是何方神聖，竟然可以和如此女生併肩走在一起。」

不曉得如果匡復是桐齡的男朋友，實際上會是如何？但他不是，他只是要教桐齡計算機概論，然而從對他們側目而視的眾多眼神看來，他們絕不會如此認為。雖然匡復想學韋小寶那樣，但在總圖書館這裡的肅靜氣氛當中，無論如何也沒有辦法隨隨便便，輕輕鬆鬆！匡復發現這種氣氛令他感到壓力極大，生怕碰到電機系或宿舍同學，因為他們一定會大肆宣傳，說匡復交了一位氣質不凡的女朋友，到時他要告訴他們：「我們只是……」他們決然不會相信，而最後他和桐齡沒有在一起，他們會認為他是被拋棄了。或許有人會給匡復一些同情的眼光，但應該大多數人會認為他是癩蛤蟆想吃天鵝肉，活該！而他將百口莫辯，不管跳到黃河或是濁水溪，都一樣洗不清。

不知道桐齡心裡怎麼看待這些眼光？然而匡復每次在總圖書館和她碰面，都感到無比的壓力，甚至於走上木造樓梯時，嘎吱嘎吱的響聲都像是在向大家預告快把眼光照過來，這叫他幾乎腿軟。因為是在圖書館，所以他們在上課中總是盡量壓低聲調，以免干擾到其他同學，但卻因此更像是在做什麼不可告人之事。然而事實上，除了上課以外，也談不上其他任何事情。

就這樣，匡復教了桐齡幾次課以後，還沒上完整本計算機概論的課本，他們的總圖書館「約會」就戛然而止，因為他受不了大家的眼光。假如匡復真是要追桐齡，會是如何？他會承受這些眼光和隨之而來的壓力嗎？可是他沒有真的要追她。假如他能像韋小寶那樣放得開，打算要娶好幾個老婆，或許就不會倍感壓力。看來，即使是韋小寶那樣的吊兒郎當，也是不簡單的功力，不是匡復想做就能做得到。到底是因為匡復的本性就是不夠瀟灑？或是需要更多練習，才能像韋小寶那樣？或者是桐齡的超凡氣質，自然叫人不捨或不敢對她心存褻玩？

桐齡可能也感受到了類似的壓力，因此他們可說頗有共識地，共同結束這種令人誤解的約會。他們也維持著不錯的友誼，後來在校園裡又碰過幾次面。有一次，桐齡很高興地告訴匡復，有了男朋友，是某位有名將軍的兒子。匡復有一些驚訝，因為覺得桐齡不像是會攀附權貴的女生，看來她是真心愛他，但也讓匡復有些感慨，好的家世就是會有較好的機會，難怪社會上那麼多人在追求名利，因為名利似乎不只是虛幻的表象，還真有實質的助益。

匡復想到，以前有部電影，是阿倫和胡冠珍演的「假如我是真的」，片中描述一位下放青年，為了改變他和女友悲慘的現狀，利用一般人喜愛巴結權勢的欲望，異想天開，假冒為北京當局某中央高幹的兒子，因此受到上海市各級政府高層的款待和優遇，之後偶然地，不幸被揭穿，遭到逮捕。上海市的這些高層因被他所騙而生氣，卻沒有反省自己巴結權勢的齷齪；而天真的假冒青年最終沒有脫離悲慘的下場，還瑯鐺入獄，電影結束前，他喊著：「假如我是真的呢？」這句天真的問話，卻巧妙地成為對世人趨炎附勢的反諷！

假如北京當局的這位大頭頭不到上海來，或許這位假冒的青年就真的矇混過關，使得「假如我是真的」，變成確實是真的，如《鹿鼎記》中的韋小寶，招搖撞騙到後來竟然可以封官進爵，名利雙收。人生的真實面到底是什麼？學校中所讀的「道理」和真實生活所經驗的，要找到一一的對應，還真是不容易。匡復覺得，人生似乎都像是阿倫所演的情形！而這種「假裝是真的」，是否會是在現實社會中所不得不進行的偽裝？他回想起「假如我是真的」電影主題曲：

假如流水能回頭，
請你帶我走；
假如流水能接受，
不再煩憂。

有人羨慕你，
自由自在的流；
我願變做你，
到處任意遊呀遊。
假如流水換成我，
也要淚兒流；
假如我是清流水，
我也不回頭。

匡復一邊回想著這首曲調悠美的歌，一邊在心中思量：「到底誰才是真的？到底誰來定義自己的角色？是社會來決定我們該扮演權貴、乞丐？或是我們自己可以決定自我要扮演的角色？為什麼我們想扮演某個角色，會被別人或社會認定是真實或是虛假？假如我們是清流水，我們就可以自己決定往那裡流？或是清流水也被地勢決定了流動的方向？」

一段時間後，匡復似乎想通了，他決定要設法定義自己的角色。一天，碰到東琴，他們已有很長時間沒有碰面，看到她，匡復就難免想起大一時，她老喜歡以老大姐的身分對待他，而匡復卻也不自覺地以弟弟的角色面對她，不過，現在的匡復已非當年的吳下阿蒙。經過這段時間的歷練，他發現在互動當中，要取得角色定義的主動權，往往要先下手為強，於是先問東琴：「快畢業了，妳有什麼打算？」

東琴回答：「我想考研究所。」

她的回答讓匡復有些驚訝，因為當年大家流行出國留學，但她卻要留下來念研究所。想當年，他們這群宜蘭的學生在宜蘭念高中時，東琴的家人都已設法讓她來臺北念高中了，現在她竟然不選擇出國念書？

於是匡復問她：「為什麼？」

「這一言難盡。」她回答道，再來接著說：「匡復，我知道你的數學很好，能不能教我微積分？研究所要考。」

東琴現在住在植物園附近，於是匡復就到她那裡教她微積分，上了好幾次。幾乎每次上完課之後，也聊了一些她的情況。從交談中知道她在大二以後，家道中落，父親欠了不少錢，而在她家經濟情況變差之後，她那位念附中的男朋友也離她而去。她後悔當初勤殷追她時，沒有選擇勤殷，現在覺得還是宜蘭來的男孩較實在可靠。匡復聽了以後，不禁為勤殷感到高興，覺得有種報復成功的快感，雖然事實上什麼報復的行動也沒做，而東琴現在的結局，只是命運的造化。匡復心裡如此想著，臉上依然不動聲色，繼續聽她說這兩三年當中的悲傷過往。

他們現在互動的角色真的起了很大的變化，東琴不再以老大姐的身分待匡復，甚至於有時候還對他撒嬌，不知道是因為她遭遇了家庭變故以後，學會不再盛氣凌人，或是匡復也多多少少學會了韋小寶對付女性的招式，而這些招式真的有效。和東琴在一起不再是以前那樣不舒服，反而覺得頗為愉快。東琴也算是機伶的女生，有時會俏皮，有點像《天龍八部》中的阿朱或阿碧。匡復也脫離了當年的蠢樣，現在向韋小寶看齊，所以有時和東琴說說笑笑，打打鬧鬧。因為沒有要追她，對她沒有企圖，所以更敢於開開她玩笑，反正也不怕她生氣鬧翻。

就在一段時日的互動以後，匡復發現東琴似乎對他產生了情愫，這很微妙，不用明講，但其實心知肚明，東琴似乎在找機會表明。她交過男朋友，知道這當中的訣竅，若時機拿捏不對，說出來以後只會見光死。匡復也一直假裝不知道，繼續和她聊天，表面上和她打打鬧鬧，而一旦氣氛變得浪漫旖旎時，就轉變話題或藉故逃離。匡復心裡有些得意，發現韋小寶的招式還真的管用。

一天，因為某些事情要到宜蘭她家，才進門沒多久，東琴的媽媽就直接告訴匡復：「我們東琴對你很有好感，你可不要辜負她的感情。」

她媽媽才說完，東琴立刻機伶地說：「媽媽在亂講，你不要相信她說的。」說完，眼眶卻泛著淚光。

匡復想既然東琴這麼說，也就假裝不知道她的情愫。還好畢業之後就快去當兵了，不必特別找其他藉口不和她多碰面。許多人都覺得當兵是愛情的墳墓，避之唯恐不及，匡復卻發現當兵是逃離不速之戀的好藉口。

和東琴來往一段時間以後，讓匡復對定義自己的角色有了自信。他想起了大一追過一晴，那時和她話不投機半句多，但現在已經不是當年的愚蠢少年，決定再去找她，看看能否扭轉和她互動的情形。

現在是大四，一晴不再住在女八宿舍，她在大三以後就搬到醫學院，但不知道她現在宿舍的電話。雖然東琴和一晴是小學同學，但知道東琴現在對匡復的情愫，使得匡復實在不好向她打聽另一個他追過女生的電話。若直接問東琴，匡復覺得對她而言，真是情何以堪？於是去找勤殷，他現在還是住在男十二舍。勤殷大二時當了蘭陽校友會會長，或許有宜蘭同學的所有連絡電話，包括一晴。他知道匡復大一時追過一晴，而一晴一直沒有回信給匡復，還曾因此為匡復打抱不平。

找勤殷問一晴電話，不用拐彎抹角。到了勤殷的寢室，匡復開門見山地問：「勤殷，有沒有一晴現在的電話？」

「有啊！怎麼？還想再追一晴？」果然他知道一晴宿舍的電話，並直截了當地問匡復打聽一晴電話的緣由，這麼坦率的對話，真是令人感到舒爽。

「對啊！」匡復也直截了當地告訴勤殷期望的答案。接著說：「你知道嗎？我目前在教東琴微積分，她要考研究所。」

「哦！她要留下來念研究所？」聽到東琴的名字，勤殷的眼睛又亮了起來。

「怎麼樣？要不要再追東琴？」匡復問他，覺得似乎時光就要倒流，回到大一的情形。

聽完匡復的問話，勤殷陷入思考，好一會兒之後，他說：「來不及了，我已經有女朋友了。」

過去的確是過去了，到大四為止，修了不少物理相關的課程，也讀了不少物理方面的書，通通沒有看過時光可以倒流的原理和機制；儘管偉大的相對論說是時間間隔的長短將隨速度而改變，但到目前為止，仍然沒有時光倒流這一回事。勤殷的回答讓匡復感到失望，不是為東琴難過，而是更清楚意識到，過去的再也回不來。但他不敢再深思失望的是什麼，回過頭來看勤般給的一晴電話。

拿到電話，匡復開始行動，約一晴一起看電影。

「一晴，我是匡復，想找妳看電影。」匡復直接約她。

「一定要出去嗎？」一晴似乎想拒絕，只是沒有直接地講。

「是的，一定要出去。」匡復給她斬釘截鐵的答案。

「好吧！」一晴答應了。

匡復沒有覺得太意外，因為他回想了大一和一晴相處的情況，覺得當時是因為他太搞不清楚狀況。現在要明確地設定他的步驟，就算一晴沒有立刻答應，他也要像韋小寶對付阿珂一般，對一晴死纏活纏，反正以前已經被她冷落過，這次就算沒有結果，也沒有什麼損失。

他們去看了電影，一部不怎麼浪漫的電影，因為這段期間沒有什麼浪漫電影的檔期。然而匡復醉翁之意不在酒，他只是要找個理由約一晴出來，希望能再多認識她，雖然她是匡復第一次花了許多心思的女生，但他對她卻是最不瞭解。匡復大一時真像是一條蠢豬，對於要追的女生，竟然完全不知道她的特性，與後來認識的其他女生相比，譬如曉軒、麗娜、玉嵐、如莜，甚至於東琴或是臺大青年社的桐齡、百荷……等等，實在相差太多。匡復對一晴的認識，可以說，除了她是女生以外，其他幾乎是一無所知。

看完電影已經不早了，匡復送她回臺大醫學院宿舍，路上，匡復問她：「有男朋友嗎？」

「沒有。」她回答，還是和大一的時候一樣，簡單扼要。

「那就好。」匡復接著說。

一晴聽了匡復話中有話的回答，轉頭看他，說：「你還不放棄？」用一種眼神，表示要匡復別再做無謂的努力。

但匡復心意已定，不管她的問題和令人沮喪的眼神，他想再多瞭解一晴，繼續問：「為什麼還沒有男朋友？」

「緣分還沒有到。」她說道。

原來她相信緣分，看來不是大一認為的情況。而緣分可以創造，似乎要再進一步瞭解她不是不可能。只是已經到了宿舍門口，她就要進去了，匡復問她：「什麼時候還有時間，可以再找妳？」

「我現在功課很忙，沒有時間了。」她回答。

看電影實在不是好的約會方式，雖然在一起的時間很長，但講不了幾句話，對於彼此的認識，真是幫助不大，而她又不願意給匡復第二次機會，於是他們又失去了連絡。

這次碰面只比大一的時候好了一點點，但是匡復決定要再繼續突破，反正她還沒有男朋友，來日方長，可以從長計議，就算她有了男朋友，匡復也決定要再和她建立起熟識的友誼。

畢業後去當兵，匡復經歷了部隊裡無所事事時磨出來的更多打屁功夫，所以更會談東談西。某一次放假，匡復再向勤殷打聽了一晴的電話。一晴這時候在國泰醫院上班，匡復去找她一起吃午飯，這次聊了許多。匡復一直稱讚她，說：「妳和楚留香連續劇裡，趙雅芝演的蓉蓉很像，每次看到楚留香連續劇時，我就想到妳。很多男生都為楚留香裡的蓉蓉著迷，我也一樣。」

一晴有點不好意思地說：「我那有她那麼漂亮。」她說的時候，雖是難為情，但臉上露出高興的表情。

匡復不管她的難為情，繼續打鐵趁熱，說：「妳真的和蓉蓉很像，害我這種正經八百的男生，也迷上了楚留香連續劇。」

匡復繼續說：「在部隊裡很無聊，可說是度日如年。但是可以看到楚留香連續劇，讓我的日子好過許多，因為楚留香裡的蓉蓉很像妳，覺得看到她就像是看到妳，叫我百看不厭。」

他邊說邊留意一晴的神情，她似乎聽得津津有味，於是匡復接著說：「真的，看到楚留香裡的蓉蓉，就覺得像是看到妳，看完以後，整個腦海裡想的都是妳。」當匡復說到這裡，一晴以一種奇怪的表情看著他，當他是在胡說八道。

匡復警覺到了，趕緊換個口吻說道：「可惜我不是楚留香，所以沒有那個福分，可以常常和妳在一起。」說完這些，一晴似乎放鬆了心情，覺得匡復對她並沒有企圖。

再來匡復又繼續說：「真希望我可以像楚留香那樣，而妳就是蓉蓉，這樣我們就可以天天在一起。」

她問道：「楚留香真的那麼好看嗎？」

匡復說：「真的很好看，妳沒有看嗎？」

「偶而會看，但我沒有覺得和趙雅芝長得像。」她說道。

「我看是當局者迷，旁觀者清，妳自己是當局者，大概察覺不出來，我算是旁觀者，所以應該會看得比妳清楚。」匡復持續說道：「相信我，妳真的和趙雅芝在港劇裡面演的蓉蓉長得很像，漂亮得讓每個男人都會動心。」聽他如此強詞奪理，一晴一副不以為然的表情，但因為被讚美，臉上仍掩不住高興的笑容。

匡復又說道：「楚留香裡的蓉蓉，不管是眼睛、鼻子、嘴型、臉的輪廓、或是她皺眉頭，或是她微笑，甚至是走路或轉身的模樣，一投手，一舉足，真的是和妳超像的，實在叫我神魂顛倒。」

一晴以一副不相信的眼神瞪著匡復，不過沒有生氣，笑著說：「你怎麼變得油腔滑調？」

「我變得油腔滑調了嗎？我說的可是真心話。」匡復說道，還故意裝出一臉正經。

她又笑了，說實在的，她笑起來滿迷人的。匡復懷疑，假如大一找她時，她常給他這樣的笑容，可能他根本不可能和曉軒發生後來的感情。匡復想，他期待的其實是心靈的感應，能讓他心醉的互動。

之後，她說：「時間到了，我得去看病人了。」

「我可以跟妳去看看妳們怎麼看病人嗎？」匡復問道。

一晴遲疑了一下，然後說：「可以啊！不過你得自己在旁邊看，我可沒有辦法陪你了。」

匡復說：「好啊，沒有問題。」然後看一晴如何幫助病人復健的情況，她比匡復認為的要成熟得多，和大一看到的模樣差異很大，對待病人有著某種專業的權威，不像是柔順的女生。

一晴果然沒有再多理匡復，匡復看了好一會兒，覺得有些無趣，正想和一晴告別，她也剛好完成了一個段落，轉頭告訴匡復：「匡復，再來的部分，你不能在旁邊了。」

「好的，那我就走了，我們再保持連絡！」匡復說道。

「我可能準備出國了。」一晴接著說。
「要去那裡？」匡復問道。
「還不知道。」一晴回答。
「不管去那裡，都要告訴我。」匡復接著說。
「好吧！」一晴回答道。
於是和一晴道過再見，匡復離開了醫院。心裡覺得頗高興，這是和一晴互動的一大突破。

第十二章 揮別大學之道。

大學四年終於結束了。畢業典禮時，匡復的爸媽，以及大姐、二姐、二姐夫、表姐、表姐夫們全都來參加，匡復和他們在校園拍了一些照片。這是匡復的爸爸和媽媽第一次來臺大，也是最後一次，因為匡復就要畢業了。爸爸和媽媽來到臺大，就像是《紅樓夢》當中劉姥姥進了大觀園一般，偌大的校園，讓他們逛得搞不清楚方向。看他們的樣子，匡復似乎瞭解了，為什麼他在臺大當中會有那麼多徬徨的情況，因為鄉下和城市真的差異太大了，要適應城市生活，實在是不簡單。而大學殿堂，更不是單純的鄉下人短時間內所能瞭解。經過了這四年，現在的匡復當然也不是爸爸媽媽所能瞭解，他突然體悟到，應該不要再企求家人的瞭解，而是該換個角度，輪到他去瞭解他們，並為他們安排事情了。

畢業典禮這天，人非常多，匡復告訴他們，需要早點到餐廳用午餐，不然會沒有位置，於是他們還沒到十二點就去用餐。人很多，不過他們找到學校對面一家餐廳，三樓還有位置，坐定沒多久，就全客滿了。大姐說：「匡復，你真的長大了，料事如神，也很會安排事情。」匡復感到頗為高興，過去在家裡總是被照顧的老么，現在已經大為不同。

畢業以後，學校並沒有要求畢業生立刻搬離宿舍，因為男十五舍就要被打掉，改建成新的大樓。於是他們這一群室友繼續在宿舍混，直到要入伍。力立是一梯入伍，七月就要去部隊報到，所以先收拾行李，逐一打包，匡復和童輝、士恆及其他同學和學弟們都還繼續待在宿舍，好像是在過暑假。

再來其他人也開始逐一打包。童輝家在臺北，他每次回家就帶一些東西回去，到了九月分已經所剩無幾。匡復也逐漸將東西拿去內湖二姐家，並向二姐夫借了摩托車，比較方便搬運東西。最後一天，匡復就要離開宿舍了，碰巧如莛來到寢室，說是他哥哥童輝還有草蓆沒拿走，她來幫哥哥拿。看到她，匡復覺得很高興，問她：「妳要回來繼續念了嗎？」

如莛說：「現在身體好一些了，下個學年就要繼續回來念。」

聽她這麼說，匡復更為她高興了，去年還在為她的休學感傷，現在覺得，有些事情或許有時會被中斷，但還是會回到預定的正軌。

如莛的身體已經較恢復了，但體力仍不太好。匡復告訴如莛：「妳哥哥未免太狠心了，怎麼叫妳幫她搬草蓆？扛著草蓆怎麼上公車？況且妳還是個女生，而體力也還沒有完全恢復。」

如莛看著匡復，覺得他講的有道理，但也莫可奈何。匡復接著說：「這樣好了，我用機車載妳，妳先和我一起到內湖，我把東西搬到二姐家以後，就載妳和妳哥哥的草蓆去妳家。」

她說：「好的，謝謝匡大哥。」收拾好行李，搬到機車上面，匡復載著如莛，特意在校園外圍多繞了一些，算是對這個生活了四年的地方，做最後的巡禮。

往內湖的路上，如莜似乎悶悶不樂，不知道是否因為身體還沒完全康復。匡復想讓她快樂些，所以到內湖以後，建議道：「我們先把東西放在我二姐家，這裡離動物園頗近，趁著天色還早，我帶妳去動物園如何？」那時的動物園還在圓山。

如莜說好，於是去圓山動物園，他們在那裡，看著那些動物。匡復走得很慢，比平常和其他人一起時慢很多，大概覺得如莜的身體不好，所以特別地放慢腳步。如莜一直眉頭深鎖，匡復試著逗她開心，但也不敢隨便亂講，小心翼翼，卻發現不管如何努力，都沒有什麼效果，如莜依然抑鬱不樂，過了一個多鐘頭，匡復放棄了。

之後，他們沿著一條石階路，步行越過一個小山頭，如莜突然心情好了起來，哼著歌。可是匡復卻變得心情沉重，不知是因為這天長時間看著如莜憂鬱的臉龐，或是發現一切都和他的想像不一樣？

入伍之後，匡復和如莜還有連絡，他們的心情有些類似，常在兩個世界間擺盪，有時莫名其妙地悲傷，有時沒來由地高興。如莜和他的類似情況讓匡復以為，或許是因為都出身於貧寒家庭，要擠入另一個社群時難免出現的適應不良症候群。因為他們的類似性，匡復也曾經想過，或許他和如莜之間的心靈可以契合，然而他們的心情常不同調，如莜高興時，匡復悲傷，匡復難過時，如莜反而快樂！然而或高興，或悲傷，連自己都捉摸不定。

他不敢用對待東琴的方式和如莜互動，覺得以這樣輕佻的態度對付同學的妹妹，不太應該，但奇怪的是，用玩笑的模式和東琴互動，反而得到較好的回應，而用他認為較真誠的態度和如莜互動，反而攪得彼此常鬧彆扭。他無法理解，是男生和女生認知的不同嗎？金庸《鹿鼎記》的韋小寶，或許真的是他該效法的，而什麼孔子、孟子的聖賢模範，只會帶來人際關係的困擾。

離開了臺大，可以遠距離地回顧自己的大學生活。從外在看來，臺大畢業，可以有令社會稱羨之處，匡復的成績不錯，而且課外書籍讀了許多，課外活動也參加不少，在人群中也變得健談。但是夜闌人靜，卻發現內心是空虛的。以前以為有了許多的學問以後，心靈就會滿足，然而不是。是因為學的還不夠？

吾生也有涯，
而知也無涯。
以有涯隨無涯，
殆已。

《莊子．養生主篇》

根據莊子所說，想以有限的生命去探索無限的知識，是做不到的。大一國文老師對莊子情有獨鍾，上課中花了特別多的功夫告訴他們莊子的精義，那時沒有太深的體會，現在或許較有感受了。然而，就算理解或體會莊子的看法，也願意接受莊子的觀點，但他的內心依然有著揮之不去的空虛，這個空虛和大一上學期拿了臺大第一名後的感受差不了多少。而過了幾年的大學生活，空虛，空虛，照樣盤據心頭！

大學生活結束了，但內心深處的某個部分卻仍未結束。匡復感慨道：

杜鵑別了傅鐘，
鳳凰辭去火紅。
幾年寒暑；
頓覺匆匆。
長記，
大學道上吹椰風。
細思量，
往事已成空。
再思量，
還留點滴在夢中。

〈辭別傅鐘〉

到底什麼才能填滿心靈的空虛？是因為還沒有找到愛情？可是愛情是什麼？是和曉軒交往那樣的感覺嗎？或是認識曉軒以前，對一晴的那種蠢蠢的行動？還是這些全都不是？為什麼人生的其他層面不像物理或電機領域那樣，有個清楚的定義？像長度、速度、質量、能量、電量、電壓、電場、磁場……等都有清清楚楚的定義，而到底生命的本質是什麼？

他捫心自問，現在的空虛到底是因為失去曉軒後的失落？或是如果有了女朋友後，即使不是曉軒，他也會不再感到空虛？或者是，即使有了女朋友，就算是曉軒，他的心靈一樣會空虛？就像當他和曉軒在寫信連絡時，照樣去探尋生命的其他層面。而有了女朋友是否就是有了愛情？是否有了愛情，內在生命和外在世界就不再撕離，心靈自然就可以有美好的合一感受？

佛洛姆在《愛的藝術》中，把愛分為好幾種，包括兄弟間的愛、父愛、母愛、男女朋友間的情愛、自戀、對神的愛等。而總歸而言，人在成長過程中，逐漸與父母疏離，並且疏離感與日俱增，但內心又有渴慕，想要尋求與他人或外在合一，尋求愛的目的就是尋求合一的感受，匡復覺得這似乎吻合他的現況，所以他的空虛是因為還未找到合一的對象。是耶？非耶？而合一的對象又是什麼？是體貼的異性朋友？是知心的同性朋友？是社會上的地位和成就？是自然界運作的最終法則？或是在無形中操縱人類社會發展的規律？還是宰制他的命運以及每個人命運的終極因素？或者是他所未識的神？而又要透過什麼途徑才能找到合一的對象？進一步地，要如何與這個對象達到合一的境界？

匡復發現愈到大四，他的思緒愈雜亂，他知道的愈多，卻變得愈徬徨。而他現在從大學畢業了，還沒有找到答案，也沒有方向，他該難過竟然還沒找到方向就離開了學校？還是應該慶幸終於離開了讓他徬徨的學校？

或是他根本就不要去管內在的感受，應該把焦點放在外在方面，看看別人對他的看法？然而他能真的忽視內在的感受嗎？他又想起了令曉軒和他都感到震撼的《梵谷傳》，而思緒也不由自主地繞著梵谷的生命奔馳……

「梵谷一生潦倒，他身心憔悴，卻照樣瘋狂作畫，但他的畫當時卻沒有人欣賞，只有他弟弟西奧對他持續的接濟，他的愛情也沒有一次順利。梵谷慘澹的一生，是命運的安排，或是他自己的選擇？他可以和弟弟西奧一樣，做個畫商，不要投身在當時不被欣賞的繪畫。或是他更早期時，不要悲天憫人地到貧窮的礦區當牧師，而是到城市裡，做那些收入穩定之信徒的牧師。是他沒有能力？或是他的內在驅策著他走那一條孤單的路？而他是否在他自己的畫中，找到了和他生命合一的感受？

「從傳記中，似乎他一直在尋找，終其一生也沒有找到。他的畫作中粗獷的線條，同時彰顯著對生命熾烈的火熱和深沉的絕望，似乎光明卻又黯澹，深刻而強烈的對比呈現在同一個畫面，是否反映著他內在的衝突和矛盾？是因為還未找到渴盼合一的和諧？或是因為他認知到，生命就是不存在所謂合一的和諧？他的畫就是要表現出他所感受的衝突矛盾？而他最後自殺，到底代表著什麼？是他忍受不了疏離之後尋不到合一的孤單？或是對生命的抗議？抗議他對生命如此熱忱，卻得不到回饋？或是他最後發現生命就是沒有意義，所以他絕望了，因此不想再繼續存活？或是他已經發瘋了，以至於分不清楚生與死的分際？而像梵谷這樣對生命熱忱的人卻會變成瘋子？到底是他瘋了，或是他周遭的其他人有問題？」

匡復娓娓道來他當時的感受，但語氣中隱隱透著當年的感慨。我對梵谷的生命沒有像匡復那樣的深刻體會，所以一時之間不知如何回應才是恰當，但心裡想著：「生命似乎有某種超越環境的本質，某種不是原生家庭，也不是社會能夠左右的部分，就像梵谷的內在。雖然梵谷和他弟弟西奧出身類似，但對生命的感受卻截然不同；雖然都在繪畫的圈子，但某種特質是超越繪畫，繪畫只是用來呈現這種超越性特質的工具而已！」而這個超越性的特質是什麼？我還不太清楚。

第十四章 回到校園。

匡復一年十個月的預官役，雖然和大學生活截然不同，但也平安退伍，然後回臺大念研究所。相隔兩年，發現景色依舊，人事全非。力立已經在六月份結婚，力立是一梯的預官，比匡復早三個月退伍，所以匡復退伍時，他和太太已連袂飛到美國了。甚至於童輝，當初一心一意要報效黨國的熱血青年，後來也交了女朋友，在女朋友的鼓勵下，申請了美國的研究所，退伍後沒幾天，飛去了美國。大學同學中超過一半都申請了美國的研究所，在這個夏天中飛去美國，應驗了流行的話：「來來來，來臺大；去去去，去美國。」他們連惜別或送行同學會也沒開，許多人就這樣奔向了地球的另一邊。知道許多同學都去了美國，匡復也開始計畫申請美國的研究所。

椰林大道的椰子樹依然是昂然高聳，傅鐘依舊是敲著二十一響，總圖書館和文學院的古老建築還是引人遐思……，一切是如此熟悉，但是現在的同學卻是完全陌生，匡復心中有一種隱隱然的懷舊傷痛，但不願讓它浮現。他選了幾門頗重的研究所課程，有的課每週都有作業，而且題目一發下來時，連怎麼做都不知道，得花一、兩天思考才知道如何解題，然後再額外一、兩個晚上才能全部寫完。他發現自己較喜歡物理類的課程，如電磁波類或固態半導體類，但不知道是真的和自己的性向和興趣較吻合，或是上物理相關課程的教授講解得較清楚，又或者是這類課常有較多和較難的作業，而他好強的個性喜歡做具有挑戰的事情。

另一方面，藉由忙碌的功課，匡復也希望能避免因為風吹草動而勾起內在多感的文學性情懷，往事就讓它沉入腦海底部……。他告訴自己：「我的生命要重新開始，就讓過往如煙逝去。」於是經過椰林大道時，不讓襲人的晚風帶來回憶的思潮；走過以前宿舍前面的小椰林大道時，偶而浮掠腦海的往事，也提醒自己，要讓腳步更為匆匆。

日子就在應付功課、申請美國研究所，以及壓抑著內在的情緒當中過去，倒也平靜無波。直到十一月的某一天，在郵局旁的福利社旁，匡復坐在一棵大樹下的椅子上，看著美國研究所的申請資料，有個熟悉的聲音出現。

「匡大哥，好久不見了。」

是如莜，真的好久不見了，如莜接著說：「我聽大哥說，你回來念研究所，但一直到今天才看到你。」

「是啊！我也納悶怎麼一直沒碰到妳！」看到如莜，匡復覺得相當驚喜，如莜也覺得非常高興。

如莜說，她哥哥以前在大陸社的同學，也就是她熟悉的學長姊們，畢業的畢業，出國的出國，而她哥哥童輝也丟下了她和弟弟妹妹們，出國去了，現在只剩下她自己在臺大，孤零零一個；而她現在又要扮演起家裡的老大，必須照顧弟弟妹妹，就像當初他哥哥扮演的角色，說得好不悽涼，令匡復心生同情。很多年以後，匡復才意識到，如莜很會說故事，常能藉由談話，引發別人認同她所期待的角色特性，以及導引到她希望的氣氛。不曉得她是否知道自己這方面的天分，或是她自己並沒有意識到，只是不知不覺中，運用了她讀來的歷史或文學書籍中的技巧，她已經念到大四了。總之，他們當下聊了許多，其實大部分是如莜在說，匡復在聽，因為匡復還沒有準備好將壓抑住內在情緒的閘門打開。

聊了許多她的情形以後，如莜問匡復：「匡大哥，你最近如何？」

匡復說：「就是修課，讀書，家教，申請美國的研究所，以及傍晚去運動場跑步。」

「我很久沒有運動了，也想要去跑步。」如莜說道。於是他們就約了傍晚在運動場碰面，一起跑步。

他們就這樣每天傍晚到運動場跑步，如莜說匡復現在就像是她大哥，自從她大哥童輝出國以後，她心裡已經幾個月沒有像現在這樣輕鬆。匡復也發現她似乎刻意表現得像是她剛上大學時的模樣，一副天真無邪。匡復也頗為享受著當大哥的滋味，雖然他在自己家裡是老么，但有了部隊中帶領阿兵哥的經驗，現在倒覺得當起老大頗為自然。

在跑步當中他們沒有談太多，跑步完，因為各自有功課要忙，也沒有太多時間閒聊。

一切就如此平順地過了幾個星期，到了聖誕夜，他們約好一起吃晚餐。晚餐的氣氛滿好的，如莜談了一些這幾年中的遭遇，也談了一些感情的經歷；因為她真摯的談話，勾起了匡復的回憶，匡復也談起了一些過往的內在感受。在如此交心的氣氛當中，匡復打開了心靈之窗，把心靈釋放出來，以心靈傾聽如莪的過去，也用心靈談起自己的過往。這樣的交談，不經意間打開了他壓抑住內在情緒的閘門，此後幾個月，匡復思潮洶湧，情緒跟著劇烈起伏，不能平息，心思無法集中在功課上，也因此憂心忡忡，不知道該怎麼辦。

匡復不知不覺回想起曉軒，想起和她交往期間的甜蜜感覺，想起和她分手的無奈；想起要斬斷對曉軒的思念，卻每回碰觸到心靈的對談時，又難免想起她。他異常的情緒波動似乎嚇到了如莪，可能在她心目中，匡復應該和童輝類似，就是做個大哥模樣，情緒穩定，為了弟弟妹妹，可以打落牙齒和血吞，她沒有預料到匡大哥也是情緒澎湃的人。

之後，他們之間開始尷尬相待，有時恢復平順的對談，有時又莫名其妙地冷漠以對，匡復完全不知所以然，搞不清楚是如莪的情緒在作怪，或是他自己的情緒出了問題，兩個人都像是拜婁寫的《擺盪的人》，有時盪到這一邊，有時盪到另一邊，偶而兩個人同時盪到好心情，又開始有說有笑，有時同時盪到壞心情，互相嘔氣，有時一個在好心情，另一個在壞心情，好心情的那一個主動找另一個，但不幸地，卻被對方影響，也盪到了壞心情，而另一個卻因為得到了關注，反而變成了好心情……

匡復學習著適應如莪令他無法預料的情緒，以及他自己也無法預料的自我情緒。一天，如莪又氣呼呼地告訴匡復：「我大哥寫信回來，說他信耶穌了。」

她生氣到說不下去，眼睛噙著淚水，過了一會兒才又說道：「他到美國才幾個月，竟然就數典忘祖，信起了洋教。以前讀了那麼多中國古書，全都白費了。」

匡復不知如何回應，因為他不太瞭解基督教，也不知道耶穌的細節，除了哲學書上讀來的，還有大三暑假去找曉軒時聊了一點基督教，以及張曉風的散文集《給你，瑩瑩》，他對基督教沒有深刻的好惡，無法理解為何童輝信了耶穌，可以讓如莜氣成這樣，他沒有特別回應。

沒有情緒上的回應，卻反而讓如莜覺得匡復和她站在同一邊，她說：「匡大哥，大哥已經拋棄我們弟弟妹妹了，你現在是我最親的人了。」

聽她這麼說，匡復似乎瞭解了她心靈的深處，心想她對童輝有很深的心靈依賴，現在她大哥的心靈信仰改為她不瞭解的基督教，她覺得無法瞭解他的內心了，也無法預料他會如何看待她和家人。於是她更得責無旁貸，必須擔起做為家裡老大姊的重任，就像當年童輝不只要養活自己，還要養弟弟妹妹，所以如莜才會有如此強烈的反應。雖然她說匡復現在是她最親的人，但匡復卻沒有覺得可以取代童輝在她心裡的位置。或許他也害怕取代童輝，他覺得無力承擔。

又有一次，他們一起在醉月湖邊走著，那天陽光和煦，覺得心情不錯，也是和往常一樣，大多是如莜在說，匡復在聽。說著說著，如莜的話題轉到金錢的重要性，她說道：「自嫁黔婁百事乖，貧賤夫妻百事哀。」匡復不知她是有心告訴他這個觀點，或是說者無心，聽者有意，總之，聽她這麼說以後，匡復的心情就難過了起來，默默無語。

如莜似乎沒有察覺到匡復的心情，繼續說著，但匡復的心思又回想起了大一暑假，沒錢搭車去找曉軒，以及之後發生了一連串的事件，使得他和曉軒從此分離。錢，真的是如此關鍵！

匡復的心情不斷地波動起伏，是因為和如莜在一起，受她影響，或是在這個充滿回憶的地方，自個兒因為觸景而傷情，或是兩者互相激盪？

在波動的情緒中，歌，特別能感動心情，街頭巷尾到處可以聽到正在流行的兩首歌。

「We are the world（四海一家）」是美國幾十位歌星們合唱的歌，歌星中包括紅遍世界的麥可・傑克森；「四海一家」在流行排行榜歌曲中，高居榜首有好幾個星期之久，幾乎流行到世界各國，臺灣也不例外。不知道是因為匡復在申請美國研究所，特別注意美國的動態，所以也留意到了這首歌，還是這首歌特別吸引人？

臺灣、香港、新加坡、馬來西亞幾十位華語歌手也共同灌錄了另外一首歌——「明天會更好」。

在寒風料峭的冬天，周遭景色依舊，卻人事全非。匡復聽著「四海一家」和「明天會更好」，心裡交織著現實的難過和幻想國度中的解脫。「我的家竟然不在故鄉，而是四海他鄉？難道我一生下來就淪落異鄉，我的生命就是要尋找那我從來沒有印象的家鄉？而美好也不在當下，是在將來？」

到底匡復是念電機的人，不習慣於這種擺盪的心情，於是設法再控制自己的情緒，想讓它恢復穩定，但是幾個星期，幾個月過去了，卻難上加難。在這樣的擺盪中，他把難過的心情訴諸日記：

> 大學四年中，痛苦的回憶多於愉快，少回憶可以減少情緒之波濤，然而是幸或不幸，聖誕夜的談話，不經意打開了回憶的閘門，這些日子來，無法克制地回到往事當中，再度憶往，可能讓我更清楚過去的自己，然而也令我再度陷於情緒的起伏，我想躲避，但是無方。

冬天過去，又到了春天，臺大的杜鵑花依然盛開，大學生們把落花排成字樣，反映出他們對春天愉快的感受；但是在念研究所的匡復，內心卻在感慨，幾番寒暑，日子還是充滿無奈。他把感慨寫到日記上：

春去秋來幾度走過，
三月的杜鵑依然故我。
高聳的椰子曾經是理想中的氣魄，
幾番寒暑，
仍只得平淡地生活。

也罷，只要無憂地在草地上閒坐，
和心愛的人看這三月杜鵑的開落；
然而，這簡單的浪漫，
依舊沒有著落。

鐘聲哦哦，
書空咄咄，
春風，吹不散心頭的落寞；

雨，卻籠罩著孤單的魂魄。

這真是灰色的日子，似乎大學的所有難過情緒，全都集中在這幾個月當中。觸景傷情，真是確切的寫照。

日子一天一天過去，情緒的波動令匡復非常難過，他和如莜漸行漸遠，也愈來愈少碰面，他的心思轉向盼望美國研究所的消息，「四海一家」，「明天會更好」，匡復開始另一種想像。「我的未來在新大陸，雖然對那裡毫無印象。」

四月分，匡復收到了第一家美國研究所的回信，是康乃爾大學寄來的，信中說會提供第一年的全額獎學金（fellowship），並保證第二年和第三年再給他其他類獎學金。接著，普林斯頓大學也回信，給他研究助理獎學金（RA），然後其他大學也寄來了，有提供獎學金，但也有拒絕的，甚至於入學許可都沒有。獲得了幾家美國研究所的獎學金，匡復沒有特別高興，可能是因為去年同學申請的情形還不錯，讓他預期很有機會拿到獎學金，也可能是沒有真正瞭解康乃爾大學和普林斯頓大學在美國的學術地位。匡復唯一的資訊是美國新聞處那裡看來的美國大學電機領域排行榜，單單名次的排行無法反映真實的情況。一直到了美國，匡復才體會到，他所獲得的，是美國許多家庭努力了一輩子，也不見得能讓他們的子女擁有的。

申請到了美國幾個大學研究所的獎學金，不知該選那個學校。現在的室友是宇航，他的指導教授吳教授恰好是康乃爾大學畢業，之後在美國工作了好幾年，前兩年才剛從美國回來，於是匡復去請教吳教授。他告訴匡復：「康乃爾大學給你這麼好的條件，當然去康乃爾大學。」

決定去康乃爾大學以後，就像落定的塵埃，波動的心情跟著逐漸穩定，內心世界的失落逐漸失去它的影響力，或是失蹤了。

與大一的莫逆之交勤殷還有連絡，他也去了美國，他們偶而互相寫信，勤殷告訴匡復，一晴現在也去了美國，在紐約市。匡復回想起以前曾經想過要設法和一晴建立起彼此熟稔的關係，他也不很清楚為什麼會想和一晴更為熟悉，是為了大一被她冷落的不甘心嗎？其實他不知道。只是既然有機會可以再和一晴連絡，就朝這個方向思考。

匡復不是很清楚紐約市和康乃爾大學的距離有多遠，但既然都是紐約，相差應該不大吧！所以就照著勤殷給他的地址，寫信給一晴，但是因為大一寫了二十幾封信給她時，她從來沒有回信，實在沒有把握這次她會回。

匡復在信中不敢造次，謹慎地採取多年同學的角色，現在累積了較多和異性互動的經驗，較懂得拿捏分寸，也學會了不著痕跡地運用一些藉口。匡復告訴一晴，他將去康乃爾大學，有一些書要寄去美國，想透過海運較便宜，只是時間要三個月，所以需要提早寄，但目前不知道那裡有沒有認識的人，想說把書先寄到她那裡，不知是否可以？信末說，如果不可以也沒有關係，他再另外想辦法，但無論如何，還是先謝謝她。

這次，一晴回信了：

匡復：

恭喜你拿到康大的獎學金，想必很高興，應該也有很多事情要辦。不要忘記和校友會的同學聯絡，否則像我當初臨行匆匆，來不及通知，連同學都不知道我出國了，勤般還說要找我算帳呢！

你的書可以用陸空聯運，比較快，我當初用海陸寄的，結果等了兩個多月才到。先寄到我這裡沒問題，我這裡空間很大，不怕沒地方放。但是至於書到達以後，該如何轉寄，手續過程我不太清楚，要問了才知道，大概要送到郵局。不過室友有車子，到時請他們幫忙一下，應該不成問題。

紐約市這裡有Chinatown，所有臺灣的東西都可買得到，不過我還是後悔沒多帶一些衣服、鞋子，這裡的衣物品質不好，又不合適，價錢也貴。但你要去的地方我不熟，可能得問問那裡的校友會。我自己覺得當初應該多帶一些內、外衣，尤其是薄的運動衫，或是襯衫，最實用；冬天在室外，雪衣是必備的，不過到室內，暖氣相當強，只需夏季的衣物即可，以實用、耐洗最重要；鞋子除了雪鞋需準備一雙以外，平常以運動鞋最實用，另外正式場合可穿皮鞋。

這裡一切東西都比臺灣貴，剛開始會捨不得買，不過習慣了就好了。剛來的時候多從臺灣帶一些日常的必需品，另外實用和便宜的東西也可以多帶一些，如襪子、相簿、菜刀、筷子等等；背包也非常實用，平常可以當書包，出外旅遊也可以當做隨身背包。你書寄過來後，再用兩個大皮箱裝東西，應該是可以了，上飛機也只能隨身托運兩箱東西，再多就要加錢了。

你現在的心情一定是又興奮又緊張，不過一到這裡就會有許多讓你忙的事，也許有一些思鄉情懷，但現實的一些事情會沖淡它。這裡打電話回臺灣還算便宜，所以和家人聯絡上不成問題，請放心吧！

祝順利

一晴

這麼多年以來，第一次收到一晴的信，匡復喜出望外，有點詭計得逞的快樂。他仔細地看著信，希望從娟秀的字跡中看出任何弦外之音，不過看不出所以然，一晴沒有談什麼心情感受。

接著他再寫信問一晴在美國生活的情形，以及行程如何安排等等，她也一一告知，之後又來回寫了幾次信。其實匡復也同時和其他同學繼續連絡，已經有好幾個同學在美國了，他們都有寫信告訴匡復不少美國的情形，以及該準備那些事情。幾乎所有的人都說臨行匆匆，以至於少準備了什麼或什麼。

最後，去美國的行程排定以後，匡復再設計了一個詭計，寫信告訴一晴，他的行程是先飛到紐約市，因為航班排定的關係，隔天再從紐約市轉機到康乃爾大學所在的綺色佳，問她能否幫忙接機，以及安排她認識的男同學讓他借住；也同樣小心翼翼，信末告訴她，若是不方便，他再設法更改行程，並找其他人幫忙；不過，匡復採取哀兵姿態，央請她盡量幫忙，因為他沒有連繫上任何住在紐約市的同學。一晴回信說可以到機場接機，住的地方也會幫忙安排，匡復再次喜出望外，也再次因為詭計得逞而感到快樂。

室友宇航知道匡復就要去美國了，雖然功課忙碌，也盡量找時間陪匡復，彼此多多享受難得的多年同窗情誼，他們一起去看了幾部電影。「畢業生」在東南亞戲院上映，電影中那位班傑明・布拉達克（Benjamin Braddock）對前景困惑，對自身價值感到迷失。大學畢業後，繼續覺得前途茫然悵惘，也在感情的道路上誤入歧途，跌跌撞撞。最後找到真愛，他認清了自己的內在，但摯愛卻即將在教堂和他人結婚，他驅車趕往教堂。當新娘和新郎在婚禮中就要宣誓的前一刻，他趕到了，在教堂的後方大力敲打著玻璃，喚回了幾乎嫁給別人的新娘。不知為什麼，這幕景象讓匡復又想起了曉軒。「是否最後我也將喚回她？」電影未完，匡復已眼淚盈眶，但不好意思讓宇航看到，趁著戲院中燈光尚暗，擦乾眼淚。電影中的歌曲「Are you going to Scarborough Fair？（你正要去思卡菠蘿市集嗎？）」一直在他腦海中迴盪。

（Man）

Are you going to Scarborough Fair?
Parsley, sage, rosemary and thyme
Remember me to one who lives there
For she once was a true love of mine
……

（Woman）

……

Tell him to find me an acre of land
Parsley, sage, rosemary and thyme
Between the salt water and the sea-strand
For then he'll be a true love of mine.

Tell him to reap it with a sickle of leather
Parsley, sage, rosemary and thyme
And gather it up with a rope made of heather
For then he'll be a true love of mine.

……

（男音）
你正要去思卡菠蘿市集嗎？
那裡有香菜、鼠尾草、迷迭香、以及百里香
請記得代我問候那裡的一個人
她曾是我的摯愛。

……

（女音）
請他為我找一畝地

種著香菜、鼠尾草、迷迭香、以及百里香
在海水和海濱之間
這樣，他就會成為我的摯愛。

請他用皮製的鐮刀收割
香菜、鼠尾草、迷迭香、以及百里香
用石南草捆紮成束
這樣，他就會成為我的摯愛。

……

「請用皮製的鐮刀收割，用石南草捆紮成束。」這是多麼溫柔的愛啊！連收割都用沒有刀鋒的皮製鐮刀，而捆綁是用沒有力道的石南草。

「曉軒，我知道了，我將來就是要用如此溫柔的方式來愛妳，不會再有過去的魯莽了。」

匡復心裡默默地說著，同時腦海中倒映著電影中的片刻，班傑明．布拉達克開車載著他的摯愛艾蘭尼（Elaine），在加州海邊的一〇一號公路上。風迎面而來，陽光透過樹林灑落，旁邊的海水波光粼粼，匡復想像著就要去美國，將來載著曉軒，在那景色優美的海岸公路上奔馳……。他無法理解，為什麼在這種情境下，曉軒總是他腦海中出現的另一伴？

匡復知道理性運作的層面只是策略，真正的內心還是感性，只是平常的生活中，感性的層面只得隱藏。然而隨著年歲的成長，這隱藏的感性在平常的生活中好像越來越模糊。

宇航不知道匡復內在情緒的波動，他們的互動幾乎停留在剛上大一時的模式，那時的匡復也是非常天真，沒有傷感。匡復其實也不知道宇航的內在，大學四年，當兵兩年到現在，六年多過去了，歲月似乎沒有在宇航的個性上留下痕跡。宇航其實也當過臺大慈幼社的總幹事，社團經歷和認識的人也都不少，但是他似乎並不受人事滄桑的影響，現在的個性還是和大一時差不多。

他們現在是室友，依然是沒有心機的相處、談話，彼此平和相待，沒有爭執，也不會牽動情緒，只是談話內容增多了，因為都比以前見多識廣了。

宇航借給匡復一本小說，毛姆寫的《剃刀邊緣》，以他一貫平和的語氣說：「這本小說，不知道你有沒有興趣讀？」聽不出宇航對這本小說的看法。

「好啊！」匡復說。在匡復的印象中，宇航建議的東西都還不錯，雖然他從來沒有強烈地表示過建議內容的好壞。

《剃刀邊緣》的一開頭，毛姆便明快地談到影響主角勞磊（Larry Darrell）一生的事件，在空戰中友人瞬間死去，給他強大衝擊，然後小說就清楚揭示了它的主題——主角勞磊對生命意義的追尋。小說明確的主旨吸引匡復繼續讀下去，因為這正是匡復和曉軒當初所以彼此心靈相吸的要素。

小說談到勞磊有女朋友，但他的心裡還是不滿足，為什麼會這樣，他也說不出個所以然來。從客觀的因素來看，他幾乎該有的都有了，有了愛情，以及繼承了足夠花用的財產，但他自己清清楚楚地意識到，內心不滿足，就像「畢業生」的主角班傑明．布拉達克，即使家人那麼愛他，念好的學校，也有好的家世，但心裡照樣覺得少了什麼。「畢業生」電影最後以主角找到真愛做為答案，但是《剃刀邊緣》的小說卻不是如此，從一開始就清楚地說了，勞磊有女朋友，但勞磊心裡還是覺得少了什麼，他沒有再去結交別的女生，沒有嘗試新的愛情，沒有去找找看能否從別處尋得真愛。從小說中的描述，他沒有去尋找愛情，而是透過許多途徑，設法弄清楚到底少了什麼？

後來他離開了女朋友和家鄉，到外地和各國去流浪，小說快要結束前，說是他旅行到印度的一個鄉下，在一個景象中頓悟了。悟道後，再和故鄉的同學朋友碰面，那時他以前的女朋友已經和另一個小學同學結婚。勞磊還是深愛著以前的女朋友，女朋友也還深愛著他，但勞磊沒有要求女朋友離婚，也沒有再糾纏著她，只是當做普通朋友般對待。而更令匡復驚訝的是，勞磊選擇了另一個國小的女同學結婚，這位女同學現在淪落為酗酒的酒鬼，和水手或流浪漢鬼混，聲名狼藉。從以前到現在，勞磊都對她沒有「浪漫」的愛情感覺，但悟道後卻選擇和她結婚。故事就此結束了，匡復印象深刻，他似乎理解，也似乎不理解。

理解的是，愛情不見得是人生的目的；不理解的是，頓悟之後，為什麼會和對她沒有感情的女酒鬼結婚？這也不像是佛教或禪宗談過「悟道」之後的作為，匡復認為，或許是毛姆對東方文化嚮往但瞭解不多的緣故，所以小說才會有這樣的結局。匡復隱隱覺得，他的人生意義是要尋回合一的感受，只是除了曉軒，他還能和誰可以有這種感受？

第十五章 休止符。

講到《剃刀邊緣》，匡復補充道：「其實我當年沒有真的看懂《剃刀邊緣》這本小說。前不久，我再看了一次，發現勞磊心中的真愛其實是後來酗酒的那位國小女同學蘇菲，而不是流浪前的女朋友依莎白。其實勞磊覺得他的心靈和蘇菲才是真的契合；勞磊後來的頓悟讓他認為，他的人生救贖可以和真愛合而為一。而事實上，真愛是沒有來由的，沒什麼道理可言，頓悟只是成為勞磊選擇蘇菲的理性藉口。」

「你現在讀《剃刀邊緣》，和當年讀的時間間隔了二十多年，感受不同是必然的，只是你還有興趣再讀《剃刀邊緣》，這很有趣。」我說道。

然後兩天的宜蘭民宿之遊不知不覺過去了，匡復的故事還沒講完，我覺得頗為有趣，但只能暫時畫下休止符。

之後，有一段時間沒有再和匡復碰面。

後來我的事業進行得特別順利，於是忙碌起來，我的情緒常在興奮狀態，甚至於因為規劃未來的進展，預期會有不錯的效益，高興得睡不著覺。然而人的身體到底不是鐵打的，在休息不足之下，我垮了下來，被送去醫院，而如日中天的事業也不得不終止。

在醫院中，醫生吩咐我要好好調養，先別管事業，朋友也來看我。「健康的身體才是一切的根本。」不少親友都這麼說。

在我病情逐漸穩定之後，有一次，匡復再來看我。他之前來看過我，但我那時的意識還在混亂當中，沒有辦法和他談多少東西。現在我較恢復了，所需要的就只是休息調養，匡復頗為健談，和他聊聊，很能打發在醫院的無聊時間。

「你真是斯人也，而有斯疾也！」匡復還是不失調皮的語氣，但說出來的話還算能安慰人。

「有些醫生告訴我，等身體好了以後，可以再重新開始未完成的志業。」

「哦！那很好。你覺得還想進行那些事情？」匡復說道。

「滿多的，但另有醫生說，我需要找第二興趣，不要再做有壓力的事。」我回答道。

「你覺得之前做的事會讓你有壓力嗎？」

「我自己沒有特別意識到，其實我是覺得很有動力去做那些事。但醫生說，許多事情在身體好的時候覺得是有內在的動力，但身體狀況變差以後，就反而變成是壓力的來源。我不完全認同，不過醫生這麼說，也就姑且聽之，反正現在也不能做什麼。」我說道。

大概之前在宜蘭民宿時，聽了他講到同理心的訓練，我特別留意到他連續兩次運用了同理心的談話技巧，若不特別留意，其實不容易察覺。說實在的，他現在這樣的談話方式，我覺得還滿舒服的，比某些醫生的問話還舒服。

聽出他使用同理心，我就直截了當地問：「你剛剛用了同理心的談話技巧，對吧？」

「你覺得我用了同理心的技巧？」匡復接著說道，然後我們就彼此相視，哈哈大笑，從住院以來，好像還沒有這麼開心過。

笑完，我問道：「你現在有空嗎？」

「有啊！沒空就不能過來看你了。」

「我的意思是，你能繼續談你還沒講完的故事嗎？」

「哦！可以的，但恐怕今天還是講不完。」

「如果你可以多來醫院幾次呢？我還得在醫院再待上好幾天。」

「你若是不怕我天天來煩你，那就沒有問題了。」

於是，匡復有好幾天都來醫院，一待就是幾個小時，我又繼續聽他的故事。到我出院前一天，匡復剛好講完。

第十六章 一種分離 兩類情懷。

六月下旬，匡復念完碩士班一年級，而研究所的碩二同學也要畢業了。他們不少是大學時小匡復一屆的學弟，但沒有先去當兵，所以目前在研究所變成是大匡復一屆，匡復和他們有時鬧著誰是學長或學弟的玩笑。他們知道匡復就要去念美國研究所，也就是這個暑假以後就和他們一樣，要離開這裡，就邀他一起去參加畢業旅行，匡復欣然答應。他們也找了幾個中文系的女生同去。

畢業旅行是去中橫，有一部分是匡復大二暑假去過的，從那時到現在，相隔五年，景色依舊，但他的心境不同。因為要去美國了，覺得這裡的一切就要過去，匡復放開心情，和大家嬉鬧。不像以前中橫健行要趕路程，現在沒有趕時間，於是就在谷關附近，自由自在，隨意爬山玩水，看風景，採野花野果，能吃的吃，不能吃的當球，拋來拋去，野花就拿來送給中文系的女同學。學弟們似乎和這些中文系的女同學認識了一段時間，大家打打鬧鬧，匡復和她們初次見面，但想說，既然要來放鬆心情，就拋掉禮節規矩，和她們裝熟。

回來後，匡復開始忙著出國前的準備，去畢業旅行的同學再邀去碧潭夜遊，匡復也去了，有人帶著錄放音機，也有同學帶了錄音帶去，其中一卷是陳揚的國樂輯。初夏，在煙霧飄渺的碧潭山區，聽著陳揚的國樂，別有風味。匡復問帶這卷錄音帶的女同學椰瑜，那裡可以買到這卷錄音帶，她說可以幫忙錄一卷。

幾天後，椰瑜給匡復錄音帶，還送他一個她自己做的中國結，說是他要去美國了，讓他有些家鄉的東西做紀念，另外又送給匡復一張卡片。匡復有些驚訝，特別是椰瑜給他卡片，但盛情難卻，匡復收下了。

回到住宿的地方，打開她的卡片，裡面有一封精緻的信紙，上面寫了不少字，開始時匡復想，果然是念中文的人，喜歡寫較多的文字，但看到後來，知道椰瑜對他的情意，這讓匡復感到吃驚。「我和她素昧平生，怎麼這樣就發生感情？」再多想一點，或許有時候人和人之間就是特別投緣，即使彼此沒有認識多少，可能第一眼的直覺比理性的認識還準確。「椰瑜和我可能有某種默契。」於是匡復打電話給椰瑜，謝謝她的卡片，也邀她去宜蘭，椰瑜很高興地答應了。

這可能是匡復出國前最後一次回宜蘭，他有點懷念以前曾經去宜蘭大湖和梅花湖的心靈感受。於是用機車載椰瑜去，想說，或許可以拾回那些感受，做為遠離臺灣後的美好回憶。然而到了大湖，發現當年的感受已不復存在，他不曉得為什麼，內心裡就是覺得和椰瑜有說不來的距離。

這趟宜蘭之旅，雖然椰瑜對匡復是百依百順，但心靈的距離似乎不是溫馴可以克服。匡復覺得和椰瑜之間就是少了什麼，一種說不清楚的東西，他隱隱覺得永遠都無法從椰瑜得到他想要的，也覺得對她感到抱歉，甚至於有點生氣。「為什麼她要莫名其妙地對我發生感情，而我卻對她沒有感覺？」但他不知道要對誰生氣，對自己？椰瑜？或是命運？

在大湖走了一小段路後，腦海裡回憶著過去，對照著身邊的椰瑜，覺得一切都不一樣。匡復隱藏著心裡的失望、抱歉和不悅。

之後回宜蘭老家待了一會兒，就告訴椰瑜：「我們回臺北了。」

椰瑜還是順從地說：「好。」

他們沒有談多少話，椰瑜不是多話的女生，匡復也覺得沒有想和她談什麼，去谷關時還有其他同學可以打屁嬉鬧，但她不像是那種類型。說實在的，匡復對她還是覺得很陌生，她對匡復的瞭解也很少，可能是谷關之行，讓她覺得匡復是瀟灑豪放的男生，而這是她喜歡的個性？匡復瞭解自己不是真的瀟灑豪放，從他總是莫名其妙地思念曉軒，就知道他一點都不瀟灑。

總之，匡復覺得和她就是有距離，所以沒有想和她在宜蘭待太久。椰瑜不知道匡復心裡在想什麼，沒有表示異議，順從地和匡復回臺北。

回到臺北，匡復帶椰瑜去內湖二姐家，因為媽媽要匡復給二姐帶東西過去，所以就直接把椰瑜也載過去。二姐準備了愛玉湯給他們喝，匡復一口氣就喝完了，椰瑜還在慢慢地喝，然後告訴匡復說：「我喝不完。」

匡復說：「喝不完？不行，把它喝完。」

二姐說：「匡復，你幹嘛對她那麼凶？」

其實匡復並沒有覺得對她凶，只是沒有特別用溫柔的語氣而已。椰瑜沒有抗拒，趕緊把愛玉湯喝完，匡復以為她大概被他的語氣嚇到了，不過並不以為意。二姐後來偷偷告訴匡復，以她做為女人的直覺，她認為椰瑜很喜歡他，所以才會那麼聽他的話。

匡復原就意識到她喜歡他，然而二姐的提醒，讓他起了個念頭，想利用椰瑜去進一步瞭解，當女生喜歡上男生的時候，到底願意配合到那個程度。只是再過沒幾天，他就要出國，要利用椰瑜也沒有機會了。那就算了，還是準備出國的事情比較重要。

聽同學說美國的眼鏡很貴，出國要配副新的眼鏡，於是跑去臺大醫院驗光，剛好幫忙驗光的醫師是如鈴，她是大一在臺青社認識的醫學系同學，大一時是同屆，她現在是醫學系七年級，目前正在臺大醫院的眼科實習。如鈴對待病人的態度很親切，也還記得匡復，但匡復卻感到她和他或病人之間，有一種無形而難以跨越的距離。這使得匡復又想起了曉軒，她現在也是醫學系七年級。「我和曉軒之間是否就是存在著這種無形難以跨越的距離？」匡復的思潮又莫名其妙地聯想到曉軒。

離開醫院，匡復的思緒回到出國前的準備。

他買了兩個大皮箱，想像去美國後需要用到的東西，盡量張羅，還好書已經先寄到一晴那裡了，主要是帶衣服和日常用品。第一次出國，不知道何時才會回來，所以就盡可能地把東西帶去，怕有所漏失，寫了一張清單，一想到什麼，就記到清單上，然後再依照清單，仔細核對皮箱內的東西，連衛生紙都帶了幾包。

剛好匡復的三哥從高雄上來臺北，看匡復那麼仔細，用既佩服又開玩笑的口吻說：「我已經是夠仔細的人了，沒想到你比我還仔細。我想起來了，你還少帶了一樣東西。」
匡復問道：「什麼東西？」
「斧頭。」
「斧頭？帶斧頭要做什麼？」
「萬一你到那裡沒地方住，就需要用斧頭砍樹，蓋房子。」三哥回答道：「你以為美國是蠻荒地區嗎？那裡買不到衛生紙嗎？」
真是旁觀者清，三哥的話讓匡復恍然大悟，自己確實多慮了。只要帶錢去就好了，少了什麼，到了以後再買就可以，目前只要帶一些剛到時應急需要的東西。還是三哥當過船員，跑過許多國家，瞭解得較清楚，怎麼開始時忘了問他。
一切都已準備就緒，出國前一天晚上，大部分家人都在內湖二姐家集合，準備第二天到機場送匡復。大家對於匡復要出國留學，還是慎重其事，一方面覺得高興，拿美國獎學金出去的，不用花家裡的錢，那可是祖宗積德。匡復也想起大三時告訴過爸爸，他出國需要的錢，自己會張羅，不用他賣地籌錢，現在實現了，面對爸爸，匡復覺得有些得意。另一方面，家人覺得，匡復這次出國，不知道什麼時候才回來，又有點像是生離死別一般，媽媽眉頭深鎖。但是大家不希望氣氛搞得太感傷，於是在安排好明天到機場的車子以後，就隨便聊天，開開玩笑。
「有沒有女朋友到機場送行？」表姐夫開玩笑地問道。
「沒有啊！現在到那裡去臨時找個女朋友？」匡復說道。
二姐說：「你到美國後，會不會交個美國女朋友或娶個美國人太太？聽說美國太太很計較，爸爸媽媽過去一起住，還會向爸爸媽媽收錢。」

然後大姐說：「你實在是不行，到現在還沒交到女朋友，竟然沒有女生到機場為你送行？你看電視連續劇都有女朋友在機場送行，多麼感人，你怎麼都沒有？」

這時剛好電話鈴響了。「匡復，你的電話，是個女生打來的哦！」三嫂用特別的語氣說道。

「什麼時候交女朋友了？竟然沒有告訴我們。」大姐接著問道。

「妳不是說我不行，沒交到女朋友嗎？當然不是女朋友。」匡復邊說邊去接電話。

「喂！」匡復拿起話筒。

「是我椰瑜，想祝你一路順風。」

「哦！謝謝妳。」說完，匡復心裡想，果然是不懂科學的人，飛機不是帆船，要逆風才能起飛，順風是飛不起來的。

「明天幾點的飛機？」

「飛機十點左右起飛。」

「我可以去機場送你嗎？」

匡復沒想到她會如此提議，猶豫了一下，但想起大姐剛才譏笑他交不到女朋友，現在就交個女朋友給她看看，於是說：「好啊！可是，兩個小時以前要到機場，所以大概七點以前就要出發了，妳從新店趕得過來嗎？」

「可以啊！」

「好，那六點半在內湖的復興劇校門口，如果趕不及，就不要勉強了。」匡復心裡想，她住在新店，六點半就要到內湖，實在是強她所難，但也沒有辦法，反正她來不及就算了。

「好，我六點半以前到。」椰瑜說道。

「那就明天見了。」

掛上電話，匡復向大家宣布，有個女生要到機場送行。講得有些不好意思，因為剛剛才說那裡去臨時找個女朋友到機場送行。

「是女朋友嗎？」大姐又問道。

「到機場送行，當然是女朋友了。」二姐幫忙回答。

「哇！太感人了，這樣才像電視上演的。」大姐還是在電視劇的想像當中。

匡復沒有想要承認或否認，隨便他們怎麼說，反正明天之後就去美國了，臺灣這裡的一切就管不著了。

出國這一天，六點多，他們到巷子外的馬路上攔計程車，看到椰瑜已經在復興劇校門口，於是就一起到機場，大姐、二姐當然要匡復和椰瑜坐在一起，她們以為匡復應該有什麼臨別的話要告訴椰瑜，其實他沒有。

到了桃園國際機場，家人們自動地讓匡復和椰瑜有較多相處的時間，特別是大姐，很為椰瑜難過。大姐太受電視連續劇影響了，覺得匡復和椰瑜就要生離死別，認為椰瑜要辛苦等候他多年，直到匡復學成歸國。匡復覺得有些荒謬，大姐她自己不覺得和弟弟分開有什麼難過，卻為一個初次見面的外人難過！

然而卻因為如此，反倒讓匡復沒有感傷，因為家人沒有表現出任何傷感，而椰瑜，匡復真的對她沒有什麼感覺。唯一的感覺是，今天要她一大早就出門，覺得對她有些抱歉，但又不能明說，因為這實在不是情侶要分手時該有的感覺。一直到要進海關查驗證件前，匡復終於想到較恰當的話，他輕聲地告訴椰瑜：「椰瑜，我不知道什麼時候才會回來，不用等我！」

「希望她聽懂我話中的意思，不要浪費感情和青春在我身上。」匡復心中暗自在想。

大姐以為匡復在告訴椰瑜一些離別依依的悄悄話，很識趣地要大家不要打擾他們。匡復知道他們全都誤解了，但大學至今，他們從沒有瞭解過他，也不差這一次了。此刻匡復唯一覺得的就是對椰瑜感到抱歉，不知道她心裡怎麼想？不過其實匡復並不真的在乎她怎麼想。

匡復沒有告訴家人到美國以後的安排，以及誰會到機場幫他接機，他們也沒有問，好像一切都自然地水到渠成。或許大學四年，以及服兵役和念研究所，他幾乎全都獨立完成，家人也就以為去美國念書是自然而然，沒有想到需要付出許多的心力。而經過了這麼多年，他也習慣了自己張羅，自食其力。確實，現在已二十五歲，是該獨立自主了。

進了海關，匡復回頭和他們揮一揮手，算是最後的告別。

上了飛機，匡復坐在靠窗的位置，飛機起飛以後，看著窗外，雲層逐漸落到飛機下面。過了一段時間，飛機下面就只剩下遙遠的太平洋海面，偶而點綴著幾朵白雲。家人、童年、高中、大學生活、服兵役、回臺大念了一年的研究所生活，隨著飛機的遠行，逐漸從記憶中淡去。

就這樣，匡復告別了生活二十五年的地方，沒有離愁，因為他要前往新大陸，那裡充滿著新希望的想像，雖然他還不清楚是什麼。

臺灣的過往漸漸被拋諸腦後，匡復開始想著：「到了紐約，看到一晴在機場接機時，我要如何面對，以及往後和一晴互動時，要以什麼樣的關係和定位？還有，美國的生活將是如何？」

匡復又想起毛姆小說《剃刀邊緣》的主角勞磊，雖然他對毛姆描述的神祕頓悟有些懷疑，但還是喜歡勞磊勇敢地探尋生命的意義。勞磊離開家鄉，四處流浪後，終於悟到他內心尋找的情境。

或許頓悟也不是那麼神祕，就如辛棄疾所說：「**眾裡尋她千百度，驀然回首，那人卻在燈火闌珊處。**」或許沒有經過一番尋尋覓覓，沒有經歷處於人群中的孤寂，就沒有驀然回首的驚喜。

「也許在我尋尋覓覓，夠久以後，有那麼一天，不經意間，我也驀然回首，發現心中所盼，原來就在不顯眼的燈火闌珊處。」飛機上，匡復一邊想著，一邊覺得有些盼望。

第二部 旅程

忘記背後努力面前的，
向著標竿直跑。

腓 3:13b-14a

第十七章 故人多在陽關外。

飛機越過太平洋，到了紐約甘迺迪機場。唐朝詩人王維所寫的詩句：「西出陽關無故人。」道盡流浪異鄉的愁緒。然而，匡復卻發現完全不一樣的情境，來到美國，反而碰到了更多大學同學。

在入境關口，排了長長的隊伍，幾個小時以後，匡復終於到了查驗證照的窗口。

「你來美國做什麼？」官員問。

「我來念書。」匡復邊說邊把護照、I-20表遞給他。

「那個學校？」官員一邊看，一邊問。

「康乃爾大學。」

「哦！好學校。」聽他這麼說，匡復緊張的心情，頓時覺得輕鬆了起來。官員繼續說道：「不過，很貴，你有錢念嗎？」

「我有獎學金（Fellowship）。」

「對，你的證件上有說。很好，祝你學習順利。」官員還給匡復證件，示意他可以離開了。

似乎康乃爾大學在這裡，就像臺灣大學在臺灣一樣，大家聽到你念這樣的大學，就肅然起敬，什麼懷疑都一掃而空。以前聽說美國人會對黃種人歧視，似乎並不真實，至少在海關入境官員口中，聽不出端倪。

領了兩箱大行李，推出海關，匡復看到一晴已經在出境大廳等他，他向一晴揮揮手。

「有沒有很累？」一晴問道。

來到一晴面前，匡復想起上次在醫院和她碰面的情形，那時用油腔滑調的口吻和她談話，似乎她還滿喜歡的，於是想故技重施，正想要說：「看到妳就不累了。」這時，另一位男生走到了一晴旁邊，匡復趕緊把俏皮話吞回去，改說：「哦，還好，不算累。」

一晴轉頭向這位男生說道：「你怎麼跑來這裡，車子如果被拖走怎麼辦？」口氣還頗嚴厲。一晴變了，變得滿凶的。上次在醫院看到她對待病人時，頗有權威的口吻，匡復以為那是職業上的需要，現在才知道，她對待其他人也是如此。

這位男生倒不以為忤，輕鬆地回答道：「拖走就拖走。」

「好吧！反正是你的車子，不是我的車子。」一晴說道。

「別緊張，剛好達聞和其他朋友來機場接人，他們沒想到行李太多了，人載不下，所以待會兒達聞可能需要搭我們便車，我就請他幫忙看一下車子。」這位男生說道：「你的朋友行李應該就只有兩箱吧！」

然後他轉頭看匡復，隨口說道：「歡迎來美國！」說完，又再多看了匡復一眼，「咦！大學時看過你，原來一晴要接機的人——匡復，就是你。」

「對啊！我在民族舞蹈社看過你，不過很抱歉，不知道你的名字。」匡復說道：「請問你貴姓大名？」

「我叫盛根，茂盛的盛，樹根的根。這世界真小。」他說道。

「哦，原來你們以前認識，那我就不用為你們介紹了。」一晴說道。

他們邊聊邊推行李到出境大廳外面的車子那裡。

「接到人了嗎？」達聞看到盛根後，問道。

「有啊！我幫你們介紹。」盛根回答道。

達聞說：「不用了，我們認識。」說完，轉頭對匡復說：「匡復，你也來美國了！」

「哦！是你，剛剛盛根說到你的名字時，我沒有想到就是你。」匡復說道。

一晴接著說道：「你們又認識了，早知道我直接找達聞和盛根來接機，我不必過來。」

「很好，大家都認識。雖然美國很大，但世界還是很小。先把行李搬上車，我們車上聊。」盛根說道。

盛根開車，一晴坐前座，匡復和達聞坐後面。

「你們怎麼認識的？」盛根問道。

「大一時，我參加臺青社，達聞參加大新社，社辦就在隔壁。而且臺青社和大新社有時會一起辦活動。」

「什麼是大新社？」一晴問道。

「就是大學新聞社，和臺大青年社都是出版刊物的社團，也是最讓學校頭痛的社團。」

「怎麼個頭痛法？」一晴又問道。

「反正就是一些讓學校不喜歡的言論。」達聞回答道，然後問匡復說：「聽說你要去康乃爾大學念書？」

看來匡復沒機會和一晴多聊些什麼了，飛機上想了許多情境，但完全沒有預料到會在機場碰到達聞和盛根。

「是啊！我要去康乃爾大學。真是不好意思，麻煩一晴和盛根來機場接機。」匡復回答道，設法把話題拉回到一晴。

「沒問題，我們也才來一年，當初也是其他人幫忙接機。來這裡，常常接機來，接機去，不要放在心上。」盛根回答道。

一晴沒有再說什麼，雖然她變得凶了一些，但話還是不多。匡復希望她再接腔，但達聞卻把話題又拉到了康乃爾大學，他說道：「匡復，你知道嗎？康乃爾大學是臺獨的大本營。」

「怎麼說？」匡復問道，一時還真不知道如何再把話題轉回到一晴身上，只好接著問達聞的話題。

於是達聞就談了一些和康乃爾大學有關的臺獨人士，以及相關的事情。

「你支持臺獨嗎？」一晴終於開口問道。

「也說不上支持，但是在臺灣很難接觸到這些資訊，難免令人感到好奇。」達聞又說道：「美國真是言論自由的國家，在這裡可以聽到的臺灣資訊比在臺灣還多。」那時，臺灣還在戒嚴時期，電視頻道只有中視、臺視、華視；報紙主要是兩大報系，《中國時報》和《聯合報》，發行人還經常是國民黨的中常委，媒體一切的消息和言論都在國民黨的嚴密掌控之下。

聽到達聞這麼說，盛根也忍不住接著說：「就是嘛！我來這裡才一年，對臺灣的認識比以前二十幾年還多得多……」盛根還說得口沫橫飛，幾乎要手舞足蹈。

「你專心開車好不好？」一晴又頗凶地警告盛根。

「盛根，你開車，我來告訴匡復就好了。」達聞說道：「匡復，你知道嗎？紐約市和臺灣其實有很密切的淵源。」

「真的嗎？」匡復和一晴同時問道。匡復心裡感到很高興，竟然和一晴想的一樣。

「一晴，虧妳來紐約快一年了，竟然還不知道。」

「那就快說吧！女生嘛！總是對這些比較沒興趣。」盛根忍不住又插進話來。

「十六和十七世紀是荷蘭海權最強盛的時代。一六二四年，荷蘭東印度公司到當時還沒有實質政府統治的臺灣設立據點，據點就在現在的臺南安平；同年，荷蘭西印度公司也在現在的紐約市曼哈頓設立代表機構，那時的紐約市也是沒有實質政府的統治。可以說，在一六二四年的時候，臺灣和美國的紐約是同樣的命運，都在荷蘭人的統治之下。」

「然後呢？」匡復和一晴又同時問道。

「然後一六六二年，鄭成功把荷蘭人趕走；也大約在差不多的年代，一六六四年，英國人約克公爵從荷蘭人手中奪來了曼哈頓，之後改名為紐約。」

「再來呢？」一晴和匡復又再一次同時問道。匡復心裡覺得很高興，連續三次，和一晴同時問了同樣的問題。

「再來，臺灣的鄭氏王朝被滿清打敗，臺灣被清朝統治；而美國人把英國人趕走，獨立建國。從此以後，臺灣一直淪為外族統治的殖民地，而美國卻成為二十世紀最強大的國家。真是令人不禁感慨！」

聽完達聞說的，匡復沉默了。除了一六二四年荷蘭西印度公司在曼哈頓設立代表機構的歷史是以前不知道的以外，其他的部分其實都知道的。只是沒有想到，這件事情把臺灣和紐約做了恰當的連結。確實，一六二四年的時候，臺灣和紐約的命運相同，但是到了二十世紀下半葉，臺灣和紐約的命運卻是如此不同，難怪有那麼多臺灣人要到美國來。他現在才知道「去去去，去美國」，其實對臺灣人而言，有另外一層意義，那種本來該享有和美國人同樣的榮耀，但在臺灣卻失落了！美國其實不是異鄉，而是臺灣人渴望的夢鄉。盛根說的沒錯，在美國這裡可以聽到的臺灣資訊比在臺灣還多，不只是多，更是完全不一樣的觀點。

「想到這裡，就令人傷心。算了，別管那麼多，既然來到美國，就重新開始吧！反正美國是移民者的天堂，大家就努力的拼吧！套句臺灣流行的話，『愛拼才會贏』。」盛根又開始了談話的興致。

這時剛好一輛車子變換車道，橫切到他們前面。「小心，盛根！」一晴緊張地叫了出來，「叫你專心開車，你就喜歡講話。」

「死義大利佬！」盛根罵道：「你以為全紐約市都是黑手黨的地盤嗎？」

「就是嘛！盛根，飆給他看，超到他前面，讓他知道，臺灣來的人，開車技術才是一流的。」達聞也附和道。

「算了吧！」一晴回答道。

「盛根，你怎麼知道剛剛超你車的是義大利人？」匡復問道。

「來這裡夠久就會知道了，每個地方來的人，開車都有他們的風格。譬如說，韓國人……」盛根說了一堆韓國、日本、印度、黑人、拉丁美洲等不同族裔開車的特性。

「那臺灣呢？」匡復開玩笑地問道。

「就像我這樣啊！」盛根認真地說：「平常四平八穩地開，但是一旦遇到狀況，反應非常迅速，而且技術一定是在那些平常喜歡耍酷的人之上。」

「沒錯，臺灣來的還是厲害。」達聞又跟著幫腔。

「你們別在那裡阿Q，又搭又唱地演起雙簧。那天在店裡發生的事，你們兩個還不是想息事寧人，最後還是要我解決。」一晴終於插進話來。

匡復很高興話題扯到和一晴有關，趕緊接下去問：「那天發生了什麼事？那個店？」

「哦！我們那天到皇后區吃晚餐，他們送錯了我們點的菜，我們也沒留意，就夾起來吃了。到結帳的時候，老闆要我們也付那道送錯菜的錢，盛根就要付了，但一晴堅持不付，因為是餐廳自己送錯了。老闆不願意讓步，老闆娘說是那就付一半價錢，一晴還是堅持不付。反正就是和老闆及老闆娘理論了很久……」達聞把事情原委說了一遍。

「最後付了嗎？」

「當然沒付。一晴可是女強人，只要她出面，事情就會照她的意思解決了。」盛根回答道。

「哇！一晴現在變得這麼厲害了，我以前印象中的一晴是溫柔婉約，像楚留香中的蓉蓉。」匡復抓到了機會，特意稱讚一晴一番。

一晴沒有發現匡復刻意逢迎的讚美，說道：「沒辦法呀！來到紐約市這個大雜燴，人吃人的地方，不凶一點，很難生存下去的。」

「沒錯，一晴看起來溫柔，但可是不好惹的，如果要追她的話，可要小心點。」盛根似乎無心地說。

但匡復聽者有意，不過他假裝不在意地說：「那真的是要小心。」說的時候，不敢看著一晴，以免她起防備之心。

「到了。」盛根說道，就在他們聊天當中，車子到了一晴住的地方，在法拉盛區。

搬完行李，匡復向盛根道謝，他說：「不用客氣，有女強人一晴的命令，沒有人敢不遵從。」說完，向匡復眨了幾下眼睛。

一晴也回瞪他一眼，說道：「不要破壞我的名聲，我還沒結婚。」

盛根假裝沒聽到，說道：「達聞我就順道載他回去了，Bye。」說完，發動車子走了。

匡復的心情很愉快，因為達聞和盛根很熱情，讓他不覺得是到了異域國度，甚至於比在臺北的感覺還好，因為在臺北，其實不容易碰到像這樣沒有芥蒂的互動。「難道來到美國以後，大家就會都變得熱情嗎？或是因為美國的自由氣氛，所以說話可以不必太多顧慮，於是彼此較能坦率相待，感覺起來就像是比較熱情？」匡復心裡想著。

進到一晴住的房子，是兩層樓的公寓，他們有幾位共同租下了這棟公寓。一晴說是有位同學這幾天不在，他的房間可以借匡復用，反正只待一個晚上，沒有什麼影響。這天，一晴的室友們在忙著準備明天的聚會餐點，和大家打過招呼，匡復就和一晴到樓上的房間。

東西簡單收拾過後，一晴特別過來和匡復聊了一會兒。因為樓下還有一堆她的室友們，匡復在言談中不敢造次，一晴也收起了在機場和路上的脾氣。

「沒有把你嚇到吧！」一晴說道。

「不會啊！出門在外，有時是需要有些魄力。很謝謝妳和妳的朋友們，他們的熱情讓我覺得賓至如歸。看來妳在這裡適應得不錯？」

「還好，就是這樣，既來之，則安之。你到康乃爾大學的行程沒有問題吧！」

「沒有問題，已經連絡了一位以前認識的物理系同學，他會幫忙接機。」

「你明天出發的飛機在另一個機場，我會再找人載你去。」一晴說道：「對了，你寄來的書已經到了，等你到康乃爾大學確定住址後，告訴我，我再幫你寄過去。你要不要過來看看，是否全都寄到了？」

於是匡復跟她去看，都沒有問題，也沒有破損。匡復再度謝謝一晴，並告訴她：「若妳需要忙聚餐的事，可以不用管我。」

匡復和一晴就這樣簡單互動，像普通朋友。「雖和一晴認識很久，但我對她的認識實在很少，我需要花的功夫可多了。來日方長，要更深入瞭解她，未來有的是機會。」匡復如是想著。

第十八章 紐約上州。

第二天，匡復到康乃爾大學，搭的是螺旋槳小飛機，飛機飛得不高，可以清楚地看到地形地貌，到了湖泊區，就大約到了。

物理系的同學方原來接機，他和匡復大學時同一屆。在臺大時，匡復曾在物理系和方原修過同一門課，因此彼此認識。方原開了一輛休旅車來接匡復，以免行李裝不下，是向系上借的。在機場碰面，沒多少客套話，像是熟悉的老朋友般，雖然他們以前也沒有經常連絡，但很自然地聊了起來；或許覺得月是故鄉明，人是故鄉親，因此在這裡反而沒有隔閡。

方原一副精明能幹狀，接到了以後，就直接載到凱悠佳湖（Cayuga Lake）邊的一個州立公園，物理系的老師和研究生們在那裡烤肉野餐。從機場到凱悠佳湖州立公園，有一條下坡的高速公路，車子沿著湖邊，奔馳而下。

「右邊就是Cayuga Lake，這個湖寬約四英哩，長約四十英哩。在紐約上州有好幾個像這樣的湖，細細長長的，大約是南北走向，平行地排列，從地圖上看來，像是好幾根手指頭垂下一般，所以被稱為手指湖（Finger lakes）。」方原一邊開車，一邊向匡復介紹，夾雜著中英文。不過聽起來不會太奇怪，因為和這裡有關的名詞，直接用英文較方便。

匡復往右看去，湖光山色，非常美麗，這裡的英文地名叫做「Ithaca」，胡適以前寫文章介紹這裡時，將「Ithaca」翻為綺色佳，中文譯名和景色確實相配。其實細細長長的凱悠佳湖，看起來更像是江水。

才開十幾分鐘，就到了這個州立公園。公園非常的大，八月份，陽光普照，但不像臺灣那麼炎熱，況且有不少高大的樹分布其中，大多是楓樹，不過秋天未到，看不出楓樹特有的丰采，但還是把陽光遮蔽得到處都是涼蔭；還有不少楊柳，枝葉茂盛，有些枝葉垂到湖面。這兒的楊柳葉瓣較寬，末枝也較粗，不像臺灣的那麼嬌小柔嫩。風吹過來，柳葉擺動，但看起來不是少女般地婀娜多姿，反倒像是男兒般地瀟灑粗獷。

有幾簇不同團體的人來到公園活動，大多數人都穿著短褲T恤，看起來就是輕鬆愉快，不管年輕或年長。

方原幫匡復介紹了幾個人，有一位是中國大陸來的，方原說，他在大陸的物理類留學考試第一名，去年修這裡物理系的量子力學，拿了最好的成績；他的太太也來念康乃爾大學的電機系，方原特別幫他們介紹，因為匡復也將念電機系，他們聊了一些，她簡單向匡復介紹了她將要進行的研究。

整體的氣氛輕鬆悠閒，大家隨意地聊，臉上的神情都看來舒坦愉快，但也沒有特別的激情或高亢的暢快。公園有很多鴿子，湖濱也有成群的水鴨和海鷗。

匡復有些驚訝，怎麼海鷗來到了湖邊，方原似乎不覺得太特別，大概這個湖太大了，對海鷗而言，是湖是海，無關緊要，只要是水邊，有魚類作為食物就夠了；況且這裡有許多夾過烤肉的麵包屑，也是這些鳥類的好食物。匡復以為的海鷗，其實是水鷗，和海鷗類似。整個景緻真的是非常平和，這些飛禽和人沒什麼距離，就像是一般人家的家禽，若有人餵牠們東西，牠們就不客氣地過來吃；若沒有人餵，牠們也不會搶食；牠們和人們之間，好像講好了某種默契。人們悠閒地聊天、遊戲；鳥類也同樣悠閒地飛翔、起落，在樹林或湖上。

景色很美，但是和臺灣的美不同；臺灣景色的美是細緻，美國這裡是瀟灑大方，不拘小節。

之後，方原幫匡復安排在臺灣同鄉會會長的家裡住，因為匡復住的宿舍要在一個星期以後才能搬進去。會長在這裡當博士後研究，和她太太兩人都很熱心，要匡復不用客氣，就當做是自己的家。據說臺灣同鄉會是臺獨的團體，但這位會長卻沒有向匡復談起任何臺獨的言論。

隔天，匡復到康乃爾大學的外籍學生辦公室報到，也去行政大樓和電機系辦公室瞭解一些情況。康乃爾大學在山上，校園果然是名不虛傳，非常的美麗，比臺大校園還大。幾個星期前，臺灣校友聯誼會在臺北舉辦的新生說明會上，為新生們做過簡報，來這裡實際經歷的情形和簡報所說的差不多。臺灣校友聯誼會據說是國民黨的外圍組織，但是會長、副會長以及在說明會上的幹部們，看起來都不像是國民黨的黨棍。從某個層面來看，他們和臺灣同鄉會會長類似，都熱心地幫助新來的同學，不提任何政治性話題。

匡復在校園中逛，看到的大部分是西方人，於是黃皮膚黑頭髮的東方人就顯得特別的顯眼。這天，碰到了電機系的學長，他向匡復仔細說明了電機系的一些情形；然後又介紹了他的室友，也是臺灣來的，念機械系；後來又碰到了幾位臺灣來的學長姊。

又隔兩天，方原找匡復去尼加拉瀑布（Niagara Falls），他說趁著開學前，好好玩一玩，等開學以後，功課將會非常忙碌，想玩都不可能了。能夠去著名的尼加拉瀑布，當然是求之不得，匡復欣然同往。尼加拉瀑布在加拿大邊境，從綺色佳到那裡，約有三、四小時的車程。

俗話說，登泰山而小天下；看了尼加拉瀑布，才知道以前看過的瀑布實在是奇小無比。尼加拉瀑布有兩個主要的大瀑布，美國瀑布（American Falls）和馬蹄瀑布（Horseshoe Falls）。美國瀑布寬三百二十三米，落差約五十米；這個瀑布較小，在美國境內，水量佔百分之六。馬蹄瀑布（Horseshoe Falls）為大瀑布，也稱加拿大瀑布（Canadian Falls），橫跨美加兩國，水量佔百分之九十四，瀑布呈馬蹄型，寬七百九十二米，落差也大約五十米。

瀑布的水來自尼加拉河，滾滾河水從遠處奔騰而來，整個河面寬數百公尺，水花翻攪，波濤洶湧，來到山羊島（Goat Island），河流被分為兩道，各自往前怒吼而去，然後再往前衝向垂直高聳的斷崖，於是河水巨流在山羊島兩邊，急瀉而下，右邊形成美國瀑布，左邊形成馬蹄瀑布。

站在瀑布前的那一瞬間，匡復就被震撼得屏住氣息；雄偉壯觀的瀑布奔騰、咆哮，震聲如雷，澎湃的河水奔流而下，濺起浩瀚的水氣，氣勢磅礡。即使千軍萬馬，其震撼力也難以和尼加拉瀑布相比，上騰而瀰漫的水氣，老遠就可看到。較小的美國瀑布就已經令人震懾，馬蹄瀑布更是只能遠觀，它濺起的水氣滔天，騰空而起一百多公尺，遮住了瀑布的全貌，即使豔陽高照，瀑布仍像是淹沒於五里霧中。

他們下到瀑布底部，近距離感受瀑布的威力。這裡有周詳的規劃，有搭架的木板臺階，可以沿著臺階安全走到瀑布下方，而且還發給遊客雨衣，以免被瀑布淋濕。鄰近瀑布的木板臺階，被瀑布不斷地沖洗著，上面釘著斗大的標語，寫著「禁止吸煙」，顯示著美國人的幽默，他們看了，莞爾一笑。

木板臺階並沒有深入瀑布，然而，僅僅走到瀑布的邊緣，就可以感受到瀑布下墜所帶來的急風勁水，就像是置身在狂風暴雨當中，似乎是頗為驚險，但只需離開數公尺，就脫離了暴風雨的襲擊，好像暴風雨也可以自由控制，隨人意靠近或遠離；這給人特別的感受，似乎人生的風暴並非不可捉摸，但匡復知道這並不真實；真正的風暴，不會像是在這瀑布下面一般，不可能任人來去自如。不知為什麼？他的心靈總是在真實和虛擬的概念之間打轉徘徊！

看過瀑布以後，他們到旁邊的大草坪。這裡其實也是紐約州的一個州立公園，和凱悠佳湖州立公園頗為類似，高大的楓樹遍布其中，偌大的草皮，鮮綠如茵，只是不時傳來轟隆隆的瀑布聲。

瀑布確實震撼了匡復的心靈，而當他的內心被翻攪時，沉在記憶深層的曉軒又沒來由地浮現。「曉軒，是否有一天，我能帶妳同遊尼加拉瀑布，體會這可以隨意進出暴風雨的經歷，只需離開數公尺，狂風暴雨就遠去？」

或許瓊瑤小說和電影迷人之處，就是這類情節，生命中雖然會有狂風暴雨，但只那麼一下下，離開數公尺，又回到了那安全令人陶醉的烏托邦愛情裡。匡復想起了瓊瑤電影「在水一方」的歌，稍為改寫，似乎還吻合尼加拉瀑布和滾滾尼加拉河澎湃洶湧的情景。

尼加拉瀑布

俗話說，登泰山而小天下；看了尼加拉瀑布，才知道以前看過的瀑布實在是奇小無比。尼加拉瀑布有兩個主要的大瀑布，美國瀑布（American Falls）和馬蹄瀑布（Horseshoe Falls）。

烏托邦式的浪漫愛情叫人流連，但離真實的世界卻是那麼遙遠！或許一般人也嚮往一些暴風雨般的經歷，但承受不起長期的痛苦，因此短暫的暴風雨旅程更受人喜愛，可以向人吹噓或為自己證實可以經得起考驗。難怪瓊瑤小說和尼加拉瀑布的沖洗之旅受人歡迎，然而這種虛擬的考驗與真正的生活相比，差異太大了。或許真實的生活中，就需要這種虛擬的經歷做為調劑吧！

「我和曉軒之間，現在的情形，是否就像在這個瀑布下一樣，不會帶來毀滅性的結局，暴風雨終將離去，而我們就會快樂地在一起？」匡復心中似乎燃起了期待。

第十九章 美麗新世界 發現新身分。

尼加拉瀑布之遊以後，開學了，果然如方原所說，非常忙碌，除了修課以外，還要找指導教授。

在和幾個教授談了幾次以後，匡復逐漸摸索出晤談的技巧。他去找老T，老T是電機系和應用物理系的合聘教授。匡復在電機系的菲力普大樓（Phillips Hall）沒找到老T，特別跑到應用物理系的克拉克大樓（Clark Hall）找。大家都說，老T很大牌，很難找他當指導教授，因為他很挑剔，但匡復才剛到美國，還是初生之犢，不知道難度輕重，所以還是去找老T。

「我能幫你什麼？」老T問道，面對第一次碰面的公事往來，美國的習慣是以這樣的問題做為開場白。

「我是新生，正在找指導教授。」

「我今年沒有開放名額給新生。」老T冷冷地說道。

「我也沒有急著要確定指導教授，只是想瞭解你做的研究。」匡復也裝著酷酷的口吻。

「我做的是……」老T簡單扼要地說他的研究，沒有說太多，和電機系給的書面簡介資料差不多。

就如聽來的，老T頗為冷酷，匡復有些失望，最後他再鼓起勇氣，說道：「謝謝你，我其實不急著今年一定要確定指導教授，因為我有全額獎學金（Fellowship），以及保證再來兩年的助教或助理獎學金。」

「哦！」老T回答道，音調上揚，而且眼睛睜大了一些，匡復察覺到老T似乎有些興趣，於是遞給他相關的文件，以及在臺大修過課程的成績單。

匡復看到老T的表情從冷酷轉為喜悅的樣子。然後老T說道：「你今年是不必急著確定指導教授。雖然我今年沒有開放名額給新生，但如果你對我們做的研究有興趣，我可以再考慮。」

「好的，很謝謝你，在這一年內，我會再仔細思考。」匡復回答道。

「好，但我提醒你，時間很快就會過去。」老T再說道。

聽到老T說「時間很快就會過去」，匡復覺得有弦外之音。「他應該對我有很大的興趣，願意當我的指導教授。」匡復心裡盤算著，兩天後，再去找老T。

「我考慮了以後，想請你當我的指導教授。」

「你有學過車床嗎？」老T問道。

「什麼是車床？」在臺大電機系，從沒聽過車床。

「就是……」老T解釋給匡復聽，還是一貫的風格，簡單扼要。

聽老T的描述，似乎和高中的工藝課類似，於是匡復說：「大學時沒有車床的課，但高中有一門工藝課，在這個課當中，我做過鐵槌，不是用機器，而是用手工打造的。」

「很好，我可以當你的指導教授，但你需要再去機械系修車床的課，我們實驗需要使用車床的機器。」

聽老T說同意當他的指導教授，匡復趕緊拿指導教授同意書給他簽名。之後老T告訴匡復研究生辦公室的位置，以及可以找誰帶著學做實驗。

離開老T的辦公室後，匡復覺得很高興，沒想到可以找到大家都認為很難找的老T當指導教授；更不可思議的是，高中的工藝課，雖然聯考不考，但到了美國竟然還派得上用場。而老T說要學習車床，因為要做實驗，匡復更高興，因為在臺大的課程中，修了一堆理論的課，現在要學做實驗，匡復覺得這才真正實用，而且要學車床，連電機系都要會車床。臺大電機系和研究所，過去從沒這樣要求學生，匡復覺得很新鮮。

匡復到老T分派給他的研究生辦公室，這裡有老T的學生，尚恩・傑克森（Shawn Jackson）和拜叡・格蘭笛（Barry Grande）是美國人，藤原信史（Fujiwara Shinji）和吉澤拓海（Yoshizawa Takumi）是日本人。他們彼此都用簡名稱呼對方，尚恩・傑克森被叫做尚恩，拜叡・格蘭笛被叫做拜叡，藤原信史（Fujiwara Shinji）被叫做 Fuji，吉澤拓海（Yoshizawa Takumi）被叫做 Yoshi。

老T向他們提過匡復了，所以到了辦公室，不需太多介紹，他們就知道匡復是誰。

「聽說康乃爾大學給你全額獎學金？」尚恩問道。

「是的，我很幸運，不然就來不了康乃爾大學。」

「哇！很不簡單，很少人能夠拿到康乃爾大學的全額獎學金。」尚恩和拜叡都這麼說。

「你一定是表現非常優秀。」Fuji 接著說道，他是日本的公司派他來這裡念碩士，所有的花費，都是由公司出，包括學費和生活費。

「哦，還好，我較幸運。」匡復客氣地說。

「拜託，優秀就是優秀，你們亞洲人說話就是喜歡客套，就說自己優秀有什麼關係，沒有人會殺了你。」尚恩說道，然後接著問匡復：「你為什麼來美國念研究所？」

匡復回答道：「因為臺灣研究所的設備不好。」

因為匡復的同學大多來美國念研究所，匡復也認為理所當然要來美國，聽到尚恩這麼問，就隨便掰個理由，況且當時臺灣研究所的設備確實不好。

「設備不好不會自己做？」尚恩立刻接著說道。

匡復一時語塞，因為這個觀點很有道理，但他卻沒有想過。匡復總以為實驗就是要用好的設備才會有好的結果，而設備當然是買的，卻沒想到，設備也是人做出來的。尚恩的回答像是一語驚醒夢中人，匡復恍然大悟，美國所以會強盛，就是這樣的精神——「設備不是買的，而是自己做的。」難怪美國常常研發出世界最新的儀器設備，原來這種精神已經深植在美國研究生的心中。

就在匡復繼續這些思維時，尚恩接著說：「T教授說是你要學車床，來，我帶你去金璧大樓（Kimball Hall），車床間在那裡。」

尚恩說話的模樣和語氣，就像是過去電影中看到的典型美國人作風，直截了當，不拐彎抹角。而這種爽朗的性格，讓匡復頗為欣賞。

找好指導教授，一切塵埃落定，匡復的心思就放在修課上面，現在有獎學金，不需額外花時間家教，應付功課可說是綽綽有餘。康乃爾大學給匡復的全額獎學金不僅夠付常春藤學校的學費，還可以付昂貴的宿舍住宿費，以及學校餐廳精美的三餐，還有剩餘。匡復現在的生活可說頗為愜意，就經濟的角度而言，從小到現在，還未曾有過這麼好的日子。

康乃爾大學的學校餐廳真的是非常棒，匡復參加了餐飲計畫，所以可以在學校的好幾個餐廳吃飯，有威勒·史特萊特（Willard Straight）活動中心的餐廳、行政大樓學生宿舍餐廳、北校園學生宿舍的餐廳、西校園學生宿舍的餐廳，每個餐廳大多是供應西式自助餐，偶而也會搭配日本料理或中國菜，全都有多種食物讓人隨意選擇，而各餐廳的食物都各有特色，要吃膩還頗不容易的，所以匡復來不到一個月就胖了三公斤。

因為在餐廳吃飯，於是常碰到各式各樣的同學。有一次，在北校園學生宿舍的餐廳遇到了語言學系大學部的同學，是白人，匡復拿了餐點，剛好這個白人對面有空位。

匡復問：「我可以坐這裡嗎？」

「當然，沒有問題。」他說道。

「謝謝，我叫匡復。你是大學部的學生？」

「是的，我在語言學系，我叫約拿生。」

「哦！很棒，我住的宿舍也有一位語言學系的學生，他中文講得非常棒，比我的英文還好。」

「哦！他叫什麼名字？」

「法蘭克·強生。」

「抱歉，我不認識。」他回答道，接著問匡復：「你從中國來的？」

「不，我從臺灣來的。」

「臺灣人講中文嗎？」

「我們講中文和臺語。」

「哦！我聽過中文，但沒聽過臺語。」他答道：「你可以說句臺語給我聽聽看嗎？」

匡復說了一句臺語，然後問他：「聽得懂嗎？」

「聽不懂，但我可以覆述一遍。」他說道。

「真的嗎？你聽不懂，卻可以覆述，太神奇了，你現在就說說看。」匡復不敢置信地說道。

於是他覆述了一遍匡復說的臺語，果然沒有錯誤，連發音都準確，不像一般美國人講中文時缺乏高低音的變化，比匡復宿舍碰到的那位語言學系的學生還好。若非他是金頭髮白皮膚，真會以為他是講臺灣話長大的，匡復真是太驚訝了，果然是念語言的料子。

隔了一陣子，匡復又碰到他，和另外一位同學一起，他們點了餐點，坐下來邊吃邊聊。

「嘿！匡復，我幫你介紹，他是約翰，念人類學系。」約拿生說道：「他對臺灣滿熟的。」

「真的！」說完，匡復轉向約翰說道：「你好，約拿生說你對臺灣頗熟悉，是真的嗎？」

約翰說：「你好，匡復。是的，剛好我對臺灣和南島原住民有一些瞭解，在課程上有討論到夏威夷原住民與亞洲南島原住民語系之間的關聯，我覺得相當有趣。」

「那跟臺灣有什麼關係？」匡復問道。

「有一個說法，說是夏威夷原住民與亞洲南島原住民的語系是源自於臺灣的原住民語言，你在臺灣時，學校沒教過這個說法嗎？」他說道。

「沒有，今天是我第一次聽到。」
「有幾個不同起源的學說，以臺灣做為起源是其中之一。」
「可否談一談這個說法的細節？」匡復問道。
「好啊！根據語言發音和使用器物考古的追蹤，有一個說法是，臺灣原住民從臺灣移民到菲律賓，然後再往南，移到馬來西亞、新幾內亞，接著到南太平洋各島，之後一部分人轉到夏威夷定居。根據使用器物的演變和語言的發音關聯性，有學者認為這些南島民族的共同起源就是臺灣。」
「真的？我太慚愧了，我從臺灣來，卻不知道。」
「匡復，你講一下臺語給約翰聽聽看，看他能否聽出來和夏威夷話的關聯？」約拿生提議道。
「好。」於是匡復說了幾句臺語。
「聽起來不像，倒是和中文較像。」約翰說道。
「我想也是，約翰說的應該是臺灣原住民的語言，我不會講那個語言。」匡復說道。
「太可惜了，你竟然不會講臺灣原住民的語言，那是重要的人類原始語言之一。」約翰說道。
「我不會講臺灣原住民的語言，因為我不是臺灣原住民，我的祖先是從中國大陸移民到臺灣的。」
「什麼時候移民的？」

「約十代之前吧。」

「是這樣嗎？根據我們在課程上的討論，真正從中國大陸移民到臺灣的，只有一九四九年的時候才是，之前的人，大多數還是有臺灣原住民的血統。」

「不會吧！怎麼會有臺灣原住民的血統？臺灣目前原住民的比例很低，我怎麼會有這個血統？」匡復回答道。

「不對，在一九四九年以前，從中國大陸移民到臺灣的主要是男性。你想，在以前的時代，沒有進步的輪船，怎麼可能攜家帶眷，大量地移民到臺灣？而且好像當時的大陸執政當局也不准人們攜帶家屬，相當於是扣押家屬為人質。所以移民的人員中主要是男性，然後留下來的就在臺灣當地娶了臺灣原住民的女性，之後生下混血的後代。我相信，一九四九年之前就在臺灣的居民當中，幾乎都有原住民的血統，你應該也很有可能具有臺灣原住民血統，除非你是在一九四九年中國內戰後，移民到臺灣那一群人的後代。」

「嗯！你說的很有道理，但我需要再想一想。」匡復說道。

約翰的說法是很有道理，但匡復過去在臺灣時完全沒有聽過。「我真的具有臺灣原住民的血統嗎？不只是我，還有很多其他臺灣人，一大群不會講臺灣原住民語言的原住民。」匡復心裡在想，但沒有說出來。

「嘿！你們可是夏威夷人和南島民族的祖先啊！你應該感到高興才對。」約翰繼續說道。

「高興？在臺灣，原住民是被歧視的一群，被認為是較低一等的族群。」匡復說道。

「這是典型的文化侵略，原住民被污名化，以至於他們的後代都不願承認自己是原住民，因而放棄了自己的文化傳承，這在世界上的其他地方也同樣發生。」約翰說道：「我必須承認，白種人也對其他種族的人嚴重地文化侵略。所以現在美國為了彌補這個部分，特別設立印第安人保留區，以保存美國印第安人的文化。」

匡復對自己可能具有原住民血統的事，感到驚奇，也不太能接受，想自己在聯考時，沒有加分都上了臺大電機系，還拿過第一名，怎麼會是需要加分才能考上大學的原住民？但約翰的說法真的很有道理。

「我還是覺得難以接受我會有原住民血統。」匡復誠實地說道。

「我能理解你的感受，在任何社會，許多人都不太能接受自己是被歧視的那一群人。可是，原住民難道就一定低人一等嗎？就我所知，沒有任何基因上的證據證明原住民的智商較低。你的感覺純粹是心理的感受。」

「OK，我想這個討論已經太深入了，我想再多學一些臺語。」約拿生看到氣氛有些尷尬，插進話來，「乾杯的臺語怎麼說？」

「哦！乾杯。」匡復用臺語講了一遍，順便舉起杯子。

「乾杯！」約拿生和約翰全都舉起盛了柳橙汁的杯子，同時學著用臺語說道，並一飲而盡。

匡復也舉起杯子，一飲而盡，這裡的柳橙汁是直接由柳橙擠出來的，還有柳橙果粒，非常好喝。喝完以後，他們又去盛了一杯，因為餐廳的飲料是自己拿，無限暢飲，和其他食物一樣，只要你吃得下，隨便你吃。

「臺語的乾杯還有另一個說法，」匡復說道：「乎乾啦！」

約拿生和約翰又再度舉杯，說道：「哦！很好，乎乾啦！」他們又一飲而盡。然後約拿生用學來的臺語說道：「真讚啦！」

約拿生的臺語真是天生的好。說真的，若把眼睛閉起來，不看他的一副美國人模樣，真以為是在臺灣宜蘭的餐廳，約拿生的臺語發音有夠道地，還跟匡復一樣，帶著宜蘭腔。喝完，他們又去盛了一杯。

「我覺得你不需要為原住民的身分難過，你能來康乃爾大學已經證明，不管你的出生如何，你都很優秀。」約翰看出匡復的心情，設法用一些新的角度鼓勵他。

「對，你應該以你自己為榮，你還拿了康乃爾大學的全額獎學金，這是連美國本地生都難以得到的殊榮，你確實要以你自己為榮，我們也為你感到驕傲。」約拿生補充說道。在上次與約拿生聊天時，匡復告訴他拿了康乃爾大學全額獎學金這件事，他還記得。

「哦！匡復，你拿了康乃爾大學的全額獎學金，這真的很不簡單，只有非常優秀的少數人才能得到這樣的獎勵。這更證明了，臺灣的原住民真的非常優秀，假如你具有臺灣原住民血統的話。」約翰更進一步說道：「其實我一直都很佩服臺灣原住民，在幾千年以前，航海技術還很原始的時代，他們就能橫跨太平洋，從臺灣經由眾多島嶼來到夏威夷，真的是太厲害了。來，為偉大的臺灣原住民乾杯。」

「乎乾啦！」約拿生和匡復也舉起杯子，將柳橙汁一飲而盡。

吃過晚餐，匡復沿著北崔圃翰墨路（North Triphammer Road）走回宿舍，他的宿舍在校園北邊。一路上，一邊走著一邊思索約翰所說的，匡復不知不覺地問著自己：「我真的有臺灣原住民血統嗎？」

真是太令人意外了，匡復來這裡要學習美國的科技，卻發現了自己的真正身分，就像在張老師那裡受訓時發現了自己原生家庭的真相一般，現在更進一步，連自己血統的起源都得重新認識。不僅家人哄騙他家庭背景，甚至連整個臺灣社會都在欺騙他的出身，說是臺灣人大多數都是大陸來的，只是早來晚來的差別而已，大家都是炎黃子孫，卻從來不提大多數臺灣人都有原住民血統。或許臺灣社會的許多人都不知道這個事實，都在莫名其妙之下，被騙說是中國大陸來的移民後裔，以為和臺灣原住民的血緣無關。

「我是誰？」這真是不容易的問題，特別是對臺灣的多數人而言。

曾經聽說臺灣的原住民中有一族是平埔族，不住在山上的臺灣原住民，只是後來去向沒有人提起或深究，匡復以為是被他的祖先——移民的漢人消滅了。但其實並沒有被消滅，而是和早期的移民融合成臺灣的多數人，國民黨政府在學校教科書上所教的，其實不是事實，幾乎大家都是臺灣原住民的後代，不是只有以前稱呼為山胞的那一群人。匡復想起爸爸在音樂方面的天分，他的音感渾然天成，或許真的是有臺灣原住民的血統，所以繼承了那個特性？

匡復進一步思考，美國不僅僅是科技發達，連對人類文明的認識都遠超過臺灣，他們對臺灣的瞭解竟然比臺灣人自己都要深且廣，太令人驚訝了！

參加學校的餐飲計畫相當不錯，許多美國人都很大方，還很主動打招呼，匡復認識了不少人，但大多是大學部的同學，且多是萍水相逢，有些後來還碰過一兩次，有些也沒再碰過。總之，覺得他們不像以前聽說的會有種族歧視，至少和匡復在大學時的社團相比，不會有臺北人那樣的自我優越感，或許臺北人的族群歧視比美國白人還嚴重。也有可能匡復現在已經念研究所了，所見所聞比起大學部的學生多，也健談許多，而當焦點專注在話題上時，就忘記了種族膚色。

又有一天，匡復到威勒．史特萊特（Willard Straight）活動中心餐廳吃晚餐。點完餐，匡復端著餐盤在找位置，看到一位女生，金髮碧眼，但長相和如莜有些類似，匡復不禁多看了一眼。說實在的，如果她是黑頭髮黃皮膚，匡復還真以為如莜也來了。雖然她金髮碧眼，但是頗有東方味，不像好萊塢電影中那類的女生。匡復又多看了一眼，她的對面正好有空位，匡復猶豫著要不要坐下，因為覺得被她的容貌吸引，有些不好意思，沒想到她竟然指著對面的位置，問匡復：「這裡有空位，你要不要坐？」

「好啊！謝謝！」匡復說完，放下餐盤。

「你好，我叫路得．歐康奈兒（Ruth O' Connell）。」她自然大方地自我介紹，並打招呼，這是美國學生和陌生人接觸的典型應對方式。每天都在這裡餐廳吃飯，已有一段時間，匡復習慣了美國人打招呼的方式。

「你好，我叫匡復。」匡復也自然而然地回應。

「我正在學中文。你從臺灣來的嗎？」

「是的，我從臺灣來的。你在學中文，很好。」

「臺灣來的，太好了。我覺得中文好難，你可以教我嗎？」

「那個部分？」

「注音符號，我總是記不起來如何發音。」
「這沒有問題，我大學時教過不少家教，所以這對我不是問題。」
「太棒了，讓你先吃完晚餐後再開始。」
吃飯時，他們隨便地聊，她告訴匡復，她有個中文名字，叫歐康如，因為英文的「O' Connell」發音和歐康頗像，而「Ruth」和如發音接近，所以老師就幫她取了歐康如的中文名字。匡復告訴她，這個名字好美，既浪漫又親切，真是叫人喜歡，她聽了以後，竟然臉紅了。她的害羞模樣讓匡復感到真有東方味，但另一方面，她卻又大方地先和匡復打招呼，像是融合了東西方的優點於一身。她說匡復的英文比她的中文好很多，希望有天她能夠像匡復講英文般地講中文。匡復並不認為自己的英文夠好，不過和她的中文相比，確實還算不錯。她說是念語言學系，真巧，在餐廳中，和美國人搭訕而聊得較多的，都是語言學系，或許語言學系的學生想和其他語系的人互動，所以會多和匡復這個一看就知道可能會講其他語言的人聊天。
匡復問她：「妳認不認識法蘭克和約拿生？他們也是念語言學系。」
她說：「不認識，我這學期剛來。」
「哦！我也是這學期剛來。」聽了匡復的回答，她覺得很高興。
吃完飯，匡復就開始教歐康如注音發音，她似乎沒有像約拿生那樣的語言天分，所以學起來不怎麼快。匡復幫她用英文為注音符號拼音，並教她練習四聲的發音，總共上了一個多小時，直到餐廳剩下沒幾個人，之後再約好下個星期的同一時間，在這個餐廳的威勒・史特萊特大樓門口碰面。

於是他們就這樣碰面了幾次，在上中文當中，當然也隨意地聊一些其他東西。後來知道她住的宿舍在北校園，匡復的宿舍也是在北校園，相距不遠。她的宿舍其實和北校園的學生餐廳頗近，所以就約了去那裡吃晚餐，這次沒有上中文課，他們隨便聊。雖然她的樣貌和如莜頗像，但身世好多了，當然也就不會有如莜那樣的憂鬱神情；能夠來念常春藤盟校的美國人，不太可能身世可憐。只是她真的很有東方味，雖然金眼碧髮白皮膚，但舉止動作卻像東方女孩，不知是她喜歡中文，所以無形中會模仿東方女性，或是天生如此？或者是美國人本就形形色色，只是匡復因看了好萊塢電影而對美國人存有刻板印象。

晚飯後，他們到北校園的大草皮坐著，康乃爾大學校園很大，到處都有像擎天崗那樣的大草皮；這裡緯度高，夏天時，太陽到晚上九點左右才下山。看著夕陽還在樹林上方，他們繼續聊天，聊到了童年。匡復說到國小和國中都要學書法，並向歐康如解釋書法的運筆和寫法，她很驚訝可以用那樣的方式寫字，她希望也能用毛筆寫中文，可惜匡復沒有帶毛筆來美國，所以無法教她。匡復還談到國中時常寫生，到學校外面畫風景，歐康如覺得臺灣的教育真好，似乎比美國還豐富。其實匡復知道，因為他是在宜蘭鄉下，所以才能有這些多元的課外活動，在城市的孩子是辦不到的。

聊著聊著，天色漸漸黑了，匡復陪她走回宿舍。就在他們從草地上站起來，走了幾步以後，她輕輕拉起匡復的手，溫柔地，自然地；他們手牽著手走了一段路，但匡復心裡卻不知道她伸出的手是代表友誼或愛情？他覺得和金髮碧眼的女性這樣的互動，好像是和電影中的人物來往，有種虛擬不真實的感覺。

來這裡一段時間以後，對這裡的路況漸漸熟悉，匡復發現了直接從活動中心餐廳威勒．史特萊特大樓走到宿舍的幾個路徑。活動中心餐廳離電機系系館頗近，所以常在這裡吃晚餐。沿著其中一個路徑走回到校園北邊的宿舍，會遇到康乃爾大學的精神象徵——麥克歌羅鐘塔（McGraw Tower），然後經過悠莉絲圖書館（Uris Library），這個圖書館和麥克歌羅鐘塔相連，而圖書館後面連接著很大的斜坡，稱為「圖書館斜坡」，披覆著非常大片的草皮，綠草如茵，中間點綴著幾棵大樹，遠處可以眺望凱悠佳湖。斜坡的頂端是一條行人小路，可以邊走邊看斜坡草坪、山谷和凱悠佳湖。

行人小路的另一邊是好幾棟並排的大樓，每一棟的造型都不一樣，全都有石砌的牆，比臺大的舊圖書館還老，古色古香。這些建築物的另一邊也是一片大草皮，稱為「藝術草坪區」，四周圍繞著藝術學院的多棟建築，也是各有特色。

匡復有時沿著斜坡頂端的行人小路，有時沿著藝術草坪區數棟古建築前面的小路走回去。兩條小路在貝聿銘設計的強生藝術博物館（Johnson Museum of Art）會合，然後穿過一條馬路，接著有階梯下到一座吊橋。吊橋跨於秋之峽谷（Fall Greek）上面，峽谷非常深，底下巨石分布，溪水湍急，不時可以看到水流沖撞巨石，水花四濺。傍晚時分，夕陽映照著峽谷斷崖，有時陽光也經由水花漫射上來，光芒閃爍。

經過吊橋之後，再經過幾棟宿舍邊的馬路和小徑，可以回到宿舍。因為這裡是山區，馬路和小徑常是沿著山邊鋪設，路邊到處是野花野果。匡復想起出國前和椰瑜以及幾位同學到谷關遊玩的情形，那裡也是走在山間小路，隨處是野花野果，於是興起寫信給椰瑜的興致。

麥克歌鑼鐘塔——
康乃爾大學的精神象徵

現在和她相距在地球的兩端，因為遙遠的距離，所以覺得她還不錯，似乎沒有在臺灣時那麼想逃離她，也可能是在這裡的情況頗為愜意，所以就不再計較某些細節。

其實也想寫信給一晴，但回想起大一時她不愛回信，猜測她不是喜歡風花雪月的人，還是打電話給她較實在，反正美國的長途電話不貴。其實更想寫信給曉軒，告訴她來到康乃爾大學後的許多感想，就像大一時，告訴她許多在臺大的見聞感受一般，但是……。想到此，匡復有些傷心，特別是美景當前，但知己卻遠離。

這裡在美國的紐約上州，季節變化非常明顯，開學沒多久以後，就進入秋天了。學校在山坡上，一到秋天，滿山遍野都是紅黃楓樹。從活動中心餐廳走回到宿舍，在秋季時分，景色更美了，有幾次上學時匡復特別帶了相機，以便在回宿舍的路上拍攝。匡復拍了圖書館斜坡和遠處的山谷及凱悠佳湖，也拍了秋之峽谷的景色。他陶醉在美景當中，看著滿山遍野溫柔的黃色，交錯著一叢叢熱情的紅色，點綴著常綠的松柏，以及黑灰色的懸崖斷壁，還有白花花的溪澗。匡復想：「再冷血的人都應該會感動，何況是我這麼感性的人！」

此刻，匡復的心靈因為美景而悸動，又是不知道為什麼，當心靈有深刻的感觸時，就不知不覺地想到曉軒。「真盼望曉軒現在就在身邊，可以一起分享這麼美妙的景致。她今年剛從醫學院畢業，如果我出國前鼓起勇氣邀她和我同行，或甚至告訴她，要和她一起共度此生，她是否會動心？若是知道現在會是這麼美好的光景，我當初應該……」匡復又陷入了遐思。他也無法理解，已經和曉軒多年沒有聯絡，何以還是不知不覺會想起她，只是現在已經不再像剛分手時那樣地感到椎心之痛，似乎是習慣了這麼一回事，她就是會偶而浮掠過腦海。

第二十章 留學生活點滴。

秋天之後，期中考到了，這裡的物理和電機科目對匡復而言不難。匡復到物理系修量子力學，期中考得了滿分，物理系的方原很高興地告訴了臺灣來的留學生們，他們也為匡復感到高興，覺得臺灣留學生確實相當優秀。康乃爾大學的物理系算是全美有名的，世界各地來的許多頂尖高手也來這裡，包括大陸來的留學生，今年也有一位大陸物理類留學考試第一名的，他也來修量子力學。大家在不知不覺中，都有某種競爭的味道，似乎不少同學都把拿諾貝爾獎當做人生目標；在和指導教授的一些談話中，覺得他也希望能獲頒諾貝爾獎。匡復寫下大家企盼諾貝爾獎的氣氛：

康園風光，一片秋紅，
落葉颼騷。
須晴日，看樹裏紅妝，
分外妖嬈。
風起時，見落果紛紛，
松鼠躍跳。

昔落果頓悟引力學說，
牛頓妙解物理精奧。
未料量子出現，
古典宿命，從此告老；
薛丁格接著海森堡，
叫牛頓稍遜風騷。

量子世界，如此俊俏，
不輸秋紅的妖嬈。
諾貝爾竟比美人嬌，
叫天下英雄競折腰，
馳騁世界，不分大小；
欲與天際競比高，日夜顛倒。

〈諾貝爾物理獎〉

匡復現在就像念大一時那樣，不需為生活愁煩，所以念起書來很能專注，聊起天來也很放得開。現在的打屁功夫不錯，特別是大學時讀了許多課外書籍。在餐廳中，常碰到李暉，他也是今年來到康乃爾大學，念應用物理系，有助教獎學金。他大學時小匡復一屆，念物理系，以前沒有認識。李暉在大二時組了辯論隊，打敗當年臺大健言社三年級的辯論隊，獲得全國大專盃辯論比賽冠軍，後來當了臺大健言社社長，口才一流，打屁功夫更是不用說。他們常和一群臺灣來的學長學姊在餐廳聊天，另有一兩位來念大學部的小留學生也常一起聊天打屁，其中一位是可愛的女生，大家稱她為小天使，她和歐康如剛好相反，長得一副東方人臉孔，但濃妝艷抹，而且說話的神情和動作都和電影中的美國人類似，和這一群來美國念研究所的留學生有很大的差異。不過，她還是喜歡和他們一同聊臺灣的事情，所以經常在晚餐時間和他們一起，而且會老早就來幫忙占位置，他們幾乎都固定在某個圓形的餐桌。

「我叔叔是……」小天使喜歡談她叔叔，她叔叔是臺灣的名人，有許多豐功偉業。她說的是事實，但是聽她說她叔叔，匡復總是心裡不太舒服，因為在臺灣，要做到那樣的事情，除非是有良好的黨政關係。

「哇！妳叔叔真了不起，我們在臺灣就已經知道不少他的事情了，現在更聽到了妳的第一手內幕，太令人佩服了，這不是一般人能做得到的。」匡復用反諷的語氣說道，李暉心領神會地看了匡復一眼，但是小天使沒感覺出來匡復語氣的隱意。

「就是啊！如果不是我叔叔……」小天使又說了一件祕辛。

「妳叔叔太了不起了，換說妳爸爸吧！」匡復接著說道。

小天使突然沉默了，忻耘對匡復眨了幾下眼睛。忻耘去年來的，念土木工程，她和小天使頗熟。從忻耘眨眼的神情，匡復意會到談小天使的爸爸將會是尷尬的話題。

李暉也看到了忻耘眨眼的神情，他接著說道：「聽太多小天使家人的事了，換點別的吧！我們來談金庸小說，我先說我最喜歡的小說人物，我覺得……」李暉自然地轉換了話題。

「李暉，你說我們當中誰最像你喜歡的人物令狐沖？」憲彰問道。

「哦！那非匡復不可了，你看他瀟灑不拘，又有正義感。」李暉打屁道。

「拜託，你不去喜歡女生，卻喜歡起男性，我可不和你搞同性戀，你換個喜歡的人物吧！譬如說，任盈盈或趙敏？」匡復也打屁道。

「李暉，那就喜歡任盈盈好了，我看你更像令狐沖，和任盈盈剛好相配。」文誠說道。文誠前年來的，也是念土木工程。

「不，不，我喜歡當林平之，電視劇中那位演令狐沖小師妹的演員，比演任盈盈的演員漂亮多了，當林平之可以和小師妹在一起，我喜歡這樣的結局。」李暉說道。

「你不用當林平之，如果小說中有你，我看林平之就沒希望了，小師妹肯定會和你在一起。」匡復接著說道：「我想，金庸的《笑傲江湖》可以改寫為，林平之拿到辟邪劍法之後……」匡復隨便湊合各種觀點，編造一些故事。

「你把我說的像是韋小寶。我突然發現令狐沖和韋小寶頗像的，剛剛以為你像令狐沖，現在發現你其實更像是韋小寶。」李暉說。

「彼此，彼此，其實能當韋小寶也不錯，可惜我沒有那個能耐。」匡復回答道。

「那一個方面沒有能耐？」李暉語帶雙關地問道。

「不管那方面都沒有能耐。」匡復回答道，故意避重就輕。

「到底是那方面不行？」小天使又插進話來，一副天真的口吻和搞不清楚真相的神情，匡復看她是聽不懂他們的話中有話。

「妳念研究所以後就知道那個方面不行了。」文誠說道，他聽得出匡復和李暉在鬥嘴，像是武林高手在過招，雖然看不到刀來槍往，但內氣已經隔空比試數回。

「你們大人不要欺負小朋友好不好？換個話題。」忻粖接著說。

「是的，小龍女學姊，謹遵命。」匡復回應道。

「我現在知道了，匡復其實是楊過，所以必須對小龍女言聽計從。」李暉故意亂點鴛鴦譜。

「你們今年來的新生真是不一樣，一點都不像新生，連學長姊都敢捉弄，拿來開玩笑。」忻粖說道。

「我其實是早期的楊過，武功低落，到處被人欺負，只有滿腹的憤世嫉俗。」匡復回答道。

「拜託，你還到處被人欺負，別人不被你欺負就不錯了。」李暉回答道。

「對，對，李暉說得對。」小天使附和道，其他人也跟著點頭。

「你看，你們現在就一起聯合起來欺負我了。我待會兒憤世嫉俗起來，就別怪我了。」匡復說道。

「好，好，讓我們見識見識匡復如何憤世嫉俗。」小天使再次天真地說道。

「好吧！先禮後兵，我先和大家乾杯，待會大家就走著瞧。」匡復舉起飲料杯子敬大家。

喝完飲料，大家都再去盛了一杯，匡復猜小天使會拿可樂，因為她每次都是喝可樂。拿完飲料，匡復先回到座位，想著如何對她惡作劇。

就在這個時候，匡復回想起大一化學實驗課程中的一件趣事。有同學把紫色的葡萄汁倒入過錳酸根離子溶液，然後拿去給女助教看，問說為什麼他做的化學反應產生出來的過錳酸根離子溶液會是紫色？助教說是過錳酸根離子本來就是紫色；同學又問說，那為什麼會有葡萄味？助教皺一皺眉頭，拿起來聞一聞，也說，奇怪，怎麼會有葡萄味？接著她再拿起試管，左聞聞，右瞧瞧，端詳了半天，只差沒有喝一口嚐嚐味道；旁邊一堆同學已經笑得東倒西歪，還有人笑到蹲在地上，但助教還渾然不覺，繼續研究這個有葡萄味的過錳酸根離子溶液。想到這裡，匡復已擬好捉弄小天使的招數。

大家回到座位後，小天使看到忻耘另外拿了一樣像是牛肉餡餅的漢堡，說道：「這看來滿好吃的。」

匡復把握住機會，說：「李暉，小天使長得和演小師妹的演員很像，你去幫她拿牛肉餡餅。」匡復故意亂點他們鴛鴦譜。

「那有這回事，小天使怎麼會像小師妹的演員？」李暉說道：「小天使，我本來想幫妳拿，但匡復這麼說，為了保護妳的名節，只好讓妳自己去拿了。」

「自己拿就自己拿。」小天使說完，一溜煙就跑開了。

看她離開以後，匡復拿起餐桌上的醬油，倒了一些到她的可樂裡，這勾起了李暉的玩興，又加了鹽巴和胡椒粉進去，可樂的顏色接近黑色，加了這些料進去也看不出差別來。

小天使回來，忻耘正要告訴她不要喝，但來不及了，小天使拿起飲料，才喝一口，立刻噴了出來，說道：「這什麼可樂？怎麼會是這個味道？」同時臉上一副非常滑稽的表情，讓大家都忍俊不住，哈哈大笑。

匡復和李暉故作鎮定，問道：「什麼味道？」

小天使也是聰明的女生，聽到匡復和李暉兩個同時問這個問題，立刻知道是他們搞的鬼，手插著腰，問道：「你們加了什麼？」

匡復和李暉裝無辜，但其他學長姊已經把答案說了出來。

匡復和李暉正打算閃躲，以防小天使把飲料潑了過來，但她一聽到是醬油和鹽巴，卻出乎意料之外地笑彎了腰，說：「你們好厲害，想到這一招，改天我也要用來對付克麗絲汀和詹姆士。」克麗絲汀和詹姆士是她的同學，她們常拿對方惡作劇。

匡復對小天使惡作劇的事沒多久就在華人留學生的圈子傳開了，這裡的華人圈子很小，好事壞事很快就大家皆曉，沒得躲藏。還好有些小留學生似乎對小天使老喜歡吹噓她家族的豐功偉績有些反感，所以對於她被整，好像感到高興。小留學生們的家庭背景不同，他們之間也各有不同的愛恨情仇，有些還是因為父母間的互動造成的，雖然來念康乃爾大學的大學生都有不錯的經濟背景，但其他煩惱並不比匡復這個沒有好出生背景的人少，原生家庭的問題似乎不是只有貧困家庭才有。

李暉和匡復，還有電機系另外兩個人——柏士和強生修了不少相同的課，所以下課後，有時會一起聊聊天。柏士也是今年來這裡，同樣是臺大電機系畢業，他和匡復過去不認識，因為大學不是同一屆；強生是柏克萊大學電機系畢業，也是小留學生，他有個中文名字，但較常用英文名字。強生念柏克萊大學電機系時，剛好柏克萊大學電機研究所收了許多臺大電機系畢業生，有些當過他的助教，他對那些助教的數學和電機功力極為佩服，因為強生問的問題，他們沒有回答不出來的；現在他碰到了匡復和柏士也是臺大電機系畢業，也自然地把他過去的印象投射到他們身上。

李暉和強生的經濟背景都不錯，柏士的家庭背景和匡復類似，而更不幸地，並沒有申請到獎學金。柏士靠著大學時辛苦家教，以及畢業後因為不用當兵，所以可以繼續家教存錢，就憑著自己的積蓄，剛好夠康乃爾大學一年的學費和生活費，他希望明年可以申請到獎學金，不然就得再回臺灣了。

一天，李暉有所感觸地說：「匡復，柏士，我很羨慕你們。」

「你在開玩笑吧！我們才羨慕你呢！」匡復和柏士異口同聲地說道。

「我沒有開玩笑，我覺得和你們相比，少了什麼？」

「少了什麼？我們和你相比，少的才多呢！」

「不，我覺得我少了一樣東西。你們想，大家現在都同樣是來到了常春藤聯盟的康乃爾大學，但我少了你們那一段痛苦的奮鬥過程。」

李暉說完，匡復和柏士不再反駁，他說的觀點是匡復和柏士以前沒有想過的，他們還一直停留在憤世嫉俗的情懷當中，覺得和那些良好家世背景的人相比，為什麼要如此辛苦？沒想到，這辛苦的過程竟也是一種難得的寶藏。李暉的話讓匡復感到頗有啟示。「他說得沒錯。而我和柏士相比，更是何其有幸！我現在的日子也不比良好家世背景的孩子差，柏士還得為明年能否繼續待在這裡而擔憂，相較之下，我現在真是悠哉！」

他們聊著聊著，走到了景色優美的藝術草坪區（Arts quad），這是個大草坪，四周有許多棟大建築，其中一棟有著希臘式建築的白色圓柱，和臺大傅園裡的頗像，但是更為巨大。藝術草坪比臺大的振興草坪大了許多倍，大草坪中有不少散布的大樹，還有許多隨意交錯，看來雜亂無章的柏油小徑。剛來的時候，不理解這些小徑為什麼不規劃整齊，而是斜來斜去。後來聽學長姊講，這是康乃爾大學的自由精神，這些當初是同學在各建築物之間行走踩踏出來的小徑，草皮因為被嚴重踐踏，於是露出了泥巴。學校當局認為，既然大家喜歡走這些路徑，就乾脆鋪上柏油，讓路面更好走。他們發現，果然除了這些路面外，大家很少跨過草坪，所以草坪非常漂亮。對於學校當局順應行人的方便，為這些斜來錯去的路面鋪上柏油，覺得非常特別，也感受到美國不同於臺灣的管理思維。在瞭解了學校當局的用心之後，這些斜錯交叉的小路，似乎不再覺得雜亂，反而是透露著人文氣息的美感。

對匡復而言，現在的經歷真是非常不同於臺灣，這是大二以來未曾有過的美好感受。他也沒有想到，可以和出身背景良好的李暉和出身背景不好的柏士，以及和美國大學畢業的強生，一同談心聊天，沒有芥蒂。

今天麥克歌鑼鐘塔有音樂演奏，麥克歌鑼鐘塔的塔頂有個大樂鐘，在某些特定日期和時間就會有人演奏。他們爬上塔頂，剛好來得及看演奏；演奏這個大樂鐘時，演奏者必須手腳並用，敲打著樂鍵，於是不僅聽到鐘聲音樂，還可以看到演奏者配合著音樂節奏，手舞足蹈，煞是有趣。

藝術草坪（Arts quad）

藝術草坪比台大的振興草坪大了許多倍，大草坪中有不少散佈的大樹，還有許多隨意交錯，看來雜亂無章的柏油小徑。剛來的時候，不理解這些小徑為什麼不規劃整齊，而是斜來斜去。後來聽學長姊講，這是康乃爾大學的自由精神，這些當初是同學在各建築物之間行走踩踏出來的小徑。看來雜亂無章，卻又蘊涵著深厚的人文素養。

今天演奏有「風中玫瑰」、「黃昏之歌」、「奇異恩典」和校歌。演奏校歌時，有個看來是大學部的男同學唱了起來，另一位女生也隨興唱和著。

演奏結束，他們仍留在麥克歌鑼鐘塔塔頂，四處觀望。校園本就在山上，現在處身高聳的塔頂，更是可以遠眺四周的景色。藝術草坪區就在下方，四周的大建築也在腳底下，草坪中隨意交錯的小徑，看來雜亂無章，卻又蘊涵著深厚的人文素養；向左轉個六十度左右，看到凱悠佳湖在遠方，細細長長，像是溪流，緩緩流向天際，然後隱沒在山脈之中；看著源遠流長的凱悠佳湖，腦海中還迴盪著校歌：「**遠遠高聳於凱悠佳水域之上，隨著藍色的水波……**」鐘聲似乎仍然悠揚，伴著晚霞的餘暉，在這祥和、悠閒、遼闊的綺色佳美境。這一刻，覺得已經融入了這個地方，歸屬感在不知不覺中已滲入心裡，他們是康乃爾大學的一份子，不再是作客異鄉。

能夠到康乃爾大學念書可說非常幸運，匡復在這裡遇到的美國人或其他國籍的人都相當友善，不像紐約市或洛杉磯，在那些大城市念書的同學還會碰到偷竊或搶劫，如一晴說過的，紐約市是人吃人的地方。居民和學生友善的原因可能是這裡的民風非常淳樸，大學所在地綺色佳鎮的人口不到五萬人，加上附近郊區居民合計約有十萬人，若把康乃爾大學的學生和教職員也算進去，仍然不到十五萬人，所以不會有大城市的複雜生態。

二次大戰後，美國到處蓋高速公路。高速公路可以帶來交通的便利和經濟上的繁榮，但也會衍生犯罪之類的治安問題，假如綺色佳居民希望有高速公路經過，以康乃爾大學和校友在紐約或美國的政經勢力，大概是沒有問題的；然而綺色佳的居民選擇不讓高速公路經過，因此綺色佳的人口在幾十年中沒有多大變化，交通確實較不方便，要去別的地方，得先開半個小時的車程才能接上高速公路，但治安非常的好，儒家期盼的理想世界，路不拾遺或夜不閉戶，在這個地方已經實現了。居民們不但沒有抱怨他們的父執輩當初選擇不讓高速公路經過，反而為這樣的決定感到驕傲。

不曉得每個人的本性如何，但是來到綺色佳以後似乎就變得友善。匡復住在北校園的宿舍，美國的學生宿舍沒有分男女生，大家混著住，卻也沒有出現什麼亂子。匡復的房間對面住著一對女生，有時會碰到她們，打打招呼，或隨便聊聊。

這裡其實是大學部的學生宿舍，但匡復不知道為什麼申請了以後被分配到這裡。研究生的生活圈子和大學生不同，所以匡復和這些宿舍的大學生沒有太深入交往。比較特別的是，有一位物理系的研究生也住這裡，碰巧他們都修了量子力學，所以常常碰面，也常一起吃飯。他說是從加拿大來的，叫克萊爾。克萊爾金髮碧眼，但行為舉止頗有英國紳士的味道，講起話來不疾不徐，咬字清晰，所以聽他講英文比起其他人更清楚，克萊爾的談吐和這裡的美國大學生非常不同，不知道是因為升上研究所的原因，或是加拿大的學校風氣不同，又或者是他本就是這樣的個性。匡復也把克萊爾介紹給柏士和李暉認識，剛好大家都修了量子力學，因此漸漸地熟了起來。

十一月初，下了第一場雪。以前看到的雪景是在電影和電視節目中，氣氛總是被營造得有些淒涼，但是現在真實地經歷下雪，卻沒有淒涼的感覺；路上的同學照樣匆忙趕去上課，好像沒注意到已經下雪了，有些同學甚至於說：「真好，比下雨好多了，不用帶傘。」確實，前一陣子下了幾次的雨，每下一回，溫度就下降一些，在濕冷的氣候中，手還得撐傘，特別難過。在那段期間，匡復也早就拿出羽毛衣來穿了。還好這裡的每棟建築都裝有暖氣，溫度調在攝氏二十二度左右，所以進入室內，其實和春秋天的氣溫差不多，只要穿著一般長袖衣服就可以，而出門時再披上羽毛衣。現在下起雪來，雪飄落在羽毛衣上，抖一抖就掉光了。

匡復其實有些興奮，因為是生平第一次看到雪。他脫下手套，伸出手接下幾片雪花，沒有預期中的冰冷，和以前抓住冰塊的感覺不同。嚴格地講，接住雪花時，沒有什麼感覺，就像接住羽毛一般，只是雪花沒多久就融化了，變成小水珠，但是太小了，比露珠還小，小到連一般水珠該有的冰涼感覺都沒有。手接著雪花，皮膚沒有感覺，但是心裡有感覺，現在是興奮的感覺。

十一月底，冬天漸深，經常下雪，克萊爾邀他們去波士頓過感恩節，他們當然很高興地答應了，克萊爾的妹妹目前在哈佛大學念歷史系四年級。

克萊爾特別租了車子，他自己開車，大家帶了睡袋和行李，一車四人就到波士頓去了。匡復很敬佩克萊爾，因為一路上只有克萊爾一個是西方人，其餘的三個都是臺灣來的東方人，但克萊爾不以為怪，還是一貫的風格，不疾不徐地說話，有時匡復他們三個人用中文聊臺灣的事，克萊爾也說是沒有關係，其實他聽不懂中文。說實在的，匡復不理解，為什麼克萊爾要花錢租車載他們到波士頓？在這個下雪的日子。若是純粹只為了路上有個伴，也不需要找他們三個人，美國人當中想去波士頓過感恩節的多得是，克萊爾很容易找到伴的。

他們問：「為什麼找我們到波士頓過感恩節？」

「嗯！和你們在一起滿不錯的，而且感恩節在美國就是要表達感恩，最重要的就是要將獲得的分享出去。」用他一貫平和的口吻，聽不出他說的是真心或是另有所圖，但匡復他們實在想不到克萊爾會有什麼其他企圖，只能以他是慷慨大方的人來解釋了。

「你在北美長大，應該比其他地方的人更瞭解感恩節的由來，能否告訴我們，為什麼會有感恩節？」

「這有好幾個版本，其中最常聽到的，大概就是你們聽過的。另有一個說法是，首批美國移民是信仰上帝的清教徒，他們本來就有感謝上帝的習慣。這群清教徒剛到北美時遇上了嚴冬，結果約有一半人死去。到了春天，倖存的人向印第安原住民學習怎樣種植當地的農作物。當年的秋天，這群清教徒的作物大豐收，於是特別選了一天來感謝上帝，這就是感恩節的由來。因為是在印第安人的幫助下，他們才能夠安頓下來，所以就邀請印第安人一同來分享，並感謝上帝賞賜的大豐收。所以感恩節的精神之一是，從上帝得到的賞賜和祝福，也要分享出去。」

匡復他們又問了其他版本，克萊爾同樣不疾不徐地一一說來。

然後匡復他們又問為什麼基督徒特別區分出清教徒，克萊爾說清教徒是一批不願意受英國王室掌控的基督徒，他們希望享有宗教自由，但不會放縱欲望，事實上是清心寡欲，一心追求聖經中的真理。後來有數批清教徒移民到新大陸，尋找上帝的「應許之地」，許多住在新英格蘭的基督徒大多是清教徒，波士頓就是他們聚會的中心。他們當中有不少人來自牛津大學或是劍橋大學，他們的學識水準普遍高於當時的歐洲，特別重視教育，移民後沒幾年就創辦了哈佛大學，希望透過教育，在新大陸建立上帝所應許的理想世界。

清教徒受加爾文主義影響，普遍是入世的宗教觀，認為把人世間的工作做好，就是修行和敬拜上帝。因此他們肯定營利和工商事業，但是清教徒企業家從事營利事業不是為了個人的名利，而是要回饋社會。一位著名的布道家約翰・衛斯理說過這樣的名言：「拚命掙錢、拚命省錢、拚命捐錢。」這可以當作是清教徒精神的要義。

克萊爾是基督徒，所以對這些事情的來龍去脈頗清楚，聽他用英文娓娓道來其實滿舒服的，他咬字清晰，語調溫和，雖然他的年紀比匡復他們三個人小，但卻像是個有耐心的長者。

他們四人在感恩節那天的早上出發，雖然開了七個小時的車程才到波士頓，但一路閒聊，並不覺得很久。

傍晚時分，到達波士頓郊區的一個人家，是克萊爾妹妹之大學同學室友的家。克萊爾的妹妹叫琳達，琳達的室友叫莎曼莎；莎曼莎有一個哥哥，在哈佛大學念研究所，爸爸在哈佛大學醫學院任教，媽媽在一個非政府組織機構做事。匡復他們和這一家人可說是素昧平生，但這一家人照樣熱忱款待。唯一扯得上關係的，就是克萊爾的妹妹琳達和莎曼莎是同學和多年的室友，於是他們愛屋及烏，邀了琳達，然後她哥哥克萊爾，而克萊爾又邀了匡復他們三個東方人。匡復他們和克萊爾在開飯前不久到達，琳達已經先和莎曼莎來到了家裡。大家坐在橢圓形餐桌，就像電影中看到的，很正式的晚餐。感恩節的晚餐照例要吃火雞，他們第一次吃美式烤火雞，覺得味道還不錯，尤其是淋上特別的火雞肉醬汁。

晚飯後，大家移到起居室閒聊，隨意地坐在地毯上，旁邊有火爐，外面在下雪，對照之下，室內相當暖和，特別是這一家人接待客人時的親切溫煦。莎曼莎和她哥哥的氣質都和克萊爾頗像，溫文儒雅，說起話來不疾不徐，和好萊塢電影中美國年輕人有些急性子的模樣很不同，匡復頗被他們的氣質吸引。莎曼莎也是有點東方味，和柏士很談得來。之前匡復以為柏士有些木訥寡言，現在才知道他也是滿能談的；以前可能是沒太多機會看柏士和別人互動，因為他大多獨來獨往，到底匡復和柏士認識也才只有短短三個月。

莎曼莎的爸爸和媽媽也加入他們的聊天行列，大家很自然地聊了起來，沒有生疏感，莎曼莎的爸爸講了一段往事，讓匡復印象深刻。莎曼莎的爸爸說，在莎曼莎和她哥哥還在念幼稚園的時候，他有一個機會，可以讓家裡的收入增加幾萬美金，這可是不小的數目，但每天必須要加班兩個小時，也就是說，每天得晚兩個小時回家。他想了想，如果接受了，每天就得減少兩個小時的時間和孩子相處，而一旦孩子長大了，童年已經喚不回來，所以就拒絕了。現在回想，覺得當時的選擇是正確的。

這樣的談話、相處，看來是那麼平淡，但卻深深吸引著匡復。綺色佳居民拒絕高速公路，即使犧牲了繁榮也無所謂；莎曼莎的爸爸拒絕加班，即使薪水變少了也沒關係。為什麼？是什麼比繁榮和財富還有價值，叫這些美國人減少了繁榮和財富卻不後悔？以前匡復以為美國是富有的國家，而富有就是金錢方面，但現在卻深刻體會，美國人中還有相當大的一群，他們的富有不在財富，而是心靈，他們看重社會的安祥以及親情關係更甚於財富，不是只在口頭上說說，而是身體力行，這是在好萊塢電影中不容易看到的。匡復知道他在康乃爾大學所以能過得愜意，是因為有全額獎學金的關係，經濟基礎是美好生活的重要關鍵，但卻不是唯一的因素，還有其他，而到底是什麼呢？

中年維特之煩惱。

第二十一章 臺灣也翻身了。

到了十二月，雪越下越大，路面也開始積雪，有些階梯雪融後再結成冰，變得滑不溜丟，這時終於知道冬天不好過，而且不到五點，太陽就下山了。秋天時，匡復經常經過的，懸在秋之峽谷的吊橋也封起來了，因為怕有人摔到懸崖下面。上下學現在只能走北崔圖翰墨路，五彩繽紛的秋景已經消失了，現在被一片白色籠罩，連常綠的柏樹也被白雪覆蓋，一片白茫茫，日復一日，生活似乎變得單調了。

因為沒有多少外面的活動可以進行，匡復和其他同學花更多時間在餐廳聊天打屁，學長姐警告他們，寒假時最好安排一些行程，離開綺色佳，因為到時整個大學城像是一座死城，晚上也沒有幾間房子點燈，白天時是一片白雪皚皚，晚上是一片烏漆抹黑，你感覺的就是死寂，然後熟識的人又都不在附近，有一些學生受不了這種氣氛而跳崖自殺了；這裡的峽谷深不見底，跳崖自殺沒有能存活的。有一個學長說他去年冬天就留在這裡，真的很難過，今年一定要離開這裡。於是匡復和李暉也認真考慮安排行程，打算期末考結束後離開綺色佳。他們也邀柏士，但是柏士說錢不夠，只能待在這裡。李暉家境本就富裕，又有獎學金，而匡復現在也有全額獎學金，所以沒有金錢上的困難，他們討論來討論去，決定寒假時回臺灣。

匡復似乎也沒有藉口不回臺灣，因為聊天時，匡復談過椰瑜到機場送他出國，當然就被認定他的女朋友是椰瑜，他們說：「匡復，你不能如此無情，既然可以回去，怎麼不回去和她相聚？」在這裡的留學生大多是男生，女生很少，能交到女朋友是很不簡單的事，大家珍惜都來不及，怎會不把女朋友放在心上？不把握機會回去看女朋友，未免太不可思議。

匡復確實有些想要回臺灣，但主要的原因不是為了椰瑜，而是覺得像是衣錦還鄉，現在的生活如此愜意，希望家人也能分享。而出國前匆匆忙忙，無暇多瞭解椰瑜，現在遠在美國，距離的美感也讓匡復對她有些好奇。

李暉希望匡復幫他一件事，李暉說：「匡復，老實地對你招認一件事，我喜歡玲竹，希望你幫忙約她一起回臺灣。如果我直接約，怕她會起戒心。你已經有了女朋友，她應該不會懷疑你另有企圖。」玲竹也是今年來康乃爾大學的新生，念農學院的某個科系。

匡復說：「這很難說，萬一弄巧成拙，我被看成是用情不專，到處亂追女生，恐怕會聲名狼藉，沒事惹得一身腥。」

「拜託，拜託，相信你有辦法的。」

「你也是當過臺大健言社社長的大人物，怎麼會自己都沒有辦法？」

「你也知道，當你喜歡一個女生時，方寸難免大亂，理性思考就不管用了，拜託，拜託。」李暉講得頗有道理。

匡復想了想，說：「這樣吧！我們就說是要回臺灣辦個活動，然後互相分工，你邀一些人，我邀一些人，玲竹讓我來邀，反正我們大學時都辦過活動，這應該就不成問題了。」

「好啊！這個主意不錯。」

於是他們分頭連絡，還真邀到了好幾位回去，包括玲竹、學姊忻耘和學長文誠等。行程已定，就寫信回去，告訴家人寒假要回臺灣，匡復也分別告訴了椰瑜、宇航、和如莅，以及幾位還有連絡的朋友。

匡復告訴了指導教授寒假要回臺灣，他說很好，寒假時沒有學生會留在這裡。尚恩、Fuji 和 Yoshi 也是要到別的地方過寒假，尚恩將回佛羅里達老家，Fuji 和 Yoshi 要去紐約市，只有拜叡因為已經結婚，太太小孩都在這裡，所以留在綺色佳，看來寒假離開這裡是正確的安排。

期末考結束，匡復修的課不是拿了 A 就是 A+，在物理系修的量子力學，匡復也拿了 A+，全班只有三個 A+，其中一個是美國人，另一個是這個年度中國大陸留學考試物理類第一名的天才學生。物理系的方原非常高興，告訴了其他同學，就如前面提的，這裡的華人圈子很小，不管好事壞事，很快就傳開了。華人重視成績，所以拿了好成績，讓臺灣的留學生引以為榮，覺得臺灣、美國、和中國大陸最厲害。美國人和日本人也是對成績頗重視，和匡復同一辦公室的尚恩、拜叡、Fuji 和 Yoshi 也都對他讚譽有加，連隔壁辦公室的其他美國研究生，看到匡復也會豎起大姆指，他們覺得康乃爾大學電機系學生能夠在物理系的課程拿到 A+ 是很不簡單的事。一切都很順遂，於是匡復帶著愉快的心情回臺灣去了。

離開臺灣不到半年，但情境已經非常不同，美國的生活不再是想像，而是真實的經歷。

有人說，到美國會有文化衝擊，但匡復在美國沒有文化衝擊，沒有適應不良，反而是美好的經驗，甚至是遠超過當初所求所想。匡復想，最關鍵的原因是拿了全額獎學金，這個獎學金意義非凡，幫匡復付了常春藤盟校昂貴的學費和宿舍住宿費，以及學校餐廳精美的三餐，還有剩餘。此外，拿到康乃爾大學全額獎學金，不僅臺灣同學羨慕，連從小就被父母送去美國當小留學生的同學，甚至於美國同學都羨慕，而且還有些許崇拜，全額獎學金代表的意義似乎比他以前的理解還多得多。匡復像是麻雀變鳳凰，或是乞丐變王子，人生不再是日復一日看不見出路的輪迴，而是令人興奮的期待。

這次回臺灣只帶了簡單的行李，因為回來臺灣只有兩週。二姊、二姊夫以及他們的小孩都到機場接機。一路上，匡復聊美國的生活，他們也聊臺灣的一切。家人之間的生命似乎有著某種連結，匡復在美國的生活愜意，家人們在臺灣的日子也變得相當不錯，從他們談話中時時透露的興奮可以知道，過去籠罩在家庭中的陰霾已經一掃而空。

到了臺北，爸爸媽媽都在二姐家等，他們看到匡復，非常高興，本來以為出國幾年以後才能再碰面，沒想到才幾個月就又相聚了。而他在學校餐廳精美飲食的調養之下，身體看來也更壯碩。全家的歡樂不在話下，而二姐最小的小孩剛上幼稚園，也人小鬼大，跟著大人瞎起鬨，除了童言稚語，卻也有不少條理分明、言之成章的談話，令人刮目相看。三哥在匡復出國前不久帶著他一家大小遷來臺北，現在也差不多落地生根，三哥學著買賣股票，就在匡復出國期間的短短幾個月，臺灣股市的加權指數首次衝上一千點，讓他的經濟狀況也改善了，好像不只匡復鹹魚翻身，整個臺灣都翻身了。

許多人除了瘋股票，也瘋大家樂。二姊夫說了許多大家樂相關的事情，他說是和朋友到許多地方求明牌，有到墳墓去的，看墓地邊的沙堆浮出的數字，有到海邊去看海浪形狀，有到山上看雲霧變成的數字，有求土地公的，但沒有應驗而把土地公神像的頭砍掉；姊夫說他們很厲害，都可以看到數字明牌，他也跟著看了整個晚上，卻是什麼數字也看不出來；到處都在追逐各式各樣的明牌，瘋狂到政府只好明令禁止，匡復回去時剛好是最後一次合法的大家樂，姊夫要他也報個明牌，匡復想，這是最後一次大家樂，不可能從此沉迷，所以就隨便報個數字，姊夫用電話把號碼給了組頭。一個小時之後，開獎了，組頭回報說匡復給的數字中了，真是鴻運當頭，無事不順。不過大家樂的中獎金額只有臺幣幾千元。

匡復也安排時間和出國前的室友宇航碰面，宇航也打算碩士畢業後出國；也去找如莜，她已大學畢業，之後曾和一位知名藝人來往，她深深被他的才氣吸引。聽她這麼說，匡復瞭解了她喜歡對象的類型。她也說是將要參加凌峰預計拍製的「八千里路雲和月」節目，再不久就要到大陸去；匡復想她若往演藝圈發展應該不錯，她面貌姣好，身材也很棒，條件算是相當好。匡復也安排和其他親友聚餐，以及要幫李暉辦康乃爾大學同學的聯誼活動，發現兩個星期的時間相當短，但還是和椰瑜碰面了幾次。

椰瑜的老家在新店山區，近幾年被劃分為翡翠水庫集水區，因為她的戶籍在那裡，所以可以進入翡翠水庫裡面。每天有兩班次的舢舨船進出翡翠水庫集水區，她帶匡復到裡面。因為翡翠水庫已接近完工，水位累積了相當高，整個水面非常遼闊，倒映著青山綠樹，景色很美。水面非常的平靜，像是一面極大的鏡子，完美地嵌在群山之間，整個翡翠山區的山脈完整地倒映在水裡，形成美妙的對稱。山是又濃又深的綠，水是稍為淺一些的墨綠，而天空是淺藍色，因為在山脈之間，像是開闢在天上的大道，悠美而寬敞，偶而鋪上幾片柔和的白雲，這些又全部都倒映在水裡，真的是美極了。匡復陶醉在這群山映水的景緻中，希望一直待在這裡，人間仙境仍不足以形容這裡的美麗，他發現，景色本身也可以叫人的心靈完全沉醉。他讚嘆道：

一重山，兩重山，
重重疊疊映水間，
煙水倏神仙。

雲柔白，天湛藍，
翡翠流連不願返，
扁舟一葉閒。

改寫李煜詞〈長相思〉——〈翡翠山水〉

這裡的景色真的不輸給綺色佳，而風味更是不同，因為臺灣山區多雲霧，所以群山之間還有山嵐氤氳。翡翠水庫的美和綺色佳的美相比，就像是東方水墨畫和西方油畫，都是風景，但韻味不同，都令人著迷。

翡翠水庫

二十多年前的翡翠水庫接近完工，水位累積了相當高，整個水面非常遼闊，倒映著青山綠樹。

椰瑜看出匡復的陶醉，建議他晚上可以住在這邊，她在這裡的家還有盥洗用具等。匡復有些動心，因為景色真的是很美，但擔心會將喜愛這片山水的情懷轉移到她身上，孤男寡女，可能禁不住情欲的誘惑，所以還是決定在傍晚的時候搭船出去。

因為翡翠水庫太美了，所以又邀了李暉、玲竹、學姊忻耘和學長文誠等再遊一次翡翠水庫，當做是幫李暉辦的活動，因為有椰瑜一起，所以不用擔心被誤解為要追其他女生。翡翠水庫之遊以後，實在沒有時間再辦第二次的聚會，李暉和玲竹之間會不會有後續的發展，就看李暉自己的造化了。

椰瑜過去參加過登山社，爬過不少大小山嶽，走在翡翠水庫邊的山路，身手矯捷，而安排山區活動，也同樣駕輕就熟。後來的另外一天，匡復和椰瑜又去擎天崗，並逛了陽明山區一大圈，椰瑜把步道路線與公車時間配合等都安排得非常妥當，連早午餐都準備了。說實在的，椰瑜頗能幹的，對匡復又百依百順。有一次實在排不出時間，匡復只有星期四可以和她出去，她還特別請假。椰瑜真的是非常的棒，但是匡復就是不知道為什麼，覺得心靈上和她不契合，甚至於和美國人歐康如相比，椰瑜都讓匡復覺得心靈的距離較遠。匡復心裡很矛盾，椰瑜對他這麼好，但他對椰瑜就是燃不起熱情。此時此刻，覺得語言也不見得很重要，好像心靈的某些東西是超越語言的。

一天，約好傍晚六點和椰瑜出去吃晚餐，匡復四點多回到家，剛好二姐的小孩放學了，匡復和他在家裡玩。他人小鬼大的話，讓匡復感到非常有趣，他們兩人在地上打滾，互相鬥著玩，甚至忘了時間。

偶然間瞥見時鐘，快六點了，匡復想起和椰瑜的約會，只好停止了和二姐小孩的嬉戲。這一瞬間，匡復心裡覺得很後悔和椰瑜約會，不然就可以和二姐的小孩繼續玩，覺得和小孩的默契都比椰瑜好，與小孩相處也比和她在一起有趣！匡復體會到，人的感覺真是太不可捉摸，沒有什麼道理可言，也不知如何分析。

匡復心裡知道該怎麼辦了，只是覺得對椰瑜感到很抱歉。「她對我付出那麼多，但我無法回饋給她什麼。」這讓匡復想起了曉軒當年給他的信中寫道：「付出不見得有回報。」此刻他深有同感，他對椰瑜除了感到虧欠以外，卻也無能為力；回美國時，匡復不敢再讓她到機場送行，因為不想讓她繼續這種無謂的付出。

兩個星期匆匆過去，腦海中曾想到要再去找曉軒，但沒有足夠的時間去思考該如何和她面對面，他不希望重演大三暑假的不歡而散，遲遲不敢冒然找她，要面對曉軒，他的自信和瀟灑又消失了。匡復似乎還是無法將曉軒放下，但在目前這麼順遂的情況下，曉軒在他心中的分量還是依舊嗎？雖然匡復偶而還會想起她。

第十二章 舊識新歡。

在回去美國的飛機上，匡復想著如何突破和一晴來往的瓶頸。從臺灣看綺色佳和紐約市，覺得既然都在紐約，距離應該很近，可是在那裡待了幾個月以後，發現其實從綺色佳到一晴現在住的地方紐約市還是滿遠的，實際上比臺北到高雄還遠。自從上回到美國時請一晴接機至今，還沒有機會再碰面。匡復得再花些腦筋，想想看有何其他妙方？

第二學期開始了，課程還是忙碌，匡復也開始參與一些研究，理論計算對匡復而言還算簡單。指導教授給他一個題目，要利用鎖模雷射來達成非常快速的光束掃瞄，匡復想起以前課程中讀過的天線理論，運用其原理，約兩週就把結果算出來了，和指導教授的物理直覺所認為之現象相當吻合，然後指導教授就運用這些結果發表論文。匡復有點驚嚇，怎麼這樣就可以寫成期刊論文發表？尚恩、拜叡和 Fuji 則對他頗為敬佩，覺得他修課成績會那麼好，果然是有幾把刷子。不過，實驗部分還不行，指導教授也覺得匡復應該花時間學實驗技巧，包括車床、半導體實驗和量測，還有整頓清理實驗室的各種雜物雜事。

在修課和研究的時間之外，匡復和李暉、忻耘、小天使等還是常在活動中心的餐廳吃晚餐，打屁聊天。匡復沒有告訴他們太多過去的往事，覺得在這樣的氣氛中，要把壓在心底的過去掏出來，似乎會自討沒趣，而其實他也不願意在別人面前顯露出悲傷的情緒。現在的他已經看來更正常了，悲傷難過的內在更少出現，給人的感覺就是積極且瀟灑，有不少人認為他的出身背景一定很好，才會對人生如此樂觀，而個性是那麼活潑風趣。現在的匡復也覺得這樣的正面特質是他個性的一部分，只是他還沒完全忘懷大一時，自己的那種敦厚老實狀，如果有人喜歡他的那種人格特質，他其實願意再呈現那個部分。但他發現在康乃爾大學這裡，好像風趣個性的特質較受歡迎。

對於一晴，現在大多是打打電話。其實遙遠的距離，使得匡復沒有太多招式可以運用，只有打電話罷了。從上學期起，匡復每個星期都打電話給她，後來逐漸調整為每週的星期三和星期六晚上打電話給她，大部分都可以找得到一晴，匡復現在和她談話的情形比大一去宿舍找她時好了許多，但還是需要事先訂下談話大綱，想好談話內容，否則就會在電話中留下許多空白。不過很特別的，當在電話中默默無語時，一晴也沒掛掉電話，匡復叫她的名字時，她倒隨時會回應。

她仍然話不多，現在偶而也會起一些話頭，但不會設法讓話題沒有間斷，匡復接下她的話題時，還得花腦筋讓話題維持久一些，讓她覺得她的話題還滿有趣的。偶而會有一兩次，碰巧一些話題真的是她能談的，可以在電話中談上一個小時，然而當匡復下次再繼續這個話題時，似乎她已沒有太多興趣在這個話題上面。

聽別人說，當對方已經習慣於和你在某固定時間講電話以後，偶而一兩次故意不打電話給她，讓她記掛著和你打電話的情形，可以誘導出她對你的思念。匡復也試了這個做法，不過，經常是當匡復隔了一次沒有打電話給一晴，再來就有可能幾次都找不到她，似乎聽來的這個招式對一晴沒有作用。匡復也嘗試用同理心的技巧，但有時有效，有時無效，因為她的反應多是簡單扼要，不像其他女生那樣似乎是有個話匣子，一旦打開了，就滔滔不絕地說。

幾個月下來，匡復還是沒有摸索出一晴的喜好、興趣。他真是莫名其妙地看不開，這麼久了，還不願意放棄，難道非得突破不可？是否因為他的固執不瀟灑，才讓事情變得困難重重？量子力學雖然拿了滿分，但期中考的答案卷上，老師給了匡復一句評語：「You do it in a hard way.」（你用艱難的方式解這個問題。）老師的評語，讓匡復印象深刻，好像適當地反映了他的習性，提醒他不必把事情看得那麼難。然而，簡單的方式是什麼？匡復並不知道，這裡不是指量子力學的問題，而是感性方面。

從臺灣回到美國兩個多月以後，春假到了，綺色佳的緯度滿高的，這時的春天氣息還不太明顯，只有一些樹冒出綠芽。柏士要利用春假的時間，去普林斯頓大學電機系找教授晤談，他沒有獎學金，所以還要申請其他學校的研究所；找教授晤談，對獲得獎學金會有幫助。他找匡復一塊去普林斯頓大學，普林斯頓大學雖然不在紐約州，但其實離紐約市更近，如果當初知道這個情形，匡復可能就會選擇去普林斯頓大學，而不是來康乃爾大學，因為可以就近去找一晴。

匡復和柏士一起去普林斯頓大學，但匡復醉翁之意不在酒，他是希望去找一晴。若只是單純去找她，匡復怕她會拒絕，所以告訴一晴，春假要去普林斯頓大學，順便去找她。

他們從綺色佳搭灰狗巴士到紐約市，然後換火車到普林斯頓大學。一路上和柏士聊天，柏士談了許多往事，許多辛酸。柏士也說到在追一個女生，追了許多年，臨出國前終於講好是男女朋友的關係，但他並不確定對方是否當真，卻也無可奈何。世間癡男生其實不只匡復一個，而感情路上不順遂的也不只他一個，匡復也告訴柏士一些往事，以及大一追一晴時碰了不少軟釘子的事，還有這次要再去找她等等。匡復還並沒有告訴柏士關於曉軒的事，對於為何曉軒不再理他，為何不再顧念他們曾經心靈相通的過去，匡復還沒有整理出頭緒來，他不知道如何談這段往事，也害怕自己將這些部分挖出來以後，情緒會完全失控。然而就算不談曉軒，也夠柏士感同身受了，覺得他們同是天涯淪落人。雖說男兒有淚不輕彈，但難得海外遇知己，在灰狗巴士上，他們還是掉了眼淚，為對方，也為自己的遭遇。

匡復有同學在念普林斯頓大學電機系，所以在柏士和教授晤談之後，匡復也向他介紹給同學認識，希望從同學那裡多瞭解普林斯頓大學電機系，看能否對柏士的申請有所幫助。普林斯頓大學這裡較南邊，所以此時已經可以感受到濃厚的春天氣氛，樹木長了不少新的枝葉，充滿著嫩綠的顏色，一看就知道是春天。這裡的校園也相當漂亮，但和康乃爾大學相比，還是遜色一些，也不如翡翠水庫。

在普林斯頓大學電機系待了一天後，匡復就先離開了，去紐約市找另一個同學，這位同學在紐約州立大學石溪分校念計算機科學。紐約州立大學石溪分校在長島，從那裡搭火車到法拉盛較近，可以去找一晴後，當天來回。這位同學的感情之路也是不太順遂，所以對於匡復不辭遙遠的路程來找一晴，深感同情，因此義不容辭地挺身相助，幫他找好從石溪到法拉盛的火車班次，並告訴匡復：「萬一和她聊得太晚而誤了最後班次的火車，打電話給我，我再開車去載你。」接著又開玩笑地說：「最理想的是，她留你在那裡過夜。如果真是如此，也麻煩打電話給我，讓我知道不用去載你。」

匡復覺得去年因為初次到美國，人生地不熟，住在一晴那裡還說得過去，現在已經沒有這樣的藉口了，他覺得還是需要表現得高尚一些。

匡復買了一個盆栽送一晴，當做是見面禮，曾想過送玫瑰花，但怕她不願意接受，因為玫瑰花代表的意義太明顯了。

一晴似乎不是很喜歡這個盆栽，匡復留意到她的表情沒有表現出興奮狀，但匡復事先花了許多心思擬想了各種情況和應對的方式。如果她喜歡這個盆栽，匡復有另外應對的說法；現在看她沒有特別喜歡，匡復說：「不曉得該送什麼好，所以就買了盆栽，主要是想表達對於妳去年夏天幫忙接機的感謝之意。若不合妳心意，就請妳原諒了。最重要的是要謝謝妳！」

聽匡復這麼說，一晴也就客氣地說：「其實盆栽也滿好的，」然後接著說：「只是經常有人送，我這裡已經有太多盆栽了，很難找到地方擺。」

原來有許多人送她盆栽，看來競爭者眾，難怪她不怎麼看重和匡復的交情。匡復說道：「看在我們是宜蘭同鄉的份上，就施捨個位置擺我送的盆栽，把其他較不怎麼樣的丟在一邊。」

一晴有點意外匡復會這麼說，姹然一笑，然後還真的到後院去挪了個位置。匡復跟著去看，果然有許多盆栽。

然後一晴帶著匡復到附近逛，她不像椰瑜那樣會安排到風景優美的地方，但也可能匡復在她心裡的分量不夠，她不覺得需要為匡復安排什麼。他們邊逛邊聊，其實大多是匡復在說，一晴在聽，和大一時的情形頗像，只是匡復現在能談的內容和話題多了許多。匡復一直在留意一晴的神情，希望能探索出來，到底那些話題是她較有反應的，然後默記在心。

中午在法拉盛的一家中國餐館吃飯，匡復堅持要請一晴，匡復說：「我有獎學金，而且要謝謝妳幫我接機和轉寄書籍。」

在匡復的堅持下，一晴也就接受了。在午餐中，匡復談了在康乃爾大學參加餐飲計畫，以及碰到的許多趣事，包括對小天使的惡作劇，一晴聽了以後，說道：「你還滿調皮的。」

匡復說：「還好吧！我對妳就不敢調皮。」接著說：「其實那個惡作劇是從大一化學實驗課的葡萄汁加到過錳酸根離子溶液得來的靈感。」

多年前在大一時，匡復有告訴過一晴化學實驗課的這件事，一晴似乎還有印象，說道：「你還記得那麼清楚，大學似乎是很遙遠的事了。」

「對啊！大學至今確實是相當久了。可不可以談談妳這幾年當中的情形？」匡復試探性地問，希望一晴能多談一些她的部分。

一晴還在想的時候，服務生過來收拾餐盤，其實匡復只吃了一半，因為他話講太多了，所以吃得很慢，服務生以為匡復也吃飽了，問都沒問就收走了，於是話題就被岔開了。一晴對著服務生說：「他還沒吃飽……」但聲音太輕了，服務生沒聽到，匡復也補充說：「我還要吃……」可是服務生已經走遠了，更沒聽到。

他們相視而笑，然後匡復說：「那就算了，反正我在康乃爾大學吃得太肥了，少吃一點，減減肥也不錯。」

結了帳，他們再到法拉盛的一個公園逛，這是三月的春天氣候，雖然是下午而且陽光普照，但並不熱，所以逛起來滿舒服的。匡復繼續東拉西扯，也隨時留意可以運用同理心的機會，希望能引導出一些一晴想談的事，或是她心裡的想法。終於氣氛逐漸好轉，一晴的神情漸漸放鬆，然後嘆一口氣，說道：「這幾年來，我覺得都沒有人瞭解我。」

「妳覺得都沒有人瞭解妳！」匡復抓到了運用同理心的機會。

「對啊！很難找到知己的朋友。」

「妳覺得妳的那些部分沒有人瞭解。」匡復再次用同理心。

「很多，一言難盡。」

「可以告訴我一些嗎？」

「我覺得你也沒有辦法瞭解。」

「妳覺得我也沒有辦法瞭解妳？」匡復繼續試著同理心的技巧。

「嗯！我覺得這個世界上，知己難尋。」

「妳覺得這個世界上很難找到知己？」匡復繼續用同理心的方式和她對話。

「對啊！很難找到知己的朋友。」一晴說完，再次嘆了一口氣，沒有發現自己重複了前面講過的話。

Flushing earth

法拉盛的一個公園，有著大的地球模型。

同理心似乎有一點效果，讓他們在同一個話題上有了心靈上的對話，但好像談話的內容終究是在類似的詞句中打轉，看來同理心不是萬靈丹，匡復想，應該換個方式，不能讓話題在原地打轉。

「要不要試試看？我願意設法當妳的知己。」說完，匡復用誠摯的眼神看一晴。

一晴這時也看了看匡復，好像有一點感動，但又立刻低下頭，看著自己的腳，邊看邊撥弄著腳前的小草堆，連續用腳撥弄了幾下，接著又輕聲而感慨地說：「很難，連我自己都不瞭解我自己，更不知道如何讓你瞭解我。」

「我願意努力，讓我試試看。」

一晴搖一搖頭說：「還是算了，瞭解越深，傷害反而更大。」

這是他們認識這麼多年以來，一晴第一次談內心感受，匡復希望她再多表達內心的感覺，接著問道：「可不可以講一些讓妳覺得互相瞭解以後，傷害更大的經驗？」

「不要好了，再回顧那些經驗，只是再難過一次。」一晴再次搖搖頭。

匡復覺得此刻的一晴，心門已經打開，只是不願意再談往事。匡復的目的也不是真的要知道她的往事，只是希望拉近他們彼此之間的距離，心靈上的距離。

「嗯！妳說的也沒錯，回憶往事，又會再難過一次。」匡復附和著她的看法。

匡復覺得他們之間，現在似乎建立了某種默契，所以不再多說話了，沉默有時也是表達瞭解的方式，不見得要在言詞上明說。一晴現在走路的姿勢和早上已經很不一樣，現在她每跨出一步，都輕輕地搖晃她穿著鞋子的腳鴨子，一種在信任或放鬆的心情下才會做的動作。他們安靜地走了一段路，雖然沒有說話，但匡復還是要讓一晴感受到，他可以成為瞭解她的人，當她需要安慰時，他就安慰她；她想要安靜時，他就絕不聒噪。

他們走著走著，頗有默契地離開公園，逛到街上。經過一家冰淇淋店，匡復認出這家冰淇淋的品牌，知道味道不錯，說道：「我們進去吃冰淇淋。」

「你喜歡吃冰淇淋嗎？」一晴問道。

「還好，和妳在一起，做什麼都有趣。」匡復開始調皮起來，覺得和一晴的距離已經拉近，可以不要太嚴肅，輕鬆一些，氣氛會更好。

「一定要吃嗎？」一晴又像以前那樣問著，聽起來像是在質疑，但匡復現在突然覺得，其實她問這句話並不是他以前認知的負面質疑，這只不過是她習慣性的問句。

「嗯！一定要吃，因為我喜歡和妳一起吃冰淇淋。」匡復說的好像是他們常一起吃冰淇淋。

「好吧！」果然如匡復所料，一晴並不反對。

於是他們進去，找了吧檯的座位，「妳喜歡那些口味？」

「你呢？」一晴也問匡復。

「我喜歡香草，我覺得香草口味最浪漫，也最為高雅，尤其是和氣質出眾的女生一起吃冰淇淋，一定要吃香草口味。妳呢？」

聽匡復講完，一晴又姹然一笑，說道：「那我也吃香草口味。」

匡復對著吧檯服務生說：「兩份冰淇淋，香草口味，各兩球。」

服務生動作很快，立刻遞給他們，匡復付了錢，一晴沒有搶要付，好像他們是常常一起出去的朋友，而且已經很習慣匡復付錢的樣子，匡復覺得很高興，舔著冰淇淋，吃得津津有味。

匡復故意很誇張地舔，而且嘖嘖出聲，故意要逗一晴，她果然一直看著匡復吃冰淇淋，還不時和匡復雙眼對看，眼神中透露著信任、熟稔、沒有芥蒂，顯示著彼此間沒有什麼距離，心情輕鬆。

「真的有這麼好吃嗎？」一晴愉快地問匡復，開心地笑了，笑得非常燦爛、迷人，叫人陶醉，臉上伴隨著匡復以前從來沒有看過的神情，匡復心神盪漾，覺得像是兩小無猜的情侶。從高三認識一晴到現在，已經好幾年了，沒有像此刻這樣，覺得和她如此貼近，心靈如此契合，如此叫匡復著迷。

「似乎我大一追她時就知道，她會是如此迷人。」匡復好像頓悟一般地想到這個觀點。

此時好像內心的某種夢境已經成真，某種在深層渴望的夢境。此刻匡復忽然覺得，其實曉軒並非他真正的渴慕，一晴才是。過去只因為沒有和一晴感受過心靈上的契合，所以誤以為和曉軒的深刻密契才是他的命定。

匡復的初戀到底是一晴，或是曉軒？他迷惑了，因為看到了一晴令人陶醉著迷的模樣，況且她是匡復第一個花心力追求的異性。

「你為什麼會覺得好像內心的某種夢境已經成真？」我問道：「說實在的，在你心中到底是曉軒或一晴較有分量？」

「說來話長，但簡而言之，這是男女分班分校和聯考制度的緣故。」

「怎麼說？」

「男女分班分校，使得許多人在青春期的年紀，有幾乎六年的時間和異性隔離，而聯考讓本該更多瞭解男女差異的青春期學生，將心思專注在書本上的知識，造成對異性的認識與實際的情形有很大的差距，於是在後來面對異性時產生不切實際的情愫。」匡復說道。

現在聽匡復說話，覺得他似乎抽離了感性的層面。接著，匡復繼續說：「高三寒假的活動中，我看到了一晴和曉軒，那是我國小畢業之後，也是過了青春期以後，第一次真正留意到異性的特質。

「我先看到一晴，因為宜蘭地區要去參加那個活動的同學在宜蘭火車站會合。當我走向火車站，遠遠地看到一個穿著制服的女生，我知道她應該就是一晴，因為每個學校只有一位代表，在那個時間那個地點會穿那個女中制服的女生，不會是其他人，第一眼的印象就把我吸引住了。之後我再去找她，似乎就是想要捕捉第一眼感受到的美感。為什麼這第一眼的美感讓我印象如此深刻？說實在的，到現在還是不明白。原因大概就是整個青春期過程，沒有留意過異性所散發出來的美感，所以第一次的印象特別深刻。

「然後兩天後，在活動中，又看到另一個女生，就是曉軒，她演講的丰采散發出另一種不同形式的美感，和一晴的不同，但仍然令我著迷。同樣地，為什麼第一眼看到曉軒所感受到的美感讓我如此印象深刻？也是不知道。

「之後我的生命就被這第一眼的深刻美感驅使。我無法分辨一晴或曉軒第一次給我的美感誰較深刻，因為是不同的特質，就像……」

匡復最後說道：「簡單地說，如果我從國中一年級到高三，常常看到異性的特質，大概就不會對一晴和曉軒有那麼深刻的印象。或許那些美感在其他女性身上也相當普遍，但因為我第一次在她們兩個身上看到，所以特別驚豔。之後再看到的，給我的感受就不再那麼強烈了。」

「但真正在一起相處，不是只靠第一印象，不是嗎？」

「你說得沒錯，所以我後來一直在摸索，到底還有那些是彼此相處的要素。另一方面，在探索的過程中，我也發現自己很固執，難以忘懷第一印象的感受。然後發現，我好像花了很大的功夫，目的是要讓第一印象的美感重現。」

我反覆咀嚼著這樣的話。「我好像花了很大的功夫，目的是要讓第一印象的美感重現。」似乎不少人就是為了這個目的而活著。

第二十三章 美國人室友。

因為匡復對中文詞彙和典故比英文熟悉許多，因此覺得還是和老中聊天打屁比較暢快，所以花了較多時間和老中打混，指導教授知道了，建議匡復多和老美在一起，最好是找美國研究生一起住。匡復告訴尚恩，然後尚恩建議道：「剛好湯瑪士和傑西有一個室友在學期結束以後要搬走，你應該問問湯瑪士有沒有另外的人搬進去，如果沒有，你就可以搬到他們那裡。」

之後匡復碰到湯瑪士時問他這個情形，湯瑪士說還沒有人搬進去，很歡迎匡復，但要先問問室友傑西的意見，幾天後，他告訴匡復沒有問題。學期結束，宿舍住約期滿時，匡復就搬去他們那裡。

湯瑪士和傑西住在山腳下的綺色佳鎮，尚恩和湯瑪士都開車過來幫匡復搬東西，從學校宿舍搬到山下。剛來美國的時候是兩大皮箱，現在東西更多了。傑西的全名是傑西．艾利森，他是混血兒，媽媽是英國人，爸爸是印度人，他看起來較像印度人，皮膚算是棕黑色的，長得不高，臉型相當可愛，個性也很可愛，匡復到達時，傑西已在門口等。

傑西一看到匡復，立刻說：「歡迎你，匡，我已經聽過你了，你的量子力學拿了A+。」說完，伸開雙臂，給匡復一個美國式的擁抱，這麼熱情的接納，感覺真的是非常棒。傑西也確實是熱情、開朗、可愛、且沒有心機，他也是電機系研究生，但他的實驗室在克拉克大樓，所以匡復過去甚少碰到他。他和湯瑪士從大學時就是同學，都是念康乃爾大學電機系，也湊巧和匡復同年紀，所以他們相處得非常融洽。

匡復覺得搬到這裡真是太棒了。這是雙拼的房子，他們這一邊有二樓半，三間臥室全在二樓，二樓的上面是個小閣樓，被當做儲藏間；一樓則是廚房、餐廳和客廳，全都非常寬敞，匡復從小到大還沒有住過這麼好的房子，覺得頗興奮。房子外面有幾棵高大的楓樹，其實這條街的行道樹就是大楓樹，林蔭處處，非常的美。而且這裡的租金比學校宿舍還便宜。康乃爾大學是私立大學，所有的東西都很貴，宿舍比外面貴，餐飲也比外面貴，連學校商店的文具也比外面貴，因為學校認為它提供了比外面便利的環境，當然收費要較高，反正會來這裡念書的學生，在付了昂貴的學費以後，也不需計較這些瑣碎花費了，所以沒有什麼抗議。而匡復因為拿了獎學金，也不覺得有什麼痛癢，不過還是滿高興現在的房租變便宜了。

安頓就緒，他們告訴匡復過去是如何安排生活作息、如何分攤所需的花費和工作等等，匡復說可以配合他們過去的習慣，於是三個人就在週末時一起去買食物，大家都吃同樣的食物，這樣較好料理三餐；每天早上一起用早餐，一起去上學，中午也帶同樣的午餐，一起放學，然後一起煮晚餐，吃同樣的晚餐，一起洗碗，晚上可以各自決定是否要再去實驗室做實驗；還有，星期五傍晚要提前回家，三個一起去外面吃飯、喝酒或是打球。匡復在臺大時，和當時的室友同學都沒有這麼緊密一致的生活步調，這樣的生活模式讓他覺得真是有趣，而且符合指導教授要他學習英文的目的。

當天晚上，匡復就立刻和他們學做晚餐，他們煮義大利麵。湯瑪士煮麵，傑西煮義大利麵醬。

「匡，注意看，我現在教你如何判斷麵煮熟了沒有？」湯瑪士說完，撈起兩條麵，往冰箱的門上一甩，兩條麵線往冰箱門飛奔過去，撞到以後，稍往後彈，然後掉落在地上。

「匡，這表示麵還沒煮熟。」湯瑪士走過去揀起麵線，丟到垃圾桶。

「湯瑪士，我醬快煮好了，你麵要快一點了。」傑西吆喝道。

過了一會兒，湯瑪士又說道：「匡，注意看。」說完，又撈起兩條麵，往冰箱的門上一甩，這回兩條麵線黏住冰箱的門。

「這表示麵煮好了。」湯瑪士說道：「太好了，麵煮好了，傑西你的醬進行得如何？」

「快好了。」

「鹹度如何？」

「哦！我忘了試。」傑西說道：「對了，我順便教匡如何試味道。」說完，拿起湯匙舀起一些醬料，吹兩口，往嘴巴送，「哈！哈！哈！完美的味道。湯瑪士、匡，你們也來試試看味道滿不滿意？」

「不用了，你說好就一定好。」湯瑪士說道，這時他正把麵撈起，放到另一個鍋子，水龍頭的水嘩啦啦地沖著這個鍋子和裡面的麵。「匡，注意看，用水這樣沖麵有兩個好處，一個是讓麵維持彈性，另一個是待會兒麵不會燙嘴。」美國的自來水是可以生飲的，所以這樣子沖麵不會有問題。

之後拿起三個盤子，分別裝上麵和淋上義大利麵醬，裝好以後就吃了起來。

「匡，湯瑪士，覺得如何？」傑西問。

「最棒的一次。」湯瑪士說道。

匡復不知道湯瑪士說的是真心還是客氣，不過讚美的話總是不嫌多，所以也跟著說：「太棒了，比學校餐廳的義大利麵還棒。」匡復說的是事實，他在學校的餐廳點過一次義大利麵，之後就再也不點了。

吃完，洗完鍋子盤子，湯瑪士和傑西兩個再去學校做實驗，匡復留下來繼續整理行李和臥房。傑西說：「匡，好好看家，不准小偷進來。」說完，向匡復眨了兩下眼睛，又接著說道：「不過，如果是漂亮的小姐，請她待久一點，告訴她不用偷，等我回來，我會給她更棒的東西。」

「好的，沒有問題。」匡復回答道。聽傑西說話的口吻，匡復知道他是喜歡講玩笑話，現在的匡復也愛打屁，覺得會很合得來。大概年紀一樣，對事物的認知差不多，所以很容易分辨出對方講的是玩笑或當真。雖然他們出身於不同的國家文化，但感覺起來似乎比當年臺大電機系的同學更容易建立默契。

隔天，他們一起上學，現在住的房子在山下，學校在山上。從住處走到學校可以先沿著一條小河流，到了山邊後順著峽谷的溪水，溪邊有條登山步道，一直通到學校的正門口附近。

這個峽谷叫做凱絲慨笛啦峽谷（Cascadilla Creek），康乃爾大學的主要校園就在凱絲慨笛啦峽谷和秋之峽谷之間，凱絲慨笛啦峽谷在校園南邊，秋之峽谷在校園北邊。第一年是住在北校園的學校宿舍，所以經常經過秋之峽谷，現在則幾乎天天都沿著凱絲慨笛啦峽谷上下學，路程約二十分鐘。現在是初夏，景色很美，上學溯溪而上，感覺就像在爬宜蘭五峰旗瀑布邊的登山步道，有時會有小瀑布，雖說是小，其實比臺灣大部分遊憩區的瀑布都大。放學則是順著溪流而下，覺得每天都像是去登山郊遊，心裡非常快樂。因為匡復和湯瑪士的研究室在隔壁，都在菲力普大樓，所以大多是傑西先從克拉克大樓走過來找他們，然後再一起走路回家。他們就像三個小孩，在夏天時節，穿著短褲T恤，背上背包，一路打屁聊天，互相開玩笑。

其實傑西和尚恩以及拜叡也都很熟，也喜歡互相開玩笑，例如，他來菲力普大樓時，看到尚恩以及拜叡會說：「尚恩和拜叡，我剛剛看到T教授，他要我轉告你們，不要花太多時間在車床。」T教授是匡復和尚恩及拜叡的指導教授，就如之前說過的，他在克拉克大樓也有實驗室，有另一群研究生，就在傑西實驗室旁邊。傑西知道尚恩很喜歡車床，甚至於喜歡到有些瘋狂。

「傑西，剛剛P教授才來到我們這裡，要我們轉答給你，明天一定要帶鑰匙，他不想再幫你開實驗室的鎖了。」P教授是傑西的指導教授，他也是電機系和應用物理系的合聘教授，和尚恩以及拜叡都熟，也確實常在一起聊天。而傑西常忘東忘西，鑰匙也常忘了帶，所以尚恩以及拜叡取笑他。

老美喜歡互相開開無傷大雅的玩笑，現在和湯瑪士及傑西住在一起，更是常常碰到這種情形。來了幾天以後，晚餐時，他們問匡復：「英文進步得如何？」
「應該不錯吧！」匡復隨口答道。
「好，我現在考你。」湯瑪士說道：「當別人撞到你時，你要說什麼？」
「對不起。」匡復回答道。
「你這個笨蛋，你撞到別人時才要說對不起。」湯瑪士接著說：「當別人撞到你時，你要說什麼？」
「那他要說對不起。」匡復回答道。
「如果他沒說呢？」湯瑪士繼續問。
「那怎麼辦？」匡復問道。
「你真是笨蛋，你要罵他。」傑西回答道。
「罵什麼？」匡復繼續問。
「看來臺灣的英文課教得很爛。」傑西說道：「好，現在教你英文第一課，罵髒話。」
傑西繼續說道：「仔細聽清楚了，你可以罵他……」他講了好幾個髒話字眼，接著又說：「聽清楚了嗎？現在罵一次給我聽聽看。」
匡復覆述了一遍。
「這樣還不行，要把動作比出來，傑西，示範給他看。」湯瑪士繼續起鬨。
「好，匡，注意聽，也要注意看。」傑西邊說邊做動作，還裝出凶悍的表情，然後說道：「來，匡，跟著做一遍。」

匡復跟著做了一遍。

「很好。現在我們就來示範了，假設我把你的餐盤打翻了，你該對我說什麼？」傑西說道。

匡復實在說不出口，湯瑪士笑翻了，說：「記得了就好，你對我們可以好一點，但是對付混蛋，絕對不能客氣。」湯瑪士用「asshole」代表混蛋，直翻出來沒有對應的中文講法。

「好了，我們免費教你英文，你也要教我們中文。」傑西說道。

「好，沒問題。你們要學什麼？」

「當然是髒話，教我們一些臺灣常用的髒話。」傑西說道。

「嗯！中文第一課。」湯瑪士接著說。

「這個我不會講。」在臺灣，從小到大，匡復沒說過髒話，雖然在鄉下長大，但媽媽從小不准他講，所以已經習慣不講那些字眼。

「不行，那有不會講髒話的男人。一定要教我，至少一個，不然以後我和湯瑪士都不再和你講話了。」傑西講得頗認真，讓匡復搞不清楚傑西是否真的會不再和他講話。

「好吧！那就教你最常用的三字經……」匡復把華人的國罵說給他聽。

傑西覆述了一遍，不過他的語言天分不太好，音調不是很準，匡復說：「不太像。」

「那幫我糾正，我要發音準確，下次湯瑪士的媽媽來的時候，我要告訴她。」傑西繼續搞笑。湯瑪士的爸爸和媽媽也是早期臺灣來的留學生。

「嘿！傑西，你不能這樣。」湯瑪士抗議道。

「好，那你自己告訴她。」傑西說道。

「可以，明天邀愛琳達來吃晚餐，你先示範，可以用你的母語，英文。」湯瑪士不甘示弱，愛琳達是傑西的妹妹，也在這裡念大學部。

換成他們兩個一來一往，鬥起嘴來，匡復在旁邊笑彎了腰，知道他們也是不隨便講髒話的。

不久，他們帶匡復去看電影，匡復發現英文真的進步了，特別是那部電影裡有一大堆髒話，匡復聽懂了許多。如果指導教授知道匡復和老美一起住以後，他們教他的是髒話，而匡復現在學最多的也是髒話，不知道會怎麼想。

搬來這裡幾天以後，匡復買了車，因為獎學金還剩下不少錢，而且在這裡生活，沒有車子實在不方便。尚恩、湯瑪士和傑西都帶匡復去看過二手車店，在離市區較遠的地方，沒有他們載，根本無法到達那裡；最後是尚恩幫匡復把買來的車子開回家，他也帶匡復去辦理牌照登記，以及將臺灣駕照換成美國駕照。匡復很幸運，剛好有一個監理處接受臺灣駕照的英文翻譯，需要在學校先正式地為駕照的英文翻譯認證，然後就不需重新路考，直接換給他美國駕照。

然而匡復雖然有臺灣駕照，但不像許多臺灣人那樣有豐富的開車經驗，匡復在臺灣是「無產階級」，根本沒有車子，所以毫無道路駕駛經驗。匡復告訴湯瑪士和傑西這個情形，他們平常雖然愛開玩笑，但是對這件事卻頗認真，他們異口同聲說：「那等半夜時，我們帶你出去練習開車，那時較沒有車子，你再怎麼不會開，應該也不會撞到別人。」

於是半夜時，匡復開著車子，載著湯瑪士和傑西兩人到 TOPS 超級市場。一路上，他們指揮匡復踩油門、煞車，打方向燈，向左或向右轉；順利開到 TOPS 超級市場，那裡已經沒有幾輛車子，因為是半夜，匡復在偌大的停車場練習操控車子。一段時間後，覺得差不多了，就說：「可以了，我們開回家。」

「真的可以，好，那我們不再指揮你，你自己開了。」於是他們就聊起天來。

匡復越開越順手，正得意間，沒有注意到紅燈，就要闖過去，傑西注意到。「嘿，匡，紅燈！」

匡復抬頭一看，果真是紅燈，趕快踩煞車，車子正好停在交叉路口中央。湯瑪士看了，急切地說道：「你這個笨蛋，怎麼停在交叉路口正中央，現在沒有警察，趕快開走。」

匡復一聽，又立刻開走。

「嘿！開車要注意紅綠燈。」湯瑪士又說道。

「好的，我以後會注意。」再來小心地開回家。

隔天，他們把匡復的這段糗事告訴了尚恩、拜叡和 Fuji，匡復當然被糗了一番，不過尚恩說：「匡，下次換你告訴我們湯瑪士和傑西的糗事。」

「匡，你也可以告訴我們尚恩的糗事。」湯瑪士和傑西也不服輸，異口同聲地回應道。

又有一次，匡復車子已經開得很熟練了，於是開車載湯瑪士和傑西去買食物，這次少買了一種醬，回到家後，匡復又開車去買。他看包裝就是以前買過的，直接拿了就去結帳。買回來以後，開飯前，湯瑪士拿起匡復買的，一看，說：「匡，你買這什麼東西？」

「就是我們要的番茄醬啊！」

「你這笨蛋，這那是？你讀讀看上面寫的。」
匡復拿來仔細一看，果然並非蕃茄醬，只是包裝看來一樣。
「下次買東西時，記得讀標籤和品名。」湯瑪士的提醒確實對匡復很有幫助，以後匡復每次都會留意標籤和品名，而不是只看包裝圖案。
匡復這次也難免又被糗了一次。不過，也有輪到湯瑪士和傑西被糗或被捉弄的時候。湯瑪士的女朋友也是康乃爾大學電機系畢業，他們大學起就談戀愛了，現在在 IBM 工作。有一次來找湯瑪士，第二天一大早需要趕搭飛機，所以提早上床，傑西知道湯瑪士的女朋友是急性子，急起來口不擇言，亂罵一通，傑西故意把他們的鬧鐘調晚半小時，第二天他們醒來後，匆匆忙忙，當然就聽到湯瑪士被罵個狗血淋頭。
湯瑪士把女朋友送到機場，回到家，傑西故意對他說：「湯瑪士，你不該惹她這麼生氣。」
「我明明記得鬧鐘撥在五點整，怎麼知道它到五點半才響？」
「你該換個鬧鐘了，早就告訴你該換了。」
傑西其實不善說謊，湯瑪士聽他的口氣就知道是他搞的鬼，於是在早餐桌旁追逐了起來。傑西還是把湯瑪士被女朋友罵得臭頭的情形告訴了研究室的人，湯瑪士當然也被糗了一番。
再一次是他們吃過晚飯後，要到學校做實驗前，傑西到閣樓上找東西，他把鑰匙串放在往閣樓的樓梯扶手柱子上，匡復偷偷把他的鑰匙串收起來。這時，湯瑪士在門口喊著：「傑西，要去學校了，你動作快一點。」

「好，我馬上下去。」傑西衝到門口，往口袋一摸，鑰匙不見了。

「我忘了拿鑰匙。」說完，傑西又衝上去。

「湯瑪士，匡，我的鑰匙不見了，你們知道我的鑰匙在那裡嗎？」傑西找不到鑰匙。他當然找不到，因為在匡復那裡。

「我怎麼會知道？」湯瑪士說道。

「你剛剛上去閣樓，會不會放在閣樓？」說完，匡復把傑西的鑰匙串秀給湯瑪士看，兩人有默契地會心一笑。

傑西衝上去閣樓。

「傑西，閣樓的樓梯，門階，柱子都找一找。」湯瑪士喊道。

過了一會兒，傑西說：「都沒有看到鑰匙。」

「你上去閣樓前是在那裡？」匡復大聲地問道。

「我的房間？哦！鑰匙可能在我的房間。」

傑西衝進去房間，這時，匡復趁機把他的鑰匙串又放回往閣樓的樓梯扶手柱子上，然後趕快溜下來到一樓。

「找到了嗎？有在房間嗎？」匡復和湯瑪士有默契地一起問道。

「沒有，沒有在房間……」傑西從房間出來，開始罵髒話了。

「你剛剛到閣樓有找仔細了嗎？」

「有啊！好吧！我再去找找看。」傑西邊回答邊往閣樓的方向跑，接著自言自語：「咦！

鑰匙串就在樓梯扶手柱子上，剛剛怎麼都沒有看到？」

「你老是忘東忘西。怎麼連這麼明顯的位置都沒看到？」湯瑪士說道。

傑西一手拿著鑰匙，一手搔著頭，一副納悶的表情，搞不清楚今天晚上到底怎麼回事。

到了學校，匡復和湯瑪士把這件惡作劇告訴研究室的人，隔天，他們就糗了傑西一頓，問道：「傑西，你昨天晚上怎麼找到鑰匙的？」

傑西還不知道是被惡作劇，把過程說了一遍，拜叡說：「傑西，P教授叫你不要偷吃雷射裡面的鹽巴，你偏要吃，現在頭腦變壞了吧！」傑西的研究是用鹽結晶做為雷射的材料。拜叡說完，大家哈哈大笑。

傑西似乎知道，又似乎不知道真正的關鍵，摸一摸頭，問湯瑪士：「湯瑪士，告訴我，到底怎麼回事？」

湯瑪士說：「這要問匡。」

「匡，到底怎麼回事？」傑西改問匡復。

匡復回答道：「哦！我很好奇，雷射裡面的鹽巴好不好吃？」大家又哈哈大笑。

後來傑西知道是匡復在捉弄他，作勢要打匡復，但他並不是真的生氣，因為比起以前別人捉弄過他的，這還是小兒科。兩三年前，傑西資格考前不久，他的實驗室同學商量著開他玩笑，他們寫了一封信，假裝成指導教授的口吻，說是他表現不夠理想，資格考要小心。傑西看到這封信，又要面臨資格考，雙重的壓力，竟然第一次資格考沒有通過。指導教授很驚訝，因為傑西其實是很不錯的，怎麼會資格考失常？開玩笑的同學知道了傑西資格考沒過以後，也覺得玩笑開得過火了。還好，有第二次資格考的機會，後來傑西知道第一次資格考前那一封信是同學的惡作劇，所以信心恢復，第二次資格考就順利過關了。知道傑西終於通過資格考，大家又把之前的惡作劇當成笑話講，而傑西也覺得有些得意，因為成為故事的主角。

就這樣，彼此互相取笑捉弄，糗事一籮筐，覺得很有趣。以前在臺大時，同學大多正經八百，或許受了儒家士大夫觀念的影響，即使玩笑，也只簡單地點到為止，沒有像現在這樣，幾乎每天都有玩笑；這裡同學們的互動，更讓人覺得沒有距離。以前匡復讀「禪即生活」，在臺灣時沒有什麼體會，現在美國，反而真正體會到「禪即生活」。彼此沒有優劣高低的分別，也都接納自己或別人的優缺點，充分享受生活中的點點滴滴，反而更落實「禪即生活」，這似乎是某種過去曾經嚮往卻到不了的境界，現在竟然在不知不覺中已經置身其中。

除了一起煮飯以外，他們還一起參加棒球隊、踢足球、游泳。這裡緯度高，所以夏天的日照時間很長，太陽到九點以後才下山，所以從傍晚到天黑將近有四個小時，可以進行完整的棒球或足球比賽。還有，住的地方離綺色佳瀑布相當近，綺色佳瀑布是秋之峽谷的溪流進入市區平原所經過的最後一個斷崖所形成，落差和水量都很大，所以瀑布的氣勢磅礡，和臺灣的十分瀑布接近；瀑布底下有一池寬廣的水潭，他們常拿了浴巾，走路到瀑布下的水潭游泳。匡復大學修了兩年的游泳課，所以游泳技術不錯，他們游到瀑布底下，讓直直落下的水流沖刷著身體，很像是在進行天然的按摩浴；匡復想起中橫健行在天祥時，也曾在天然的溪水中浸泡，但現在的心境很不一樣，雖在異鄉國度，卻反而更自在。

傑西以前從沒到瀑布底下，因為他的游泳技術比較不好。現在有匡復和湯瑪士當左右護法，架著他到瀑布下，到那裡以後，傑西很興奮。其實第一次是匡復和湯瑪士兩個硬把傑西架到這裡來，傑西在水中哇哇大叫，但來到瀑布底下以後，反而覺得很棒。匡復、湯瑪士、傑西互相潑水，在瀑布下潑水沒有多大作用，因為瀑布的沖淋比潑的水還劇烈，可是潑水時心靈互動的感受卻更深刻。在這個水潭中，不只他們，還有其他團體，雖然這裡沒有正式規劃為遊憩場所，但是許多人都不約而同地來這裡過暑假，大家嬉笑的聲音伴隨著瀑布的響聲，快樂瀰漫。匡復過去的煩惱好像消失了，因為在這裡和一群人共同享受著快樂的氣氛，匡復的理性和感性已經不再疏離了，他的內在和外在世界似乎融合成一體了！

第二十四章 感性時光。

就如前面說的，星期五晚上，匡復和室友們講好到外面吃晚餐聊天，因為要喝酒，所以沒有開車，走路散步到餐廳。他們頗會享受氣氛和情調，所以選的餐廳都是不錯的，餐桌上都有燈光或蠟燭，光線浪漫柔和，他們之間的談話雖然也有玩笑，但顯然是較輕鬆的笑話，不是惡作劇之類的。

在這樣的氣氛中，話題自然地較為感性，他們點了晚餐，也各叫一罐啤酒，在微醺之下，談話也似乎更放得開。湯瑪士談到小時候，因為黑頭髮黃皮膚的東方人長相，所以被同學看為異類而被排擠，也談到他如何突破這些困境，如何拿捏情境，學會使用那類的詞彙，在適當的時機反擊欺負他的人；以及爸爸媽媽希望他學會中文，保有中國的華人文化，但是華人特質在同儕中成為被譏笑的焦點，他為了打入美國同學的圈子，想要放棄學習中文和華人文化，他痛苦地掙扎，要讓爸爸媽媽失望或是被同學譏笑？這些掙扎伴隨著他的童年和青少年時期，許多困難的抉擇在這過程中同時發生。最後他受不了了，問爸爸媽媽：「你們若那麼喜歡華人文化，為什麼不搬回中國或臺灣？」他的爸爸媽媽無言以對，所以他從此脫離了華人文化的影子；從他的身上也確實看不到華人的特性，除了黃皮膚黑頭髮以外。

傑西也是必須突破他那皮膚比別人黑的困境，以及他小時候在英國待了一段時間，所以他的英文一直有著英國腔，雖然英文是從英國而來，可是在美國這個地方，講英國腔的英文還是被嘲笑。而人們譏笑他的，到底是膚色或腔調，他也很難分辨，或許兩者兼而有之。傑西講到此，讓匡復想起剛到美國時，被華人留學生譏笑的情形，說是匡復講英文有中國腔，而講中文有臺灣腔，不曉得他們有沒有惡意，但總令他感到不舒服。在被取笑了幾次以後，匡復學會了自我解嘲，他說不只如此，他連講臺語都有地方腔，他們問說什麼腔，匡復說是宜蘭腔，還講了幾句宜蘭腔的臺語給他們聽。這時候換他們覺得不好意思，因為一來他們的臺語不夠靈光，二來臺語的地方腔毫無歧視的意涵，只是表示在不同地方長大，沒有高級低級的差異。想到此，匡復覺得臺語的文化精神比中文和英文還高尚，至少在講求平等的精神意義上面。

湯瑪士及傑西身為少數族裔，他們年輕時期都有過被歧視的遭遇，一直到進了人人稱羨的常春藤盟校，才有機會享受同等的待遇，或甚至於從谷底翻身，享受高人一等的待遇。不知道那些沒有機會就讀類似常春藤盟校的少數族裔，能否享有類似的待遇？

他們也談到大學時的趣事，當他們談到大學時，匡復不免想起自己當時的種種遭遇，也包括和曉軒交往的經過，以及在和曉軒交往之前，到宿舍去找一晴站崗的情形。有時會有一些衝動，想告訴他們這些，但是匡復發現自己連中文都不知如何談起，更不用說英文了；因此在談話中，匡復就不知不覺地回憶起往事的片段，湯瑪士看到他出神發呆的樣子，總是問他：

「匡，你為什麼老是和我們的談話脫節？」

匡復不知如何告訴他此刻心裡在想的這些瑣碎片段的往事，只能回答道：「我脫節了嗎？」

他們星期五的晚餐聊天，常到十一點以後，有時會多叫一兩罐啤酒，大家喝得有些茫茫然，但還分得清楚回家的路。途中會經過一個人家，房子前面有籬笆，約到大腿高，還頗堅固的，他們會爬上去走，試試喝醉了沒有，這時又恢復了玩笑的本性，只要一個站到籬笆上，另一個就一定會過去推他或拉他，然後就追逐起來，帶著有點不穩的步伐，又跑又走地回到家裡。

暑假就在許多活動中結束，新年度的第一個學期開始了，匡復的論文委員會沒有要求他修太多課，所以他已經不需要再修課，因此作息可以排得和湯瑪士及傑西相同。他們幾乎和暑假時一樣，一起上下學，白天在學校做實驗，吃過晚餐再開車去學校做實驗，到約十一點。只是日照時間漸漸縮短，他們不再是每天都有球類運動。

同樣地，開學沒多久以後，就進入秋天了，現在是每天都走在凱絲慨笛啦峽谷，峽谷中也同樣到處都是紅黃楓樹，在峽谷中映照著溪水，有時看到橙紅色的楓葉隨著溪水飄流，伴著水中游動的魚兒，以及在岩石間跳躍的白花花溪澗；仰頭看，陽光透過或紅或黃或橙的楓葉射下來，詩意瀰漫著整個峽谷，真是美極了。本來二十分鐘就可以走完的路程，現在卻走了三十幾分鐘，因為景色太迷人了，叫人走走停停，即使是每天都會經過，還是流連忘返，生怕這麼美的景色會突然消失。雖然湯瑪士及傑西一副調皮模樣，幾乎每天都在開玩笑，但看到這麼美的景致，也是一樣讚不絕口，匡復覺得自己和他們真是天造地設的三人行，都是既調皮又浪漫，看似矛盾的特性，卻巧妙地揉合在同一個體身上。匡復把快樂的心情寫到日記上：

我背上背包，
踏在溪邊的步道；
水聲淙淙，
快樂地向我問好。
魚兒也歡欣鼓舞，又躍又跳。

山崖雖然陡峭，
掩不了谷風息息，
止不住泄泄楓飄，
又黃、又紅、又橙，
我不禁怔怔，瞧，
或柔、或豔、或嬌。

突然，水花竄出，
嚇了我一跳，

它說：「我只是要提醒你，
小心，不要跌倒。」
原來水裡踩進了，我的雙腳。

〈凱絲慨笛啦峽谷的秋天〉

再不久就下雪了，和秋之峽谷一樣，凱絲慨笛啦峽谷在冬天也是封閉起來，以免發生意外。他們現在就得開車上下學了，因為若是走路，沒有其他類似凱絲慨笛啦峽谷步道那樣的捷徑，要繞相當遠。

因為住在山下，學校在山上，所以到學校時一定會經過斜坡路段，湯瑪士及傑西特別教匡復在雪地開車的安全。而且，冬天時節，天氣較冷，有時車子的混油器無法正常運作，傑西也教匡復如何緊急處置，以免車子拋錨在偏僻的郊區，自個兒孤身處在冰天雪地之下，將會非常危險。

十一月底，感恩節到了，湯瑪士家住紐約市，女朋友也是住紐約市，所以他要回去紐約市。傑西家住波士頓，也是要回去，他邀匡復去他家過感恩節，真巧，去年去波士頓過感恩節，今年還要再去，只是不同的人家。匡復很高興地和傑西同行，傑西個子不大，開著他的大型通用廠牌的車子，有點像是小孩開大車，很有趣，而他人本身就是很逗趣，所以搭配起來也算合適。

傑西有三個妹妹，大妹約瑟芬已經大學畢業，現在工作，二妹愛琳達在念康乃爾大學大學部，小妹蘇芮娜還在念初中，他們全家兄妹間的感情很好。晚餐也是圍著橢圓形餐桌，大家邊吃邊開玩笑，就像傑西平常和湯瑪士逗著玩一般。傑西向他們提過不少室友們之間平常的互動，所以他們全都以類似的情形和匡復說說笑笑，覺得沒有陌生人般的距離，雖然匡復和他們才初次碰面。

晚餐後，約瑟芬和他們一起到波士頓市區逛，約瑟芬和他們只差兩歲，所以很多感受頗為接近，他們一路聊天說笑。約瑟芬的長相也是較像印度人，皮膚有些棕黑，但五官非常好看，大大的眼睛，高挺的鼻子，雙唇厚薄適中，鵝蛋型的臉龐，靈氣逼人，身材比例也很勻稱；而且同樣揉合了東西方女性的特色，有著美國人的開朗大方，而動作卻具有東方女性的含蓄優雅。她大概沒有在英國待得像傑西那樣久，所以英文發音是非常道地的美國腔，沒有英國腔，咬字清楚，又有韻律，她的談話不會像傑西般的口無遮攔。但有傑西在一起，所以整個氣氛極為輕鬆活潑。

有時匡復故意說傑西教他的髒話，似乎可以預期她會有某種反應，她說：「你怎麼說這樣的話？」表情透著嬌嗔的模樣。

「是傑西教我的。」

匡復說完，約瑟芬對著傑西喊道：「傑西！」她喊傑西的名字時，尾音上揚。然後斜眼瞪著傑西，沒有再繼續說話，但眼神似乎在說：「傑西，你怎麼那麼壞？」她大大的眼睛，既可愛又天真的瞪著，似乎就要透視傑西的靈魂。

傑西被瞪得很不好意思，說道：「我真不應該帶匡復來波士頓。」

約瑟芬卻說：「不，匡，我們很歡迎你來，尤其是你讓我們更瞭解了我哥哥。」

匡復說：「哦！真的，那我再說一件傑西在學校幹的好事。」

「真的，趕快說。」約瑟芬催促著，一雙眼睛大大地看著匡復，一副期待的樣子。

匡復鬧著玩，其實知道不能說得太過火。

他們邊逛邊聊邊鬧，這是匡復第一次和深膚色的異性相處，首次發現深膚色的女性一樣可以散發出迷人的手采。和傑西家人的相處與去年到莎曼莎家很不一樣，不知道是兩家的風格不同，或是因為匡復和傑西是室友，彼此像兄弟般親近，所以更沒有隔閡？

傑西家其實離波士頓市有一段距離，他家也是在海邊。隔天，傑西帶匡復到附近的海邊，從這裡可以遠眺波士頓市，看到波士頓市的高樓大廈參差排列在對面，與天際之間形成高低變化的稜線，相當漂亮。他們全家在傑西還在讀小學的時候就從英國搬來這裡，所以這個海邊有著他許許多多的童年回憶。匡復很能體會他的感受，因為他也是在海邊長大。不知道是否同樣的海邊成長背景，所以使得匡復和傑西彼此相處非常融洽？他們在這裡聊了很久，互相談著童年往事，唯一的差別是，匡復住的海邊對面沒有波士頓市的天際稜線，而是一望無際的浩瀚太平洋。

匡復頗為驚訝，為什麼他的心靈和美國文化長大的人反而更接近？是因為兩種文化的距離，於是有距離的美感？或是人的心靈就是有跨越文化和族群的本質，當文化的差異出現時，人們自然地以心靈的本質互動，所以更能感受到彼此的親近？不同文化的人相處，反而更能突破文化的捆綁和束縛？

波士頓遠眺

傑西帶匡復到附近的海邊，從這裡可以遠眺波士頓市，看到波士頓市的高樓大廈參差排列在對面，與天際之間形成高低變化的稜線。

中年維特之煩惱。

第二十五章 打破隔閡。

前面談的所有這些點點滴滴，現在大多成為匡復每週與一晴通兩次電話的話題。還有，現在打電話給一晴更方便了，湯瑪士雖是華裔，但中文非常不靈光，傑西更是不懂中文，所以和一晴講電話不用擔心他們聽到了什麼，讓匡復更能夠暢心地談，且現在的電話費不是透過學校的電話系統，所以更便宜。

與一晴的關係似乎在進步當中，匡復和她之間的話題也越來越有玩笑的成分，一晴也更放得開。有次匡復問她：「這兩天過得如何？」

「不太好。」

「為什麼？」

「蒼蠅太多了。」

「那買隻蒼蠅拍，把蒼蠅趕走。」

「有些蒼蠅太大隻了，趕不走，而且每個禮拜都在電話上嗡嗡響。」

這時匡復知道一晴在說他，不過匡復既然定意要和一晴建立關係，就要控制自己的情緒，設法化解一晴令人不舒服的談話，不對一晴反彈。其實匡復並不知道一晴所說的是玩笑話，還是不希望匡復再打電話給她的婉轉說法？不過，反正匡復就是要繼續打電話給她，不管她到底實際上是怎麼想。

「那先把容易處理的小蒼蠅趕走。」

「好吧！那也沒辦法了。」

「其實妳也不真的討厭這些蒼蠅吧！」

「還好啦！還可以忍受。」

「其實還有另一個招式？」

「什麼招式？」

「我教你孫悟空的七十二變，把蒼蠅變成金魚。」

「然後呢？」

「養在魚缸裡，妳就可以挑比較喜歡的來養。」

「這是好招式。」

「你現在打算養幾條金魚？」

「四條。」

「可以告訴我那四條？」

「不告訴你。」

「我是其中一條嗎？」

「應該是。」

匡復還滿高興的，現在是一晴屬意的四個人選之一。
過了一些時日以後，在電話中，匡復再問她：「妳的金魚現在養得如何？」
「有兩條被釣走了。」
「所以現在只剩兩條？」
「應該是。」
「哦！那很好，妳就不用再辛苦的養那麼多條魚了。」
「是啊！再不小心，恐怕剩下的兩條也要游走了。」
「嗯！妳還滿識時務的，妳要怎麼小心法？」
「要多學習了，當個好女人。」
「怎樣可以稱為好女人？」
「在家裡像妓女，在外面像淑女。」
沒想到出乎匡復意料之外，在他們的對話中，一晴連妓女的字眼都講得出來。
匡復沒有就此停住，這時湯瑪士和傑西剛好從旁邊經過，但匡復想，管它的，他們又聽不懂中文。匡復打鐵趁熱，繼續在電話中問一晴：「哇！妳還滿開竅的。那像妓女是什麼樣子？」
「你越來越壞，妓女就是那樣嘛……」她竟然撒嬌起來了，第一次聽到一晴撒嬌的口吻，匡復沉醉了。
湯瑪士和傑西平常是不會過問私下對話的，但大概匡復臉上的表情掩不住極度高興的心情，於是他們忍不住問匡復：「匡，什麼事讓你那麼高興？」

匡復對著他們刻意眨了一下左眼，同時舉起右手食指，垂直放在嘴唇的中央，示意他們安靜。

湯瑪士意會到了，輕聲但調皮地說：「哦！哦！匡正在扮演壞男孩的角色！」他交了女朋友，瞭解男女交往當中的微妙之處，雖然他聽不懂中文，但看得懂表情。

「壞男孩？怎麼做是壞男孩？」傑西天真地問，他沒有交過女朋友，還搞不清楚這當中的奧妙。

講完電話，匡復在想，和一晴的關係越來越近了。但他卻不禁又想起曉軒，他心中兀自嘀咕：「我是否該把曉軒忘了？其實一晴也是滿好的……，到底我真正渴慕的是什麼？」

第三部 愛的真諦

信就是所望之事的實底，
是未見之事的確據。

來 11:1

第二十六章 探尋信仰的深處

太初有道 聖靈禱告合一。

前面的國外生活點滴大約告一段落了，匡復說是我現在差不多完全復原了，所以再開始一些較為嚴肅的話題，我說是沒有問題。

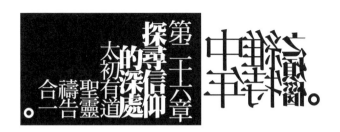

於是匡復說道：「我以前總以為信仰和愛情沒有太大關聯，然而後來卻發現，對某些信仰而言，愛情才是核心。但是要體會這樣的信仰，卻不是簡單的過程，而是在層層抽絲剝繭之後，才能發現，特別是對於在華人文化背景成長的我而言。

「不知道從什麼時候開始，我對信仰發生了興趣。好像是從大一參加哲學小組以後吧！那時開始認真思考生命的意義，但嚴格說來，只是在哲學或思想的層面，並沒有進到信仰的層面。下一個階段應該是和曉軒分手以後吧！我開始對生命的無常有深刻的體會，為什麼美好的事物總是要過去？什麼是我能掌握的？什麼是我可以期待的？然後發現，除了無常還是無常。可是就算你接受了『無常』是人生唯一的常態，那又怎樣？你不會因此得到報償，也不會因此升天變成神仙。接受了無常，心裡就只剩下空虛，讓你無法滿意的空虛，不僅僅是沒有滿足，而是連滿意都談不上。

「在這個時期，我找哲學的書，佛教或禪宗的書，想要知道有沒有超越『無常』的做法，讓我可以不落在無可奈何的『無常』狀態，但卻無功而返。在這個時期，我唯一的結論是，這些哲學，佛教或禪宗的概念不如科學的理論，至少科學在預測事件上面比較準確，而提出的做法也具體、實際並且有用的多。到底科學是建立在實證主義和實用主義的觀念上，所以比起其他虛無飄渺的觀念更貼近人生的真實面。那時覺得科學還能帶給我一些脫離『無常』的盼望，不像宗教上的教義，宗教除了要我接受『無常』，對於我如何脫離生活的困境，幾乎沒有幫助。

「其實在這個階段，我不能算是對信仰產生了興趣。事實上是對信仰特別沒有興趣，我把各種神魔鬼怪都當成是無稽之談，把相信那些大小神祇都看成是迷信，特別是我學習了許多科學知識以後，我發現，傳說中的怪異現象很少是科學知識所無法解釋的。我以前認為，許多人相信大小神祇的原因是無知，是缺乏科學知識的現象，但這樣的觀點可能不完全正確。

「讓我對信仰產生興趣的第一個因素是在讀完西方哲學簡介以後，書中說基督教傳入西方以後，造成了西方哲學的沒落，這讓我感到好奇，為什麼較不理性的基督教信仰會讓理性的西方哲學沒落？但嚴謹地說，我的好奇還是知識性的，並不是想要找個信仰做為依靠。

「讓我對信仰產生興趣的還有其他因素，例如力立在難過中對上帝的呼求，以及童輝從中國儒家信徒變成基督徒；但最主要的因素是曉軒，這不是知識性的原因，也不是想要找個信仰做為依靠，而是想要明白，為什麼曉軒後來會去相信基督教？我就是莫名其妙地想再度瞭解她的內心，當時認為，必須深入瞭解她的信仰，才有可能進入她的心靈；此外，我隱約覺得曉軒所以離開我的原因可能和基督教信仰有關，但我無法確定真正的關鍵所在。與其說我對信仰有興趣，不如說是對基督教有興趣，我的目的其實很簡單，多瞭解基督教，希望找到可以打動曉軒心靈的關鍵因素，但我從來沒有告訴別人我的這個動機。」

匡復談的這個部分需要花點功夫去思考，還好，我們並不趕時間，所以就慢慢討論。

為了讓讀者可以較容易理解，我做了一些整理，也將內容分成兩章，希望對於理解這些內容會有幫助。

冥冥之中，似乎有上帝或是上天的安排，匡復住進康乃爾大學學生宿舍的第一天就碰到了克萊爾，而且他們兩個是少數被分配到這個大學生宿舍的研究生。克萊爾對東方人特別有興趣，所以先和匡復打招呼，然後找匡復在宿舍旁的樹林下聊天。聊天中，克萊爾沒有掩飾他是基督徒，而碰巧匡復對基督教有興趣，所以他們就聊起了基督教，克萊爾告訴他以色列的十二個支派。匡復以前只知道以色列人驍勇善戰，連連打敗阿拉伯人，不曉得它還是古老的民族。

之後克萊爾問匡復：「有沒有興趣查聖經？」

匡復說是有興趣，因為他想知道基督教的真正思想內涵；另一方面，和克萊爾一起討論聖經，也可以練習英文，在這之前，匡復還沒有認識湯瑪士和傑西，甚至於和尚恩都沒有認識，克萊爾是難得的接觸英文之管道。

確定好一起查經以後，他們約好固定的查經時間，克萊爾也送匡復一本英文的新約聖經。

後來他們發現同時修了量子力學的課，因此就乾脆把查經的時間改為上完量子力學的課之後；所以那天匡復的背包就同時裝了量子力學的課本和聖經，上了量子力學後查聖經，對匡復而言，感覺還不賴，因為像是享受完科學的饗宴後，又接著人文的洗禮。他們查的是約翰福音，原則上是一次查一章，大約一個小時，不過也看討論的內容多少，有時也會遠超過一個小時。

約翰福音的一開頭就吸引了匡復，因為它以哲學性的筆法開始。或許是由於匡復過去讀了不少哲學的書，所以對哲學性的口吻頗有好感；這是很奇妙的，即使是理性的哲學概念，但描述的方式卻影響著感性的直覺感受；敘述的方式合你的品味，你會喜歡；不合你的品味，你就不會喜歡；其實不只哲學，科學的理論也是一樣，像這段時期上的量子力學，老師選了兩本課本，匡復兩本都讀了，但就是比較喜歡其中的一本，覺得它不僅讓他懂量子力學，也讓他的腦海中有了更多量子世界的想像。

約翰福音第一章的一開頭說：「**太初有道，道與神同在，道就是神。**」

他們查的是英文聖經，克萊爾不會中文，所以只能以英文解釋。在他們查考的 NIV 英文版聖經中，道的英文字是「Word」，這其實不容易懂，因為匡復過去所學之 word 的中文意思很難套用在這裡。所幸匡復讀過不少哲學觀念，很快知道不能用簡單的概念理解這個把第一個字母寫成大寫的「Word」。克萊爾花了很多功夫解釋「Word」，單單這一節就討論了半小時。

查經當中，匡復身邊沒有中文聖經，克萊爾也沒有，所以沒得對照，只能從克萊爾的解釋去揣摩「Word」的意思，不過還不錯，匡復想到的中文字彙中，合乎克萊爾所解釋的就是「道」。他想起了老子《道德經》上面說的：「**道可道，非常道。**」以及孔子說過的：「**吾道**

一以貫之。」聽克萊爾所解釋的「Word」幾乎是包羅萬象，是一切道理或事物的起源，抽象到極致，抽象到隨每個人的理解而有變化；中文的「道」，其概念不也類似嗎？老子《道德經》的「道」和孔子說的「道」也都是各有解讀，意義並不完全一樣。

匡復告訴克萊爾，中文有對應的字，匡復寫給他看，不過要克萊爾理解「道」的意義，大概和要匡復理解「Word」的意義差不了多少，需要許多功夫；然而也不見得，或許克萊爾只需用這裡的「Word」去理解「道」就夠了。

打通了「Word」這個字的任督二脈以後，再來就相對容易多了。匡復很喜歡約翰福音的寫法，因為約翰福音的作者先把「道」抽象化，再把「道」具體化，而且具體到你很容易想像。

他們讀到第一章的第十四節：「**道成了肉身，住在我們中間，充充滿滿的有恩典有真理。我們也見過他的榮光。正是父獨生子的榮光。**」

這真的是很有趣的說法，不像哲學書上舉了各種例子或觀念來讓你瞭解「道」，而是告訴你，這個本來抽象的「道」已經化為真實的肉身，這可不是像希臘神話中的虛擬人物，而是成為一個真真實實的人，住在一群人中間，作者自己也看過他。

這個在最開始的時候與創造天地之上帝同在的「道」，應該也就是中國古籍中一直要尋找的「道」，它竟然具體到就是一個有血有肉的人！

匡復不確定作者約翰說的對不對，但約翰如此宣告——「道成肉身」。以前聽過菩薩或媽祖也會變成人的樣式來幫助患難或困苦的人，然而，一來那只是傳說，二來他們化成人身也只是短暫的，沒多久又回復原身，三來菩薩或媽祖也沒有說是祂們自己就是道，頂多就是傳揚

「道」或實踐那個「道」所要求的；但這裡的「道成肉身」卻是真真實實的一個歷史人物；而約翰宣稱這一個歷史人物就是那個「道」。這真是大膽而有趣的說法，「道」不再只是腦海中的概念，不只是哲學或宗教上的「道德」思想，而是一個有血有肉的人。

這第一次的討論讓匡復喜歡上了和克萊爾查經，覺得比大一參加的哲學小組所討論的還深入；或許是因為已經讀了許多雜書，所以觸類旁通，而約翰福音的敘述也正好能讓匡復聯想起許多相關的概念。他們就如此持續了許多個星期，一直到查完約翰福音。

在查經當中，其實匡復所想的比克萊爾解釋的還多許多，因此他們的查經進度相當慢，還好克萊爾不是急性子的人，所以他們就當做是交換想法，約翰福音只是做為話題的引子。

有時就是會這樣，幾件相關的事情在同一時期發生。匡復和克萊爾都是研究生，卻同時被分配在大學部的學生宿舍，讓他們更有可能認識，也因此相約一起查經。而湊巧地，當年從臺灣到康乃爾大學電機系的就是匡復和柏士兩個人，他們想做的研究還頗接近，所以修了不少相同的課程，於是滿常在一起。碰巧柏士是基督徒，所以他們的話題中也常談到基督教。還有，在匡復來美國之前，因為吳教授是康乃爾大學畢業，所以匡復去找他幾次，問關於出國留學的事情，而吳教授也是基督徒，只是當年去問他問題時，並不知道。

有一次，吳教授煞有介事地跟匡復說：「你去康乃爾大學後，要去『茶經班』，我在那裡得到很多幫助。」匡復不是基督徒，所以就把查經班想成是「茶經班」。匡復想，「茶經班」大概和校友會類似，沒事時，來自故鄉的人聚一聚，喝「茶」聊天，有時互相照應幫幫忙，總會得到一些幫助。所以，匡復到了康乃爾大學就去找「茶經班」，但是沒有找到「茶經班」，卻看到了華人查經班的廣告。然後知道華人查經班就是要查考聖經，但因為匡復對基督教有興趣，於是就自己去找查經班。因此，在這個時期，同時有三個管道讓匡復接觸基督教。

匡復到了那裡，查經班的人很高興，因為竟然不需要他們邀請，這個非基督徒就自己送上門來，不過他們高興得太早了，因為匡復不是他們想像的那種「慕道友」，而是有很多想法和問題的人，在匡復問了不少艱深的問題後，有些人以為他是去踢館找麻煩的，然而他是真的想找出那些問題的答案。

匡復剛到華人查經班時，他們在進行主題式查經，沒有針對特別的章節。他們用中文討論，匡復第一次參加時，他們在討論「禱告」的議題，他們說了如何禱告，以及禱告是對上帝說話；然後談到上帝如何回應禱告。再來就說到上帝回應禱告的方式之一，就是聖靈會感動人的心，叫人不會做壞事。

有一位姊妹說：「我有一次撿到一塊美金，想說只是一塊錢，沒有什麼，所以就放到皮包裡。可是聖靈就在我的心裡動工，讓我覺得不應該拿這一塊美金，所以我在聖靈的感動之下，把撿到的錢交到大樓的管理室那裡。」

聽完以後，匡復產生了好幾個疑問，但因為是第一次來，所以先按捺住，暫時安靜觀察這個團體的人是如何互動。這位姊妹談完，又有另一位也說了類似的經驗，說是聖靈的感動，所以讓他不會做壞事。還有一位說，相信上帝的好處就是會有聖靈，而聖靈會提醒人不要做壞事，所以基督徒可以過比較聖潔的生活。他們就這樣互相呼應，也沒有人提出問題，匡復則有了更多疑問，但因為是第一次參加聚會，所以沒有問。想說以後再來時，看有沒有人會先發問，他再伺機而行。

過了幾個星期，發現他們都沒有什麼問題，有時即使有人發問，也只是得到簡單的回答，匡復不曉得發問的人是否滿意，但他是一點都不滿意。終於匡復按捺不住好問的習性，就開始問了。

「什麼是聖靈？」

「就是上帝賜給人的，住在人的心裡，可以隨時提醒人不要做壞事。」

「那麼不信上帝的人，有沒有聖靈？」

「沒有信上帝的人不會有聖靈。」

「可是根據你們所分享的，說是聖靈可以提醒人不要做壞事；但是沒有信上帝的人也有良心提醒他們不要做壞事，聖靈和良心有什麼差別？」

「良心只是良心，聖靈才會提醒人不要做壞事，良心不會提醒人。」

「是這樣嗎？我以前也有類似的經驗，撿到東西後，良心提醒我要還給別人。我以前不認識上帝，我心裡應該不會有聖靈，因此提醒我的應該是良心，不是聖靈。」

「哦！」他們簡單回應道，沒有再說什麼。

他們是很有趣的一群人，對於不同的觀點，既不反駁，也不同意，就當做沒有談過這一件事。和他們談了半天，匡復還是無法理解聖靈是什麼。從他們所談的，匡復覺得他們說的聖靈和他以前認知的良心差不多，一直到後來才知道，聖靈和良心不同，但就提醒人不要做壞事的層面而言，兩者確實差異不大；而聖靈所做的，其實遠超過良心的功用。

查經班這一群人其實就像社會的縮影，很多人並不真的瞭解事物的原委，卻喜歡講得好像是專家，然而遇到真正的關鍵問題，就避重就輕或避而不談。

因為他們談不出聖靈和良心的差別，所以禱告的作用也就讓人搞不清楚了。如果說禱告以後，會有聖靈在心裡動工，那麼對那些沒有禱告就會有良心提醒的人而言，禱告不就多此一舉。當然匡復後來也知道，禱告的意義遠超過他們所說的。

與克萊爾的查經討論，對於聖靈的認識較為全面，他談到聖靈就是上帝。從起初就是三位一體的神，在宇宙萬物還未創造以前，就有父、子、聖靈；父是舊約時代的猶太教已經提過的耶和華；子是耶穌，約翰福音一開頭談的「道」就是耶穌，就是那位道成肉身的人，與當時的人住在一起，也成為歷史上真實的人物；聖靈是三位一體神的另一個位格；雖然克萊爾的說明較清楚，但父、子、聖靈間的關係還是不容易瞭解。有好幾種比喻，但沒有一種可以完整解釋他們的特性。倒是約翰福音第三章當中，耶穌用風來比喻聖靈最為傳神，他說：「**風隨著意思吹，你聽見風的響聲，卻不曉得從那裡來，往那裡去。凡從聖靈生的，也是如此。**」我們看不見風，但可以看到因為風而產生的現象；同樣地，我們看不到聖靈，但可以看到聖靈帶來的影響。

禱告的意義也是透過和克萊爾的查經討論而較為瞭解，他說：「禱告就是和上帝說話。」

匡復問：「什麼樣的話？」

「任何你想告訴上帝的話。」

「包括那些？」

「例如你想要上帝幫你完成的事，但也不僅是這些，也可以是對上帝抱怨的話，或是任何的感想，任何你會對一個很親密的人想說的話。」

「那你得相信上帝存在才有可能，否則不就是對空氣說話。」匡復回應道。

「你說的沒錯，如果你不相信上帝的存在，那麼禱告就沒有意義了。」

聽了他的說明，匡復瞭解了基督教的禱告和臺灣拜拜的祈求不太一樣，主要的差別是因為對於信仰對象的認知不同。

和克萊爾循著約翰福音的順序查經，有一天，讀到了耶穌在禱告中說的：「……也為那些因他們的話信我的人祈求，使他們都合而為一，正如你父在我裡面，我在你裡面，使他們也在我們裡面……，使他們合而為一，像我們合而為一。……也知道你愛他們如同愛我一樣。」

這段話特別吸引匡復，似乎他和曉軒來往時就是這種「合而為一」的感受，讓他的心靈覺得非常的滿足。而根據耶穌的禱告，這種「合而為一」是因為「愛」的緣故。

「我多年來尋尋覓覓不知所終的，是否就是這種『合而為一』的『愛』？」匡復心裡想著。

第二十七章 深入信仰之旅

罪、神蹟、苦難、權柄、生與死。

基督教信仰當中，「罪」是極關鍵的議題，查經班和克萊爾當然也談到了「罪」的問題。

在查經班當中，他們一樣是用生活中的例子來談罪，但從他們談的例子中，匡復還是無法理解基督教講的「罪」是什麼？然後他們說，每個人都是罪人，他們引用約翰福音第三章第十八節：「**信他的人，不被定罪；不信的人，罪已經定了，因為他不信神獨生子的名。**」

單單從這個章節談罪和罪人，實在不是好的方式。可惜在查經班當中，帶查經的人沒有抓到關鍵點，使得非基督徒對於基督教所談的罪和罪人有很深的誤解。從這個章節，非基督徒會以為基督教太霸道，怎麼信了上帝就沒有罪，沒信的才有罪？這是基督教信仰的核心議題，不過他們似乎沒有好好想清楚就開始傳講基督教信仰。

還好，也同時和克萊爾在查經，克萊爾特別解釋了罪的意義，他說基督教所談的罪（sin）不是一般社會上所談的罪（crime）。一般社會上所談的主要是指違反了法律規範，假如人沒有違反法律規範，那麼他不是法律定義下的罪犯（criminal）。然而基督教所談的罪和罪人是另外的意義，基督教的罪是指沒有射中靶心，在他們的查經討論中，克萊爾特別畫了一個靶的圖案給匡復看，用來說明這個概念。假如靶心代表的是滿分，那麼沒有射中靶心的意思，就是沒有得到滿分，意思就是不夠完美。所以基督教的罪人（sinner）是指「沒有射中靶心的人」，也就是不夠完美的人或是曾犯錯的人，其實中國也有類似的概念，俗話說：「人非聖賢，誰能無過？」用這個概念來解釋基督教指的罪人，比較不會和法律上的罪人混淆。

就英文而言，「sin」和「crime」是不同的字，但中文都稱為「罪」，英文的「sinner」和「criminal」也是不同的字，所以不會被誤解，但中文都稱為「罪人」。當初不曉得誰把這個英文的「sin」翻為罪，它的原意應該是更接近過錯，而「sinner」應該是曾犯錯或是會犯錯的人。從克萊爾的說明，讓匡復瞭解了基督教談的觀念，而從華人查經班聽來的反而搞不清楚。雖然華人查經班用的是匡復所熟悉的中文，卻反而將觀念搞混了，看來瞭解一個信仰不是僅靠語言，還需要對信仰的核心去深入思考和釐清。

在討論到約翰福音第三章第十六至十八節時，克萊爾還找了羅馬書第三章第二十三至二十四節來對照說明：「**因為世人都犯了罪、虧缺了神的榮耀。如今卻蒙神的恩典、因基督耶穌的救贖、就白白的稱義。**」如果把上帝的完美看成是滿分，當人缺少了某些部分，也就是虧缺了神的榮耀，那麼就是基督教談的罪；簡單地說，基督教談的罪就是缺少了上帝完美特性的某些部分。而過錯就是不夠完美，這也引導出一連串的議題，值得討論。例如什麼是完美？誰來定義完美？人能不能靠著自己達到完美？假如人不能達到完美，假如人的過錯是那麼普遍，為什麼人的心中還是會有完美的概念？為什麼人會想追求完美？

另外，什麼是「上帝的完美」？這個問題在匡復以前讀過的哲學書籍中討論過，完美性或完整性一直是西方哲學的主題之一，也是科學的主題之一，科學定理的一個重要特質就是，這個定理要能解釋所有的現象，沒有例外；所以當古典物理無法解釋量子現象時，物理學家就想要再找一個更完美的理論，要能夠同時解釋古典和量子現象。物理學家不會滿足於用古典理論解釋大的物體，而用另一個理論來解釋小的物體，物理學家希望一個統整的理論，可以解釋大或小的物體。或許匡復和克萊爾都有物理背景，所以討論起來比查經班的人有更多相同的看法。

從這樣的角度來看，我們如果說每個人都是會犯錯的人，這樣的觀點，相信反對的人會很少，就如俗話說的「人非聖賢，誰能無過？」但若沒有釐清這些觀念，直接說每個人都是罪人，引起的反彈就會很大。查經班當中並沒有這些深入的討論，所以匡復對他們談的基督教有不少誤解，而他們也老是奇怪匡復的問題為何會那麼多。就如前面談的，他們其實就像社會的縮影，或許更嚴謹地說，他們是華人社會的縮影，對事物的原委沒有多大興趣，對於真正的關鍵問題，總是避重就輕或避而不談。說實在的，匡復也無法理解，他們為什麼會這麼囫圇吞棗，不求甚解？和胡適先生寫的「差不多先生」差不多，沒想到在康乃爾大學念書的華人學生，竟然還有這麼多「差不多先生」。不過，華人社會就是有許多的「差不多先生」，胡適先生談的現象，經過了快一個世紀，還是差不多。或許是因為中國沒有盛行過實證主義，所以一般人對實證的要求很低，甚至於知識分子的圈子也沒有太重視實證主義，使得華人社會還繼續沉浸在「差不多先生」的世界裡。

神蹟也是基督教的重要議題，但查經班不太敢碰這個議題，匡復想大概是因為華人主流思想的儒家有著《論語》上的名言：「子不語怪力亂神。」加上現在科學發達，他們擔心被歸類為迷信；然而克萊爾卻不避諱，在他們討論了耶穌行的多項奇蹟之後，匡復告訴克萊爾：「其實耶穌所做的和所說的都相當好，就算沒有神蹟，也是很值得尊敬的，為什麼聖經當中要記載他所行的那些神蹟？像東方的孔子，《論語》沒有記載他行神蹟，但孔子還是很受人尊敬。」

「聖經那樣寫，是因為行神蹟是耶穌本就擁有的能力。」

聽克萊爾這麼說，匡復沉思了一些時間。在沉默了一會兒以後，克萊爾繼續說：「就像你會走路，這是你本就擁有的能力。耶穌行神蹟，只是把他的能力自然地表現出來而已。」

這是很有趣的看法，因為在福音書中，耶穌宣稱自己是上帝的兒子，更直接地說，他擁有和上帝一樣的能力，如果上帝可以創造天地，那麼他當然也得具有掌控大自然的能力。換句話說，如果大自然是上帝創造的，那麼上帝就應該要能夠超越自然律，而不是上帝仍然只能遵循自然律的運作。如果神蹟代表著不受自然律的限制，那麼當耶穌具有和上帝一樣的能力時，他也必然會行神蹟；從邏輯推理來看，假如他沒有行神蹟的能力，那麼他就不具有和上帝同等的能力，那麼他自己宣稱的身分就是假的。從哲學論證的觀點來看，耶穌是超越科學定律的，要用科學定律來證實或推翻耶穌所行的神蹟，將會是邏輯上的謬誤；換句話說，科學定律既無法證實耶穌的事蹟，也無法推翻耶穌的事蹟。匡復和克萊爾都瞭解物理，他們都知道，物理定律的第一因其實都是假設，是無法直接證實的假設，我們能檢驗的只有從這個第一因之假設所推衍出來的推論。如果耶穌真是創造天地的神，他就會是超越科學定律，那麼他必定會有一些作為是不受科學定律所限制的，我們能檢驗的就是他是否有這些作為。

耶穌所宣稱的身分從另一個故事可以更清楚地看出來，馬可福音、馬太福音和路加福音都有記載。

有一天，耶穌在一個屋子裡對著許多人講道，人多到連門前都沒有空地可站。有四個人抬著一個癱瘓的病人來見耶穌；因為人太多了，沒有辦法將他抬到耶穌面前。於是他們在屋頂上拆了一個洞，將癱瘓的病人連同所躺臥的擔架都縋了下去。耶穌看見他們的信心，就對癱瘓的病人說：「孩子，你的罪蒙赦免了。」

當時有幾個熟悉舊約的文士坐在那裡，心裡議論著說：「這個人說話太狂妄了，除了上帝以外，誰能赦罪呢？」在猶太舊約的信仰中，上帝是唯一掌管一切的神，也只有上帝才有赦罪的權柄，這位耶穌竟然狂妄到自比為上帝，自以為具有赦罪的權柄！

耶穌知道他們心裡在想什麼，於是就說：「你們心裡為什麼這樣議論呢？對這個人說『你的罪蒙赦免』容易呢？或是說『起來！拿起你的擔架走』容易呢？我這麼說，是要讓你們知道，人子在地上有赦罪的權柄。」

於是耶穌對那病人說：「我吩咐你，起來！拿起你的擔架回家去吧。」

那個人就起來，立刻拿起擔架，當著眾人面前走出去了，大家都非常驚奇。

從某個方面而言，說「你的罪蒙赦免」較容易，因為無法當場證明這個人的罪是否蒙赦免了，因此你不必為所說的話是否兌現而負責。但從猶太舊約的信仰角度來看，這句話不是人可以說的，因為只有上帝才有這樣的權柄。另一方面，說「起來！拿起你的擔架走。」不至於被認為侵犯了上帝的權柄，可是說了以後，癱瘓的病人真的能夠就站起來走路嗎？如果癱瘓的病人還是癱在那裡，那麼耶穌就是空口說大話的人了，他將會因為所說的無法兌現而尷尬地僵在現場。

耶穌的目的是要告訴大家，他既有上帝的權柄，也有上帝的能力。他是否具有上帝的權柄，難以證明；但他是否具有上帝的能力，卻是可以當場判斷的，而判斷的方式就是，他有沒有行神蹟的能力？

在讀完福音書之後，匡復發現一件有趣的事，福音書上面記載的神蹟，到目前為止，還沒有一件是合乎科學定律的；也就是說，約兩千年前認為的神蹟，現在仍然是神蹟，如果神蹟代表著不受自然律限制的話；換句話說，當時的神蹟，即使到現在，還是沒有科技可以複製。

這個特質和孔子真的很不一樣。福音書所記載的事件至今已相隔快二千年了，匡復無法證實耶穌是否真的行過這些神蹟，但從邏輯上來看，相信耶穌和相信孔子是非常不同的。相信孔子可以就思想層面而已，喜歡他講的道理就可以相信，因為孔子的身分就是一個人，和你同樣是人，他對你沒有任何權柄，你不需要太多掙扎，你信或不信，你的生命都不需要太多改變。但是相信耶穌不一樣，他不是只講做人處世的道理，他還談到他的身分，不是人的身分，而是他就是創造天地的神，因為耶穌這個特別的身分，很難叫人相信。因為你如果相信他，也就相信他擁有和上帝一樣的特質和權柄，那麼你的生命也就是他所造的，他說他就是你生命的主宰，你願不願意將生命的主權交給他？你如果相信了，你將不再活在自己的思想意念當中，而是要以耶穌的思想意念做為你的思想意念，這不會是容易的決定。

除了神蹟的觀念，還有不少議題是討論的焦點，如撒旦、生、死、人生的痛苦、永生、天國、自由意志、命定、愛、律法、恩典等等。匡復感覺到查經班的基督徒都知道一些，但沒有太多深思，比在大學時所討論的哲學議題還不深入，然而匡復覺得還是不錯，至少在這裡的留學生圈子中，算是比較認真思考生命意義的團體。而藉由在查經班的討論，也讓匡復再次整理過去思考過的議題；而且有克萊爾的查經討論，所以還是可以對基督教有較深的認識。另外，柏士也是多年的基督徒，所以在和柏士的聊天中，也能夠更瞭解基督教，而不是只有查經班的觀點。

基督教中對人生痛苦的看法，也很吸引匡復。查經班的成員是以康乃爾大學的華人學生為主，他們不太能理解人生的痛苦，因為他們幾乎都是出身於良好的家庭環境，就如前面說過的，能進常春藤聯盟的貴族學校，很少是家境不好的人。對於這個議題，即使是思考較多的克萊爾，也是很難深入討論，因為這不是知識或思想的層面而已，而是真真實實的人生經歷。所幸有柏士，因為他的出身背景不好，從小到大常被歧視，因此他對痛苦的感受似乎特別深刻，也最能引起匡復的共鳴。在聊天當中，柏士常談到舊約的約伯記，說道：「我無法理解，為什麼上帝要讓約伯碰到那樣的遭遇？」柏士的話讓匡復對約伯記感到好奇，因此也讀了一遍，覺得確實是難以理解。

約伯記讓人難以瞭解的原因之一是，「義人遭受苦難」。俗話說：「善有善報，惡有惡報。」惡人受苦，天經地義。但是約伯記的開始已經清楚地說：「那人完全、正直、敬畏神、遠離惡事。」那人就是指約伯，然而為什麼苦難還是臨到這樣的義人？而更慘的是，當約伯處在苦難當中時，他的朋友還指責他，認為他一定做了什麼壞事，所以才遭遇到這樣的苦難。他的朋友把苦難歸因於約伯的罪惡，所以上帝在懲罰他。

遭遇苦難已經很慘了，竟然還被污衊！然而這在華人文化中不是很普遍的情形嗎？

佛教的輪迴報應觀認為，今生的果是前生所種的因，所以此生悽慘是因為上輩子所造的孽。人生過得悽慘不打緊，還要被指責是上輩子做了壞事，佛教的這個報應觀點可說是落井下石。

對匡復而言，他覺得儒家還算有人性一點，顏回家境清貧，孔子沒有認為他是上輩子造了孽，還稱讚他能夠安貧樂道：「人不堪其憂，回也不改其樂。」另外有一個人叫冉伯牛的生病了，孔子去看他，也說：「亡之，命矣夫！斯人也而有斯疾也，斯人也而有斯疾也！」那個時代還沒有佛教傳入中國，所以孔子還可以有人性地為冉伯牛抱屈，認為這樣的好人，怎麼會得這樣的病？但也只是感慨，為什麼好人沒有好報？

因為對約伯記的好奇，匡復特別去買了陳希曾寫的書《成長的痛苦——約伯記剪影》，想要多瞭解到底聖經的約伯記要傳遞什麼觀念。讀完以後，匡復想起查經班唱的一首詩歌，查經班每次在查經之前都會先唱詩歌。

你若不壓橄欖成渣，
它就不能成油；

你若不投葡萄入醡，
它就不能變成酒；
你若不煉哪噠成膏，
它就不流芬芳；
主，我這人是否也要——
受你許可的創傷？

〈你若不壓橄欖成渣：倪柝聲〉

上帝讓人受苦，不見得是人犯了罪，有時是叫人知道，人生亨通不是自己的能力強，也不是因為自己做了許多善事，而是上帝的恩典。有時苦難是要淬鍊人的生命，叫人的生命更成熟；有時是讓我們處在患難中，好得到上帝的安慰。「**叫我們能用神所賜的安慰，去安慰那遭各樣患難的人。**」（哥林多後書一章四節）

這是不一樣的觀點，把苦難和罪的懲罰脫勾，不再是「善有善報，惡有惡報」，也不是感慨「斯人也而有斯疾也！」。

把痛苦和罪惡分離的觀點也清楚地在約翰福音上提到，匡復和克萊爾查經時有談到這個議題，但是或許克萊爾並沒有華人文化的佛教觀點，也或許他已習慣了基督教的觀點，所以沒有在這個方面著墨太多。但是對匡復而言，卻是印象特別深刻，因為和華人文化非常不同。約翰福音第九章是這樣說的：

耶穌經過的時候，看見一個生來瞎眼的人。
門徒問耶穌說：「老師，是誰犯了罪，叫這人生來就瞎眼？是這人，還是他父母？」
耶穌回答說：「不是這人犯了罪，也不是他父母犯了罪，乃是要在他身上顯明神的作為。」
……
他的鄰舍和那先前見他是討飯的，就說：「這不是那素常坐著討飯的人嗎？」有的說，就是他。又有的說，不是，卻是像他。他自己說：「是我。」
於是他們對他說：「你的眼睛是怎麼開的？」
他回答說：「那名叫耶穌的人，和泥抹我的眼睛，對我說，你往西羅亞池子去洗，我去一洗，就看見了。」

匡復喜歡這樣的觀點，因為這可以讓生活在苦難中的人不用活在自責當中。他想起從小到大，不知道媽媽自怨自艾過多少次。「我上輩子到底做了什麼壞事，這輩子要嫁給你爸爸？」當全家落在悲慘的情形中時，總沒來由地責備自己。「一定是自己做錯了什麼，才會淪落到這樣的命運。」

做錯了什麼？一直到匡復上了大學以後才知道，高官們做錯的事才多著呢！但他們照樣飛黃騰達！然而華人文化卻牢牢抓住佛教的報應說，把底層人民的痛苦歸究於他們上輩子為非做歹，而很少檢討是否掌權的官員在施政上有什麼問題。從這個角度來看，匡復認為，底層的民眾應該多瞭解基督教的價值觀，甚至於應該接受基督教，不要繼續落在莫名其妙的自我指控當中。匡復那時雖然不信基督教，但對於基督教中明顯地將苦難和罪的懲罰脫勾，讓他覺得非常喜歡。

生和死的議題也是哲學上常討論的，基督教同樣在這個方面沒有缺席，不像儒家那樣地完全逃避。孔子說：「未知生，焉知死。」於是知識分子就迴避了生死交關的問題；儒家在這個方面還不如道家，莊子〈齊物論〉談到「生與死」的相對觀和「夢與醒」的類似性，由生到死就像是由夢到醒或由醒到夢，死亡並不是那麼悲慘。

根據莊子的觀點，死並不是真的結束，而是另一個階段的開始。莊子對生死有著豁達的態度，這個態度也表現在他面對死亡時與常人不同的行為，有不少人傳講莊子下面的這個故事。莊子的妻子死了，他竟然沒有哭泣，甚至於擊盆唱歌。莊子解釋了他所以如此的原因，也就是他認為死並不是真的死，而是到另一個狀態。然而莊子還是說不出死後的狀態是什麼，或許這是他的誠實，因為他真的不知道。但是基督教對這個問題的答案卻清清楚楚，沒有閃躲。基督教宣稱，人死後會復活，而且復活後不像佛教輪迴觀一般，喝了忘魂湯以後，前世的事都忘得一乾二淨；基督教復活後的生命和此生是連貫的，耶穌復活就是基督教信仰的核心論點之一，聖經中談到耶穌復活後再去找門徒，清楚地敘述，復活後的生命仍然記得原先的人事物，不是忘記前世後的今生。聖經言之鑿鑿，然而匡復仍不免懷疑，這是真實的嗎？

因為在查經班的討論，匡復對問題深思的特性也在留學生的圈子中不脛而走，有位佛教徒借給他一本書《近代神學淺說》，匡復有些驚訝這位佛教徒會看這本書，因為這是介紹基督教神學的書，而佛教徒竟然有興趣看。書中介紹了尼布爾（Reinhole Niebuhr）的一個經歷，「當他在底特律牧會時，有一天他在主日學班上講耶穌的登山寶訓。當他說，人打我們左邊的臉時，連右邊的臉也由他打。班上有一個男孩子對這個教訓表示懷疑。這個孩子說，報童們每天都為爭奪街頭攤位而打架。作為一個基督徒，面臨這種情況，他是不是也應當把右邊的臉任人去打，讓別的孩子搶走好的攤位，而白白減少養家的收入？尼布爾經這孩子這麼一問，一時答不出來，發現他的神學竟不能解決這種事情。」

尼布爾所面臨的，其實是反映出社會並不是那麼單純。而讓匡復感到訝異的是，查經班的基督徒總把事情簡化成可以有簡單的答案。這位借書給匡復的佛教徒所想的問題，應該比查經班的基督徒還要深入吧！匡復喜歡尼布爾沒有迴避這種掙扎的態度，因為和梵谷當年到礦區當牧師時，發現他講的道無法解決礦工的困境類似。匡復在查經班中其實提過梵谷的情況，但沒有人對他有所回應，似乎他們沒有讀過《梵谷傳》。匡復覺得頗失望，他不確定曉軒如何在基督教信仰和梵谷的遭遇之間取得調和。曉軒最後是變得和查經班的基督徒類似，對於真正的困境麻木不仁？或是還在《梵谷傳》給她的震撼當中？匡復多麼盼望可以調和現實生活以及基督教教義，那麼當他再去找曉軒時，應該可以和曉軒一同脫離梵谷的困境，而不會走向梵谷的結局。

經過這些日子的思索和領悟，他似乎已經為曉軒和他自己找到了出路。

「曉軒，妳別放棄，我就要再去找妳了。」匡復心裡默默說著。

第二十八章 非基督徒和基督徒的歧異。

這裡的查經班有個慣例，每年都換主席。這滿不錯的，否則要長時間應付匡復這種「問題」人物，恐怕主席會勞累太久，心力交瘁。匡復來的第一年，主席是老張，老張的修養很好，他雖然大多回答不出匡復的問題，卻不以為忤，還常邀匡復到他家做客。對於匡復這個初次到國外的異鄉人而言，能到講家鄉話的人家裡，心裡確實感到溫馨，所以匡復對老張滿有好感的。但是在查經的聚會裡，他仍然不停地發問，老張也還能接受他發問，只是老張無法理解為何匡復會想到這些問題；匡復也很難理解，為什麼他們都不會想到這些問題？匡復仍然持續到查經班，即使問題得不到答案，但從他們的討論和分享中，往往讓他領會一些心得。

查經班的弟兄姊妹有個吸引匡復的特質，就是遇到困難時，不會像他那麼擔心，或許是因為他們有了信仰的緣故吧！只是匡復會懷疑，到底他們是抱著駝鳥心態，不去正視困難呢？或是上帝真的會幫助他們解決難題？

查經班中有一個弟兄，叫合仁，念化工系的研究所博士班，還沒考資格考，所以離畢業還有一段時間，合仁帶著太太一起參加查經班，而太太已經懷孕有幾個月了，挺著大肚子。匡復在想，要是自己現在已經結婚，太太挺著大肚子，而沒有一份正式的工作，那麼一定會非常的擔心。但是合仁和他太太卻一點都不擔心，匡復看他們臉上的神情是輕鬆祥和。從他們的分享知道，他們從小就是基督徒。是否因為他們相信上帝，所以不會擔心？馬太福音第六章二十六到三十一節記載著耶穌如此說：

你們看那天上的飛鳥，也不種，也不收，也不積蓄在倉裡，你們的天父尚且養活牠，你們不比飛鳥貴重得多嗎？

你們那一個能用思慮，使壽數多加一刻呢？

何必為衣裳憂慮呢？你想野地裡的百合花，怎麼長起來，它也不勞苦，也不紡線。

然而我告訴你們，就是所羅門極榮華的時候，他所穿戴的，還不如這花一朵呢。

你們這小信的人哪，野地裡的草，今天還在，明天就丟在爐裡，神還給它這樣的妝飾，何況你們呢。

所以不要憂慮，說吃什麼，喝什麼，穿什麼？

是不是因為合仁和他太太真的相信上帝會供應他們一切，包括他們將出生的小孩，所以他們不去憂慮？匡復覺得自己辦不到。大學中的辛苦經驗，讓匡復無法想像說能夠「不要憂慮，說吃什麼，喝什麼，穿什麼？」

合仁和他太太其實不常說話，也不常解答匡復的問題，他們大多是靜靜的聽，偶而談一些生活經歷。然而有一次查經結束，合仁特別跑來找匡復說話，他說：「匡復，你為什麼會覺得沒有上帝的存在？」

合仁說話時，臉上依然是輕鬆祥和。匡復知道他不是故意要挑戰他的看法，而是純粹對匡復的觀點感到好奇。當合仁問完，匡復覺得很有趣，因為匡復一直很好奇，為什麼這些基督徒會覺得有上帝的存在？

這真的是很有趣的對比，基督徒認為上帝的存在是理所當然，而非基督徒卻認為沒有上帝的存在是理所當然。認為有上帝存在的人，把一切的因素都歸因給上帝；認為沒有上帝存在的人，會把事物的原委另外賦予不同的說法。習慣歸因於上帝的人，久而久之，認為因果關係就是如此，如果沒有上帝，那要如何解釋事情為何會那樣發生？這包括他們的個人遭遇以及其他宏觀的事物。習慣不歸因於上帝的人，有另一套解釋因果關係的觀點，久而久之，也認為事物發生的原委就是那樣，為什麼要有上帝才能解釋？

和查經班的人漸漸地熟了，有時匡復會和他們出去吃飯聊天，也看他們彼此間的互動，他們也偶而會開玩笑。

有次匡復和他們出去吃飯聊天時，修凱對家恩說道：「我看你來查經班是為了追女生？」匡復知道他們是在開玩笑。

「我幹嘛來這裡追女生？」家恩回答道。

「因為查經班的男生和女生比例懸殊，女生比男生多很多。」修凱說的沒錯，在留學生的圈子，男生比女生多，但在華人查經班裡，卻是女生比男生多。

「我沒有必要這樣子，我從小就是基督徒，要追女生的話，在臺灣的教會就追了。」家恩說道。家恩說的也是事實，在臺灣的教會中，女生也確實是比男生多。

「那你來這裡的目的是什麼？」

「就是傳福音啊！」

「修凱，你幹嘛這樣說家恩。」怡雯說道。

「就是啊！基督徒女生應該也不見得只嫁給基督徒男生，查經班外面多的是男生。」匡復插進話來，幫家恩說話。

「不可能，基督徒不會嫁給非基督徒。」玉毓說道。

「真的？」匡復問道。

「對啊！聖經上說，信與不信不能同負一軛，所以基督徒和非基督徒不能結婚。」嫻真補充說道，幾乎所有基督徒都同意這一點，雖然他們在其他部分常意見不同。

「若是結婚，那會怎樣？」匡復繼續問道。

「就是不能結婚，因為兩者的價值觀差異太大。」

這個說法讓匡復頗為震撼。「難道曉軒是因為信了基督教，所以才和我疏離的嗎？」

第二十九章 柏士的遭遇 否極泰來。

匡復在這裡所認識的基督徒當中，柏士是最奇特的一位，他是基督徒，一個和前面提過的基督徒全然不同的基督徒；別的基督徒是用嘴巴傳福音，但柏士不是用嘴巴傳。事實上，他根本沒有想要傳福音，可是卻身不由己。

匡復和柏士剛到康乃爾大學後沒多久，匡復曾經問過柏士：「你要不要來參加查經班？」

這說起來有些荒謬，匡復不是基督徒，而柏士是基督徒，柏士說是第一次碰到非基督徒邀請基督徒參加查經班，大概在非基督徒當中，很少像匡復這麼認真探討這個宗教的。雖是這麼特別的邀請，柏士並沒有答應，不過他們還是常碰面，因為他們同時來康乃爾大學，並且有幾門課是一起上的。

對於柏士這樣不熱衷聚會的基督徒，匡復覺得有些訝異。不過匡復不覺得有什麼好難過的，查經班多一些或少一些人氣，與他沒什麼相干。匡復只是覺得下課後，柏士大多自己一個人，匡復認為柏士應該多認識一些人，到底出門在外嘛！在這個地方，柏士的朋友屈指可數，匡復和柏士修最多相同的課，所以自然成為他最常在一起的朋友。即使如此，他們除了討論功課以外，其他的話並不多。

這裡在美國的紐約上州，季節變化非常明顯，開學沒多久以後，就進入了秋天，紅黃楓樹遍滿山野，視覺上似乎一片火熱，但迎面吹來卻是冰涼的風，使人情緒感受非常強烈。一天下課後，匡復和柏士散步到樹林稍為享受一些閒情，對於念工程的人而言，即使很被景色感動，話題上也很少詩情畫意，而柏士似乎是這類典型念工程的人，他們簡單扼要地讚美一下風景，就開始聊起其他東西。

「你知道嗎？我本來也要找老E當指導教授的。」

「真的，後來為什麼沒找他？」柏士問道。

「其實我找了他，他也同意了，但是有一個表格沒有給他簽名，隔了幾天之後，我拿表格再去找他，他說是已經收了太多學生，不能再收了。那個時候我覺得很生氣，怎麼連美國人都沒有信用，表格簽字只是個形式嘛！口頭答應就應該要算數，不是嗎？而且等我發現不能當老E的學生時，都已經開學了，我要上課，又要重新找其他教授談，令人覺得非常困擾，也枉費我提前兩個星期來美國。要不是已經繳了金額不少的住宿費，我可能早就回臺灣去了。」匡復趁機發了一頓牢騷。

今天柏士也頗有談話的興致，他說：「我那個時候比較幸運，他答應後，我就趕快拿表格給他簽名。不過他真奇怪，多收一個學生又怎樣，而且你已經有學校給你的獎學金，他不必再為你擔心。明年他還得想辦法幫我弄個研究助理獎學金或助教獎學金，否則我就不能再當他的學生了，因為我自己花錢來念，在這麼貴的學校，我的錢只夠念一年。」

然後柏士就談起過去，以及為了能夠念這個學校，如何辛苦地賺錢存錢云云。聽他談起過去後，匡復比較能理解為什麼他總是獨來獨往，因為他怕和大家在一起，難免會去一些地方而多花錢。

柏士繼續說道：「其實我很羨慕你，為什麼你的成績可以那麼好，能拿到獎學金，我覺得我也很用功，可是成績就是無法和一些人相比，譬如像你。我常常覺得上帝並不是很公平。」

聽他說到上帝不公平，匡復覺得很驚訝，竟然基督徒有這種感慨！不過他這個非基督徒也深深覺得上帝並不公平。匡復接著說道：「就是嘛！李暉是獨子，他家那麼有錢，但是他不僅有這個學校的獎學金，還有其他好幾所學校給他獎學金。」於是匡復也把過去的一些不幸和難過的遭遇告訴他。

「聖經說的，那有的，還要加給他，叫他有餘；沒有的，連他所有的，也要奪過來。我做為基督徒很久了，常發現聖經講得很對，但是我很不願意接受。」

「那你一開始如何成為基督徒的？」

於是柏士從他小時候如何進教會，如何體會耶穌的愛等等開始談起。他談到小時候在教會的快樂時光，現在回想，他覺得耶穌的愛就是教會發的糖果和辦的一些活動；不過他也確實經歷了一些所謂的神蹟奇事，譬如聯考放榜之前，神先告訴他確切分數；還有以前每次禱告以後，就比較能記得讀書的內容，所以國中以前成績都是第一名。

「因為你禱告後，心裡比較安靜，所以記得較牢嘛！」匡復不覺得這算是神蹟奇事，至於聯考分數的事，確實滿神奇的，他得再想一想。

「對啊！等上高中以後，我發現很多人不需要禱告，就可以念得很好。特別是班上有一個同學，我再怎麼努力，成績就是不如他。而上了臺大電機系以後，看到更多同學並不是基督徒，但成績更傑出，於是我也懷疑起到底禱告有沒有真正的作用。」柏士倒也老實地認同匡復的觀點，甚至還說出許多類似的感想。

「嗯！太陽照好人，也照壞人。」匡復開玩笑地說，這是在查經班聽來的觀點。

「說到好人，大學中，我發現同學裡也有努力做好人的，他們雖然不是基督徒，我卻覺得他們比我這個基督徒還好，也比教會中許多弟兄姊妹做得好。像我就常常會嫉妒他們，我也會嫉妒你。」

聽到柏士如此誠實地承認對他的嫉妒，匡復不僅沒有生氣，反而覺得柏士滿值得信任。不像查經班中的一些基督徒，他們總認為基督徒好得幾乎就像聖人一般；有些基督徒做得較不好時，就說是人都會有軟弱，但他們還是比非基督徒好。匡復聽了非常不服氣，覺得聖經的內容還算不錯，不過卻不能幫助基督徒分辨是非。聽柏士如此坦然承認自己的錯誤，真是特別，過去認識的人中也很少如此坦白的。

匡復說：「假如我再怎麼努力也比不上別人，我大概也會嫉妒。」匡復倒不是禮尚往來，也不是要安慰柏士，而確是有感而發。匡復也把在查經班所觀察到的情形告訴柏士，柏士並不驚訝，因為他在臺灣的教會，也有類似的感觸。

柏士接著說：「每次唱詩歌時，我都不太敢唱，因為我覺得詩歌中說到要如何愛耶穌，要如何被他使用，我都做不到。可是不曉得為什麼，他們都唱得很起勁，然而他們表現出來的也不怎麼樣。有時我想分享真實的感受，但他們總投給我異樣的眼光，使我覺得為什麼自己那麼不屬靈。」

聽他這麼說，匡復很慶幸自己不是基督徒，否則在查經班可能也會有和他一樣的遭遇，那一定覺得很孤單。

經過這一番談心之後，他們成了莫逆之交，匡復在查經班聽到或討論到的內容，也常常再向柏士提起。許多問題在查經班當中只能聽到所謂的標準答案，但是從柏士可以聽到發自內心的觀點，匡復反而因此更能體會聖經的深刻意涵。

在他們忙於作業和考試當中，第一場雪沒多久就下起來。此時柏士還得忙著繼續申請學校，因為他不確定老E明年會不會給他研究助理獎學金。偶而他們還有時間閒聊，匡復常問柏士一些基督教或聖經的問題，因為他對這個宗教相當好奇，特別是柏士竟然相信它，雖然柏士也常覺得某些部分滿荒謬的，譬如參孫竟然會告訴妓女他擁有神力的祕密，而上帝竟然重用這種經常嫖妓的人；還有那對雙胞胎，大的叫以掃，忠厚老實；小的叫雅各，頑皮刁鑽，就像韋小寶，但是上帝卻說，祂喜愛雅各，憎惡以掃；以及柏士也常感慨神何以先奪去約伯的兒女家產，然後再給他加倍的福分。失去的生命，再多補償也換不回來，不是嗎？

有時匡復開玩笑地問柏士：「基督教這麼荒謬，你為什麼還信？」

柏士卻煞有其事地說：「萬一它是真的呢？想想看，被地獄的火永遠地燒，那是很可怕的！」人死後會再復活，然後被地獄的火永遠地燒，這不是匡復過去所相信的。他傾向於認為人死了以後就一了百了，雖然他並不確定死後的世界會是如何，但活一遭已經夠辛苦了，竟然還要復活。不過，另一方面，假如死後就一了百了，那活這一遭又為了什麼？中國人說是「虎死留皮，人死留名」，可是死後若沒有知覺，一生的名利榮辱也就隨著死亡而結束，又何需在乎名留千古，或是遺臭萬年？然而若是如此，那麼辛苦一輩子所為何來？不如吃吃喝喝算了，就像街上流浪的狗一般，走到那裡算那裡。在這個草木皆枯的冬天，面對漫天翻飛的白雪，匡復反倒覺得這樣的想法並不瀟灑，反而是無限的悽涼與無邊的空虛。雖然從書上讀了不少觀點，但沒有定論，匡復覺得死後的世界是不可知的，各樣的觀點也無法證實，就看你要相信那一個觀點，但是聽柏士的口氣像是對地獄的永火頗信以為真，而且相當畏懼。

「你真是不像基督徒，但更像一個實實在在的人。」匡復坦率地告訴柏士此時的觀感。

在過去的認知中，基督徒應該是喜愛真理的，甚至願意為了真理而犧牲生命。沒想到在匡復眼前的竟是相反的一個基督徒，可是他喜歡眼前的這個比較不像的基督徒，遠超過查經班那些「喜愛」真理的基督徒。

第二個學期的春假時和柏士去了普林斯頓大學一趟，柏士想趁機去瞭解那裡的電機系，最主要的是希望和那裡的教授談，看能否較有機會拿到普林斯頓大學的獎學金；匡復則是想去紐約市找一晴。他們搭灰狗巴士去紐約市時，在車上聊了很多往事，彼此也更為惺惺相惜，雖然柏士是基督徒，匡復不是基督徒。

想像四季分明是一回事，實際經歷真正的變化又是另一回事。冬天的可怕不是冰雪的嚴寒，而是生機的蕭條，令人覺得沒有希望。於是相對地，這裡的春天特別令人喜悅，經過了幾個月冰天雪地，遍野枯木的冬天，現在卻處處生機重現。春假結束後，樹木冒出的新芽就變成整叢的翠綠；還來不及思索，千變萬化的綠色就塗滿山野，每天都令人驚喜！匡復拎著相機到處拍照，過去月曆上的風景，現在變得隨處可見；偶而還會再下雪，但是雪融後，更令人驚訝的是，地上到處冒出一整片的水仙花和鬱金香，有白、有黃、有橙、有紅、有紫，原先以為這裡的秋天已經很迷人了，沒想到春天更迷人，以一種完全不同的姿態出現，丰采萬種，尤其是經歷了幾個月的單調冬天之後。假如現在有人告訴匡復，死後有復活，而且復活的新生命更叫人喜悅，匡復說他不會懷疑。

柏士的心情也隨著春天的到來而變得開朗，然而真正的原因應該是他申請的學校大多給他獎學金。

「你的辛苦終於得到了報償。」匡復對柏士說。

「是啊！」柏士長長地吁了一口氣，像是抒解幾十年積鬱般地說道。

匡復心裡好奇地想：「不知柏士是認為他自己的努力呢？還是上帝給他的賞賜？」不過現在不是和他討論這類問題的時候。在這麼漂亮的春天，應該多看看風景！

「輕鬆一下，我們去一些地方看看。」匡復向柏士建議道。

柏士欣然答應，於是他們兩人逛遍了學校的植物園，以及貫穿校園的兩條峽谷，凱絲慨笛啦峽谷和秋之峽谷，幾乎是沒有車子的他們，徒步能到的極限，他們走在峽谷上面重新開放的吊橋上面，欣賞到處盛開的水仙花和鬱金香，以及植物園的池塘、水流和小木橋。看到柏士過去深鎖的愁眉展開笑容，匡復不禁寫下此刻的感受：

康乃爾大學的春天景色——
遍地盛開的水仙花。

康乃爾大學植物園的池塘、水流和小木橋。

康乃爾大學春天
盛開的鬱金香

冰雪漸消融，
翠綠叢叢，
春意不再念寒冬。

鬱金香豔水仙媚，
風情萬種。

黃白橙紫紅，
笑看舞蜂，
翩翩飛蝶，莊周夢？

小橋流水春來也，
閒情迎風。

〈浪淘沙：冬去春來〉

柏士也很被景色感動，不禁讚嘆道：「沒想到已經死去的冬天，竟然能夠復活！」

經過這些日子相處，他們的感受竟然不知不覺地接近了，不知是匡復影響了柏士，或是柏士影響了匡復。不過柏士終究是基督徒，在順遂的光景中，柏士常常不知不覺就喃喃讚美起上帝；而上帝對匡復來說，只是個哲學上的概念，或是道德的代名詞。

又隔了幾週，柏士很高興地告訴匡復：「老E給我研究助理獎學金了！」

人生總是如此，好運來的時候，一個接一個，就像聖經說的，那有的，還要給他更多，讓他有餘；那沒有的，連他所有的一點點也要奪去。現在柏士已經有了其他學校的獎學金，但是上帝卻要給他更多。

「那你打算留下來或去別的學校？」

「我考慮來考慮去，覺得留下來比較好，因為老E從暑假起就給我獎學金，而且我的研究不必從頭開始，可以較早拿到博士學位。」

「太好了，太好了，那我們就可以有更長的時間在一起！」匡復很難得為朋友如此高興過。

暑假到了以後，柏士果然有了研究助理獎學金，而且暑假的金額是平常的兩倍。暑假期間，柏士也回去臺灣和女朋友相聚，因為在出國前兩天，他才和對方確定男女朋友的關係，覺得放心不下，現在有了獎學金，當然要回去臺灣再次確認。

回來學校以後，柏士向匡復說道：「我女朋友真的願意和我在一起，她說等我拿到博士學位就會和我結婚。」

柏士告訴匡復時，非常高興，臉上掩不住發自內心的喜悅，他這一生從沒這麼愜意過。過去他對上帝的懷疑也在如此愜意的光景中溶化了，於是他終於欣然和匡復到查經班。

這個年度結束後，主席換了人，新主席變成紅勝，她以前也在查經班聚會過，但是在匡復剛來的這一年中很少來。紅勝頗為凶悍，可是卻對柏士畏懼三分。可能紅勝並不知道柏士是最近才來查經班，也可能柏士在查經當中流露出對聖經的熟稔，紅勝怕以聖經的話數落他時，反被柏士搶白一番；也有可能柏士最近順遂，紅勝相信耶穌與他同在，常說他臉上有耶穌的榮光，於是不敢隨便開罪。而其他基督徒在紅勝的眼中都是不夠認真的，她幫耶穌數落這幫基督徒或非基督徒，正是替天行道。匡復很幸運地常和柏士一同出入，所以紅勝還沒對他發飆，只是對於匡復的問題，她常三言兩語就敷衍過去，好像匡復的問題沒什麼好問似的，似乎只要信了耶穌，這些就不是問題。不過匡復並不認同，至少在他和柏士談話時，他知道即使信了很久，問題依舊存在。

柏士現在也常帶領大家查經，他帶查經時，令匡復相當享受，因為他對匡復的問題會認真地回答。新來的朋友看柏士對問題的深刻瞭解，都以為他是查經班的元老，而沒想到他是最近才來的，而且是匡復這個非基督徒邀請來的。柏士有時也讓匡復回答一些別人發問的問題，雖然匡復不是基督徒，不過他的答案卻還能引起共鳴。有時基督徒也同意匡復的看法，然而有時只有部分基督徒同意，甚至有些時候非基督徒頗同意他的看法，而基督徒中除了柏士以外，都不同意他的看法；這時紅勝會兩隻眼睛惡狠狠地瞪著匡復，好像他破壞了他們的好事。幸好柏士瞭解匡復的觀點，而他也對聖經相當熟悉，能從聖經中找到好的理由幫匡復開脫，因此頗能化解尷尬的場面。

紅勝繼續在查經班中強勢帶領，有好幾次，那群基督徒們被他數落得面面相覷，噤若寒蟬。柏士來到查經班，頗有幫助，因為他對聖經夠熟悉，而紅勝也不敢對他多所為難。然而時間久了，紅勝知道柏士暑假後才來，便漸漸不再把他當成一回事，甚至語氣上對他頗為不屑。

紅勝要大家確認她是最愛主耶穌的，也只有她對聖經的看法才是最正確的，而且她當查經班主席是上帝的旨意，她的權威性不容他人挑戰，誰反對她，誰就是與上帝為敵。這樣的情形撩起了柏士過去在教會中的不愉快回憶，柏士不喜歡教會中爭強鬥勝的狀況，也就懶得和紅勝爭個高下，於是他好不容易出現的服事熱忱，又逐漸冷卻。

匡復和柏士並沒有離開查經班，因為他們和查經班的其他人已經熟識，來查經班中和大家聚一聚已經成為他們生活的一部分。有時他們會在查經後一起去餐廳吃晚飯，有時也相邀去打球或烤肉，柏士現在有獎學金，因此這些額外花費不再是他的顧慮。

分明的四季特別容易令人察覺它的輪替，很快地，又到了遍野楓紅的秋天。柏士今年的心情非常快樂，他想起過去的景況，對照今日，真是「舊事已過，都變成新的了」，而中國人說的「否極泰來」更是描述柏士遭遇的美好寫照。

第二十章 柏士的遭遇

要不住地禱告 不可灰心。

漂亮的秋天轉眼即過，還等不及樹木的葉子掉光，雪就飄了下來。就在漫天飄雪的某一天，柏士帶著難過和凝重的表情告訴匡復：「老E說這個學期結束後就不能再給我獎學金了。」

柏士平常很少開玩笑，可是匡復還是覺得他的話難以置信，匡復說：「怎麼可能？你這學期的成績很好，而且又認真做實驗，老E怎會不給你獎學金？況且他答應讓你念完博士學位，你才因此沒有轉去別的學校，而你到現在也不過才領了幾個月的獎學金。」

「老E說他因會計處理不當，以至於研究經費透支太多，欠了幾百萬美金，所以下學期起就無法付我研究助理獎學金的薪水。」聽完柏士的話，匡復心裡想，柏士怎麼如此倒霉，好日子才過沒多久，就碰到惡運，真是令人感慨人生無常，連鼎鼎大名的教授也會搞這樣的飛機，也還好當初沒有真的當了老E的學生。

柏士一臉懊惱，可是匡復不曉得如何安慰他，只能驚訝地反復問道：「怎麼會這樣？怎麼會這樣？」

因為老E透支的金額遠超過他們做學生的所能想

像，他們實在不知如何是好，只能接受這個殘酷的事實，而柏士只得換指導教授或再申請別的學校。早知道會有這樣的遭遇，他當初接受別的學校給的獎學金，離開這裡就好了。

「你怎麼打算？」匡復問他。

「只好再申請別的學校了。」柏士似乎已經接受了這無法挽回的結局。

「你不打算在這裡找別的老師當指導教授嗎？」匡復再問道。

「在這裡找別的教授也是要換題目，而且也不確定會有獎學金。」柏士雖是這麼說，不過匡復覺得他心裡事實上有些怨懟這個學校。

「你下個學期呢？你有足夠的錢度過下個學期嗎？」匡復問道。

柏士回答說：「因為契約的關係，學校願意付我下學期的錢，不過再來就沒有了。」

「還好現在是十一月底，你還來得及申請別的學校。」匡復說道。

柏士去年申請時有許多學校給他獎學金，今年再申請，應該會更好才對，因為念完這一年，他就有碩士學位，而且又有更多的實驗經驗，於是匡復告訴他：「不要太擔心，你今年申請的結果一定會比去年好。」

但是柏士仍然心有未甘，因為無論如何，他似乎得多花一些時間才能念完博士。

柏士也突然想到了匡復曾經想跟老E做研究，於是說道：「你滿幸運的，當初沒有成為老E的學生。」

人生實在是無常，幸運可以變成不幸，而不幸反而成為幸運，難怪中國人說「禍兮福所倚，福兮禍所伏」。只是沒想到這麼清楚而快速地印證在匡復和柏士身上，然而兩人卻是完全相反的境遇，匡復一方面為自己慶幸，另一方面卻為柏士惋惜和難過。

查經班中的基督徒除了查經之外，也會一起禱告，雖然匡復並不相信上帝，不過對於他們以禱告互相扶持也覺得很有意思，因為有些困難真是不容易解決，而言語上的安慰又口惠而實不至，以至於不知如何告訴朋友：雖然我幫不上忙，但還是很關心。基督徒們的互相代禱似乎頗能表達他們彼此間的關心，雖然他們在面對困難時也是無能為力。柏士目前的處境也成為查經班中的重要代禱事項，柏士也頗能體會查經班中弟兄姊姊對他的關心，不過匡復不覺得禱告真能有什麼實質的幫助，而且他想柏士應該可以申請到其他學校的獎學金。只是沒有和他們禱告，匡復不知如何將他的心意向柏士表達，只能期待一切盡在無言中，而柏士也能明白就是了。

原先柏士因為紅勝的強悍態度，已經對查經班的服事意興闌珊，現在面臨困難，對查經班的服事更是失去了熱忱。而紅勝卻有些得意，她認為公義的上帝在教訓柏士，因為柏士對上帝終究是不夠認真。但另一方面，紅勝為柏士的禱告卻是相當真誠，而且告訴柏士說：「你對上帝要有信心，祂一定會幫你的。」

匡復以前認為紅勝是假借信仰來爭奪個人權位，而現在她竟然如此認真地為柏士禱告，令他覺得很不調和。匡復想，紅勝大概沒有好好釐清信仰和個人欲望之間的矛盾，以至於不管是為個人爭取名位，或真正為信仰，都是義無反顧。假如一個信徒不能敏銳地察覺到個人欲望會神不知鬼不覺地主宰自己的行為，那麼所謂的宗教熱忱，就會在不知不覺中成為追求個人權位的美好藉口，甚至於自己已經成為魔鬼的打手而不自知。紅勝是很願意為她的信仰付出，只是沒有察覺到藏於她內心深處的個人欲望常在扯她信仰的後腿。這讓匡復聯想到，社會上的改革家大概也是如此，一方面很有改革的熱忱，另一方面卻又莫名其妙地設法謀取自己的權力，而沒有察覺到自己其實也是改革的絆腳石。

查經班為柏士禱告了好些日子，柏士也陸續收到幾所學校的回信。很不幸地，這些學校都沒有給他獎學金，於是柏士愈來愈焦慮。匡復覺得事情的結果頗出乎意料之外，這些回信中不乏去年曾願意給柏士獎學金的學校，怎麼今年都不願意給了呢？難道這些學校如此小心眼，只因去年柏士沒接受他們獎學金，今年就報復不成？然而從美國同學口中，知道他們不會如此小心眼。

查經班更賣力地為柏士禱告。有些弟兄姊妹說：「上帝總是把最好的留在最後面，所以會給柏士獎學金的學校必定是最好的。」匡復覺得這個想法很阿Q，不過還算是可以用來安慰柏士。也有弟兄姊妹說：「上帝只會應許給柏士一個學校的獎學金，免得柏士到時難以選擇。」匡復覺得這也很荒謬，獎學金總是多多益善嘛！有得選擇總比沒得選擇好！不過現在柏士確實也沒什麼選擇，只剩最後一個學校還沒回信，其餘全都不給他獎學金。

匡復心裡真是納悶，到底怎麼回事？覺得似乎是上帝在捉弄他。柏士現在非常緊張，只剩最後的希望，雖然最後的學校是非常好的，但是會給他獎學金嗎？

「你要不要打電話去那個學校問問看結果？」匡復建議柏士主動些。

「有啊！我也和那裡的幾位教授談過，有位教授對我的研究頗有興趣，看來好像很有機會，只是還沒收到正式的信，總是不能確定。」柏士回答說。

匡復又給柏士一些建議，希望能讓柏士更有機會拿到這個學校的獎學金，這些建議柏士也都想過，而且已經付諸行動了。柏士比他想像中更為積極，不像查經班中的基督徒，只是守株待免地禱告。匡復想柏士應該會拿到這個學校的獎學金，於是勸他別擔心，柏士自己也覺得希望濃厚，只是心裡難免忐忑。

三月分的第一個週末，應該是春天了，但今天天氣陰霾，而且氣溫很低，似乎還會下雪。查經班還是和往常一樣聚會，因為一直沒有獎學金的好消息，柏士最近在聚會中相當沉默，而今天的神情更是怪異。不用問，匡復就可以猜到最後的學校給柏士的回覆是什麼了。「怎麼查經班這麼多弟兄姊妹為他禱告後，還是這樣的結果呢？」匡復心裡嘀咕著。雖然他並不相信上帝的存在，而這樣的禱告結果像是驗證了上帝真的不存在，但他卻沒有覺得高興，反而為柏士難過。匡復想像若是自己無法完成學位就得打包回家，那真不知情何以堪？

紅勝在帶查經，但是匡復卻一直在注意柏士的表情，希望他的猜測是多慮。

聚會終於結束了，柏士從座位上站起來，一聲不響就要離開。匡復想大概不幸猜中了，他不敢讓柏士獨自回去，怕柏士想不開。匡復默默陪著柏士走，也不曉得對他說些什麼才好，這時天空飄下雪來，四周一片陰沉。匡復和柏士走到一個橋頭，這是跨在凱絲慨笛啦峽谷之上的橋，橋下的溪谷非常深，有一百多公尺。突然，柏士揮拳，重重打在橋墩上。

「為什麼？為什麼我這麼努力，上帝就是不給我？」柏士喃喃自語，語調中帶著勉強壓抑住的憤恨。

匡復希望能找到合適的話安慰柏士，但是只能想到約伯記中的一段話，覺得柏士此刻的心境應該和約伯接近吧！於是他說：「賞賜的是耶和華，收取的也是耶和華。」

在約伯記中，接下來的句子是「耶和華的名是應當稱頌的」，但匡復說不出口，因為要柏士在此打擊下，繼續像約伯那樣地稱頌耶和華，似乎太強人所難了。於是匡復收口，繼續沉默地和柏士一起走著。還好柏士再來沒有出現情緒激烈的動作，也沒有失神地亂逛。

柏士直接走回住處，一進門，匡復碰巧往他的書桌望去，看到上方的牆壁貼有一幅大大的座右銘，匡復原以為是「吃得苦中苦，方為人上人」之類的話，因為柏士從小家境貧寒，常遭人歧視，所以很想要出人頭地。然而沒想到這幅座右銘寫的是：

「要不住地禱告，不可灰心。」

匡復心裡在想。「明明所有申請的學校都不給他獎學金了，禱告還能得到什麼嗎？難道可以無中生有嗎?沒想到平常相當實際的柏士，現在竟比查經班中的基督徒還要阿Q。」

柏士發現了匡復看到座右銘後的驚訝表情，想告訴他什麼，卻欲言又止，大概是覺得無法向他說清楚。可能此時此刻柏士沒有心情向匡復解釋什麼，也可能是信仰的某個深處只能意會，不可言傳。

過了一些時候，柏士的神情回復平靜，然後告訴匡復：「謝謝你陪我走回家，你放心，我不會有事的。」

柏士的口吻聽來還算平穩，所以匡復放了心。匡復在柏士的住處再晃了一會兒，希望轉移他的思緒，免得柏士繼續在獎學金的事上打轉。「但願他可以想開點，計畫一些別的出路，很多人並沒有拿到博士學位，不也是過得好好的？」匡復心裡這麼想，但又覺得當時不合適告訴柏士這些。

隔了幾天，柏士主動來找匡復，他說：「匡復，我錯了，我成為基督徒這麼久了，我知道應該把上帝擺在首位，但是這些年來，我卻把博士學位放在第一位，女朋友放在第二位，而上帝只是第三位，現在我知道應該真真實實地把上帝擺在第一位。」

柏士的情緒非常平靜，顯然他的內心有非常不同的改變。匡復有些驚訝，因為在這麼長久的相處中，他們的話題常常離不開學位，想要出人頭地等等。匡復能深刻體會到未來的成就對他們的意義，因為他也是家境不好，經歷過被人歧視的遭遇。而柏士竟然在這幾天內轉變得這麼多，聽他的口氣不像是無奈的決定，匡復想：「對我這個非基督徒而言，我想基督教信仰是有我無法領悟之處。上帝真的存在嗎？而祂真的在乎你是否把祂放在第一位嗎？」

柏士繼續說道：「詩篇上說，若不是耶和華建造房屋，建造的人就枉然勞力。若不是耶和華看守城池，看守的人就枉然警醒。我現在知道若沒有上帝的祝福，我再怎麼努力也得不到。」

聽他這麼說，匡復也就順著他的話鼓勵他安排別的出路，只是很訝異他內心竟然接受得這麼坦然。

柏士又說道：「我女朋友過去常開玩笑地說，假如沒有拿到博士學位，就不嫁給我。我信以為真；在這幾天的電話中，她清楚地告訴我，沒有博士學位無所謂，她還是願意和我在一起。」

聽了柏士這麼說，匡復想：「這也不錯，藉這個打擊而能確定有一位真心相愛的女朋友。不過這也用不著對上帝的態度改變這麼多，頂多把女朋友放在第一位，成就放在第二位，何以會變成是上帝在第一位？而這麼好的女朋友，在他心中卻依然只是第二位！」

根據柏士所說的，好像他和上帝之間，就如耶穌和彼得的關係。這時匡復和克萊爾已經查完約翰福音一段時間了，匡復記得約翰福音的最後一章記載著：

他們吃完了早飯，耶穌對西門彼得說：「約翰的兒子西門，你愛我比這些更深嗎？」

彼得說：「主啊，是的，祢知道我愛祢。」……

耶穌第二次又對他說：「約翰的兒子西門，你愛我嗎？」

彼得說：「主啊，是的，祢知道我愛祢。」……

耶穌第三次對他說：「約翰的兒子西門，你愛我嗎？」

彼得因為耶穌第三次對他說「你愛我嗎？」，就憂愁，對耶穌說：「主啊，祢是無所不知的；祢知道我愛祢。」

似乎上帝也常常問柏士：「你愛我嗎？」

而柏士一直到現在才確定地對上帝說：「是的，我愛祢！」

「你愛我比那些更深嗎？」

「是的，我現在知道要愛祢比那些更深！」

看來上帝不只是哲學上的概念，也不是美好道德的代名詞，祂是有感覺的，如果祂在你心中所占的分量不夠，祂會不高興，然後想辦法讓你重視祂，這幾天來，柏士的遭遇和反應讓匡復對上帝有這樣的觀感。

查經班知道連最後的學校也沒有給柏士獎學金後，就自動地改變為柏士禱告的內容，變成是一般性的，祈求神帶領柏士走一條最合適他的道路。不曉得這是對上帝缺乏信心呢？或算是按照神的旨意禱告？但是柏士內心似乎不太認同這樣的禱告，只是他也沒說該如何為他禱告。

紅勝帶領查經班的風格也逐漸顯現出效應來，非基督徒中除了匡復以外，都只來一兩次就不再出現了。匡復現在繼續出席，因為這個學期已經沒有和柏士修相同的課，平常並不容易碰面，來查經班是較確定可以看到他的時候。不過他在聚會時也很少發問了，因為大多得不到答案。

聚會的氣氛愈來愈沉悶，面對這樣的景況，紅勝也頗有心理準備，在查經當中，她也會說：「跟隨耶穌就要準備付出代價，有時得忍受被人群唾棄的孤單。」

她也引用約翰福音上說的：「光照在黑暗裡，黑暗卻不接受光。」

可是匡復懷疑到底是她一意孤行的個性造成這樣的結果？或真的是世人總要與上帝為敵？其他基督徒似乎相當無奈，希望有所改變，但找不到出路。而柏士自從向上帝認錯以後，反而悠然自得，他變得最沒有煩惱的樣子。

隔了一些日子，剛過完春假後幾天，柏士來找匡復，一臉興奮，匡復以為柏士春假當中去了什麼好玩的地方，但是柏士說：「M大學會給我獎學金，讓我念完博士學位！」

匡復知道他不是開玩笑，但是覺得不可思議，睜大眼睛看著柏士，說：「真的嗎？」

柏士說：「真的！春假時，我研究室的一個美國同學，回他的母校，就是M大學，剛好碰到以前教過他的一個教授，於是和這位教授聊了起來，發現這位教授現在做的研究和我的很有關連，所以就把我做的內容告訴他。這位教授對我做的很有興趣，希望我這學期結束後去和他做研究。這位美國同學回來後就告訴我，我剛聽到時，也不敢相信，因為美國人有時候很會開玩笑。但是兩天後，這位美國教授真的打電話給我，問我有沒有興趣和他做研究，我回答說當然有興趣，只是申請期限都已經過了，但是他說沒關係，他會把申請表格寄給我，我只要補填上去就好了。」

匡復聽得目瞪口呆，沒想到真的發生「無中生有」的事！他回想幾個星期前在柏士住處看到的座右銘：「要不住地禱告，不可灰心。」上帝的作為還真的超乎人的想像！

幾天後，柏士果然收到申請表格，填完寄給M大學後沒幾天，就收到正式的獎學金信函。

柏士喜不自勝，過去他說是無法理解何以上帝先擊打約伯，然後再給他雙倍的福分，現在他卻高興地說：「我不用雙倍的福分，我只要一倍就夠了！」柏士在短短這幾個星期當中的轉變和遭遇，若不是匡復親眼目睹，很難相信會是真的。

柏士有了獎學金的事對查經班起了很大的鼓舞，紅勝說：「我早就說過，對上帝要有信心。」

其他弟兄姊妹就像是目睹上帝在施行神蹟奇事，覺得相當興奮。而最近對基督教信仰產生動搖的禹涵，在看到了柏士拿到獎學金的事件以後，也似乎得到不少鼓舞，重拾信心，不是對自己的信心，而是對上帝的信心。

似乎基督教信仰和哲學不同，不純粹只是思想的層面，還有匡復無法參透的部分。本來匡復以為基督教信仰只是心靈的感受，然後藉著理性思辨來說服自己這個信仰值得投入，但現在又感到困惑了，基督教信仰可能不僅僅是人心靈中頑固的想法而已。

「上帝會是真實的嗎？」匡復問著自己。

第二十一章 意外的消息。

柏士的遭遇對柏士而言是個美好的結局，但對匡復來說，是個不小的震撼。

如果不是發生在柏士身上的事件，如果不是那麼戲劇性的變化，匡復覺得上帝是否存在其實只是存乎一心；雖然上帝存在的觀點可以解釋一切的事物，上帝不存在的觀點也照樣可以解釋一切的事物。

俗話說：「人算不如天算。」而基督徒說是「上帝的意念高過人的意念」，面對上帝，人真是莫可奈何嗎？在和基督徒的討論中，讓匡復認為，似乎人是上帝的棋子，任何人都只是上帝的棋子。上帝是陶匠，人是陶器，祂要怎麼捏怎麼造，人就成為祂那麼捏那麼造的樣式。這是真的嗎？

柏士的遭遇讓匡復思索：「上帝可以叫柏士把祂擺在第一位，那我自己能夠逃出上帝的手掌心嗎？上帝真的就是創造天地以及生命的那一位？人的每一根骨頭，每一個關節，甚至於每一根頭髮，祂都數算過、摸過；人的每一個意念，每一份心思，祂都知道，甚至於比人自己還清楚？上帝對柏士花了那麼多功夫，祂會放過我嗎？」

當匡復這樣思索時，接下來就聽到了讓他更震撼的事。

在康乃爾大學這裡，大家都認為匡復是開朗樂觀，其實也應該是，因為他在這裡的遭遇比柏士好多了，有獎學金，好的成績，又能言善道，來美國不僅沒有文化衝擊，而且總是結交到有趣的朋友，到處都有貴人相助。部分查經班的人有些吃味，為什麼好處都給匡復拿到了？為什麼不信上帝的人，生活也可以那麼美好？為什麼不認識上帝的人，卻有那麼多的祝福？

他們常說「人的盡頭是神的開頭」，然而他們怎麼樣也看不出匡復會有走到盡頭的時候，所以不再抱著他可能成為基督徒的希望，雖然他來查經班超過了一年半。他們認為：「不被伶牙俐嘴的匡復帶離開上帝就已經不錯了，不要想說服他成為基督徒。」

話說第二年查經班主席換成了紅勝，她的個性和老張截然不同，看來活力充沛，她對所有的問題都有答案。不曉得她是以前就想過這類問題，還是臨時想出來的答案。

某一次在查經時，有人問道：「什麼是異端？」

這個問題不是匡復問的，他以前在討論宗教和哲學的書上看過這類的問題。當這個問題被提出來時，匡復以為有人會先談一般宗教討論中如何看待異端，然後再說基督教的看法。然而在大家還來不及發言時，新主席就回答了：「異端嘛！佛教、天主教、摩門教等就是異端。」

恰巧那天有位天主教徒，名叫婉容，也來聚會，她沒想到主席這麼說天主教。大家也都很驚訝，紛紛轉頭看她，婉容面無表情，兩眼直視正前方，假裝不曉得大家在看她，不過以後她也就不再來聚會了。

老張雖然不再是查經班的主席，還是常邀人到他家中。有一次，匡復看到婉容也到老張家中，匡復想老張是要為紅勝的冒犯表達歉意，婉容應該能領會，也大概不會以為所有的基督徒都認為她是異端了吧！

查經班中滿常有新面孔，又有一次，新朋友來了，查經當中又問到什麼是異端，匡復以為紅勝這回會留意有沒有其他宗教的信徒在場，可是沒想到紅勝還是很快地說出她認為的「標準答案」。又很湊巧，這回有摩門教的梅芳在，梅芳和婉容大不相同，大家還來不及看她時，她就開始反駁，紅勝自然是不甘示弱，以一堆聖經的內容和梅芳辯論起來。

幾位在場的基督徒這時試著圓場，家恩說道：「其實我們基督徒也是不太懂異端的，應該多聽聽其他人的觀點。」

凱修也說：「可能沒有嚴格的定義可以清楚指出誰是異端。」

嫻真接著說道：「是不是異端其實不是重點，愛才是最重要的。」

嫻真講完，匡復心裡想：「怎麼她現在說愛才是最重要的，記得她上次才講說信與不信不能同負一軛，所以基督徒和非基督徒不能結婚，轉變得還真快。」不過在這個尷尬的場合，匡復不想淌這趟渾水，所以只是心裡在想，實際上保持沉默。

但是坐在對面的怡雯聽完嫻真所說，立刻呼應道：「沒錯，有了愛，任何差異都可以克服得了。」

禹涵上次沒來，所以不曉得已經為異端的議題尷尬過一次了。今天，她說道：「我以前讀過一些異端的看法，其實每個宗教都有其認為的正宗和異端，這有點是相對的；就相信異端的人而言，可能反而認為正宗的人是異端。但是對基督教來說……」

禹涵洋洋灑灑講了一大篇，不少人覺得她講得頗有道理，可是紅勝不買帳。紅勝很生氣地修理大家：「你們胡扯一大堆，我問你們，你們到底愛不愛主耶穌？難道摩門教不是異端嗎？你們為什麼不勇敢地說出來？為什麼不直接說出來？」

紅勝才講完，梅芳非常氣憤，站了起來，右手用力往桌子一拍，立刻離開。

紅勝真是令匡復大開眼界。以前查經班的基督徒很害怕分享或討論後，匡復提出一堆問題；現在倒是匡復不太敢提出問題，因為紅勝有時不正面回答問題，反而會藉機發揮，然後不知誰會倒霉，被紅勝修理到。這些基督徒對她頗為忌憚，當匡復想發問時，常向他擠擠眼，要他三思而後問。不過幾次之後，匡復發現紅勝在修理人時，常引用聖經的內容，不管對象是否為基督徒。紅勝對聖經的內容頗為熟悉，但是匡復覺得她斷章取義，然而因為匡復不是基督徒，很難說服紅勝用錯了意思。剛開始，匡復還和她辯論，不過後來就懶得和她多說了，覺得和她講道理像是秀才遇到兵，有理說不清。

凶悍的上司往往讓屬下間的關係更緊密，因為對他的意見和不滿容易成為共同的話題，每個人的分享都令別人心有戚戚焉，共識很容易形成。所以當紅勝不在的場合，大家覺得如釋重負，談得輕鬆愉快。匡復也從幾位在查經班中較久的基督徒得知，紅勝過去如何逼走其他較有主見的弟兄姊妹。雖說在背後談論紅勝不太合乎聖經原則，然而這些基督徒隱忍的情緒若不在此發洩，恐怕會憋出精神病來。他們也頗為難，聖經中要他們不可停止聚會，聚會時卻又必須忍受紅勝的跋扈。那些離開的弟兄姊妹大概連一刻也忍不住，要不當場和紅勝大吵一場，不然就像梅芳一樣，氣憤離去。頂多就像婉容那樣，忍耐到聚會結束，但下次就不再來了。

「他們離開後去那裡？」匡復問道。

「有人去英文查經班，有人去樹叢（Grove）教會，有人去山邊（Hillside）教會……」有人回答道。

這讓匡復理解了為什麼基督教有許多支派，這個理解和在查經班討論時所聽到的正式說法不一樣。不過他覺得上帝若是真的存在，祂也夠厲害，但又有恩典，祂將錯就錯，讓各支派林立，好讓這群意見不合的基督徒各有所歸。

「你們為什麼不去那些教會？」匡復繼續問。

「我覺得上帝要我在這個華人查經班，因為我用中文才能表達出我心裡的感受，這樣才能較清楚地解釋福音的內容……」文碧說道。過去匡復對這班基督徒的看法有些不屑，覺得他們太幼稚，但聽文碧如此說，倒對他們有幾分敬佩。

像匡復這樣的麻煩人物，紅勝可能早就想修理他了。有一次，在查經班討論，匡復覺得這些討論很無聊，而紅勝都一定要某種標準答案才可以，所以就閉起眼睛養神，打起瞌睡。

突然，紅勝對匡復疾言厲色地說：「匡復，你來這裡是浪費我們的時間，也浪費你的時間，你以後不要再來查經班了！」

匡復嚇了一跳，驚訝竟然會在查經班碰到這樣無理和暴躁的人，像是當兵時的情況。所有的人也都嚇了一跳，有人開始打圓場，他們來查經班的任務之一就是，一旦有爭論，就出來緩頰，而平常卻是頗為安靜，幾乎都是帶查經的人在唱獨角戲。

還是家恩先開口，他說：「其實匡復在這裡滿好的，他的觀點讓我增加了許多見聞。」

「匡復確實對我們很有幫助，他有時還會幫忙回答問題，而他的答案還比我們基督徒深刻呢！」玉毓也接著說道。

再來凱修也說：「我們都在一起那麼久了，即使他不是基督徒，也和大家都變成好朋友了，我們很希望他繼續留在查經班。」

文碧也趕忙再接下去說：「其實我知道的聖經內容都沒有匡復多，我覺得他比基督徒還瞭解基督教。」

然後怡雯設法緩頰：「紅勝，別那樣嘛！匡復可能昨天晚上沒睡好，偶而打一下瞌睡又有什麼關係，我們在學校上課時也會有打瞌睡的時候。」

「對啊！我上課時就滿常打瞌睡，而且班上的同學也打瞌睡，有一個還打呼，那時老師在寫黑板，聽到打呼聲，突然轉過頭來，於是全班都哈哈大笑，打呼的那個同學醒來，揉一揉眼睛，還搞不清楚大家在笑什麼……」家恩又接著說道，他真是會打屁圓場，大家都幾乎忍不住要笑出來了。

但是紅勝更生氣了，因為沒有人幫她講話，也沒有人跟著她生氣，她的臉紅一陣，青一陣，似乎在想如何採取下一個動作。

最後和宇說話了，他平常很安靜，幾乎沒說過什麼話，也很少和大家出去吃飯聊天，沒想到他竟然會在這麼尷尬的場合開口。他問匡復：「匡復，你有沒有禱告過？」

匡復老實地說：「沒有。」

雖然參加查經班已有一年多，也常聽他們禱告，但從來沒有想過要禱告。因為匡復並不相信聖經說的是真實的，也不相信上帝真的存在。

「你要不要試試看？」

匡復說：「好。」

查經結束，回到住處，匡復做了一個禱告。有時，他會寫日記，在日記中，他對自己說話。這次，匡復把禱告寫到日記，只是說話的對象換成耶穌。

他日記上寫著：

我來查經班已經一段時間了，我想我對基督教的認識已經夠多了。假如祢真的存在，求祢顯現給我看，用祢的大能，用祢認為可以讓我感受到的方式顯現給我看。否則我不想再去查經班了，我覺得該知道的已經差不多了，去那裡已經沒什麼幫助。

以上的禱告是假設耶穌是基督，並奉祂的名求。

匡復打算不再參加查經了，因為現在去那裡不但沒什麼幫助，還要受主席的氣，實在沒意思。而在這個禱告之後，匡復自己深思：「到底上帝可以藉由什麼事情，讓我感受到祂的存在？」

在一段深入的思考以後，匡復發現，除了曉軒，沒有其他了。匡復自己也無法明白，為什麼他覺得「曉軒」會是這個禱告的答案？另一方面，他心裡卻又相當篤定，他的禱告不會得到什麼回應，因為從大一下至今，他尋尋覓覓，人生有什麼值得他在意的？他覺得人生沒有什麼是他真正在乎的，除了曉軒以外；但在臺灣的那麼多年中，連一絲絲和她有關的事都接觸不到，在這個遙遠的美國，怎麼可能會有什麼和她相關的事？匡復覺得這個禱告只是盡一點形式上的義務，既然答應了那位弟兄，那就禱告吧！以後他們再問匡復時，他就可以名正言順地回答：「有，但沒有效果。」

經過這一年多以來的探討，匡復雖然理解了基督教這些上帝、耶穌的觀點，但實在不相信在二十世紀末這種科技文明的時代，這些還真實的存在，所以就用假設耶穌就是基督的方式，模擬基督徒的禱告。

隔週，查經班沒有查經。再隔週的星期五晚上，查經的前一天晚上，查經班同工們要在一位姊妹家討論查經班的事，邀匡復也一起去，匡復去了。他們沒有讓紅勝知道有這個同工會，因為紅勝動不動就生氣或罵人，他們很不能接受。邀匡復去，也多少表示不認同紅勝趕他走的態度，讓匡復知道他們仍然歡迎他去。雖然匡復和室友湯瑪士及傑西講好每個星期五晚上要一起出去吃飯，但若有事，其實也可以自己行動。因為查經班的弟兄姊妹事先邀了他，所以匡復告訴湯瑪士和傑西，這個星期五不和他們一起晚餐。

討論完同工會的事情後，因為是星期五晚上，第二天不急著早起，所以幾個又邀去文碧家裡聊天，有好幾位一起去，匡復也去了，他自覺打屁功夫不錯，要輕鬆聊天，何樂不為？他們坐在廚房邊的餐桌，文碧給大家倒了飲料，餐桌上有花生米、魷魚絲、洋芋片、還有牛肉乾，中西合璧的點心，這是留學生們聊天時常有的食物，大家準備聊到半夜，反正第二天不急著早起。大家隨意地聊，家恩也是打屁高手，所以氣氛輕鬆愉快，不像查經討論時那麼嚴肅。

就如之前說的，大學聊高中，研究生就聊大學生活，說著說著，文碧說：「我聯考時差點就考上某某大學的醫學系。」

家恩接著說：「我認識那個醫學系的一個學生，在今年的一月自殺了。」

匡復聽了，幾乎沒有思索，就想到會是她，立刻問：「她是不是叫夏曉軒？」

家恩回答道：「是，你怎麼知道？」

匡復當場愣住，沒有任何回應，也沒有再聽到他之後說的，匡復的內心瞬間掉入這個思潮。「我以為我已經更成熟，我可以讓她回心轉意，沒想到這個盼望現在卻完全落空了。」

匡復完全沒有顧慮到現在還在別人家裡，可能自己喃喃自語或是失神發呆了一段時間。幾位女生較為敏感，立刻察覺匡復不尋常的反應，因為他從未如此失神過。聚會就在匡復意外的失神中結束，大家離開了，匡復要回學校停車場開車，和禹涵住的地方順路，他們一起走回去。

一路上，匡復悶聲不響，心裡想著：「果然如此，果然如此，這果然是我和她要走的路。」

其實匡復也不知道只是心裡在想，或是喃喃自語發出聲音。到了禹涵家門口，她察覺到匡復的異狀，其實聰明的她一路上應該知道匡復此刻的心情，就在匡復正準備離開時，她突然說道：「匡復，不要自殺。」

康乃爾大學在山上，從禹涵住的地方到學校停車場，要經過一座吊橋，跨越在凱絲慨笛啦峽谷之上，吊橋下是一百多公尺深的懸崖，底下溪水沖擊著星羅分布的巨石，水花四濺。匡復獨自一人經過時，常停留在吊橋上面，有時是欣賞吊橋四周的懸崖溪澗風光，但有時也會想：「從這裡跳下去，應該沒有活命的機會。」

那天晚上，走到吊橋前，禹涵的話又突然出現——「不要自殺」。匡復有預感，如果在吊橋上面像往常那樣多停留一會兒，就會往下跳，於是不敢再多想，快速走到停車場開車回家。如果不是禹涵臨走前告訴他不要自殺，匡復大概就停留在吊橋上面，接著回憶起和曉軒交往的情形，然後就跳下去，尋求與她在另一個世界相遇的機會。

回到住處，匡復沒有睡覺，整個晚上，他被說不出的情緒籠罩，不斷地回憶過去，從高三第一次看到曉軒，然後大學時寫信，再來和她交往，之後失去連絡，以及再來的種種遭遇……，到剛才聽到這個讓他震撼的消息，內心混雜著深層的失落、懊悔、憤恨……，所有和曉軒有關的記憶，都一股腦兒跑了回來，他就這樣地陷在回憶當中，一直到第二天早上，匡復想到實驗室中的某些化學藥品，比蘇菲亞選擇所使用的還強烈，調配後用聞的，兩三分鐘就足以致命，沒有肉體上的痛苦，他覺得這應該是不錯的方式。就在他動身之前，有位叫英智的同學打電話來，找他去看房子。看房子的時候，匡復一邊看一邊和英智聊天，英智不是基督徒，所以話題和查經班沒有關聯，此時，匡復似乎脫離了那個情緒。也湊巧被英智找出去看房子，否則如果匡復到實驗室，可能就在那裡自殺了，因為他已經知道了許多實驗藥品。

看完房子，回到住處，湯瑪士和傑西已經出去，匡復自己在二樓的房間，說不出的情緒又再度襲擊，他又回憶起曉軒，以及這些年來，希望能夠讓她回心轉意的努力……。然後，他拿起日記，想寫下此刻的心情。

匡復翻開日記，看到約兩週前的禱告，他大為震撼，不禁脫口而出：「上帝回應了我的禱告！」以一種當時唯一能震撼匡復內心的方式回應了他，確實是和曉軒有關，而且不只有關，更是震撼！

「祂是真實的！」匡復嚇到了，不禁脫口喊了出來！

匡復震撼到不知所措，一段時間後，還不斷地喃喃自語：「為什麼？為什麼為了讓我相信祂是真實的，必須要奪走另一條生命？」

「禱告確實不是對空氣說話，而是對著上帝說話。祂讓我遭遇的一切一切，就是為了這一刻，讓我知道祂是真實的上帝，不是想像中的上帝？但是何必犧牲曉軒的生命？」匡復停止不了他的思緒。

隔天是星期天，匡復去教會，是克萊爾以前曾帶他去過的一個英文教會。開車途中，經過幾個山坡。現在是春天，到處依然是嫩芽新發，翠綠叢叢，水仙花和鬱金香也是滿山遍野，但他已無心賞景。

主日崇拜時，大家唱著詩歌，匡復則眼眶滿是淚水。他默默告訴上帝：

「主，我的生命我不要了，如果祢要，求祢拿去。」

匡復把他此刻的心境寫了下來：

天涯分隔思無窮，
才相聞，已成空。
孤身獨禱，噙淚教堂中。
為問東風余如許？春縱在，與誰同？

康園四月蝶舞蜂，
水仙花，香正濃；
青春未老，奈何逝無蹤？
伊人可知相思淚？流未盡，夕陽紅。

改寫蘇軾詞〈江城子〉

這年，匡復和曉軒都是二十七歲，梵谷開始悲慘人生的歲數。匡復想：「《梵谷傳》確實給她太大的震撼，以至於她不敢走往後的日子，對我而言，又何嘗不是？」

於是那一年，匡復也自殺了！

第二十一章 夢醒時分 愛是恆久忍耐。

匡復談完他在主日中的情形後，接著說：「我之前提過，我研究過好幾種自殺的方式，如今我選擇的方式是將生命交給上帝，這是最沒有痛苦的方式。其實每一個基督徒都應該是自殺過的人，就如歌羅西書第三章三至四節所說：『因為你們已經死了，你們的生命與基督一同藏在神裡面。基督是我們的生命，祂顯現的時候，你們也要與祂一同顯現在榮耀裡。』

「加拉太書第二章二十節也說到：『現在活著的不再是我，乃是基督在我裡面活著。』所以我們其實都已經死了，現在活著的不再是我們，乃是基督在我們裡面活著。

「別處的章節同樣提到類似的觀念：『藉著洗禮歸入死，和祂一同埋葬。原是叫我們一舉一動有新生的樣式，像基督藉著父的榮耀從死裡復活一樣。』

「我去教會，將生命交給上帝的那個星期天，恰巧是當年的復活節。上帝的安排，讓我不得不驚訝！」

匡復接著說道：「那時的我覺得多年以來，我為自己的生命，也為曉軒，辛苦地想要尋找一條出路，希望可以脫離梵谷的下場，我幾乎要成功了，但還是晚了一步。曉軒選擇了最直接逃離的方式，似乎我自己努力的做法既來不及拯救曉軒，也不能帶給自己什麼好的結局，或許交給上帝帶領，可能會輕省一些吧！如聖經上說的：『你們看天空的飛鳥，牠們既不種，也不收，又不收積在倉裡，你們的天父尚且養活牠們。你們不比牠們貴重嗎？』

「我告訴自己說，我就不要再自己那麼辛苦了。況且，我將來還有一個盼望，我可以到天國，在那裡我將與曉軒相會。假如我把生命交給上帝以後，沒有比自己安排的好，曉軒最後的選擇還是我將來可以做的。」

查經班的弟兄姊妹知道匡復信主了，欣喜若狂。有些人打電話給匡復，恭喜他成為基督徒，但是匡復的心還在難過當中，他無法理解為什麼查經班的弟兄姊妹這麼高興，他不覺得這是一件快樂的事，這其實是痛苦的抉擇！他們的高興讓匡復覺得像是幸災樂禍。

柏士在知道了匡復成為基督徒以後，並沒有像查經班的弟兄姊妹那麼高興，反而覺得很驚訝，為什麼匡復來康乃爾大學的生活這麼順遂愜意，卻會做這種改變？匡復簡單地告訴他多年以來對曉軒的思念，以及聽到她自殺的消息。柏士理解了，因為他也是追求女朋友多年，一直到最近才確定女朋友願意和他在一起，雖然他不至於為匡復一掬同情淚，但心情也因此難過。

柏士說：「雖然我感到高興你能夠成為基督徒，和我變成是主內的兄弟，但知道你是因她的過世才信主，我也感到難過。」

柏士的話頗讓匡復感到安慰，覺得還是柏士瞭解他，比查經班的任何弟兄姊妹都瞭解，雖然柏士似乎不像他們那樣熱心傳福音。匡復不懂，為什麼熱心傳福音的人反而不能對人更有同理心？

匡復的情緒還在起伏震盪，並不是將生命交給上帝之後，立刻就雨過天青。還好，現在的生活中沒有太多需要去面對曉軒已經不在人世間的情境。匡復告訴了湯瑪士和傑西已經成為基督徒的事。他們沒有太驚訝，可能美國已經有了許多基督徒，這是頗為普遍的情形；也有可能他們知道匡復參加查經班一段時間了，所以早晚都會成為基督徒。傑西其實有些高興，因為他是天主教徒，過去星期天早上只有他自己出門去教會，所以他好像是怪胎，現在又增加了一位，雖然他們去不同的教會。目前在他們三個室友中，只有湯瑪士沒有去教會，換成湯瑪士像是怪胎。

真正要面對曉軒過世的消息是在三天之後，匡復和一晴約定好講電話的時間。其實匡復可以不告訴一晴這件事情的，因為一晴並不知道匡復和曉軒之間的感情。但是匡復現在覺得沒什麼心情再和一晴打電話，他猶豫著，是否就不要再打電話給一晴，也不要告訴她到底怎麼了，就讓一切無聲無息地過去？或是直接告訴一晴關於曉軒自殺的情形？

一晴和曉軒都是他在高三寒假的同一個活動中認識的，匡復不曉得一晴是否認識曉軒；對匡復而言，她們似乎有著某種連結，現在只要想到一晴，就會連帶想起曉軒，他不知道和一晴講電話或碰面時，能否抑制住思念曉軒的情緒？而他也知道，女性在這方面非常敏感，匡復隱隱然覺得，若是一晴真的對他發生感情，她一定會察覺匡復對曉軒的思念，而且也一定不能接受，結局會是他們也將會很快和曉軒一樣，走上自殺的途徑，最後大家都將一起同歸於盡。

匡復考慮再三後，決定打電話給一晴，並告訴她曉軒自殺的事。

「一晴，是我匡復，我成為基督徒了。」

「哦！」她不置可否地回答。

「還有，今天要告訴妳一件不幸的消息。」

「什麼不幸的消息？」一晴在電話中講話的語氣平淡，她沒有預期真的會是什麼不幸的消息，可能這一段時間以來，匡復常在電話中逗她，所以她習慣了誇張的說法。

「曉軒自殺了。」

「哦！她自殺了。」她聽出來了匡復不是開玩笑，但也沒有真的驚訝，大概是她對曉軒不熟。

「妳知道曉軒是誰嗎？」匡復想再確認她真的知道所講的是真實的事件。

「知道，是你大一時和她寫信的那個女生。」她知道曉軒是誰，而且還記得匡復和她寫過信。

「我和她在大二的時候分手，後來就一直沒有能夠在一起，我到現在還是很想念她。」匡復沒有談和曉軒來往的情形，簡單地提到和她分手，相信一晴就能瞭解了。匡復說現在還很想念曉軒，他覺得一晴應該也能體會他此刻的心情感受。

一晴沒有任何回應，電話中一陣安靜。匡復一方面在猜測一晴會怎麼想，是為他難過？或是嫉妒匡復對曉軒還念念不忘？或是無所謂，覺得和她無關？另一方面，匡復也在想，自己到底希望一晴是在那一個狀況？他發現他不知道自己的期待是什麼。

一晴也一直沒有回應，電話繼續在安靜中，匡復終於做了最後的決定，說道：「一晴，我一直忘不了曉軒，希望有一天可以再和她相聚。她曾告訴過我她讀了《梵谷傳》，受了很大的震撼，我也去買來讀，然後我自己也同樣受到很大的震撼。多年來，我一直有個預感，我和她可能都會走上類似於梵谷的結局，自殺身亡。沒想到，她真的走上了這條路，我覺得我可能也會走上這條路。」

匡復稍微頓了一下，從電話中可以聽到一晴的呼吸，知道她在仔細地聽。接著繼續說：「我覺得我今天要做一個決定，讓過去的全都過去，否則我真的會和曉軒一樣，走上那一條路。我的意思是，我過去和曉軒的一切全都要讓它過去，以及我和妳之間也讓它全都成為過去。」

匡復想：「我應該說得夠明白了，不管一晴怎麼反應，我就說到這裡為止。」

電話的兩端繼續在安靜當中，但匡復決定不再補上這個空白，讓一晴處理，他覺得和一晴之間不要再繼續以前那樣的互動。

許久，一晴終於說話了，她說：「那你以後怎麼辦？」

匡復不是很確定她問這句話的意思，是指曉軒已經死了，他要怎麼決定未來的感情對象，或是如果他也要和一晴之間成為過去的話，誰可以做為匡復的對象？或者只是她純粹的關心？一晴一直以來大多是這樣，得要匡復花很大的心思才能瞭解她真正的意思，但今天匡復實在沒有心情再多瞭解她了，不管她是什麼意思。

匡復回答說：「我已經成為基督徒了，相信上帝會為我安排。」其實匡復也不知道上帝會為他安排什麼，說這樣的話，他覺得有些虛虛的。

一晴沒有再回應，匡復想一切就真的成為過去了，於是和一晴道過再見，掛上了電話。

一個月以後，匡復的情緒較穩定了，想曉軒過世就過世了，和一晴還是可以成為朋友，一般的朋友，到底他們認識多年了。匡復再打電話給她。

一晴問道：「為什麼再打電話過來？我們不是已經成為過去了嗎？」

匡復說：「我們到底是多年的朋友，我想應該再保持連絡。」

「我已經有男朋友了，以後不方便再和你多講電話。」

匡復想起前不久電話中，一晴說是她魚缸中剩下兩條魚，匡復是其中的一條，現在匡復算是自己游走了，剩下的另一條自然就和一晴在一起了。匡復現在似乎看開了一切，既然一晴不希望他打電話給她，那就不打，過去的就讓它過去吧！

「好吧！那就再見了。」說完，掛上了電話，決定不再糾纏一晴。

匡復終於學會了瀟灑！

知道匡復成為基督徒以後，紅勝極為得意，她認為查經班在她的領導之下，連匡復這顆頑石都會點頭。不過她高興得太早了，當匡復再參加查經班時，已不再把自己看成是客人，他現在也是其中的成員。

在查經中，紅勝又再度跋扈地數落人，匡復真的受不了了，他翻開聖經的約翰福音，開始發表長篇大論，每講一個論點就引用幾節經文。匡復和克萊爾查完了英文的約翰福音，而他自己也早就讀過整個中文的約翰福音，對經文和精義印象正深刻。匡復把約翰福音中可以用來責備紅勝的經文全都拿來用，發言兩三分鐘以後，紅勝就知道匡復在講她，紅勝想搶回講話的機會，但匡復不讓她插嘴，在威勒．史特萊特活動中心餐廳和大家打屁時，匡復已練就了不讓別人插話的功力，現在運用在這裡，只是內容換成是和聖經有關。

他滔滔不絕，覺得就像是耶穌的化身，在教訓這位胡作非為的查經班主席。紅勝的臉青一陣，白一陣；其他查經班的人非常緊張，不斷地向匡復使眼色，示意他停下來，以免過度激怒紅勝，造成不堪設想的後果。但是匡復決定不管他們的眼神，繼續引用聖經的章節，他越說越覺得曉軒的死就是因為像紅勝這樣的人，叫基督徒的生命受到擠壓，所以才會覺得沒有出路，他要替天行道，好好教訓紅勝；而這群查經班的基督徒，只會當濫好人，沒有正義感，也沒有勇氣，才會讓紅勝這樣的惡棍如此囂張，今天他們又要他息事寧人。「不！不要管這群鄉愿的人，要讓上帝的真理獲得伸張，這樣做，才會讓曉軒的死呈現出正面的意義；就像耶穌被釘上十字架，就是要喚醒人們沉淪的靈魂，起來對抗邪惡的勢力。」匡復覺得心裡有個聲音在催促他。

匡復講了超過三十分鐘，沒有間斷，查經班的人原先是希望他停止，後來變成無力地放棄，覺得阻止不了他了，準備接受任何將要發生的事，再來又轉為驚奇，因為匡復不是他們認為的基督徒，也不像是剛剛才相信上帝的基督徒，匡復對約翰福音熟悉的程度以及解釋的深度，遠超過他們想像。講完，紅勝也從生氣變成無力，她沒有預期到有人可以在應該是她主導的情形下，控制全場，讓她毫無反擊的機會。

等匡復停下來，紅勝似乎忘了一開始要講的內容，怔怔呆了好一陣子，然後擠出這樣的話：「匡復，你很厲害，才剛信主，就會用聖經的話來罵我。」說完，還擠出微笑，表示對匡復成為基督徒的肯定，到底他是紅勝當主席的這一年，唯一從非基督徒變成基督徒的一位。

大家也都鬆了一口氣，本來以為紅勝會大發雷霆，沒想到她竟然還會稱讚匡復，聚會就在不算太糟的情況下結束，至少比大家原先預期的好了許多；匡復也驚訝紅勝接受得算是坦然，本來他還準備應付更糟糕的情況。

信主之後，匡復為自己定了一個讀聖經的進度表。每天早上起來，讀經禱告，希望一年內把新舊約都讀完。

在這期間的某一天晚上，匡復做了一個夢，夢見有了很漂亮、又體貼的女朋友，他們一起出去玩，這個女生不是曉軒，但匡復和她在一起還是非常的快樂，那種快樂從沒有在現實生活中經歷過，匡復覺得似乎比當初和曉軒交往時的感覺還好，匡復和她之間，從眼神就可以知道彼此的內心，那種心靈相通的感覺真的是非常美妙。

然而第二天，不知道為什麼，匡復卻變得非常討厭她，討厭到完全不想再和她連繫，在夢中，匡復在想為什麼會變得如此討厭她，卻想不出任何原因，因為從外在到內在，她真的非常好，他們也沒有爭吵，什麼令匡復不愉快的事都沒有發生，但就是不知道為什麼，前一天還很甜蜜地在一起，隔天卻變得非常討厭，討厭到不想再和她見面。匡復努力回想前一天和她在一起的甜蜜，可是這個甜蜜卻無法減少一絲絲現在對她的厭惡。

就在討厭的情緒中，匡復醒來了。醒來以後，覺得怎麼會做這麼奇怪的夢？因為在這之前，完全沒有這樣的經驗，當然匡復知道還在懷念曉軒，也期待能夠有貼心又彼此相知的女朋友，以前認為就是曉軒。對於夢境的前半段不會覺得太奇怪，俗話說，日有所思，夜有所夢。但對於夢境的後半段，匡復感到非常的奇怪，為什麼會那麼討厭她？從來沒有過那種經驗，想都沒想過，因為盼望都來不及，怎麼會討厭？匡復真的感到很奇怪，怎麼會做這樣的夢？

就在納悶之中，匡復起床，照著原定的進度，開始讀經，那天的進度剛好是從哥林多前書十三章讀起，匡復讀到：

愛是恆久忍耐，又有恩慈；愛是不嫉妒；愛是不自誇，不張狂，不作害羞的事，不求自己的益處，不輕易發怒，不計算人的惡，不喜歡不義，只喜歡真理；凡事包容，凡事相信，凡事盼望，凡事忍耐。愛是永不止息。

哥林多前書十三章四至八節

讀到這裡時，匡復突然間豁然開朗，領悟了。「原來上帝藉著今天早上讀經前給我的夢，是有用意的，上帝要我很深很深的體會哥林多前書十三章所談的愛的信息，不僅是文字上、知識上的瞭解，而是心靈裡面很深的體會。」他突然頓悟了，瞭解了困擾他多年的原生家庭的癥結所在，領悟了人和人之間的愛之本質，以及如何解決人世間各式各樣的愛之困惑。

這個夢讓他完全脫離了震盪的情緒，本來還一直在兩個心情間擺盪，要成為基督徒？或是結束生命，到另一個世界去找曉軒？現在他理解了，他知道未來要怎麼走。

第二十三章 新的開始

這必朽壞的
總要變成不朽壞。

第二個年度的美國研究生生活就要結束了，湯瑪士和傑西在研究所已經念了五年，他們有可能在未來的一年內隨時畢業，需要找可以短期租住的地方，所以無法一起在那裡繼續住上一整年，匡復一時之間找不到另外兩個人同住，所以搬離了這個住處。而暑假一開始，柏士就到M大學去了；禹涵也畢業了，到另外的城市去工作；李暉更是在一年以前就離開了康乃爾大學，他有史丹福大學的研究助理獎學金，所以已經轉到那裡去了。許多同年來康乃爾大學的同學，因為只念到碩士，所以在這一年當中紛紛畢業離開了。

一堆人都離開了，匡復又回到孤單的狀況，但現在的感受和當年似乎不太一樣，不再像以前那樣感傷，他瀟灑了，如以前港劇楚留香主題曲中歌詞的結尾：「**千山我獨行，不必相送。**」匡復不知是否因為成為基督徒的緣故？或是決定不再打電話給一晴以後，就變得瀟灑了？或是因為他的心裡不再羈絆著想和曉軒相聚，所以得到了釋放？

匡復瀟灑了，但還是想念曉軒。暑假當中的某一天，他坐在與麥克歌鑼鐘塔相連的大學部圖書館後面，面對著圖書館斜坡，雙眼遠眺凱悠佳湖，但心裡卻回想著幾天前的夢。

夢中，匡復坐在學校植物園附近的溪水邊，這裡有清澈的溪流，兩岸都是楓樹，這是春天時節，楓樹上都是嫩綠的新枝新葉，微微透光。樹下是一叢叢的水仙花和鬱金香，五顏六色，美麗嬌艷，陪伴著青翠的溪水；溪水有時沖撞溪流中的石頭，濺出白色水花，匡復看得出神了。

突然間，溪水中倒映著泛紅的楓樹，原來景色已經轉為秋天，匡復稍微抬頭看著對岸，岸邊整排的楓樹已經變為橙紅，映著水中漂亮的倒影。水上的楓樹和水中的倒影，像是彼此對看的情侶，而橙紅的楓葉似乎襯托出他們既害羞又真摯的愛情。這時，一隻白色的鴿子飛過來，然後像一片白色葉子般，輕盈地飄落在匡復的身旁，白色的鴿子對照著橙紅的楓樹，特別地明亮，但卻柔和。

匡復看著鴿子，怔怔地瞧，她的眼睛，也看著匡復，他們的雙眼相互對看。突然，匡復認出她的眼神，不禁脫口而出：

「是妳，曉軒。」

「嗯！匡復，是我。」

匡復想伸出雙手去握她的翅膀，咦！伸出的不是雙手，而是一對翅膀，原來匡復也變成了鴿子。

秋天

突然間，溪水中倒映著泛紅的楓樹，原來景色已經轉為秋天，匡復稍微抬頭看著對岸，岸邊整排的楓樹已經變為橙紅，映著水中漂亮的倒影。

化成鴿子的曉軒輕輕移步過來，他們翅膀挨著翅膀，彼此相靠，匡復在想，如果他們還是人的樣子，此刻應該是肩並肩地坐在一起，也是肩膀相靠。此情此景，讓匡復覺得非常溫馨，也非常高興，不知不覺中眼睛滿了淚水，他期盼已久，多年來就是盼望這一刻，與曉軒相聚，不管他們是人還是鴿子，就是要相聚。曉軒也是感到非常溫馨和高興，因為終於和匡復再相聚。

淚眼模糊中，他們互相看著對方的雙眼，發現也都是淚水盈眶，這是歡喜的淚水。這時，匡復想輕輕地說：「曉軒……」

但他哽咽了，說不出話來。也是在這個時候，曉軒伸出右邊的翅膀，舉起一根羽毛，輕柔地觸摸匡復的嘴，她以眼神告訴匡復：「不急，我知道你的心意，我也哽咽了，說不出聲音。」

他們繼續流著淚水，看著對方，在模糊的淚眼中，曉軒逐漸化回人形，匡復也是。然後匡復伸出手，握著曉軒的手，他們還是噙著淚水，發不出聲音，繼續雙手緊握，互相怔怔看著對方，眼神對視，心靈相通，一切盡在不言中。

良久，他們淚眼逐漸清晰，匡復看清楚了曉軒的臉龐，沒錯，就是他日思夜想的曉軒，曉軒也看著匡復。

「曉軒，我一直在想妳。」

「嗯！我知道，從你的眼神，我看得出來。」曉軒說道：「還有，你想要告訴我很多很多事情。」

「是的，妳怎麼知道？」

「我知道，我就是知道。」

「我可以開始說了嗎？」

「嗯！你什麼時候想說，就可以說，我隨時都準備聽你說。」

於是匡復開始說了，這幾年當中，他尋尋覓覓，到底什麼是他心靈深處最在乎的？他到處探索，嘗試……，最後發現，他所尋找的，以及所做的一切一切，其實就是為了想和她在一起……

匡復持續地說著，不知過了多久，他發現自己已經不再是用說的，而是用眼神告訴曉軒，曉軒也是用眼神回應匡復，他們在一瞬間就交換了很多很多想說的內容，還有往事發生時的心情和心境，曉軒的神情也隨著往事變化，或高興，或悲悽，或微怒，或憂慮，或興奮……，這時他們已經是手挽著手在這遍滿楓紅的溪邊散步。

又過了不知多久，他們相挽的手又變成交錯的翅膀，他們又變回了鴿子。但此時，他們透過眼神，已經知道對方想說的事情。

匡復又說了許多許多，似乎說不完，用眼神。然後匡復突然想到，一直都是他在說，他也想知道在這些年當中，曉軒遭遇了那些事情。匡復眼神流露出他此時所想，曉軒看了匡復的眼神，眼淚又簌簌流下。

看著曉軒流淚的雙眼，匡復突然一切都明白了，都明白了……。匡復感受著曉軒的難過，有好一會兒，但不知道如何安慰她。這時，一群白色鴿子飛來，停在他們四周，他們的眼神也透露著訊息，匡復似乎知道了他們的意思，於是和曉軒對看了一眼，接著鼓起翅膀，其他的鴿子也同時鼓起翅膀，他們一起飛翔，曉軒的心情此刻得了安慰。他們一群，飛過高山，飛過凱悠佳湖，飛過手指湖，飛過大洋。

然後飛到了一塊大陸，其中一隻領頭的鴿子，示意降落，但曉軒認為匡復還不合適和他們一起在這個地方降下，因為匡復對天國的領受還不多，曉軒擔心匡復在這個地方可能會有承受不起的遭遇。於是領頭的鴿子仰頭朝上，此時一道天光照射下來，在一瞬間，匡復被帶離他們。

匡復遙遙看著他們，似乎看到曉軒對他揮著翅膀，她的雙眸含著淚水，越來越遠，而她的淚水反射出光線，遠遠看來，像是閃爍的星光。然後醒來，匡復發現是一場夢。

回想到這裡，夕陽已經快要沉到對面的山邊，匡復的淚水仍然在眼眶轉。此時麥克歌鑼鐘塔的鐘聲響起，對匡復來說，是那麼熟悉，是他已經習慣了這個鐘聲？再仔細思量，好像和大學時聽到的類似。哦！是傅鐘！此時匡復回想起傅鐘二十一響……，據說是當年臺大校長傅斯年訂下的，他希望學生們能在一天二十四小時當中，撥出三個小時的時間，安靜思考，在這三個小時的安靜時間當中，不要有鐘聲干擾。而要思考什麼呢？匡復發現還是思念曉軒，以及人生的許多問題，而人生的諸多問題似乎沒有不和愛情有關。

鐘聲繼續響著，匡復的淚水也繼續地流，但他的心漸漸安祥，平和，有一個聲音在心裡悄悄出現：

「新的開始是過去的延續，但舊事已過，都變成新的了；這必朽壞的，總要變成不朽壞。」

鐘聲還是響著，匡復逐漸釐清，這不是傳鐘，而是麥克歌鑼鐘塔的鐘聲，然後鐘聲逐漸化成音樂，先是「風中玫瑰」，再來是「奇異恩典」……

他偶然回首，看著背後麥克歌鑼鐘塔下方的悠莉絲圖書館（Uris Library），弧形窗戶的窗格之間透出黃色燈光，溫馨柔和地映照著前方的大草坪，然後順著圖書館斜坡，毫無畏懼地融入似乎沒有邊際的朦朧漆黑世界，他覺得內心被輕柔地撫慰，黑夜也變得溫柔……

隨著音樂鐘聲，匡復的心靈愈來愈寧靜，此時夜幕逐漸低垂，他抬頭望著天空，看到一顆星星在閃爍，越來越明亮。

悠莉絲圖書館（Uris Library）

匡復偶然回首，看著背後麥克歌鑼鐘塔下方的悠莉絲圖書館，弧形窗戶的窗格之間透出黃色燈光，溫馨柔和地映照著……

尾聲

故事之後

我們不是都要睡覺，乃是都要改變。……
這必朽壞的，總要變成不朽壞的。

林前 15:51

寫完全部的故事之後一段時間，情緒漸漸從故事中脫離出來，趁著秋高氣爽時節，和輕騎逍遙隊一遊舊草嶺隧道，出隧道後，看到一個騎著單車的小孩，長相和大學時期的匡復頗像，有些驚訝。

這時輕騎逍遙隊的副領隊對我說：「你看這個小孩，和我國小同學超像的。」

「和你的國小同學很像？難道你是匡復的同學？」我問道。

「匡復？誰是匡復？」她回答道。

「匡復是……」我才回答時，小孩後面來了另一個人，就是匡復。

「匡復，我才正覺得你的小孩像你，但我們副領隊說是像她國小同學。」

「哦！我的家人說是和我小時候很像，但我太太的姑姑們，也就是我岳父的姊姊們說是像我岳父小時候的模樣，我覺得很有趣，好像我和我岳父小時候長得很像似的。」匡復回答道。

「有可能哦！你的小孩長得和我國小同學超像，你太太是否叫……？」副領隊對著匡復說道。

「可能你像她爸爸，所以她會和你在一起。」然後她又接著說：「真是愈說愈覺得你們長得還滿像的……」

當大家正在閒扯時，火車急駛而過。

「爸爸，你們看，這列火車是傾斜式列車。好酷！它傾斜著開出隧道，轉彎時也不用減速。」小孩說道，語帶驚喜。

小孩說完以後，匡復對我們說：「我的小孩是個鐵道迷。」

副領隊問道：「你以前也是鐵道迷嗎？」

「我對火車沒那麼沉迷。」匡復回答道：「這是他自己的喜好，我覺得這樣很好，不一定要和我一樣。」

匡復最後所說的：「這是他自己的喜好，我覺得這樣很好，不一定要和我一樣。」在我心裡產生了一些迴響，我想這是匡復尋尋覓覓的答案，不讓自己的過去成為自己和下一代的羈絆網羅。這看來簡單，卻不容易，因為人常不自覺地陷於過去的網羅，或是莫名其妙地複製以前的模式。而原因呢？可能是未曾清楚地意識到自己過去的真正面貌。

——全文完

附錄

生命之流

能拜讀清富的大作，實在是與有榮焉。

當年做學生的時候，曾醉心於鹿橋的《未央歌》，但因為通學的緣故，一直認為鹿橋只不過是過度美化了學園生活罷了。但看完了清富的大作，卻驚訝地發現，臺大的四年，也可以過得如此的多姿多采；康乃爾的學園生活，更是廣闊豐盛。

通常我們戲稱學理工者，都是些只用左腦的人物。但清富卻完全顛覆了我們的迷思。他學的是電機，他的心靈，卻充滿了文思、色彩、音符、哲理，甚至是宗教。兩股力量在他的生命中不是拉扯，反而是相輔相成，結合成一個獨特的，炫目的人生。

看盡生命中的春風春雨，寒霜烈日，卻在基督的信仰中找到心靈的歸宿，應當是清富的福氣吧！他青年時的生命，像山間的小溪，飛躍奔騰。到了中年後，急流的生命，轉為浩瀚的大河，看不見流動的影子，但流經之處，卻帶來了兩岸豐盛的生機。

但願這道生命之流，能潤澤更多的生命。

浸信會
懷恩堂
主任牧師

李耀斌

流浪與追尋

作者清富念臺大電機系的時候是我學弟，畢業後到美國康乃爾大學（Cornell Univ.）攻讀博士。我則在臺大念完博士後到美國紐約 IBM 公司進行博士後研究，因同一時間內人也在康乃爾大學念書，因此假日時，我常往綺色佳（Ithaca）跑，所以彼此還是經常碰面。

回來臺灣後我在臺大電機系教書，沒幾年清富也進了母系教書，我們成了同事，可以說我和清富認識已超過四分之一個世紀了。知道清富在系上的研究非常傑出，學術論文量多質精；但一直到清富拿這本書給我看之前，我都不知道他在寫小說，而且一寫就是長篇小說，感到十分佩服，也驚訝地發現臺大電機系總是充滿驚奇。

小說描述一段未曾纏綿悱惻但卻刻骨銘心的感情故事，主角匡復的背景就是一位臺大電機系學生。小說一開頭，描述主角匡復在第一個學期得到全系的第一名，看了就讓人嚇了一跳，這不會是在寫我吧？只是後來再看下去，主角有那麼多采多姿的感情，有那麼雄辯滔滔的口才，還有那麼泉湧不息的文思，這不會是在說我，也許寫的是作者自己吧！但也可能不是作者自己，而是許多人的綜合體。在電機系教學多年，也擔任過系主任，知道臺大電機系的學生有許多的層面，有在電機領域極專精的，也有在其他課外領域非常精采的，這本小說可能無形中也反映了多元豐富的臺大學生生活。

乍看之下，這本小說像是愛情故事，但看完後覺得不僅在寫愛情故事，而是想藉著這篇小說傳達一些觀念。對生活在臺灣的人而言，二十世紀是一個流浪的大時代，經歷二次大戰、國共內戰，許多人因為戰爭而顛沛流離，也有許多人因為求學或工作而浪跡天涯。書中的主角匡復，從宜蘭鄉下到大城市的臺北念書，再到美國攻讀博士，因為年輕，所以流浪。流浪的過程中一直不停地在追尋，上大學之前，追求聯考的目標，在大學之後，追尋生活保障和感情慰藉，之後進一步尋求心靈的寄託。這種流浪和追尋的特性，好像普遍地存在臺灣人的血液中。即使我和清富都邁入中年，看似已經安定下來，但似乎還仍然在追尋。

四周看臺大這個杜鵑花城或是臺灣這個社會，多少紅男綠女生活其中，但大家不是一輩子都還在追尋嗎？作者寫這一本書應該不只是在描述主角匡復的故事而已，他是在寫很多人的故事，其中也許就有我，也有你。而什麼是值得我們用一生的生命去追尋的？頗值得玩味，特別是對我們這群一直在尋尋覓覓的臺灣人而言。

吳瑞北
於臺大電機系
二〇〇九年
十月二十四日

撰文者曾任臺大電機系
教授、系主任

生命的體驗

本書的主角匡復生長在宜蘭，並在當地接受小學、初中及高中教育，宜蘭位於臺灣東北部，西屏大雪山，東濱太平洋，阡陌縱橫，草嶺綿延，龜山日出，景色怡人，農漁產豐富。在雪山隧道尚未開通之前，與臺北都會有點距離，但仍然信息相通。因山明水秀，所以許多宜蘭年輕人都非常有自信，相信有朝一日必將能如鷹展翅，翱翔萬里，發揮長才，造福臺灣，故有多位名人學者出自宜蘭。

臺大電機系在近三十年來皆為理工科系學生的首選之一，目前進入臺大電機系的新生大部分來自都會區的明星高中且家境不錯，雖然有部分新生來自非都會區的高中或家境清寒者，但畢竟還是少數。匡復進入臺大電機系等同進入人生非常重要的階段，在集全國優秀學子的環境中，除學業之外，尚可結識不同學院、不同背景的同學，在學業、社交、感情等方面都是新的體驗，奠定以後成功的基礎。匡復曾拿過臺大電機系第一名，其才智及努力可以想像。

紐約似乎為本書最後一站，匡復在紐約與一晴見面重新燃起舊情，也初次體驗美國文化。事實上紐約市非常複雜，各色人種皆有，紐約為世界第一大都會，為美國經濟中心，雖然經過九一一恐怖攻擊事件，但也迅速恢復。最近有機會在紐約市中心走一回，見其繁華如故。故事許多重要情節發生在上紐約（upstate New York），特別是康乃爾大學所在地綺色佳（Ithaca），綺色佳位在上紐約的南邊，也是Cayuga湖的南端，東西有九〇及三九〇州際公路，南北為八一州際公路及十七州公路，因當地人反對所以沒有高速公路通過，故相當孤立。上紐約風景優美，春天四、五月雪融之後，雜花生樹，一片繽紛，美不勝收，夏日湖濱、山林及州立公園處處，任你遨遊。秋天楓紅遍野，宛如畫境，冬天積雪盈尺，一片銀白為滑雪勝地。康乃爾大學在孤立的綺色佳，但也人文薈萃，教師及學生大都能全力投入學習及研究，故成績斐然。

本書主角匡復如同林清富教授一樣，少年時在家鄉完成基礎教育，並有愛鄉愛國關懷社會的情懷，學業順遂，立志考上好的大學，這也是一般高中生的願望，所以目標單純。但進入頂尖大學科系之後，學業、感情、社交等多元化的生活常使一般大學生不易精準把握人生，本書的主角看來是得心應手，有豐富的社交活動，以及傲人的學業成績，但真正的內在卻也是徬徨徘徊。我相信匡復當時也是將「來來來，來臺大，去去去，去美國」，當成人生階段目標之一。但經過一番離合，未因此目標之達成而感到滿足，心中隱然升起追求另一個目標的願望。

到紐約之後面對不同文化、不同情境，對一位大學剛畢業的年輕人而言，是一種衝擊、挑戰，更是機會，書中描述臺灣留學生不同遭遇的情境十分傳神，有像匡復一樣順遂，也有像柏士的際遇，過程曲折。美國是開放的社會，有來自全世界各地各種不同背景的人，與之交往可讓人眼界更廣，心胸更寬，能夠更有包容心及同理心。因綺色佳是一個較孤立的小鎮，臺灣的留學生偶爾會到紐約打牙祭，帶朋友去看尼加拉大瀑布，平常會參加一些社團，如臺灣同鄉會，或海外華人同學會。查經班為另一個熱門的社團，查經班歡迎基督徒及非基督徒參加，常常看到不同觀點的人有不同的看法，因此辯論自然是無可避免，但查經完之後一齊享用各人帶來的合菜，氣氛十分愉快。如同匡復一樣經過一番的體驗，可重新思考人生的價值及生命的意義，能在世上有成就之後更上一層樓見到真道。

本書雖然以《未央歌》為楔子，但時空背景不同，人物不同，對人生及生命的認知亦有不同。生在這個時代的臺灣人無論是新移民或舊移民都經歷戒嚴、民主化、經濟起飛、中國的影響及全球化，環境變化非常大，然而有許多像林清富教授一樣，努力的致力於自己的專業之外，尚關懷社會，尋求生命的意義，顯示臺灣人科技人文兼蓄，非常可貴。這一本書對我而言意義非常重大，書中人物的名字很陌生，但若干情節又是那麼的真實，隱含的意義更是深遠。希望讀者看了之後亦能有所體會。

林清富教授在光電半導體及光通信領域成就非凡，甚多著名的論文且有專書，更難能可貴的是有人文關懷，在人生各階段都立下很好的標竿。人生不一定一切順遂，上帝並未應許天色常藍，但也教我們如何立定正確的標竿，努力面前的，向標竿直跑，祂的信實慈愛永不改變。最後我以詩篇二十三篇送給林清富教授及書中的人物。

耶和華是我的牧者，我必不致缺乏。

祂使我躺臥在青草地上，領我在可安歇的水邊。

祂使我的靈魂甦醒，為自己的名引導我走義路。

我雖然行過死蔭的幽谷、也不怕遭害，因為祢與我同在，祢的杖、祢的竿、都安慰我。

在我敵人面前，祢為我擺設筵席，祢用油膏了我的頭，使我的福杯滿溢。

我一生一世必有恩惠慈愛隨著我，我且要住在耶和華的殿中、直到永遠。

我也祝福讀者無論有無宗教背景，是否已尋到人生的目標或體驗到生命的意義，都能一生一世有恩惠慈愛相隨，福杯滿溢。

吳靜雄
於臺大電機系
二〇〇九年
十二月十五日

撰文者曾任臺大電機系系主任
臺大副校長
國科會工程處處長
資策會董事長
現任臺大電機系教授
行政院飛航安全委員會主任委員

迷茫後的出口

每個人都有自己的生命故事，也都喜歡聽別人的故事。《中年維特之煩惱》是林清富教授的故事，一打開故事的首頁，它就黏上了手，非要一口氣讀完，否則實在難以放下。

故事劇情有如鹿橋的《未央歌》，但背景不是抗戰時期的彼岸中國雲南昆明，而是聯考制度之下海峽這端的臺灣。作者將自己成長的心路歷程，包括校園中形形色色的活動、成長的苦澀、戀愛的甜蜜與惆悵，以及出國求學時的異國風土人情……等，化成小說的形式，娓娓道來。書中主角表面上看來似乎一帆風順，骨子裡卻仍然揮不走對初戀情人的思念和不確定人生真實意義的徬徨；原本是臺大第一名的天之驕子，依然感歎為何人間文化智慧的結晶中，不論是歷史、心理學、哲學、科學、文學、宗教，都找不到失落惆悵者所渴望的出路……

人的盡頭，是神的開頭。和許多華人知識分子一樣，沒有路的書中主角卻在美國查經班認識了上帝，生命遇見了主人；在儒道佛哲追尋中總是迷茫的人生，卻在「道成了肉身」的耶穌身上，找到了迷津者的津渡，找到了生命的真正價值。作者在北美查經班開始服事上帝，建構了屬天的生命，並得著面對夢中佳人自殺的勇氣，在基督裡找到生之欲望，將生命交給上帝。全書讀來彷彿《梵谷傳》的另版，行文間，作者坦然地將自己的經歷呈現出來，其中所散發生之追尋的張力，與必然隨之而來的悵然、懊悔、滿足和痛快，讓人淋漓地感受到作者的赤誠。

認識林教授，是一個偶然的機緣。十幾年前受邀到臺大工學院的教師團契講道，因為那是我的母校，並且就是在臺大讀書時，曾經受老師的見證影響而後來信主，因此理所當然地去了。聚會後，林教授和夫人私下找我，才知道他們結婚多年，一直渴望有個孩子。我就將自己在美國攻讀第一個博士學位時，曾經為內人的大姊禱告，後來她果真懷孕生子，岳母也因此信主的見證，與他們兩位分享，並為他們禱告。過了一段日子，在臺大校門口對面的懷恩堂講完道，林教授夫婦帶著他們的兒子在教堂門口等我！之後，我在臺大操場跑步時，也屢屢看到他們一家三口歡笑的身影。上帝果然是人在絕處時的出路！

讀完林教授的長篇處女作，不禁想起了詩人紀伯倫（K. Gibran, 1883-1931）在《先知》裡說的：「**悲哀的創痕在你身上刻得愈深，你愈能容下更多的歡樂。**」也讓人聯想到貝多芬寫完第九號交響曲時說：「**最美的事，莫過於接近神，並把愛的光芒播於人間。**」更加切中了中古世紀屬靈導師 Meister Eckhart 的名言：「**每個生命都彰顯上帝，並且都是敘述上帝的一本書。**」盼望透過作者曾經纏裹悲哀的傷痕來接近上帝的故事，並且成為敘述上帝榮耀的這一本書，陪伴您走上生之追尋！

中華福音神學院
舊約教授
研發部部長
暨教牧博士科主任

吳獻章
二〇〇九年
十月二十日

遠景文學叢書 21

中年維特之煩惱

國家圖書館出版品預行編目資料

中年維特之煩惱／ 沐林作. --
初版. -- 臺北縣板橋市：遠景，2011.2
面； 公分. —（遠景文學叢書 ： 21）
ISBN 978-957-39-0786-2（平裝）

857.7 100000631

作　　者　沐　林
攝　　影　沐　林
總 編 輯　葉麗晴
執行編輯　賴舒亞・李偉涵
美術設計　李偉涵

創 辦 人　沈登恩
出 版 社　遠景出版事業有限公司
郵　　撥　07652558
地　　址　新北市220板橋區松柏街65號5樓
網　　址　www.vistaread.com
電　　話　(02)2254-2899
傳　　真　(02)2254-2136

發 行 部　晴光文化出版有限公司
郵　　撥　19929057
電　　話　(02)2251-7298
法律顧問　世紀聯合法律事務所尤英夫律師
印　　刷　中茂分色製版印刷事業有限公司
電　　話　(02)2225-2627

初　　版　2011年2月
書　　碼　978-957-39-0786-2
定　　價　新台幣 380 元
行政院新聞局登記證局版台業字第0105號

VISTA
PUBLISH

VISTA
PUBLISH